Moon Island
月島
Ebb Isle
退潮小島
珊斯魯
Sansru
Sansruria
珊斯魯里王國
雷克迪柏
Lekordable
Rugdurnense Union
盧格杜蘭司聯邦
盧格芮
Rugran
海肯
Haiacan
the Rune

雷米王國
Lemme
埃提波
Eltivo
奧雷
Orlie
Orlanne
奧蘭尼公國
Keltica
卡爾地卡
滅亡之地
Mortal la
帕爾
Palsk
Anomarad
安諾瑪瑞王國
Nenyaffle
尼雅弗
Durnensa
杜蘭沙
Ron
羅恩
Travaches
奇瓦契司共和國
Children of

Children of the Rune

vol.3

符文之子

冬霜劍 Winterer〔愛藏版〕卷三

全民熙 Jun Min-Hee ——— 著

邱敏文、陳麗如 ——— 譯

符文之子
冬霜劍

想熬過寒冬的人啊，這說不定是
非常漫長、永無止境的寒冬

戰勝了寒霜與風雪
忍受了狂風與雪水
那終於降臨的春天

說不定會化爲溫暖陽光照射在你屍體上吧

因此你要將內心如刀刃般挺立
以準備對付那千年如一的寒冬

一定要活下去

一定要活下去

一定要活下去

符文之子

冬霜劍 卷三 目次

Children of the Rune

第十一章

冬之怒

Rage of the Winter

05 冬之核

這並不是一場對等公平的打鬥。

即使他是處於追擊的狀態，但卻一點兒也沒有給敵人任何威脅。敵人並不是在躲避達夫南，只是在閃躲他手中的劍。

如果這怪物和碧翠湖那隻怪物是同類的話，怎麼會閃避冬霜劍呢？這個疑點他實在是想不透。當時耶夫南明明也拿著冬霜劍，如果和現在情況一樣，爲何當時他不能平安無事？

然而他沒有空去細想。因爲只要他稍有遲疑，情勢就會大不相同了。怪物絕不是因爲喜歡達夫南而放過他。只要一有機會，牠必定會避開冬霜劍，很快割開達夫南的喉嚨。牠確實具有足夠強大的力量可以這麼做。

牠那雙眼瞳如同煙霧裡的火光；還有，牠那露出骨幹的翅膀，在白天陽光之下，更是顯得令人厭惡。這隻怪物不是只會躲在沼澤暗處的怪物，連在大白天也很活躍，這個事實更增添了他的厭惡感。

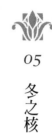

他是在黑暗中失去家人的。因此怪物理應不該出現在黑暗以外的地方。記憶中的故鄉荒涼而且有沼澤濕地，主宰他童年的黑暗也全是來自那裡。所以，怪物就該留在那裡。牠應該像被詛咒留在那裡的生命一樣，蜷縮在那個地方，直到他回去殺死牠。

他忘記了嗎？不，絕沒有忘記，他的本能並沒有忘記。如果說他只有一個復仇對象，那麼就是那個傢伙了。哥哥要他不要向叔叔報復，可沒說不要殺死怪物。他現在才覺醒到，只有這一點沒有約定。

「你……你……你不是我禁忌的對象！」

哥哥死前和他訂的約定是多麼沉重啊！那些約定令他無法忘記、無法拋開，而且奪走了他想追求什麼的意志。那是令他開始逃避的基本原因所在。他一直無法醒悟到，現在才確實感受到這一點。壓抑他生命的東西、關掉他內心的東西，令人有氣無力而且什麼事都沒辦法做的，就是在他整個生命裡像暗示般掛念著的「禁忌」。

即使他一直很想，但還是不能去報仇。

他原本絕不會小心翼翼的，但這卻是和他本性不相符合的咒語。

那一瞬間，他發覺到劍速突然快了起來。開始發出白亮光芒的冬霜劍忽然刺出，刺擊怪物的左翼。劍劃下來時，兩隻爪子被劃過，隨即被切了下來。不過湧出來的不是血，而是灰色煙霧之類的東西，帶著熱氣湧上來。他反而被嚇了一跳，整個人呆愣了片刻。

怪物眼裡的那兩團火球開始燃燒了起來。被傷到的翅膀像燃燒般冒出煙氣，屬於牠生命的某種東西正在流洩出來。

唰啊啊！

另一邊翅膀瞬間就蓋住了他的頭，同時還伸出了三隻尖爪。而這時他正處於攻擊之後，無防備的狀態——手臂還長長伸著，無法收回。

達夫南根本沒空去預想生命結束。

「……」

結果生命沒結束，右方卻傳來了陌生的聲響。那是尖銳金屬互相碰擊的聲音。

鏘！

他原本以爲無法回頭，結果居然可以。達夫南看到銳利的雙劍劃過怪物右翼，一次又一次，劃出一個個十字形。

雖然不像冬霜劍那樣能將怪物切割開來，但也是足具威力的傷害。攻擊成功之後，隨即輕盈往上跳躍，往後旋轉一圈，再落地站好。所有動作是在數秒之內完成的。兩把劍交叉之後，只舉起一邊的劍，再度擺出防禦姿勢，到此爲止也是一轉眼間的事。

是伊索蕾。

這還是達夫南頭一次看她揮劍的模樣。他以前認爲她的動作一定敏捷快速，卻沒想到這麼地厲害。他只看得到整體的移動，但是每個動作卻神速到無法看清。

「妳……怎麼會來這？」

突然間，他才感覺自己神智清醒一些了。他退了三步，同時看一眼站在右方的她。伊索蕾將左劍往旁邊伸，劍尖提到與眼睛同高，右邊的劍則是緊握著，隨時準備攻擊。或許是因爲從沒見過人使用雙劍吧，這些姿勢令他覺得相當陌生而且特別。

突然間，尖銳的說話聲響起：

「你竟然還有時間東張西望！」

他驚慌了一下，此刻伊索蕾的腳又再蹬了一下地面。一踩出兩步，立刻做出人類似乎不可能做得到的跳躍，然後有變化地旋轉劍尖攻擊並往下刺擊。左劍突擊，巧妙拆解了正要撲過來的尖爪攻擊，而右劍則是掃過背後往下劃去。也就是說，她能夠輕而易舉地跳過高達兩公尺的怪物。這簡直就是絲毫不受身體限制的攻擊方式。

吱吱吱吱吱……

怪物發出了奇怪的聲音。至今幾乎不出聲的怪物叫出了像是呻吟的怪聲，開始旋轉身體。達夫南都快愣住了。現在他看到的如果不是魔法，就一定是錯覺了。可是，這分明不是錯覺！

「危險！」

他不由自主地喊了出來。轉身過去的怪物伸出兩翼的六隻尖爪，往剛剛著地的伊索蕾蓋過去。達夫南不管三七二十一，就朝怪物方的背部刺了過去。

噗！

劍準確無誤地刺中了怪物的背部中間，但他卻感覺到刺進空氣的那種無力感。他嚇得抽出劍來，冬霜劍刺出的那個洞像是用煙霧做的，散開之後竟又再度填滿。

難道這怪物沒有身體嗎？

在這段時間裡，伊索蕾面對上下左右撲來的尖爪，躲過了第一隻尖爪，打退了第二隻尖爪，第三、第四隻尖爪襲擊過來時，她已經跳到較遠的地方去了。她的瞬間跳躍力實在已經超越了人類的境界，瞬間就躍到階梯中間了。而且還是往上跳躍的。

如今怪物停頓了一下，開始對新出現的敵人警戒提防。達夫南不禁對伊索蕾，以及教導伊索蕾的伊利歐斯祭司的能力格外另眼看待。這麼強的跳躍一定有加入魔法力量。要不然，不管是每次準確的著地，還是半空中轉換姿勢，都是任誰也無法輕易做得出來的。

然而危機從現在才開始。

「請後退，伊索蕾！」

有種令人焦急的莫名預感使他不由得這樣喊道。拜託，拜託妳走開……這時伊索蕾忽地躍起，上到階梯上面大禮堂入口處的那一瞬間，巨大的空氣波動又再一次迸出，籠罩在他們正前方。

牆壁已經大半都毀了，留下一扇破碎的門，裡頭的沼澤正動盪的時候，伊索蕾已經往旁邊躍身，在階梯下方著地。然後緊接著就朝怪物的胳肢窩攻擊。雖然同樣也是左劍防禦、右劍攻擊的姿勢，但這一次則是低姿勢地揮砍過去。

達夫南覺得須要協攻，於是也朝左翼瞄準，衝了過去。心裡卻開始有些恐懼。不過，這怪物的體形比碧翠湖的那隻還小很多。同樣很邪惡，同樣具有威脅性，不過體形小確實大大地鎮定了他的心情。

然而取得優勢只不過是短暫的錯覺。突然間，怪物的翅膀整個展開，一下子就往上飛了數十公尺。他竟然忘了，既然有翅膀，就一定是有用途的！

在太陽底下，怪物形成了巨大的陰影，覆蓋住他們兩人。

「達夫南，讓開！」

可能是身爲老師的關係吧，也可能是自認爲劍術比他優秀的緣故吧，伊索蕾一直想要保護達夫南。雖然達夫南至今還不知道她來這裡的理由，但他一點也不想讓她爲自己而犧牲。所以反而擋在她前方，將劍舉高，等待怪物接下來的下降。

位於上方絕對比較有利。只是，上面的人會無法決定箭矢要射向哪個方向。停在上空的怪物不是朝向達夫南，而是朝伊索蕾撲了下來。

噠噠！

他想他是聽到伊索蕾在地上蹬了一下的聲音。伊索蕾在他背後，所以他無法直接看到她，但他認爲她一定已經避開了，所以反而攻擊另一方向，下定決心要獵殺露出破綻的怪物。

就在這個時候，他又再次聽到衝擊他大腦的奇怪說話聲。

「想救她嗎？那就答應當我的奴隸！」

「說要當我的奴隸！」

「說要當我的奴隸！」

什麼？

這種時候根本不容去判斷。瞬間，也是接續永遠又再打開耳朵的瞬間，短短一聲慘叫刺進了他的耳朵。

「啊！」

他轉身……可是太遲了。

怪物的身體一次露出至少二十隻尖爪。甚至他以爲空著的身體部位也有尖銳的骨頭突了出來，一同加入攻擊。根本沒有所謂的空隙與破綻。不過，伊索蕾好像還是避開了大部分的攻擊。兩把劍看來全都轉換爲防禦招勢。然而還是有一隻尖爪似乎事先意識到她的動作，遠遠地畫出拋物線旋轉過來，刺中了她的左肩。

突然間，長久以來的噩夢閃爍著，支配了他的神智。在他腦中變得黑暗的記憶之珠破殼而出，又再發出光芒了。

「可愛的小孩，你這麼靠近我，是想讓我把你吞掉嗎？」

「要不要我讓你死？還是給你比死還可怕的傷口？」

「用這把劍啊，帶著這劍的人一定得渡過長長的殺人者之夜，你難道不知道嗎？」

這些鮮明的話語是什麼時候進到他的記憶中的？眼前是黑暗之中的碧翠湖。巨大的怪物被遮掩在煙霧之中。當時他和耶夫南是怎麼逃出怪物的手掌心？那時候的怪物比現在這隻還要大三倍，而他和耶夫南既沒有與伊索蕾一樣的魔法能力，也沒有其他什麼厲害的招數。當時冬霜劍無法發揮到現在這種力量，所以那隻怪物根本就是一副不須要和他們正面交戰的態度，不是嗎？

當時那怪物反而如此沉著。

爲何他什麼也記不起來了？他以爲和耶夫南一起在荒野之中的所有記憶都能再回想起來，但這不是全部的記憶嗎？

然而……

「我饒不了你！」

他衝了過去。他用雙手握住那發出更加冰冷光芒的冬霜劍，尖銳的稜角觸手生疼，但他連這疼痛也感受不到，只是衝去揮砍。他避開又再撲來的尖爪，翻滾、躍起，瘋狂憤怒地直衝而去。

然而，卻有另一個陌生的自己正看著這樣的自己。那個陌生的自己一面看著憤怒的自己，一面說道：「都已經遭遇過一次了，怎麼又再重蹈覆轍，這麼愚蠢的人，像你這種人還有資格說什麼饒不饒恕？」

啊啊……他想要否認。

可是沒錯，現在就和失去耶夫南時一樣，他又再處於要失去另一個人的危機！無能、大意、重蹈覆轍。

「你……」

伊索蕾只是跪在地上，並沒有倒下去。被攻擊到的肩膀彷彿被倒入黑水般，變黑了，並往手臂部位慢慢擴散。並不會痛，但整隻手臂冒出冷汗，根本無法再握劍。她想硬撐，但左劍終究還是掉了下去。

這眞是一大恥辱……她這麼想。要是爸爸看到了，會說什麼啊？本來是要來幫忙的，反倒變得如此束手無策的窘態，要是爸爸看到了，一定會嚴厲罵她的。然後他一定會跑來幫這個愚蠢的女兒。

啊……想這些有什麼用？

她不知道自己怎麼會變得如此軟弱。原本她一直認爲受了傷就算了，即使死了也無所謂，所以她是個不怕戰鬥的人。不對，其實此刻她也不是害怕死。手臂腐爛，切掉就行了，她害怕的是比那還大好幾倍的感受：不夠負責、戰敗感、依靠他人。甚至於，她還因此感到很是恐懼。

她會一口氣跑到這裡來，是想到她欠達夫南人情，要還他這份人情。雖然，沒還他人情很丟臉，但比起這個，更丟臉的是她現在內心非常不安。看到達夫南一個人和大敵苦戰，她的心中竟會瘋狂地難過，而且心情混亂。這眞的單純只是因爲罪惡感或無力感嗎？

達夫南的冬霜劍和伊索蕾的劍不同，它具有可以毀壞那些尖爪的力量。可是卻不能像伊索蕾的雙劍那樣做爲速劍使用。好幾次他險險渡過了危機，但都是危險萬分。根本沒辦法撐太久。

伊索蕾硬是站了起來。然後用力握了剩下的右劍。她的左臂仍然無力地下垂，反正想成只是少了一隻手臂，就行了。這場戰鬥結束之後，請默勒費烏思祭司截斷就可以了。幸好不是右臂，如果是右臂，她搞不好會太過不方便，然後因爲麻煩而死去。

「讓開！」

穿著羊皮鞋的雙腳在地上蹬了一下，像彈簧般的膝蓋將彈力往上傳達。她跳了上去。擋在達夫南前方，同時，右劍朝正面直刺而去。斜斜地避開怪物撲來的尖爪之後，完全改變方向。腳尖往下一彎，命中了怪物的下體。

無聲的慘叫鼓動了他們的耳膜。四方都在嗡嗡作響。

達夫南只有一手持劍，看著伊索蕾轉回去站好，背對著他。突然間，他感到一陣刺心般的痛苦突然襲來。

背影……他討厭看到背影。

爲何他們都要冒著所有危險擋在前面，讓他看著背影？每當他回想起耶夫南，浮現的景象有三個，其中一個不就是一隻手握劍、擋在弟弟面前的那個背影！

又再破碎的記憶之珠……如今像爆竹般迸開。變成一絲絲，朝著遠處的其他珠子直伸過去。

回來吧，記憶啊，是我的就該由我的手來毀壞。

越過耶夫南背影所看到的營火，如今是太陽逆光形成的黑色輪廓。要搶冬霜劍的盜賊們則置換成巨大的怪物。接著，兩個影像交疊，變成完全相同的一幕。

「絕對……這一次我不會再讓人這麼做了。」

兩件事強烈地重疊著。又再度發生了，像是魔法咒語般令他心痛地重複發生。雖然他沒死，但終究只是踩著別人的死亡而存活下來而已。這一次，他會是踩著誰的死亡呢？

難道他還是個小孩嗎？可能是……不過，就只是因爲年紀小的關係嗎？失去之後的後悔難過，是爲了誰而這樣的？是爲了死者而流的眼淚嗎？是爲了活著的人而嘆息嗎？

不對……不對！

不能總是看著別人的背影，即使實力不足，這次也要反轉情況……射向我的箭矢，我就該以自己的身體去擋！

「你要對付的人在這裡！」

「讓你的意志化爲你的手。」

冬霜劍的劍尖流竄著像是風在流動的光芒。伊索蕾確實看到了，從她身旁經過並且快速朝怪物揮去的劍上，射出一股閃爍的光芒。那道光芒彷彿像是從劍上甩出去的水氣，她清楚看到了。

「在你體內。」

是劍尖碰觸到的嗎？還是劍上射出的光芒碰觸到的？如同劃過夜空的銀河般，雪之光劃過了黑暗的肉體。

揮砍牠的翅膀之後，刺向身體，再揮向另一翅的尾端，形成一個由線構成的截面圖。可是，怎麼會……那個截面和怪物的模樣像是兩張圖畫那樣各自分離呢？

噹啷啷。

在劍刃上結成珠狀掉出來的光芒滾到了伊索蕾腳邊。那是冰。一塊堅硬到在陽光下也不會融化的碎冰。

「與你……同在。」

啪啪啪啪啪！

吹起一陣風，席捲了四方。重量輕而能飛上去的東西全都猛地飛到空中。這風的根源是冬霜劍砍出的傷口隙縫。裡面一片黑暗。那是異界的力量，想要把這個世界的東西吸進去，但被某種力量阻擋，所以無法做到。

達夫南並沒有停下來。現在這一刻他也像伊索蕾那樣，可以高高躍起，而且和她一樣快速揮劍。伊索蕾不知道他怎麼會有此改變，但達夫南自己心裡感受得到。

是他的朋友進到他體內，借給他力量。

使他能夠發揮出比他肉體擁有的能力還高出好幾倍的力量。這股力量、速度，甚至他的眼睛能看到的視野，全都增強了好幾倍。這可說是在人類之上的境界，這是在降靈的狀態。

兩個靈魂一起疾刺出去的劍又再一次刺向怪物的胸口，深深刺進了如果是人類便是心臟的位置。結果突然從刺進的位置湧出白色雪花般的東西。雪與冰迸向四面八方，形成一個巨大的結晶體。彷彿像是朝六個方向生長的樹枝。

這東西成了冰之監獄。

冬霜劍也結冰了。劍刃上的薄冰慢慢地凝結上去，甚至連達夫南握著劍的手也被冰覆蓋。簡直就像他的手與劍合爲一體。

「啊啊……」

伊索蕾後退了一步，丟下她原本從地上撿起來的碎冰。怪物已經不會動了。反而是禁錮住怪物的雪堡繼續擴散，慢慢地淹沒了周圍的土地。

大地變成冬天了。以冬日之劍被插著的地方爲中心，開出了巨大的冰之花。達夫南站著的地方、伊索蕾站著的地方，以及周圍的廢墟，全都結冰了。

這是從異界來的毀滅力量。

是冬之核。

第十二章

風的迷惘

Maze of the Windward

01 是犧牲，還是無法回報的人情債

「唉，發生……大事了！」

在走向山上村子的途中，停在山路上的戴斯弗伊娜長嘆了一口氣，如此說道。默勒費烏思表情凝重地點了點頭。奈武普利溫也停下來，一面仰望天空，一面仔細聽著某個聲音。

不對，其實他不是在聽什麼聲音；而是在仔細聆聽心中告訴他的預感。

「趕快走吧。得在事情無法收拾之前趕到那裡。」

□

「……」

他使勁想要推掉覆蓋在手上的冰塊，可是無法輕易推掉。明明是剛剛才結的冰，怎麼在瞬息之間就變得像是積了數百年的冰塊，就連用手掌和嘴巴熱氣碰觸，也絲毫沒有水氣產生。

他抬頭往前望去。尖銳冰柱做成的監獄裡，留下來的怪物已經不成形了。和牠的黑色斑紋一樣，好像融掉一大半似地，變成殘骸貼附在那裡面。

他很擔心自己到底是做出了什麼事。仍在他手上的冬霜劍也令他害怕。他視野所及的範圍全都結冰了，眞不知道這冰會結到什麼地方爲止。這突如其來的冬天搞不好使整座島都覆蓋在冰雪之中了也說不一定。

他終究還是無法把附著在手上的冬霜劍弄掉，此時，他轉過身去。原本想移動一步的，卻就這麼滑倒了。他不知不覺地把劍拄在地面上。劍一碰觸到地面，原本硬梆梆的冰地就吱地一聲，裂了開來。

「伊索蕾……妳……」

達夫南張著嘴巴，突然停住不說了。因爲他發現，由自己的嘴巴發出的，竟然有兩道聲音。

他居然聽到內心裡有個小小的耳語聲：

「去她那裡。」

伊索蕾看著驚訝不已的達夫南，開口說道：

「原來有陌生的東西進到你體內了。是善良的靈魂嗎？」

接著，伊索蕾也被嚇了一跳。因爲達夫南的嘴巴張開，另一個聲音卻回答了她的問話。那是一個少年清亮溫柔的說話聲。

「妳眞漂亮！」

「啊……」

達夫南不知所措地搖了搖頭之後，一口氣跑到伊索蕾面前。一面在她面前坐下，一面看著她左肩及手臂的黑色斑紋，他的身體又再次顫抖了起來。他知道那種怪物。而且他也非常清楚被那種怪物傷到會帶來什麼結果。

「伊索蕾……這樣下去……不行……」

這一次，他可以用自己的聲音說出來了。伊索蕾沉著地看著達夫南，然後輕輕地動了一下右肩。

「你是指這隻手臂？切掉不就行了，有什麼好擔心的？」

「切、切掉！」

這句話實在是一大打擊。要切掉手臂？怎麼可以說得這麼輕鬆？

而且如果她少了一條手臂，那她的外表看起來……實在是令人不敢想像下去。這或許是他自私的想法吧？不過，失去手臂之後，就沒辦法使用雙劍了。

「所以說，你不是月女王的子女。我一開始就認爲你會無法成爲月女王的子民。」

伊索蕾的表情顯得很平靜。但是她不知道事實眞相。這不只是切掉手臂的問題……這不是切掉手臂就能解決的問題啊！

伊索蕾看達夫南的臉孔都皺了起來，覺得反而是自己該安慰他才對。她舉起還好好的右臂，輕輕地撫摸他的臉頰。

「幹嘛這樣？老師保護學生是應該的事。當然，我是沒有完全盡到保護的責任。不過，這一切又不是你的錯。」

達夫南一直搖頭。

「到底爲什麼，爲什麼妳要來這裡？這場打鬥應該是由我了結。我不希望把妳牽扯進來……」

「我是來解決我的問題。因爲我受到侮辱，所以這是我要解決的問題。」

伊索蕾一面這麼說，一面覺得心裡好過了一些。沒錯，自己的事自己負責。太好了，沒有再欠達夫南人情了。她不想再欠任何人這種心理的人情債。

此時，突然另一個聲音插進來，說道：

「原來他會喜歡上妳，並不是沒有理由的！」

「你是誰？怎麼會在達夫南體內？」

伊索蕾並不是對降靈術一無所知。雖然她不知道達夫南何以會發生降靈的事，但她曾經從爸爸那裡聽過，而且也實際看過。

「這個……是因為……」

達夫南的思緒實在是太混亂了。他腦海裡正因為伊索蕾生命有危險但自己無法幫得上任何忙而感到絕望，但同時也想反對她切掉手臂的決定，他努力想要表明她會變成這樣是他的責任。不過，現在則是處於連恩迪米溫的存在也必須說明的狀況。

伊索蕾不知道他心裡有著這些複雜問題，又再一次問道：

「達夫南，我不是在問你。剛才對我說了什麼？說誰喜歡上誰？」

這又是另一個新的問題。達夫南都還來不及試著解釋，恩迪米溫就迸出回答：

「就是妳所想的那樣。他喜歡上妳了啊！」

令人訝異的是，伊索蕾如此答道：

「這只是你的想法而已吧。如果你是亡者的靈魂，就趕快離開達夫南的身體。對於不習慣被突然降靈的人來說，這樣只會帶來傷害而已。」

「看來妳在擔心他哦，好，我走了，達夫南。」

要用自己的嘴巴回答自己嘴巴說的話，這種感覺眞是彆扭。

「謝謝你，恩迪米溫……我實在不知該說什麼才好。剛才你眞是幫了我一個大忙。」

恩迪米溫先是沉默了一下，接著像是知道什麼事地開口說道：

「我知道你在擔心什麼。如果要解決那個問題，某個人的選擇是很重要的。這位小姐說得沒錯，我還是趕快走會比較好。而且我們那些大幽靈一定也對這突然來臨的冬天非常困惑，我得走了。」

達夫南感到一陣慌張。焦急地喊著：

「你……可不可以再幫我一次？你可不可以幫伊索蕾？她……」

「這是在我能力範圍以外的事。我生存在異空間，而她是被異界的東西所傷。我有的只是預知能力而已。」

達夫南感覺好像有個影子忽地從體內跑了出來。這一次和上次不同，看不到恩迪米溫的模樣。可是他隱約感覺有東西移動到半空中。不過，或許這是他的錯覺也說不一定。

「不過，小姐，我好像還會再見到妳哦！」

等到再也聽不到任何聲音的時候，達夫南終於忍不住喊了出來。

「伊索蕾，妳知道嗎？妳可能會死也說不定！切掉手臂……不是這樣就沒事了！我、我對這種傷口非常清楚……」

「什麼意思？」

周圍是一片冬季原野。甚至連講話時都有熱氣呼出。達夫南的手和劍一起凍住了，無法鬆開，兩人站的地方也結了白白的霜。

「我知道那種怪物。在我的故鄉裡……」

「我也知道。」

過了片刻，她說出了令人驚訝的話語。

「殺死我爸爸的怪物同樣也是那種怪物。」

「那麼說來，妳怎麼還這麼鎮靜？」

伊索蕾看了一眼肩上的黑色斑紋之後，面無表情地說：

「我沒有很鎮靜。我只是不想變得軟弱，才儘可能硬撐下去。」

「……」

兩人面對面看著彼此。她那粉紅色、如同蓮花顏色的眼珠子茫然地晃動。是不是有那種不害怕死亡的人啊？是不是有那種不惜凋謝的花呀？每個人對自己的東西都是珍惜有加的，然而會讓她到最後都還如此超然的又是什麼？

「我不希望妳死……」

或許在兩年前，他就該對想要選擇死亡的耶夫南這麼勸說。不對，這是不管什麼時候都應該說的話吧……爲何總是如此慢一步呢？這應該是在他們會死之前，一定可以面對面大聲對他們喊出的話才對啊。

不要離開我……留下我一人。

留下來的人有太過沉重的包袱。

「才八月而已，就變成冬天了……」

伊索蕾一面抬頭仰望被結冰的樹枝遮蔽住的天空，一面如此喃喃自語。達夫南看著她這副模樣，此時，他再也忍不住了。

他猛然抱住她。

「……」

雖然只剩一邊的手可以摟抱，但他儘可能靠近，將她整個人抱住。爲何在這之前，他沒有辦法讓她溫暖，現在才用一隻左手悲傷地抱住僅剩右臂的人呢？

伊索蕾並沒有移動。她只是靜靜地呼出微微的氣息，坐在寒冷的冰上，一面接受這難爲情的擁抱，一面仰望著藍天。她看起來像是不知道應該先接受即將死亡的事實，還是先接受找上她的愛情。

過了片刻，她開始低聲地歌唱。聲音微微地顫抖著。

長夜之後短晝來臨
短夜之後長晝來臨
一日長度日日皆同
世上如此造就而成

□

奈武普利溫摸了一下垂在樹枝上的冰柱。結冰結得很厚實，冰柱根本不太容易碎裂。戴斯弗伊娜則是彎下腰來，檢視地面。奈武普利溫說道：

「這是怎麼一回事？夏天裡竟然出現冬天！」

「有逆轉的意圖就會帶來逆轉的結果。就如同白天會暫時出現黑夜，同樣也是逆轉的情形。」

戴斯弗伊娜說道。他們踩著沙沙作響的冰地，進到了廢墟村。

幸好，冰雪的景象只到村子邊界就沒有了。不過，越是往村子中央前進，冰地就變得越厚，雪也冰得硬硬的，連空氣也和冬天沒什麼兩樣。穿著夏服的三個人感受到寒意，都縮起肩膀。

「好靜！」

那裡的氣氛不是讓人緊繃的緊張感，而只是一股沉寂。只有踩在冰霜上的沙沙腳步聲大聲作響。看到大禮堂就在不遠處了。不對，應該說看到像是大禮堂的地方在不遠處。因爲它原本的四面牆已有一面完全傾倒，旁邊的兩面牆則是往外傾斜一半的狀態。大禮堂前的廣場有巨大的雪堆橫隔在那裡。

越過雪堆之前，他們首先發現到的是倒在地上的少年。那不是別人，正是賀托勒。

「喂，振作一點！」

奈武普利溫立刻蹲下來，把少年從雪中拉出。他的衣服和皮膚都被冰凝結在一起，當場最先須要戴斯弗伊娜的魔法。暖氣一散播到他周圍，就有嘎吱作響的聲音伴隨著冰塊碎裂。

然而融化掉的冰塊卻只是極少的一部分。

奈武普利溫將他的手腕拉過來一看，感受到他雖然微弱但還在跳動的脈搏。他的傷是在胸口，插著半截劍。險些就傷到心臟，出血很多，看來不是輕易就能康復的。

接著，換默勒費烏思了。奈武普利溫小心翼翼地拔出那半截的劍之後，默勒費烏思的手上立即射出強烈的治療之光，照射傷口。然後外傷就差不多都癒合了，但意識還未清醒過來。

把賀托勒交給默勒費烏思之後，奈武普利溫往雪堆走去。戴斯弗伊娜跟在他後面幾步，他先越過雪堆，就看到了那裡面的一幕。

「……」

他沉默著。隨即後退了一步。像是看不下去的樣子，低下了頭。

戴斯弗伊娜也走過來。她發現到兩人之後先看了看奈武普利溫的表情。然後她撥開積雪，往裡面走去。

達夫南和伊索蕾互相擁抱著，正在沉睡，也或許是失去意識了。地面積上來的冰像樹根那般緊抓住兩人的膝蓋和雙腿。手臂、手，脖子、頭部也都有一層白白的冰霜，看起來像是被雪覆蓋的雕像。

戴斯弗伊娜把手指靠到兩人頸部，確定他們還活著。當她伸手出去、掠過達夫南肩膀時，發現他右手握著的冬霜劍。那把劍牢牢地黏在少年手上，似乎即使予以熱氣照射，也不會輕易掉落。

不過，奇怪的是，整把劍的表面完全沒有結霜的痕跡。甚至於劍尖碰觸到的地面上，也不見有冰雪。即使四周圍都積著雪，那把劍仍然閃爍著令人難以目視的冰冷白光，看到這一幕，令她不禁全身直冒冷汗。

突然間，往遠方望去的戴斯弗伊娜發現了另一個東西。在被冰霜堆積的小雪堡裡，一個有著黑色斑紋與空殼之類的東西。

再過去又有另一樣東西。是什麼呢……看起來像是人類的屍體。

奈武普利溫走到達夫南身邊，把手放在他頭上。從他的嘴裡正呼出微弱的氣息。不過，奈武普利溫隨即發現到一個可怕的事實。

「……！」

正當戴斯弗伊娜也感到一股絕望的預感而全身僵直時，奈武普利溫用低卻沉痛的聲音耳語著：

「萬萬……沒想到會發生這種事……」

他們兩人太清楚伊索蕾肩上生出的黑色斑紋是什麼。特別是奈武普利溫，他更是清楚。因爲在他身上也有同樣的東西，到現在還是絲毫沒有消失。他至今之所以能夠外表看起來很正常地生活，只不過是伊利歐斯祭司作爲半個禮物送給他而達到的延遲效果而已。

像是因果報應似地，他看著伊利歐斯祭司的女兒竟也生出了這種傷口。能挽救她的人只有曾經遭到背信的他了。奈武普利溫有好一陣子就這麼低著頭，緊抿著嘴巴。不過，他很快就下了決定。他突然走向那冷冰的監獄，拔出劍來揮砍冰塊。一開始，冰塊只是往四方迸出一些而已，但他立刻發揮實力，隨即，覆蓋在外部的冰塊便全都破碎了。

裡面散布著魂飛魄散之後剩下的表皮之類。奈武普利溫把劍用力插在已經死去的敵人胸口。乍看之下甚至只像是在洩恨。戴斯弗伊娜什麼話也說不出口，只是一直望著他，可是此時奈武普利溫卻撥開怪物胸口下方的部位，拔出了一顆紅色寶石。那是一顆比鳥蛋還稍微大顆，像朵小火花般火紅的寶石。

□

伊索蕾沉睡了很久很久一段時間。

已經是第十天了。她在戴斯弗伊娜祭司的家中一次也沒醒過，也沒吃什麼東西，就只是這樣一直沉睡。在這段期間，肩上的黑色斑紋已經慢慢地褪去了。

而且也禁止任何人來看她。是戴斯弗伊娜這樣規定的。達夫南也是一次也沒辦法來。可是在第十天，原本明亮的天色將要昏暗時，有一名訪客前來拜訪。

奈武普利溫微笑地看著戴斯弗伊娜。兩人有好一陣子都沉默不語，不過後來先開口的是戴斯弗伊娜。

「可是應該沒有必要一定得看到她吧。」

奈武普利溫又再次微笑，這一回則是露出苦笑。

「因爲有些話是她醒來之後我永遠無法對她說的，我應該要趁這個機會對她說。」

過了片刻，戴斯弗伊娜點了點頭，比個手勢，指了指房間裡面。

寢室裡非常安靜。只聽得到特意爲病人點燃的鐵罐吊在壁爐裡，偶爾發出匡噹響聲。

他走到床頭坐下，先看了一下伊索蕾的臉孔。他看到她那變得蒼白的額頭上散著頭髮，但他並沒有特別去撥開。他就這麼俯視著少女，臉上帶著疲憊的眼神。

「這幾天妳一定很難過吧。」

沒有任何人聽得到這句話。不過，他只是低聲地喃喃自語著：

「妳一定會好起來的。實在是太幸運了。要是再慢一步，後果一定會不堪設想。」

「我想了很多。」

過了一會兒之後，他稍微換了個姿勢。看來好像說話很費力的模樣。

「有時候會想起伊利歐斯祭司大人的事。他怎麼會如此無情呢？我眞心眞意地尊敬他，但終究還是無法喜愛他這種人。所以看到妳這樣，更是覺得奇怪。妳怎麼會把這種人當作是最爲心愛的父親來看待呢？」

「這可能只是我單方面的想法而已吧，因爲我也曾經認爲他是一個多情且心地好的人。可是後來我卻一直恨著他。而且……認爲只能恨他。」

「妳可能……沒有這樣吧。我看妳沒有那種跡象。妳雖然和我遭遇到同樣的事，卻沒有像我一樣去接受。或許因爲你們是父女的關係，所以才和我不同吧。可是，當時我卻……不這麼想。」

他深吸了一口氣之後，又再呼了出來。看起來顯得心事重重。

「妳一定是……認爲那件事沒有什麼特別的意義吧。一定很快就把它給忘了吧？」

「對、對，因爲當時妳才只有十歲而已。」

不知是不是房裡很熱的關係，奈武普利溫的臉有些泛紅。

「我對你們父女的愛恨，都已經把我的整個人生弄得這麼糟糕了，我還是無法做出了斷。有時候，我很希望做個快樂的人。而且希望做個不受他人眼光左右的怪人。可是我還是無法將最初錯誤的結給打開，每次這樣回想，就會……」

沉睡的少女平穩的細微呼吸聲像是無止境地拉長著。其中也間或出現好幾次的短暫咳嗽聲。

「回到島上，又再看到妳的那一瞬間，我以爲心結已經解開了許多，但後來我知道還是和以前一樣。反而那個結好像打得死吧。可是這一回……應該可以解得開了。我似乎已經知道那條路了。」

「對不起，我現在必須對妳用一下『溝通』術。」

奈武普利溫把雙手合成三角形，唸出幾句符文並且打出手印。以前在蘭吉美房間和失去說話能力的蘭吉美心靈對話時，他就是用這種方法。這是島民之中有一部分人天生就具有的特殊魔法天分。就和阿尼奧仕（丹笙）會用「祈願術」來平靜風浪，是一樣的道理。

在回歸根源的睡夢之中，如同作夢般聽我說啊。月母光芒敲開心房，到妳心房深處。

奈武普利溫的手發出微光。他把手放在伊索蕾的額頭上。

過了一會兒，光芒消失。他露出了微笑。

「我心愛的少年終於給我答案了。我是眞心喜愛那孩子的。有時感覺像是親生兒子；不過當作朋友的時候，可以彼此學到更多東西。」

「趕快好起來吧。還有記住，我是絕對不會後悔的。幸好，能夠把妳的生命和我的生命互換。這應該是我可以回報妳及伊利歐斯祭司的最後一筆人情債了。」

「好了，所有一切都結束了。對妳，還有對我，似乎都須要運氣。不過，妳好像幸運多了。」

「所以，妳可得記得讚美我。」

其實他的語氣相當悲傷。以前還是渥拿特老師的那個時候，與蘭吉美溝通結束之後，他還一面用手戳波里斯手臂，一面開玩笑；而現在，他的心情卻跟那個時候迥然不同。

02 解惑

那年夏天發生的事件，並沒有讓其他島民知道。由於人們還殘留著疫疾和怪物的記憶，大家都避免到早已是廢墟的舊村去，因此誰都沒有注意到那裡發生的巨大冬雪景象。不過，那裡仍然冰雪不消，依舊還是那幅景象。

戴斯弗伊娜祭司又把冬霜劍拿去，用一種稍微有點危險的咒語封印起來。那是種抑制咒語，不管存在於那把劍的是什麼樣的力量，她都要暫時令其無法發揮。不過，萬一那股力量比咒語還強，反而有可能會爲了衝破咒語限制而更強烈地爆發出來。儘管如此，戴斯弗伊娜認定還是須要那個咒語，保護達夫南不因那把劍而受到傷害。所以不管是因爲咒語的關係還是其他理由，總之，劍的力量又再度沉寂了下來。

至於吉爾老師的死因，則一定得隱瞞才行。三名祭司從賀托勒那裡大致猜測到吉爾老師的陰謀；再經過艾基文描述，他們幾乎已經知道事情的來龍去脈。如此一來，須要保護的就有兩方。一方是暗藏可怕力量的冬霜劍主人達夫南，另一方則是曾經策劃殺人陰謀的兩名地位高貴的少年。

事情到了這個地步，既要掩飾死者的眞正死因，也要把大事化小。其實這也是爲了死者的名譽著想。所以他們就對外宣稱吉爾老師是到山裡去，墜崖而死的。他四分五裂的屍體則由默勒費烏思祭司大致縫合之後，變得比較完整一點。他既沒有家人，又因爲個性孤僻而沒有交任何朋友，所以根本沒有人對他的死因有所懷疑。

賀托勒和達夫南決鬥的事沒有被隱瞞，不過他們對外所說的地點則換成其他地方，而且說他們後來和解了。可是大家看到達夫南沒什麼事，而賀托勒卻受了重傷，所以從那時起，大家都認爲達夫南的實力確實是比賀托勒還強。

賀托勒復元得比伊索蕾還要更慢。插到他胸口的劍其實是他自己的劍。原來是劍在被怪物尖爪碰撞到的那一瞬間，斷成兩截，刺到了他自己。但他這樣反而是很幸運的，如果他是和伊索蕾同樣的受傷方式，恐怕就只有死路一條了。

而伊索蕾則是在第十五天的時候醒來，然後就回她自己的家中了。

祭司們特別命令知道祕密的艾基文和歐伊吉司要三緘其口。其實艾基文如果眞的把事情公開，對他自己絕對不是件好事；而歐伊吉司爲了達夫南著想，也立刻答應保守祕密。至於賀托勒及艾基文的父母，也在某種程度裡和他們協議好了。他們認爲確實是自己的孩子做錯事，所以根本不會有什麼特別不悅的地方。

賀托勒自從經歷那個事件之後，突然變得沉默寡言，整個人變了。他不像以前那樣會和其他小少年聚眾行事，就連和艾基文，也很少再見到他們兩人同在一起。思可理的課上完之後，他就離開學校，快快走回家去。

他和達夫南只有一次不期而遇。那是在學校餐廳入口，達夫南停下了腳步，但賀托勒卻連與他擦肩而過也不知道似地，就這麼走了過去。

只有幾個人大概猜出有事被隱瞞了下來。可是三名祭司緊守事實眞相，再加上這件事牽涉到攝政弟弟家裡的人，所以沒有人想直接站出來表示質疑。

夏天結束了。秋天是在八月底來臨的。平靜的日子一天天地過去。有一天晚上，達夫南以爲蓋著被子躺在床上的奈武普利溫已經睡著，但他卻突然開口說道：

「波里斯，從明天起，我們再開始練劍吧。」

「什麼？」

達夫南有些訝異。自從來到島上，已經渡過了兩個季節，這期間在奈武普利溫面前好好拿劍練習的次數可以說用手指頭就可以數得出來，算算還不到十次。雖然也是因爲奈武普利溫很忙的關係，但即使不是這個原因，也是因爲怕招來島上孩子們嫉妒的目光，所以奈武普利溫認爲最好先少做一些使別人更加討厭達夫南的事。被劍之祭司教導的人一定會引來孩子們的反感，所以當初奈武普利溫雖然對外宣稱達夫南是他第一學生，但一直到今天，可以說完全都沒有上過課。

「明年你就滿十五歲了，是吧？」

奈武普利溫雖然整個人埋在被子裡頭說話，但聽起來絕不是想睡覺的那種語氣。

「上天並不是都會一直賜予我們時間的。」

在達夫南聽起來，這句話的意思是趁年輕時多學一點東西才對。也就是說，他以爲是指自己剩餘的時間。

然而，這其實是指奈武普利溫所剩下的時間。

□

「再來！」

雖然是從十步之外開始使勁奔跑衝來揮砍掛在樹上的木板，但木板卻只是不停地轉圈。再多重複幾次也是白費力氣。由於達夫南手中拿的甚至不是練習用劍，而是木劍，所以根本連繩子也割不斷。

「再一次！」

退回到最初的位置站好之後，達夫南再次朝木板衝去。又揮砍了一劍。被猛力挨了一下的木板轉了一個大圈，就會擺盪回來，一不小心很可能就會打中達夫南的臉孔。不過他相當有要領地把它再掃得遠遠的。

「再來！」

他重複做著同樣的事。手裡拿著的木劍雖然很輕，但對長久以來都拿著眞劍的少年而言，實在感受不出那是件武器。不過，奈武普利溫刻意要他握木劍，而且還叫他當作自己拿的是眞劍。拿著木劍是很難會有殺氣的。他努力試著集中精神，但再怎麼集中，也覺得和拿著眞劍感覺相差太多。一個多月這樣下來，他的精神已經疲乏到鬥志全無了。

奈武普利溫也看出這種跡象。他對達夫南說「你的木劍已經不再銳利了」，達夫南則回了他一句「木劍本來就不銳利」。

「好，正如同你所說，木劍是沒有『比眞劍』還要銳利。但是和岩石比起來呢？和飄動的布相較量呢？」

「可是又沒人拿岩石或布來打鬥！」

「只要是相對比較銳利，就可以了！」

奈武普利溫拔出一直佩帶在自己腰上的木劍，接著就往旁邊的岩石很快刺下去。達夫南嚇了一跳，啊地喊了一聲，那一瞬間木劍刺到岩石表面的一部分，就停住了。然後破掉的石塊便掉落到了地上。

「魔法是靠祈禱，而讓劍銳利的卻是靠你心中的力量。」

達夫南張口結舌說不出話來的時候，奈武普利溫把木劍放在一旁，從懷裡拿出彎月七首。刀刃寬度很寬的七首被放在他的手掌上。

「在自然界，鐵比木頭還銳利。因爲這個緣故，人類很容易就會丟棄內心的力量，而去依存鐵的銳利。你的情形更是嚴重。因爲你的劍甚至不是用鐵做的劍，是瞬間就能發揮可怕殺氣的冬日之劍……冬霜劍。你有好幾次都被那劍的殺氣給包圍，有時你甚至還會利用這殺氣，你無法否認吧？」

「……」

「變成那樣，你就是那把劍的奴隸了。你會轉而成爲一個爲了那把劍所須要的血而存活的傀儡。而且慢慢地，你會因那把劍所散發出的殺氣，而失去你自己。」

達夫南還記得他聽到的那個聲音，至今仍然記憶猶新——「那就答應當我的奴隸！」

如此看來，選擇當奴隸的話，就可以殺死任何想殺的人……但是自己就會變得不是自己了。這一點達夫南也很清楚。

「現在你知道我不給你眞劍的理由了吧？即使冬天過後到了明年春天，我還是會讓你拿著無法顯耀冬霜劍殺氣的木劍，不會讓你拿比木劍還銳利的武器。我絕對不允許！」

□

冬天一天比一天寒冷，冷到後來，新的一年來臨了。

思可理現在是放假期間。月島的夏天涼爽，但冬天可就極為寒冷，所以一年之中只有這個時候放長假。從十一月放到三月初為止，這期間，在二月中的時候，即將入學的孩子會有一個簡單的評量考試。照慣例都是如此準備就緒之後，學期一開始就立刻上課。

二月也有畢業典禮。去年滿十五歲的孩子會在此時畢業，定下自己的職業。然後直到暮春淨化儀式的這段期間，必須去見習，向大人們學習。經過淨化儀式，就可以成為眞正的巡禮者，之後會被當成大人來看待。

可是也有無法如期畢業的人。也就是說，有的人會因為還不到畢業規定的修業年數，雖然滿十五歲且已經受過十五歲的淨化儀式，但必須等到下一年才能畢業。雖然有些孩子是因為某些原因比較晚入學，但有些孩子則是因為是在新舊年交接時出生，所以也會有和前者一樣的情形。

像賀托勒，他今年二月畢業，但他已經滿十六歲了。

達夫南整個冬天都無法見到伊索蕾。當然不是因為思可理放假，他們就跟著放假；而是有次下大雪氣溫驟降，他們上課的山上空地實在是太過冰冷了，伊索蕾隨即決定放假，然後他們就分開了。

如果不在山上教室，而直接去她家上課，似乎顯得很不自在。伊索蕾位在山邊的家一到冬天，便覆上了一層雪。她在家裡幾乎不出門，所以根本沒有人知道她都在做些什麼事，也不知道食物、木柴之類的東西到底夠不夠。

達夫南突然感到擔心的時候，奈武普利溫很快地笑著說道：

「你去看看不就知道了？她也一定會很高興你去的。」

所以，在一月快結束的時候，達夫南就帶著和奈武普利溫一起做的臘腸，去找伊索蕾了。即使在冬天，他還是每天都上劍術課，但這天奈武普利溫很好心地讓他休息一天，而且還一副很愼重的樣子，說道：

「你要代我向她問好，一定得告訴她，做那些臘腸的時候，不會做臘腸的學生根本一點兒也沒派上用場！」

幹嘛帶臘腸呀？實在是一點兒也不浪漫的東西，不過，在常傳出有人因爲無法受得住冬天的寒冷而在初春死掉的月島上，這種冬季糧食可說是最好的禮物了。

這天，雖然冷到連鼻子都凍僵了，但是天氣晴朗。不過上去伊索蕾家的一路上仍然都積著厚雪，連膝蓋都陷到雪中去了。在月島，因爲雪量很大，所以出門時一定得把整條腿綁得密不通風。

他咚咚地敲了門，隨即門框上方就有積雪掉落下來。看來她似乎有好一段時間沒出到外面來了。

「伊索蕾，是我！」

過了好一陣子都沒聽到回答。他後退幾步，抬頭看煙囪。明明有在冒煙。

「伊索蕾，妳在裡面嗎？」

他又再敲門，突然間，門就被打開了。可是門前沒有站著任何人。是誰開門的？

他呆愣了一下之後，首先弄掉鞋上的雪。當他正在拍掉腿上和頭上的雪時，傳來了說話聲：

「這些應該在開門前就弄掉了。冷風會灌進來，快點到裡面來，我才好關門。」

他進到裡面，轉過身，正想要關門的時候，卻發現門已經關好了，令他張口結舌盯著門看了好一陣子。

暖爐旁邊放著一張大椅子。椅背很高，根本看不到坐著的人。在那旁邊，則放著一張沒有椅背的小椅。

走近一看，伊索蕾手上拿著一本書。他實在很好奇門是怎麼開關的，同時，他看到在她椅子下方有個他沒見過的裝置。有個木板突了出來，只要拉或推就能開關門的樣子。

「看來妳整個冬天都在看書過日子！」

伊索蕾闔上書本站起來，把大椅子往後推開。然後在暖爐邊鋪了一張厚厚的獸皮坐墊。回頭看達夫南，她才說道：

「哦，你還帶了東西過來！」

「是臘腸，這是我和奈武普利溫祭司大人在冬天前做的。」

一聽到奈武普利溫這個名字，伊索蕾似乎頓了一下，不過，隨即又變得很自然。達夫南在暖爐旁的坐墊上坐下，伊索蕾則把臘腸拿去儲藏庫。達夫南瞄了一下伊索蕾剛才看的書，其實與其說是書，倒比較像是把紙張綁在一起的筆記本。

「謝謝你了。」

她轉過身回到坐墊上之後，一面伸了個懶腰，一面說道。達夫南悄悄地露出了微笑。看她一副沒什麼的樣子，那她並沒有因爲他的來訪而感到不便了，所以他心裡很是高興。

暮夏、秋天，一直到初冬爲止，他們都一直繼續聖歌的課，但是和以前有些不同。他們的關係不像以前那樣好，不過也不是互相敬而遠之。對於當時發生的事，他們刻意不拿出來談。所以至今他們一次也沒提過那件事。而且課程也一直都沒什麼進展。

「妳看起來很健康。」

島上的人們以爲伊索蕾在戴斯弗伊娜祭司家中沉睡不是因爲受傷，而是與魔法研究有關聯。在他們看來，伊索蕾和伊利歐斯祭司一樣，擅長各種魔法。至於她是在研究什麼，就幾乎無人知道了。

「因爲傷口都已經好了。」

達夫南沉默了一下之後，說道：

「幸好島上有默勒費烏思祭司大人在。」

達夫南一直以爲治好伊索蕾傷口的是默勒費烏思。因爲當他被送回村裡睜開眼睛時，他問身旁的奈武普利溫，聽到的是這個回答。那時他聽到伊索蕾活過來了，當然非常地高興。可是在此同時，卻不由得難過起來。到現在他還是無法輕易抹去那份難過。

要是當初知道那是可以治癒的傷口……不對，這應該是月島上才有的特殊治療力量。大陸的醫生恐怕沒有人能治癒，連默勒費烏思祭司也這麼說過。

不過，要是在他小時候也有這種人的話……那麼他家就不會發生像現在這樣的悲劇。如果可以救得了葉妮琪卡姑姑，爸爸和叔叔就不會如此反目成仇了吧。

而耶夫南是不是也可以不用死……

「你在想什麼？」

達夫南猛然從思索之中回過神來，搖了搖頭，試著露出微笑。這種想法已經想過不下數百次了，而且根本沒有必要告訴伊索蕾。因為，如果她知道了他的這種想法，可能心裡也會不舒服吧。

他趕緊轉移到別的話題。

「我看妳似乎都沒有走出家門，有些擔心妳。」

「我本來就都是一個人。自從爸爸去世之後，每年冬天都是這麼過的。」

「妳在看什麼書呢？」

「是我爸爸的日誌。原本是放在藏書館的，我想冬天會用到，所以拿了幾本回來。」

伊索蕾把書拿給他看。達夫南翻到大約中間的地方，看了一下內容。

內容並不是很有系統的記錄。一行日期之後，下方有的是研究過程，有的是突然想到的點滴感想，有的是村裡的事，或者擔心女兒等等事情，全都寫在一起。

再翻了幾張之後，他的手停住了。因為中間以後就是白紙了。

伊索蕾輕輕地說：

「這是他最後的日誌。」

他頓了一下之後，開始翻回剛才那幾頁。伊利歐斯祭司的文筆很好。甚至最後一天的日誌文句都優美到令人以為他是在寫詩。似乎寫的時候故意慢慢加入情感在裡面似地。

……擁有太陽之名，而無法成為月女王臣子的我
很是擔心我在身後留下的「高貴的孤獨」。
我希望那孩子能照她自己名字的含意去過生活。
那是我唯一的最後希望與訓示。

如今我把我走了之後的時間交到古代魔法師的手上。
金銀的國度啊，我想走您走的路。
在沒有永遠的世界裡，只是反覆著白天與黑夜。
白天長的那天會是夜短，黑夜長的那天會是晝短。
享有長久幸福者會有短暫不幸。
忍受長久不幸者會有短暫幸福。
為了晝夜公平，需有三百六十五天
而人類世界的公平，恐怕是在憶萬年之後。

「這個……」

他記得他曾聽過最後那幾句。伊索蕾點了點頭，說道：

「那是我看了爸爸的日誌後，自己創作的短聖歌。」

他一面點頭，一面又再問她：

「太陽之名是指什麼呢？」

「當然是指我爸爸名字的含意。伊利歐斯就是太陽的意思。在月島，這是個有點格格不入的名字。」

「真是奇妙了……」

達夫南闔上書，想了一下。島上最受尊敬的人物、獨一無二的天才、深愛自己年幼女兒的人，當初他一定非常不想死。可是他卻坐在燭火前選擇死亡，留下最後的字句。而且盡量用沉著、優美的文筆寫下來。

「那個時候妳在哪裡呢？」

他一說出口，便覺得自己說錯話了。不過，伊索蕾並沒有什麼特別的表情，答道：

「在戴斯弗伊娜祭司的家中。我被關在那裡。自從那天以後，我就沒有再進過她家。去年夏天的事讓我意外地停留在她家，醒來之後，看到門的一邊還留有我七年前打壞過的痕跡。」

「……」

兩人沉默了一下。只有暖爐燒火的聲音。

「妳沒有想問我的事嗎？」

達夫南一開口這麼說，伊索蕾就噗地笑了出來。笑著時她的眼瞳顯得很是明亮。

「怎麼了，你想對我說什麼？」

「不，不是的……因爲當時妳有看到很多奇怪的事。」

「嗯……」

伊索蕾沉思了一下之後，說道：

「是啊。你的劍是不是危險的東西，或者說，那東西到底有著什麼樣的力量？可是如果連我都很好奇，那祭司大人們一定早就在著手處理了，不是嗎？」

「他們幾位也可能有不懂的地方，伊索蕾妳是不是會更了解呢？」

「可是他們幾位對島上的安全比我更敏感。」

達夫南閉上嘴巴不說話之後，突然說道：

「那把劍是我們家族的寶物。我是指在大陸生活時所屬的那個家族。傳給了我哥哥，然後我哥哥又再給了我。」

「你是指貞奈曼家族嗎？」

「啊，妳怎麼會知道？」

「你之前在我家門前不是有喊過嗎？說：『我波里斯．貞奈曼！』」

「啊……對，我有這樣喊過。」

達夫南尷尬地笑著搔了搔頭髮。伊索蕾露出微笑，說道：

「你這樣喊，很有個性。」

「……」

他張口結舌，實在不知該如何回答是好。伊索蕾一面看著爐火，一面接著說：

「當時的事我還記得很清楚。之後我想了很久。爲何當時我沒有馬上衝到外面去呢？聽到那種侮辱，我怎麼會保持沉默呢？跟著你到廢墟村時，我得到了答案。也就是，當時我是因爲感覺你可以替我解決問題，我才會這樣。不是由我自己，而是由你去解決。」

那個時候賀托勒或許不知道吧，但達夫南卻很清楚。要是當時賀托勒開口侮辱了伊利歐斯祭司，他當場勢必就得在那裡，和伊索蕾承襲自伊利歐斯祭司教導的雙劍對決。她是那種不管之後會發生什麼事，因爲一句話就會要對方付出代價、要對方死的那種人，這就是他所知道的伊索蕾。

幸好沒有……在下一刻，他卻自己嚇了一跳。咦，他怎麼會覺得是幸好呢？是不是因爲他不希望伊索蕾的手上沾到血呢？此時，達夫南說道：

「其實那也可以說是我該解決的問題。也是我的錯……」

「我知道。這件事我們兩人都有錯。如果硬要追究起來，提議要去海邊的是我，所以是我犯了大錯。不過，也是因爲我認爲你可以爲我抗辯。我怎麼會這樣呢？」

「不知道……」

伊索蕾轉過頭去，和達夫南互相面對面。或許她是因爲爐火的關係而臉頰泛紅，不過，表情卻很沉著。

「當時我感覺到你就像是我要結婚的對象。」

「……」

屋外正在下著雪。有些雪包覆了屋頂和屋簷，有些雪掉落下來，將他們與這個世界隔離。

「沒事了。你不必再擔心了。因爲現在我已經回復到我原來的樣子。我爸爸不是間接留給了我遺言嗎？『照她自己名字的含意去過生活』。」

高貴的孤獨。

爲何伊利歐斯祭司要暗示他唯一的女兒這樣做呢？像她這樣不與人來往，和村子隔離獨自一個人生活，這是他所希望看到的結果嗎？

「妳……喜歡現在這種生活嗎？」

「與其說是喜歡，倒不如說我認爲只能用這種方法生活。」

「爲什麼呢？像妳這樣有才能而又美麗的人，實在是不多見，爲何孤伶伶地這樣……」

伊索蕾堅決地打斷他的說話聲：

「因爲我不可以再變成像我爸爸那樣子。」

達大南努力試著思考她的意思。但以他的經驗，根本就不可能想得透。

伊索蕾開始慢慢地說道：

「月島是個很小而且封閉的社會。島外的大陸上有國王而且有貴族，但是在這裡只有攝政和祭司而已。他們甚至和其他人一樣，並沒有特別享受到什麼富貴。既沒有特別窮的，也沒有特別富有的人。因爲，攝政和祭司們只是比較受尊重，然後有一些決定權，僅止於此而已。」

伊索蕾用手慢慢地撫摸了一下伊利歐斯祭司的日誌。

「在小社會裡，雖然容易實行平等，但是只要有一次打破了平等，就會一發不可收拾。所以島上並不希望出現突出的人才。我爸爸在各方面都具有天才的才能，勝過人們時，島民們會歡呼叫好，但同時也很擔心。擔心他一個人就比他們好幾個加起來還強！擔心他把古代王國權威下流傳的秩序與信仰，一個個追究並推翻掉！」

達夫南開始有些理解了。原來這是他一直想像不到的新的政治性問題。

「而且他們之中最感受到威脅的，就是你應該從來沒見過的月島領導人，也就是攝政閣下。」

窗戶在匡噹作響著。那是風在敲擊窗戶的聲音。伊索蕾的聲音像冬夜煮開的巧克力般，語氣濃厚深重。

「要我爸爸死的人就是他。他說劍之祭司應當爲村子的安全犧牲生命。而且是在我面前說出這種話。」

伊索蕾完全沒有尊敬攝政的語氣。達夫南低頭看著自己放在膝上、十指交叉著的雙手。原來這裡也有大陸上人類之間常發生的支配與被支配的問題。以前他得不到答案，而在這裡也同樣沒有解答。

「我不知道攝政閣下是個什麼樣的人。可是他爲什麼身爲島上的領導人，卻不直接出現在眾人面前呢？是不是月島的攝政都是這個樣子？」

「不，只有他這樣。他一開始當攝政的時候，也不是這樣；不過他現在是下半身殘廢的人。」

「怎麼會變成這樣？」

「原本攝政都是住在現在已成廢墟的那個村子。那裡的地勢比這裡還高，而且周圍的山勢也很險峻。他是在獵捕禿鷹時，沒注意到腳下，就跌落到冰川裂縫裡。還好，不幸中的大幸是那個冰川裂縫並不大，沒有掉得很深。可是他的下半身卡在冰川裂縫的裂隙裡，一個人待在那裡四天之久。人們找到他時，下半身已經完全無救了。」

「眞是可憐。」

「是啊，是很可憐。頭箍之祭司大人試著挽救，但只能做到不截肢的程度而已，無法恢復機能。他變成這樣之後，還不到一年，他的妻子就跑到島外去了。可能是她不要一個下半身毫無用處的丈夫吧！也有可能是她不願過著下半輩子都在照顧人的日子，才會下此決心吧。失去妻子之後，那個人脾氣就變得很糟糕，雖然看起來像是在家裡一動也不動地坐著，什麼事也不做的樣子，但實際上，卻汲汲於防範所有無視於自己，或者可能威脅到自己的問題。他立刻找了一個能照顧他後半輩子的女人，和她結婚，但在他心裡深處眞正心愛的卻只有他女兒而已。就像我爸一樣。當然，我爸可沒有再婚。」

說到這裡，伊索蕾像是突然想到什麼似地，問他：

「對了，你不知道嗎？以後應該會繼承攝政位子的那個女孩，和你也很熟。」

「是誰呢？」

「不就是莉莉歐珮了。」

達夫南感到不解，但隨之而來的答話卻令他嚇了一大跳。

這實在是前所未聞的事。不過她都這麼說了，一定是眞的。

「我……我完全不知道。」

「沒有任何人告訴過你嗎？」

伊索蕾疑惑地歪著頭，並接著說：

「將來會成爲攝政的那個孩子必須和父母分開住，直到思可理畢業爲止。而且從小得和一般孩子同等待遇。因爲如果不這樣做，這個孩子會認爲他是特權階級。」

達夫南過了一會兒之後，說道：

「那麼，妳一定討厭莉莉歐珮吧。因爲妳們的父親等於是仇人。」

「不，我覺得他們很令人同情。特別是攝政閣下，他一失去肉體上的能力，就胡思亂想，擔心別人會奪去誰也不會覬覦的權位，並因爲這樣而毫無顧忌。」

伊索蕾的語氣聽起來一點兒都不像是開玩笑或是嘲諷。她是眞心說出這番話的。

「現在你知道我爲何會這樣了吧？」

達夫南閉著嘴巴，沉思了一下之後，醒悟到一些事。他抬頭看著伊索蕾，說道：

「原來如此……依妳的能力，原本最有可能成爲下一任劍之祭司的人應該是妳。要是妳沒有這樣隱居起來，一定是妳沒有錯。」

「嗯。我是不可以成爲劍之祭司的。我不希望我爸爸的事又在我和莉莉歐珮身上重演。那孩子很像她父親。而我則和我爸爸一模一樣。人們說什麼我是隱居的公主，其實這都是有計畫性的。根本沒有任何人希望我脫離現在這個情況，去做別的事。」

原來她不是因爲那些對她爸爸袖手旁觀的人失望而關起心門，也不是因爲無法和爸爸一起死去而難過得自暴自棄。原因只是因爲，她能做到的最好方法正是保持現狀。

他傾聽著夾帶寒雪侵襲而來的風聲。突然，心中浮現出夏天看到的冬天景象。在那裡面，有垂著受傷手臂看著遠方的伊索蕾，還有抱著她的自己。雖然沒有用言語確認過，但他一直相信當時的她與他有著相同的心情……

「那麼，妳打算一輩子都不去愛人了嗎？除了死去的爸爸以外，誰都不要了嗎？」

他看著直直坐著的她臉孔的側面，熱切地凝視著，等待她回答。即使所有情況都令她不得不一個人生活，但這未免也太不公平了吧。真的如伊利歐斯祭司寫的日誌最後一句那樣，人類之間的公平要過了億萬年之後才能清算嗎？

然後，響起了一句簡短的答話：

「我曾經愛過一個人。」

「……」

這是他今天第三次張口結舌，冰冷的氣息從他臉頰掠過。

「而現在我已經不愛他了。在我愛著他的時候，我沒有處理好我的感情問題而弄得自己滿是傷口，後來甚至變成一種煎熬。所以我把那份感情深深埋在地底。這才是正確的選擇。我的感情被埋藏之後沒有腐爛就化掉了，我覺得以我現在這樣的心境，再去愛別人是不對的。」

正在燃燒的木柴底部，可以看到燃燒殆盡而變成的灰燼。那根木柴下部正慢慢地碎開變成粉末。

達夫南低頭俯視地板，又再尷尬地環視了幾處地方之後，突然站起來，然後說些時候不早應該走了之類的話。

伊索蕾有些擔心地說：

「這種天氣走雪地會很危險。」

達夫南搖了搖頭，用一隻手搓了搓泛紅的臉頰，笑著說：

「我們可不能再像上次那樣犯錯了。」

門一開，大雪正在傾瀉而下。達夫南停頓了一下，回過頭去，伊索蕾很快地揮手之後就關起了門。腳步聲越行越遠。

留下的伊索蕾獨自一人看著他剛才坐過的坐墊位子。火花飛揚，她放下爸爸的日誌，用手拍熄火花。然後站起來收好坐墊，把大椅子搬過來。

她把整個身體埋坐在爸爸生前最愛的椅子裡。可是這一次，她的手上並沒有拿著書。

03 從大陸吹來的風

三月一到，思可理就開學了。

學校裡換了很多學生。其中最引人注目的，就是賀托勒不在學校了。原本跟在賀托勒身邊的那些孩子們一時失去重心，都不知該如何是好。以艾基文一人的領導力量，根本就無法再把他們聚合起來。

賀托勒果然如眾人所預想的，自願走上劍之路。在三月初，他就和劍之祭司底下的戰士們一起到沉默島去，預定大概要到下個月才會回來。因爲這個緣故，使得艾基文更加沒有頭緒，心裡惴惴不安。他一直將生命重心放在哥哥身上，但是哥哥卻從自己身旁抽身而去，這也爲他帶來了改變。

但他拒絕接受改變。

新學期一開始，思可理有個最大的話題，就是銀色精英賽（Silver Skull）。達夫南想起奈武普利溫還是渥拿特老師的時候，曾經和他說過這個比賽。

「是今年，我和你們說，今年一定會出去比賽的！」

「劍之祭司同意才可以出去比賽，不是嗎？所以還不知道去得成還是去不成。」

「什麼話呀！五年才去參加一次，這是從以前開始就一直有的傳統耶！」

「這一次是幾個人去啊？我也可以去嗎？」

達夫南一向對他們這樣聚坐在一起七嘴八舌的話題不太感興趣，不過，連他也知道了大致情況。

雖然在大陸舉行的銀色精英賽每年都有，但在島上，卻是五年才去參加一次的活動。銀色精英賽在大陸也是非常受注目的一大盛事，甚至因而引來批評，說孩子們會因此過度執著劍術與格鬥方面的武藝修練。而月島比大陸還小，如果隨便讓職業失去均衡，更不是好事。所以有必要對參加這種大會加以約束。

可以參加銀色精英賽的年齡是從十五歲到未滿二十歲，由於島上是五年才派出一支遠征隊參賽，所以其實對孩子們而言，這可以說是一生一次的機會。

當然，並非年紀到了就可以出去比賽，還是必須有某個程度的實力才能參加，因此島上會先有考試測驗。理由也是因為，第一次到人生地不熟的大陸去旅行其實相當危險，也沒有必要隨便派人去拿一個難看的成績回來。

快滿二十歲而有參加機會的孩子們是運氣最好的，而剛滿十五歲就輪到銀色精英賽參加年度的孩子們則運氣最差。達夫南似乎就是運氣最差的那種情況。因為今年銀色精英賽是在七月底，於安諾瑪瑞中部的芬迪奈舉行，正好是達夫南剛滿十五歲的時候。

芬迪奈這個名字他好像在哪兒聽過，但他實在是想不起來。

「說不定你反而是運氣最好的哦！」

要說歐伊吉司是和劍術最沒緣的人，亦不為過，但是現在卻連歐伊吉司也融入孩子們的那種氣氛，連日來都在講這件事。歐伊吉司現在正看著達夫南，眼中滿是希望。最近他一直說達夫南一定會被選派出去比賽，甚至可能會得冠軍，弄得達夫南也在言談之中大受困擾。

「因爲五年才一次嘛。不過這幾年日期都有變動，所以五年後的銀色精英賽搞不好會在你滿二十歲之前舉行也說不一定！那麼你就是史無前例，參加兩次的人了。呵呵呵。如果兩次都是冠軍，那實在太酷了。你現在都已經這麼厲害了，二十歲的時候不就更了不得？」

想到二十歲，那實在是很遙遠的年紀。他的時間總是過得很慢。到底什麼時候才會到二十歲啊？

「不要一直講冠軍、冠軍，歐伊吉司。我的實力如果去到大陸，根本沒什麼了不起。那裡多的是比我還要強的人。」

「不對、不對。我聽說島上孩子們的平均實力原本就比大陸孩子還要強。而且這個冬天你不是都在和劍之祭司練習嗎？一定已經變得非常強了吧。你難道不是爲了銀色精英賽在做準備嗎？」

咦？是這樣嗎？

這個問題他從來就不曾想過，達夫南因而腦中暫時一片混亂。奈武普利溫突然叫他練習劍術，難道是要他去參加銀色精英賽嗎？他第一次聽到銀色精英賽，也是奈武普利溫告訴他的，而決定這次是否參加的也是奈武普利溫……是哦……不過，他整個冬天怎麼都不曾向達夫南提過這件事？連練劍的氣氛也絕不是……

達夫南不確定到底是什麼情形，他轉移了話題，說道：

「那麼島上有很多人得過冠軍嗎？」

令他意外地，歐伊吉司搖了搖頭。

「不，只有一個人得過。倒是聽說有兩、三個人比到準決賽。」

「是誰得到冠軍的？」

「只有一個人有可能。除了他以外，還有誰會得到冠軍？」

達夫南猜測搞不好是他，問道：

「奈武普利溫……祭司大人？」

「不對。奈武普利溫祭司大人根本連去參加也沒去。我不太清楚理由，反正聽說就是這樣。」

在這一瞬間，達夫南腦海裡又想到一個人。

「是伊利歐斯祭司大人？」

「伊利歐斯……啊，對！沒錯。反正就是那一位，伊索蕾姊姊的父親。他是我們島上唯一的冠軍。」

說的也是，要是眞如奈武普利溫所說，那麼除了他，還有誰可能得到冠軍？就在他這麼想的時候，突然心裡湧出了之前沒有過的一股情緒。到底冠軍好嗎？值得去當冠軍嗎？

爲了誰呢？

歐伊吉司繼續說著：

「連孩子們也在說，這一次出賽銀色精英賽，可能會得冠軍的人是你、賀托勒和伊索蕾姊姊。不過，伊索蕾姊姊好像不會去參加。要是她在她父親之後又得了冠軍，該會有多風光啊……啊，對了，如果她去，不就得與你對戰了。」

□

他也開始繼續上伊索蕾的課。

達夫南又再見到她時，有些拘謹，但伊索蕾好像沒事，反而顯得很高興。過沒幾天，達夫南也開始進入狀況，可以說話很自然。但沉寂於心中的陰影卻一直無法抹去。

雖然到處都有還沒融化的雪，但現在已經是春天了。他們先坐在岩石上面，聊了一會兒。

「聽說你和奈武普利溫祭司大人這個冬天都在練劍？」

「嗯。」

看來島上最後一個問他這個問題的應該就是她了，想到這裡，達夫南噗地微笑著說道：

「你不要太過依賴他。」

「嗯？」

他不懂這到底是什麼意思，但伊索蕾把她的白頭髮繞在手上之後又再鬆開，說道：

「那個人學劍可以說是自立更生型的。幾乎所有招式都是自己一個人體會之後磨練出來的。當然，一開始他是有位老師。可是那位老師的實力平平，只教給奈武普利溫祭司大人一些基本的東西。如此修鍊劍術的人一定會期待自己的學生也像他一樣自己去領會體悟。不過說得也是，如果你是那種教什麼就只會什麼，不懂變通的學生，那他就不會到現在都還在教你了。」

「妳說得好像沒有錯。從以前他就一直是一邊和我鬥嘴一邊對打，不曾有系統地教過我什麼。」

想起在培諾爾宅邸學劍的那段光陰，便露出了微笑。一直不停跑步，還有無聊的手臂練習……

然後在夜裡死命地和他對打。

他想到那時他是想搶回那把危險的冬霜劍，才會如此拚命，現在會變成這種結果，或許就是因爲他不聽從奈武普利溫的話吧！

「你的劍現在在哪裡？」

因爲伊索蕾突然問話，他這才從想念之中回過神來。

「這一次是交給奈武普利溫祭司大人，而且他不告訴我把劍藏在哪裡。說起來，這把劍眞的已經換了好幾個主人。」

「你又不是把劍給了他。」

「是這樣沒錯。」

「你去參加銀色精英賽時，他會還你吧？」

達夫南因爲她這句突如其來的問話，想到一件事。

「妳不去參加銀色精英賽嗎？」

她回了一句簡單的答話：

「不參加。」

「爲什麼呢？」

「我就是不想去，不想引人注目。」

如今他可以很快就聽懂她的意思。他想起在某個冬夜裡聽到的那些話。

「是哦……」

很快地，她反問他：

「你會去參加嗎？」

他稍微猶豫了一下，因爲他根本還沒有決定好。

「可能會吧，但也有可能不會。」

伊索蕾馬上看了出來，說道：

「你並不是認爲會無法通過考試。你也不認爲奈武普利溫祭司大人會反對。」

「聽說奈武普利溫祭司大人沒去參加過。不知道他會不會討厭我去。如果他阻止，我就不想去了。」

「那個時候奈武普利溫祭司大人會沒去參加銀色精英賽，是因爲有其他的原因。」

伊索蕾站起來，突然用手指了指峭壁方向。

「你好久沒去那裡了，去不去？」

□

有一雙眼睛正在躲著窺伺他們。看到兩人往峭壁方向消失，這令人討厭的目光便跟著過去了。草地上的草還都只是短草，很不容易藏身，但這個人還是一點一點地接近，橫越過草地。然後再等一會兒之後，也跟了過去。

他發現到峭壁前的入口，驚訝地停了下來。已經聽不到他們兩人的談話聲了。裡面搞不好是有一個很深的洞穴。

哼，他奸笑了出來。如果他們眞的用這種方式私訂終身，一旦他下決心把消息傳開，他們就丟臉丟大了，這是早晚會發生的事。

他爬進峭壁的洞裡，卻意外地發現洞穴很快就通到外面，這令他又再嚇了一跳。發現下面是萬丈深淵，更是驚慌不已。看到繞著峭壁周圍通上去的窄路，他幾乎就要放棄跟蹤——

「！」

就在這時，他不經意地抬頭看到，令他驚訝得差點就喊叫出來的景象。他們兩人竟然飛快地沿著峭壁上方邊緣走著！

是魔……魔法嗎……何時連這種東西也……

他在思可理上過魔法課，知道有魔法可以讓身體浮在半空中。但是應該沒有安全到可以像這樣自由自在地走在萬丈深淵之上。如果精神一不集中，就會跌落下去，誰會隨便這樣試？

在嫉妒與擔憂的狀態下，他又再看了一下天空。他們幾乎已經快到達峭壁頂端，可是仔細一看，他們的腳步有些怪異。

走在前面的伊索蕾踩踏的位置，跟在後面的達夫南又會再踩上去。而且之後的步伐都是一樣的情形。持續不斷地保持固定的步伐寬度與固定的高度。彷彿像是走著透明的階梯那樣……啊！

透明化的魔法不是就比較有可能了？原來如此！

可是……那麼，是不是也有厲害到能夠讓周圍的整個峭壁都不見了的透明化魔法呢？

接著，兩人上到了峭壁頂端，就再也觀察不到什麼了。現在他能做的就是回去好好地想一想。

□

賀托勒不在，只有他獨自一人，餐廳顯得十分空蕩。艾基文獨自在那裡吃飯，繼續一想再想。

看來一定是他所想的那樣沒有錯。如果是透明化，那規模未免也太大了，如果是在飛行，那他們的步伐又實在是很可疑。伊索蕾懂的知識到底到達什麼限度，死去的伊利歐斯祭司或許知道，但現在島上卻沒有人知道。不過，她眞的比思可理的魔法老師還要厲害好幾倍嗎？

突然間，他想到另一個想法。既然都可以讓人類浮在半空中了，爲何不能讓其他東西浮著？可是，不只一、兩個耶？即使是用涉河的蹬腳石那般大小的石頭，也要十幾個以上吧？

然而這個想法卻沒有輕易被他拋棄。他皺起眉頭，歪著腦袋瓜想著想著，突然低頭一看餐桌，原來他早已經吃完飯，連餐碗都疊起來了。習慣眞是可怕的東西！

他清理好餐桌，回到房裡。可以一起動腦筋想辦法的哥哥不在這裡，夜裡總令人感覺非常悶悶不樂。

其實艾基文有個祕密無法對任何人說。就是夏天裡在廢墟村發生那件事的時候，他也在那裡。

他當然沒有告訴祭司們，連他哥哥也不知道這件事。不對，不可以讓哥哥知道。艾基文是在吉爾老師之後到達那裡的，從遠遠的地方，他就已經發現發生了十分可怕的打鬥。下一刻，他根本還沒來得及想到別人的安全，就已經開始循原路逃走了。當時他連確定哥哥的生死，也不覺得重要。

回到村裡，他像什麼事都不知道似地待在房裡。那個時候的心態像是即使怪物消滅了整座村子，只要自己一個人還活著就好。

可是並沒有發生那種事，他迴避掉責任，又再熱情地想要跟著他哥。各種複雜的補償心理令他更加渴求哥哥的勝利。

本來他會跟蹤達夫南，是擔心伊索蕾是不是有教他劍術。他希望哥哥這次去參加銀色精英賽一定要得冠軍回來。會阻擋他獲勝的競爭者，就只有達夫南了。所以他下定決心，不管會抓到達夫南什麼把柄，都要讓達夫南無法去參賽。

觀察之後，他思考能用什麼手段。如果說他是劍之祭司的學生卻還向別人學劍，就說他犯了不敬之罪，這樣似乎有些可笑，但他的確想過真要這麼做。當然啦，用這個方法可能沒什麼好指望的。

哥哥預定明後天會回來。他想過到時候把自己想的這些事交給哥哥去想，但他又想一想還是作罷。一方面是因爲原本計畫這種詭計，他就比哥哥還優秀，而且哥哥回來時如果說出這些事，會顯得像是在炫耀什麼似的。

但最後還是會須要哥哥吧！因爲，只有哥哥會一面稱讚他的計畫，一面直接付緒實行。他根本就沒有那種行動力。最近連原本跟著他的那些孩子們，也紛紛都離開他，他們自己一群人行動，這使得原本因爲有哥哥做穩健靠山而擁有的那份自信心，更加呈現萎縮的狀態。用一句話來說，就是他已經被逼得走投無路了。不管要做什麼事，先等哥哥回來再說吧。

然而，哥哥去沉默島之前，就好像已經不太喜歡和他談話了。是不是像長大成人之後就把小時候的玩具丟掉那樣，想這樣拋棄弟弟？

不行，絕對不可以這樣！

這種狀態才只渡過幾個月，就已經如此可怕了，他不想一輩子這個樣子。他一定要讓哥哥回心轉意。讓哥哥再關心他，像以前那樣生活，這是他的目標，同時也是他的希望。

爲此，他一定要解決問題才行。

終於，他下了決心。那裡從晚上一直到天亮之前，伊索蕾應該都不會去。他認爲只有直接親自去調查，否則別無其他辦法。

□

「好，好，你以爲這樣就夠快了嗎？快，對，這樣避開就……」

奈武普利溫用手裡的木劍使勁打了一下達夫南的背部。因爲太過用力，讓達夫南差點就往前趴倒。

「……就還是會被打到背部，這傢伙！」

雖然奈武普利溫是這麼說著，但心中卻暗自想著，當初在培諾爾宅邸時，他用一隻手就足以料理這小子，但如今如果不好好用心，還有可能無法擋住這小子的攻擊呢！

突然間，傳來了達夫南的回話：

「是啊，乾脆你拿一把眞劍好了！要我拿木劍是可以，但是連對手都拿木劍，實在緊張不起來耶！這樣的話，我就算挨一刀也心甘情願。」

奈武普利溫像是啼笑皆非似地，手扠在腰上，喊著：

「什麼，想要挨一刀？你知不知道照我剛才那樣打下去會有什麼東西迸出來？我不是常常教你把練習當作實戰嗎？」

「說的比做的容易。而且……」

達夫南手裡拿著木劍，攤開雙臂。

「整個冬天這樣子打下來，我都變得挨打也不在乎了。哼！」

奈武普利溫瞇起眼睛，瞪著他。

「好，你是要我打得再用力一點，是吧？就算你沒這麼說，最近我經常腰痠背痛，我就當作是在舒鬆筋骨，太好……」

「眞是的，你終於承認自己年紀大了！是不是人到了三十幾歲，就會這樣子？」

「什麼？你以爲我才三十幾歲就不行了？」

他開始又是擲出木劍，又是追趕的。達夫南一面逃跑，一面還頑皮地喊著：

「你想想看，我三十歲的時候你不就四十多歲了？而且還是快接近五十歲，所以我有什麼好擔心的？不是這樣嗎？」

然而最後還是被抓到了。十幾歲的少年被三十幾歲的大人抓到之後，被壓在地上，手臂被扭到背後，但好像還是始終堅持自己的意見。

「啊啊，我眞的很難把你當大人那般尊敬你耶！你這樣追我，還把我手臂扭成這樣……」

「尊敬也要先用嘴巴尊敬吧！我看別當朋友了，把你當養子看待好了。」

初春的綠草都沾到頭髮和衣服上了，他們又再打滾了一圈。兩個人就像是忘記洗衣服時會被媽媽責罵的頑皮孩子一樣。滾到一半，不小心壓到了木劍，結果兩人幾乎同時發出叫聲。

「啊啊！」

奈武普利溫很快把達夫南拉起來坐好，然後突然用認真的表情，說道：

「好了，走吧。要是被人看到，會罵我這個劍之祭司玩得和小孩子沒兩樣。」

「都已經玩完了，才裝作一副沒玩的樣子，這樣不會很可笑嗎？」

「……你怎麼在我面前就變得這麼會耍嘴皮子？」

兩人站起來之後，蹦蹦跳跳地走著，抖掉了身上的灰塵和雜草。奈武普利溫嘀咕著：

「事實上，三十幾歲的我並沒什麼不滿的地方，是你這小子一直這樣，我才快發火的。再怎麼說我也曾有過十幾歲的時候。」

「我知道。哦，對了。你喜歡我去參加銀色精英賽嗎？」

達夫南轉頭一看，才發現他對這突然的話題，一副頭腦轉不過來的表情。

「你幹嘛突然提到銀色精英賽？」

「怎麼了，你不喜歡嗎？如果不喜歡，那我就不去了。」

「……」

「我沒有一定要去。事實上，以前我也不知道有這比賽。是你告訴我，我才知道的……不過我並不覺得那對我有什麼意義……」

奈武普利溫撿起掉在地上的木劍，打斷了他的話，說道：

「你去看看也好。」

「那個……祭司大人？」

突然間，達夫南喊出一個他通常不這麼喊的稱呼。奈武普利溫表情呆愣地回答：

「幹嘛叫我？」

「我出去打贏了……對祭司大人是不是會有幫助呢？」

達夫南一副認眞的表情。兩人互相面對面望著對方。非常深切地對望著。就在幾乎以爲奈武普利溫要說出什麼話來的時候，他伸出手來，把沾在達夫南下巴的一根雜草給抓下來。

「……」

他們又再面對面望著。正當達夫南覺得這一次他總該講出什麼話的那一瞬間，奈武普利溫又再伸出手來，這一回，則是抓下了沾在頭髮上的雜草。

「什麼啊！現在你是在找雜草嗎？」

「沒有啊，我只是看到就想抓下來。」

「您不回答我的問題嗎？」

奈武普利溫又再認眞地看著達夫南的臉孔。這一次達夫南乾脆用雙手一直拍頭髮和臉，讓沾在上面的雜草趕快掉下來。

「嗯，好。現在已經都沒了。」

「不要管這個……」

「好。」

呃，剛才好像有聽到答案。

「請您再說一次，祭司大人？」

「我說好。去參加銀色精英賽。既然去了最好順便得個冠軍回來。啊，對了，我當然不是說你的實力有辦法得冠軍。你還差得遠呢！」

達夫南低下頭來，悄悄露出微笑。然後突然抱住奈武普利溫。

「你這是在幹嘛？想玩摔角嗎？」

「噗哈，不是！我是想向你說謝謝你這麼坦白告訴我！」

達夫南放開手，隨即撿起地上的木劍。應該去伊索蕾那邊的時間到了。

「那我先走了！學會聖歌，不知道對得冠軍有沒有幫助？」

看著達夫南跑下山，奈武普利溫像是很訝異地喃喃自語著：

「我有說錯什麼嗎？」

過了一會兒之後，他像是悟到什麼事情似地，又再喃喃地說：

「他該不會以為這樣就是允許他帶眞劍吧？」

「啊，當然，我總是禁不住想要讚嘆您的實力。我一輩子從未見過如此快速的拳頭……無論是抓雞、卸蹼、清渠、捕蠣、掃院、拾金……所以您如果離開我們，教軟弱的我們如何能在這險惡的世上生活下去啊！因此，請您不要再說這種話，拜託……」

尤利希．普列丹這樣亂唸一通之後，連他自己也覺得噁心死了，他撇過頭去，暫時掩住了嘴巴。然後回頭看前方時，仍然一臉微笑，他想要把自己裝成是一個「可愛的么弟」。

「以前我的朋友裡面有幾個實力很強，但他們一起和您對打，恐怕您一拳就能把他們一次打得落花流水。像您這麼強的人，至今我都還未曾見過呢！」

這些話要是被瑪麗諾芙聽到了，肯定會立刻拿著戰斧要來和他拚個你死我活。嗯，她是會激動地衝向自己，還是會衝向這個野蠻人呢？

「啊，那個……實在是沒有必要說得那樣……不過聽了你們的話，我知道我想錯了。」

「是吧？確實是吧？啊啊，眞是太好了。您看看，我哥哥的臉都被嚇白了。所以以後請您不要再說什麼離不離開的事，來壓我們了吧。我哥哥心臟不好，聽到這種話說不定會昏厥過去。」

這句話其實有報復意味，是故意講給想出這個計畫、讓他如此辛苦的柳斯諾聽的。不過，柳斯諾只是露出一副蒼白表情，而且外表看來並沒有什麼特別的反應。

「那麼我們快去吧。我說錯話，對兩位很抱歉，由我請你們吃晚『飯』吧。這樣可以嗎？」

所謂的「飯」，可能是用雷米的米料理出來的某種食物，但尤利希根本不知道那是什麼。不管怎樣，他知道這個純真的野蠻人總是把「我們去用餐」講成「我們去吃飯」。除此之外，尤利希並不想再知道什麼其他的。

「好啊！如果吃了『飯』，我哥應該就會恢復精神。哥，我們走吧！」

此時，柳斯諾才走到野蠻人面前，深深地行了一個鞠躬禮，極爲鄭重地說：

「謝謝、謝謝。我們能相信依靠的只有您。」

每次他這個樣子，尤利希總是不禁想笑出來。都已經幾個月了，現在他該是很習慣才對，但他每次看到冷靜沉著的柳斯諾對人躬身敬禮百般阿諛，腦子裡還是會有一股格格不入的感覺。

不過，自己也是，而且比柳斯諾還更卑屈地演出。

野蠻人走在前方，兩人跟在他後面。受到坎恩統領最厲害的四支翅膀之中的一翼和四翼如此阿諛諂媚的男子，名叫伊賈喀．涂卡斯鐵爾——這好像不是他的本名，但大家都這麼稱呼他。

自從在黃金蠍餐廳「坎塔庫爾果」見到他之後，他們經過幾十天工夫才終於成功地與他同行，如今他們已經同行半年多了。誰都看得出這個人地位很高，他是外國人，但令人驚訝的是，他居然是珊斯魯里的女王——蒂亞利瑪爾．威奈．珊斯魯．梅樂潔蓓德的夫君，而且堪稱是幫她登上女王寶座、居功厥偉的大功臣。儘管如此，他現在卻處於不想繼續待在這個國家的狀態。

心思敏銳的柳斯諾馬上就看出了他的心理。他是雷米的野蠻族出身，從小完全沒學過禮儀或社交之類的東西，雖然對戰鬥很行，但是對其他方面都沒什麼興趣。他當初是以一顆冒險心，取了個雷米式的名字之後，進入珊斯魯里，在那裡偶然遇見年輕公主梅樂潔蓓德。

珊斯魯里是一個信奉珊斯魯神的政教合一國家，同時，代代傳承王位的都是巫女女王。前任女王蒂亞利瑪爾因爲急症突然去世的時候，留下三位公主，其中勢力最大的是第一公主，再來是第二公主。第三公主梅樂潔蓓德不僅年紀比姊姊們還小，而且政治手腕不足，也沒有什麼支持她的勢力。她只有一點比姊姊們厲害，就是她是珊斯魯巫女之中神聖力相當優異的一位。

儘管如此，梅樂潔蓓德當時完全不想放棄爭取女王的位子。

在珊斯魯里，女王所生的女兒之中，除了接任王位的一位公主可以結婚，其他公主都被禁止結婚。也就是說，要占有女王王位才能結婚生子。其他公主雖然擁有大巫女的地位，卻必須終生不結婚，如此老死。

內戰發生的時候，幫助梅樂潔蓓德的有兩個人。一個是陸續背叛她兩個姊姊之後選擇加入梅樂潔蓓德陣營的狡猾謀略家，也就是現今宰相。另一個就是與她墜入愛河的凶悍野蠻人。這個野蠻人以驚人的戰鬥力，將那些平常就不善打鬥的珊斯魯里人一一平定。他不僅個人戰鬥力很強，連指揮能力也超群出眾。而且一旦成爲他的敵人，他就會如同對待被捕獵的小動物那般，連同情憐恤心也沒有，很痛快地殺死他們，是個殘忍之人。

可是梅樂潔蓓德勝利之後當上女王，情況就整個改變了。

並不是梅樂潔蓓德女王拋棄了伊賈喀。原本不太有政治手腕的她歷經內戰之後，成長了許多，對丈夫的感情也十分篤深。可是內戰結束之後，完全不重視禮節、不按程序的野蠻人粗魯的態度開始成爲宮廷的問題。伊賈喀在聽妻子講了許多事之後，態度是改了過來，但他卻也開始厭煩宮廷生活。爲了妻子，這個也小心，那個也注意，結果根本就高興不起來，連消化也大受影響。比起去睡用最高級的布製成的精美寢床，他似乎比較喜歡躺在路上。

所以他才會跑去坎塔帕爾斯港口透口氣，結果就遇到了柳斯諾和尤利希。

這兩個外國人似乎一開始就計畫好要去迎合他。他們先慢慢接近他，裝作是和他很要好的酒友，然後突然提議一起旅行，繞國家一圈，順便轉換心情。事情就如他們所誘導的，進行順利。伊賈喀想到如果能藉口到國內視察而出一次遠門，把那些麻煩的神官甩掉，當然是很好的事，於是就答應了，然後他們便開始同行。

其實柳斯諾和尤利希是因爲無法到珊斯魯里國內，所以才接近他的。跟著伊賈喀，確實旅行得很舒適，而且當然的，他們也因而得以察看珊斯魯里各地。然而伊賈喀喜歡到處管閒事，所以爲了迎合他的旅行方式，確實是浪費了不少時間。一開始他們很是焦急，但後來也疲乏了，乾脆就好好享受旅行了。

這樣繞了一圈下來，他們似乎有了結論。那個帶著劍、名叫波里斯・貞奈曼的小鬼並沒有來過珊斯魯里王國，而且也沒有船隻從雷米航行到珊斯魯半島。看來那些傢伙眞的是消失在大海另一端了。

而且他們也得到一個令人驚訝的收穫。

「在大海的另一端？我是聽說那裡有個住著人的島嶼，但這是行船的人之間流傳的消息，我也不太清楚。」

他們又再追問，隨即迸出了這種回答：

「呵呵，本來那些行船人就很會幻想。常常都會看到幻想的島嶼。」

……看來根本就沒用嘛。

不管怎麼樣，他們已經離開珊斯魯里，往寧姆半島方向上去。聽說那裡有個伊賈喀的野蠻人朋友，搞不好可以對他們有幫助也說不一定。自從埃爾貝戰爭之後，野蠻人幾乎都已經被趕出埃爾貝島，但事實上還是他們緊緊控制住雷米北海的遠洋航海。白水晶群島與水滴列島，還有散布在其上方的一大片未知的海洋，想去那些地方，只要有一艘小帆船，就可以到了。

所以爲了利用他們，絕不可以和這個人分道揚鑣。百般阿諛諂媚並裝出弱小的態度，如今已經到了緊貼在身上的地步。爲了完美達成任務，他們已經處於個性被改造的危機之中。他們兩人現在就不知不覺地跟著提議吃飯在哼哼唱唱的野蠻人，一起哼唱著歌曲旋律。

□

賀托勒回來了。

他回來的消息很快就傳到達夫南耳中，不過，第二天他們就直接碰到面了。而且是巧合遇到，走下山時剛好迎面碰上。

賀托勒是從山下正要走上山，達夫南則是正在下山。他們立刻就看出對方是誰。達夫南想起之前在思可理餐廳，賀托勒裝作沒看到自己的事情，以爲這一次他也會這麼做。不過，在經過他身旁的那一瞬間，傳來了賀托勒熟悉的語氣。

「我好像應該向你道謝。」

他仍然還是那副傲慢的語氣，但內容完全不一樣。連達夫南也停下了腳步。

「你是指那件事呢？」

「很多事。首先可以說是你救我性命的那件事。」

他指的應該是把怪物收拾掉的那件事吧。不過殺死怪物並不是爲了賀托勒才做的。

「我又不是想救你。」

「沒關係。總之如果你沒有從那裡面跑出來的話，我一定死路一條。而且之前我還已經做出丟臉的事。」

達夫南聽到這番話，立刻一股沉寂已久的憤怒湧上心頭。聲音變得有些激昂。

「哼，你現在是想要我原諒你，讓你免罪，是嗎？」

突然間，賀托勒轉過身去，正眼直視著達夫南。達夫南立刻嚇了一跳。賀托勒的額頭上有一道用刀割出來，很深的疤痕。在遇上怪物之後，達夫南不曾見過這道疤痕。

「不，我不是在要求你原諒。我也不認爲你會原諒我。可是確實該講的就必須講出來。我欠你一筆債。第一是你救了我的命，第二是你隱蔽我的罪行。即使不是爲了我而有其他理由，結論還是一樣，總不能說沒有這回事吧。」

除了這兩件事，應該還有許多事他應該感謝吧？當所有打鬥結束時，他應該可以輕而易舉地殺死已經失去意識倒在地上的賀托勒，而且那件事之後也可以把對方的卑鄙行爲傳開來。當然，這也是因爲當時達夫南根本沒有辦法思考任何事，而之後則是認爲能做的都只不過是無意義的遊戲罷了。

如果他是敵人，達夫南總有一天還是會再殺他的，到時候過去的事如何都不重要。因爲，要殺一個人就是意圖想要連與他糾結的過去也斬得一乾二淨。

「我沒有必要再聽下去吧？」

達夫南正想要直接走掉。但賀托勒很快接著說：

「而且你也教了我一個道理。我連這件事也要道謝。」

「我不知道你說的是什麼意思。」

「託你的福，我又再活了過來。和沉默島上的戰士們打了一架，因爲想起和你發生過的事，我才得以活下來。」

「……」

「可是你不把這些當作一回事，所以我也不會再想下去了。」

達夫南背對著他，呆站著。他突然很想把這卑鄙之人的話再聽下去。同時，心中那股不快已經都湧到嘴裡，隨時就將吐出。

「反正我們再打一次，不就行了？可能是在銀色精英賽，也可能是在其他別的地方。到時候我會毫不猶豫拿劍揮砍你的。不過萬一，萬一要是我看到你被第三者攻擊，我會放下所有一切，幫助你三次的。」

達夫南又再轉身回去看他。他鐵青色的眼珠子正燃著熊熊怒火。

「而你……你教我的是憎恨。所以你讓我沉寂很久的本性又再復活了。幸好你提醒我。現在，你想怎麼做，就隨便你去做好了。至於我呢，我可不介意。不管你說什麼，總有一天我會殺死你的。

到時候即使不是正當的對決，也沒關係。」

兩個少年背對著對方，就分手了。

□

終於知道是怎麼一回事了。

艾基文高興得想要跳起來，但他硬是壓抑住心情，走著夜路。他對這件事太過熱中了，以致於哥哥回來了，他也無法好好歡迎哥哥。可是只要成功了，他就有話可以對哥哥報告。只要成功了就可以。

確實就是他所想的那樣。前一天晚上去那裡仔細觀察的結果，放在峭壁上的確實是浮在半空中的透明踏腳石。那個時候他們兩人就是用那個來做階梯，才能上到峭壁頂端。看他們走的時候像一般人自然走在路上那樣，可以知道那條路他們應該不是只走過一、兩次。

艾基文使用的方法是把魔法做成的光珠之類灑到半空中。如此一來，階梯的輪廓就大致顯露出來了。確實是一些魔法石頭沒有錯。

那天無法上去，但這一次他克服所有恐懼，上到了階梯頂端。因爲以後再也無法上來了，所以他就先上去看了一下，而且一方面他也想藉此看看可不可以得到什麼情報。可是到達峭壁頂端前，他的背就已經冷汗涔涔了。

峭壁頂端並不是一片空空的石地。首先，他看到一個小山泉。然後在山泉旁邊有一本書用石頭壓著。

他小心翼翼地翻開書本。裡面出現一張小紙條。內容很簡單。

創作兩首歌詞。

他稍微想了一下，立刻就懂了。書裡收集了一些頌詩與敘事詩。一定是伊索蕾放在這裡，要達夫南看這本書，練習創作歌詞。

那麼，第二天達夫南應該就會來拿走！

這正好與他的計畫吻合。他把書放回去，擺成原來的樣子，便很快站起來，朝魔法階梯走下去。大約下了五階，他轉過身去，從口袋裡拿出寫滿符文的紙張。

當然，這不是他親手寫的符文。是從他父親書架上偷來的，他也知道這是非常貴重的東西。艾基文甚至不知道如何解釋寫在裡面的符文。不過，使用方法及其效果，他就很清楚了。

他在紙張背面牢牢黏上他帶來的封蠟，然後放在第四階石頭上面。這樣做好之後，他走下階梯。

確定好大致的距離後，他一面冒著冷汗，一面用微笑表情唸出符文。

迭摩，萊咿，諸思喀，坦—迪爾……

寫著符文的紙張開始著火了。光芒包圍著整顆石頭。接著，咒語就生效了。

咻嗚嗚嗚……轟隆隆！

附在石頭上的魔法永遠消失掉了。因爲，那張紙上寫著的符文咒語具有一種力量，可以消除附在其他物體上面的魔法。

石頭往峭壁下方掉落之後，好一陣子才聽到回音在四方響起。艾基文注意傾聽這聲音，確定這是非常深的深淵，此時他又再次驚嘆自己訂下的計畫有多麼完美。

□

會把作業放在那裡，是那天上去峭壁頂端時，伊索蕾提議的方式。這可說一半是遊戲，一半是學習。伊索蕾想到的時候，就把作業放在那裡，而達夫南想到的時候，就去把作業做好。聖歌不能一直光只是向某人學習，而得花時間獨自一人默想，從自己體內引發出歌曲。

這幾天達夫南非常累，所以沒有上去峭壁找作業。原因都是因爲和奈武普利溫練劍的強度變得大很多的關係。達夫南抗議過幾句，但奈武普利溫卻回答：「你不是要出賽銀色精英賽？」這令達夫南啞口無言。這種時候，他確實是個很可怕的人。

可是奈武普利溫爲了讓達夫南在去銀色精英賽之前有能力握持眞劍，內心確實是也變得更加焦急。整個冬天練劍都是用木劍揮砍，木劍的柔軟已經讓他心中的那把劍刃變鈍了。雖然如此，如果讓他握眞劍，特別是冬霜劍，要是瞬息之間殺氣立刻又再回來，那長久以來的努力不就等於白費了嗎？爲了防範這種事發生，奈武普利溫一直努力訓練達夫南在用木劍時，也有眞劍一般的效果。

可是現在連奈武普利溫也終於感到疲累了。思可理休息不上課的日子裡他們連續練了超過十個小時，結果兩人都躺平下來，睡了半天以上。而且還是達夫南先醒來。他瞄了一眼還在睡覺的奈武普利溫，微笑著說道：

「還是十幾歲的人比較有體力吧？」

雖然是一個人自言自語著，他還是以此爲樂。他起床，隨便吃了點東西之後，考慮要做什麼事，然後他就下了結論：「對，我該去看看有什麼作業。」

他想走出去，卻感覺有什麼東西拉著他的腳踝。他不知道怎麼會這樣，在椅子上坐了一下，但還是無法平靜下來。房裡的某個東西一直在向他招手。他把手按在胸前，才醒悟到那是什麼東西。原來是冬霜劍。

在哪裡呢？

原本他一直都想遵守禁忌的，但突然間他卻變成了一個在玩捉迷藏遊戲的男孩。他自己也不知道怎麼會這樣。不對，與其說是不知道，倒不如說他全然不覺自己正處於奇怪的狀態。

他站起來，慢慢地轉了一圈之後，坐到地上，試著移動他的手。呼喚聲變得更爲強烈了。然後他把手放到床下。雖然什麼也沒有，但可以感覺到下面有個附有蓋子的東西。

喀拉。

那是一個長形的祕密地點。事實上，說是祕密地點，根本連鎖也沒有，而且可說是個非常容易找到的地方。不過，這呼喚聲未免也太強烈了。他居然只試一次，手也沒伸錯地方，就找到了。

蓋子下面放著一把劍。

「……」

他要拿劍之前，停頓了一下。可是那只是一下子而已。他的手立刻找到用布塊覆蓋住的劍柄，握住之後，拉到外面。

確實是好久沒看到冬霜劍了。他長長地吁了一口氣，但感覺心裡並沒有因而產生什麼特別的氣息，便站起來。他環顧了一下四周，看到一件外衣。用它包住劍，就拿著往外走了。那時他都還渾然不覺自己的行爲有何異常。

傍晚的風令人覺得很是爽快。這天他的腳步也變得很輕快。走上去之後，看到伊索蕾家的煙囪冒著煙氣，便露出了微笑。看來她是想早一點吃晚餐。

到了草地上，他立刻朝著通往峭壁的入口前進。走沒多久，開始走上魔法階梯。不對，他突然停了下來。

奇怪的說話聲在搔著他的耳朵。搖頭搖了好幾下，想把那聲音甩開，突然間，他低頭看自己的手。

「……？」

發覺到自己手上拿著什麼東西時，他整個人都呆掉了。

腦海裡滿是一股像是被什麼迷惑之後覺醒過來的感覺。怎麼會帶著這東西跑出來呢？是怎麼找到的？那時候怎麼會甚至毫無罪惡感？現在該如何是好？

胸口怦怦地跳著。眞想當場跑回去，把劍放回去，裝作一副什麼事都沒做的樣子。可是他都已經來到這麼遠的地方了。為何會來這裡呢？啊，對，是來拿伊索蕾給的作業。

拿了作業一定得趕快回去才行。

他很快地踩了下一階——可是沒有階梯。

□

「……！」

原本在吃晚餐的伊索蕾手上的湯匙突然掉了。整個人臉色變得很是蒼白。

不知道發生了什麼事，可是感覺像是後腦勺被重擊般的衝擊，而且像是從很高的地方往下掉落般的感覺籠罩住全身。簡直就像是作噩夢作到一半驚醒的感覺。

然而那種感覺卻立刻消失不見。變得什麼也感受不到。

而她的心臟經過那樣大大驚跳之後，卻怎麼也安定不下來，只是繼續怦怦地跳著。她禁不住猛然站了起來，拿出繫著兩把劍鞘的細帶，牢牢地繞在肩上和手臂。然而再來她卻不知道自己該往何處去。

□

達夫南失蹤是在隔天被人知道的。

雖然他以前也曾失蹤過，但這一回是頭一次讓全島的人知道。動員了許多人，但沒人找到他。連一點人影也找不到。

事情發生在傍晚的時分，所有人都在吃飯，幾乎很少人會在村子裡閒逛。所以根本沒人看到達夫南往山上走去。

奈武普利溫不想相信任何事，但最後還是不得不把達夫南是帶著冬霜劍消失的絕望消息告訴戴斯弗伊娜。奈武普利溫說出來時，甚至連嘴唇也在顫抖著。

現在的情況很容易讓人誤解。帶著被嚴格禁止攜帶的劍消失不見，這是不是代表少年終究禁不住誘惑，找到劍之後，就跑到異界去了？

奈武普利溫只能跟戴斯弗伊娜、默勒費烏思談論這種事。不過，隨即又加入了另一個人。

伊索蕾打開大禮堂的門，跑來站在三人面前。她努力想要抑住自己的情緒，但聲音卻還是抖了起來。

「他一定是掉到某個地方。時間是昨天傍晚沒有錯。現在不是坐在這裡討論的時候……請各位馬上到峭壁下面搜索，現在立刻去。」

□

賀托勒閉著眼睛坐在窗邊，背後傳來了朝他走過來的腳步聲。

「哥！」

沒有回答，立刻又再叫了一聲。

「哥！不是你嗎？」

突然間，賀托勒猛然往後轉過去，站了起來。然後揪住艾基文的領口。艾基文嚇得發出細微呻吟聲，身體搖晃著。

「是不是你……對達夫南做了什麼事？全都給我說出來，做了什麼事全都給我一一招出來！」

□

奈武普利溫確信伊索蕾說的話。不對，其實這反而是可以想像得到的事。他透過「溝通術」，知道她心中無法輕易抹滅的是那些話。

而且她會感受到達夫南的危機，也是當然的事。因爲他們是教導聖歌和學習聖歌的師生關係。聖歌如魔法一樣，擁有力量可以把兩人的神智連結在一起。在冥冥之中連結著，因此在某一瞬間會有相同的感受。

儘管如此，他還是嚐到了令他難以接受的苦澀。

「一起去找吧。」

然後他們花了一天一夜的時間，卻都沒發現少年的人影。

其實這是有些可笑的行爲。從峭壁這麼高的地方掉下去，怎麼可能還活著？如果只能找到屍體，就不必急於一時了。但他們幾個人還是不願放棄希望。

到了晚上，回到家中的伊索蕾拉開椅子坐在桌子前，舉起雙手祈禱了很久。可是她祈禱的對象並不是月女王。連她爸爸伊利歐斯祭司也不信奉的月女王，她當然也不信。雖然她沒有明說出來，但月女王就如同原始信仰的神祇那般，會無緣無故就嚴厲起來，有時更是態度不明。月女王信仰會控制住月島，一定有什麼祕密存在。

她獻上祈禱的對象，是伊利歐斯祭司稱之爲「古代魔法師們」的特定多數亡者們。他們曾是穩固古代王國文明關鍵的人，擁有連自己靈魂也能操縱的驚人能力，幾乎是等於「半神」的尊貴。即使他們被月女王趕了出去，但他們的靈魂仍未被消滅。

回來啊……你一定要回來。

我對你，還有必須做的事。

你一定要去大陸，一定要打倒他們，勝利回來。

爲了你，也爲了你的老師。

還有，爲了我爸爸。

她至今一直無法說出的祕密全都一起湧出，重壓著她的胸口。結束的時候還未到。還不是結束的時候。被壓抑的慾望與極爲想要幸福的衝動，似乎所有一切都同時迸射而出。

□

奈武普利溫在黑暗之中獨自坐著，瞪視眼前的一片漆黑。過了片刻之後，他用虛脫的聲音喃喃自語著：

「我絕對不要把你當作養子……不然我不到四十歲，就會滿頭白髮了。」

他像是毒藥積在心臟般的心情，坐在那個地方。全身痛苦，特別是眼睛，顯得很疲憊。頭痛欲裂，甚至感覺直冒冷汗。

「我只是想要看著你，看到你三十歲……為何所有一切都不能如此單純。」

他用雙手抱住頭，然後掩住雙眼，手指之間流洩出胡亂糾結在一起的說話聲：

「你就算回來了……現在我也不會再原諒你了，這小子……已經超出我能容忍的界限了……」

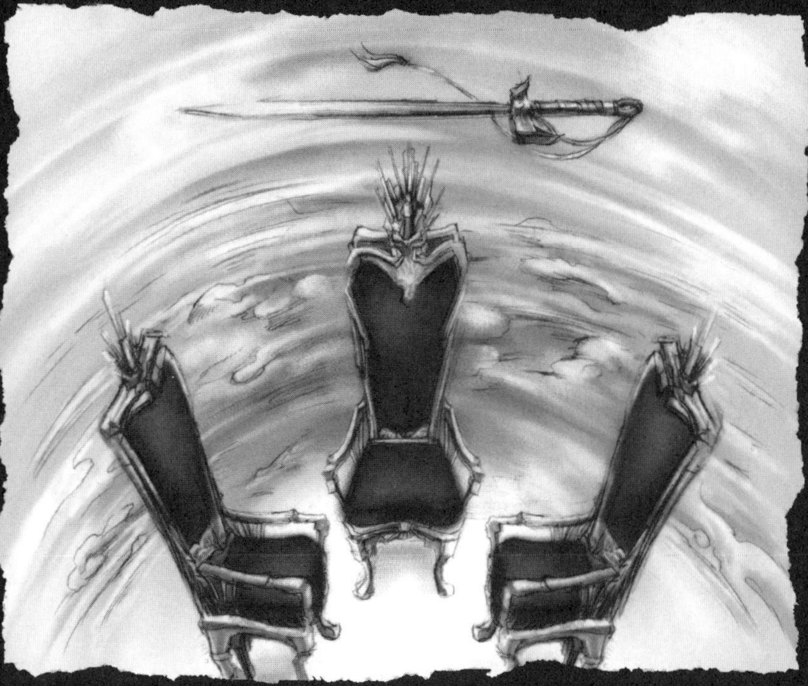

第十三章

染血的過去

Bloody History

01 血之獸

懸崖、蜿蜒的樹根、潺潺流水、聽不見鳥鳴的寂靜山中，一個陌生的冬景占據了山中某一角落。那是一顆由數千萬個宛如斷裂劍尖般的冰塊薄片所集結而成的結晶體。

白花花的。

如同沾滿砂糖的餅乾那般白花花的霜雪冰球之中，隱約可以看見一些黑青色的頭髮。一張彷彿像是死屍般蒼白的臉孔。這個人手中握著一把劍，而且還閃現著光芒。

冬霜劍裡的無數隻野獸終於一個個發出了聲音。光芒覆蓋到握劍少年的眼睫毛，接著立刻變成了一個個的記憶。

一頭凶猛的野獸正在奔跑著。六隻獸蹄踢開暗紅色的泥土，荒野大地便如同爆竹般塵土飛揚，血色獸鬃裡突出的彎曲犄角像是指著高不可及的高處般豎立著。

大地沸騰。

天空燃燒。

一座尖細的峭壁，像寬廣的地平線露出手指那樣，直直矗立在那裡，而在峭壁尖端，正好插著那把劍。那是這動盪不安的世界裡唯一靜止的東西。是一個被凝聚、被集中、被囊括，成爲一個個體的東西。

一滴血也不沾的純白劍刃上，白色的裝飾劍穗正在飛舞著。

冰凍的冷風……

「我要擁有你！」

傳來了往峭壁奔跑上來的腳步聲，接著，一隻手伸了過來。很快地握住劍柄，畫出一條長長的弧線，往後直刺而去。白色劍刃如同流星般，灑出了一道光彩。

嘩啊！

宛如散亂頭髮的血注噴了出來，朝空中散去。黑色大地吞噬了血，被劃爲兩半的野獸體內，無力地冒著生命即將終了的熱氣，並且短暫地出現一陣垂死的掙扎。

野獸的身體抽動了幾下。

然而，立刻就寂靜下來。

站在峭壁上方的人拿起握在手上的劍，指向空中。不對，應該說是伸開手臂變成一副支配者的模樣。雖然看不見這個人的臉孔，但他具有雕像般結實的身體，還有金色獸鬃般的頭髮。他堪稱是地上最強的強者。

劍尖抖動了一下，接著便朝天空使勁揮去。

刹那間，周圍好像有著雪花般的東西散落下來，原來是白冰覆蓋住整片大地。世界立刻變成了冬天。

接著是一個少女握住了那把劍。那是一個有著亮麗金色頭髮與濃密黑色眉毛，大約十六歲的少女。她雙手緊握住劍，像是毫不退讓般地，正眼直視著前方。由她緊閉的嘴唇可以看出她似乎相當緊張且固執。

在她正前方，則是站著一個身披褐色斗篷，年約三十五歲的男子。他的金髮與少女的幾乎一模一樣。

男子伸出他的手。手上並沒有拿著任何武器。

「這應該不是妳的東西吧？艾碧拉。」

少女既不答話，也沒有做出任何動作。她只是更用力地緊握住手上的劍。

「妳知不知道妳現在手上握著一個會把妳徹底消滅的東西？」

「我只知道有一筆債要向你討回！」

「妳可別傷了我的心。我所做的一切都是爲了妳一個人啊！」

「我爲何一定得這麼想？我又不曾叫你做過什麼事。」

男子一邊搖頭，一邊泛起憂鬱的微笑。他的眼神像是再也找不出更好方法，只好做出最壞的選擇。

「拿來。」

少女沒有答話，她往後退兩步，並揮了一下劍。劍尖並沒有碰到男子，但白亮劍刃所劃開的空氣卻爲之凍結，彷彿像是龜裂的玻璃破碎之後散成尖銳碎片。少女的眼瞳裡有著毫無同情心的冰冷惡意。

男子像是被釘住般站在原地；接下來，他的全身上下數百個傷口卻一次全都湧出鮮血。

流著鮮血的巡禮者之眼……

劍後來被一個獨眼的男子握在手中。他坐在一張長椅上，俯視自己腹部如同泉水般流出的鮮血。

那是一座寬敞的大廳。許多個數不清的圓圈慢慢地變小，一直上到圓圓的屋頂上。像湖水的波紋般，那些圓圈又再擴大，一直延伸到大廳牆壁。

冰冷的灰色石牆上面刻著葉子、藤蔓、小精靈的僵硬臉頰、無光彩的翅膀、暗紅色綢緞的縐紋。

這座大廳是他構想出模樣，並指示將之建造出來的。如今他卻陷入沉思。這一切都是人類造成的嗎……

不信任就殺，不能擁有就破壞的人類，怎麼可能知道何謂莊嚴？

巨大的掛毯試圖想要記載誰也無法記得的光榮，現在就掛在他正好可以俯視的大廳兩側牆面。騎士的銀光、王冠的金光、被紫色斗篷覆蓋的純白馬背、綠色大地，這些都是他曾經一時目睹過的；聖女的手正在祝福著年紀尚輕的自己，這些記憶都還歷歷在目。然而，如今掛毯卻像在告訴他這些不會有任何人記得似地，裂開了一大半，垂掉下來，而且還被紅紅的血污弄髒。

而掛毯裡的黃金、聖女的頭髮，如今被血色、巨大的斑點覆蓋著，只有血滴靜靜地落在大理石地板上。

被毀的掛毯下方，蜷曲著身體的男子在最後一刻握著他的劍，他被刺穿的身體已快化成一個無生命的東西。這個將死之人直到最後一瞬間都還緊握住掛毯，裡面的圖案已被弄綯、破損……他的鮮血宛如罪惡的證據般留在那裡。

滴，答。

血滴下的聲音在空蕩蕩的大廳裡回響著，同時他感覺到自己的心臟抽搐地抖了一下。這時候，他將目光從血肉的屍體移向高處空中。一個他一直本能地在等待的時刻到了。就是此時此刻。

在他眼前頂端的薔薇窗，以及繞著圓頂周圍的十三面窗子正慢慢地發出亮光，像是祝福一般亮了起來。

光芒射了下來。

最高處的十四面窗子現在像是灑下花瓣那般，射下黎明陽光。這瞬間是這座被這名全身是血的人類所建造的大廳最爲燦爛的一刻，徹夜的殺戮讓地板與石壁無一倖免，全都成了鮮血江河。在最終的一刻，什麼也無法被洗掉，只有罪行被彰顯出來。

這一切看起來簡直就是神聖的。

所有事情就像是千年前犯下的罪惡。

痛苦慢慢地化爲極致的喜悅。而今所剩的只是長久戰鬥之後像是獎賞般賜予的無盡安息。一直期待這一刻的他，幫自己在罪人的原罪上又再加上了一條罪……

褪色的罪惡，在光芒下逐漸變成無力的死亡，眼前所見的，以及那些寫在黃色羊皮紙的宣告文裡的空洞字句。他究竟是爲了期待什麼、企求何種力量而流血呢？如果說是有所企求，怎麼會什麼都沒有留下，又爲何所有一切都被毀滅了呢？

罪惡終究還是只能以血償還。

他移動手臂，把劍拉了過來。他面無表情地將目光移向那把連一絲血痕也沒沾上，如同冰塊般乾淨冰冷的劍。

他終究還是無法獲勝。劍還是會到其他人手中，而且又會再度釋出令人難以承受，而且更不可抗拒的力量，去試驗這個人。而這個人一定也會輸。輸的人又再失去劍，連滿是血絲的眼睛也無法閉上就會到地府去報到，只留下破壞的痕跡，或者曾經存在過的巨大文明的基石。

反而是流著血的掛毯顯得較具人性吧。後世子孫啊，非人類的力量就永遠交給大自然吧，就讓它這樣，像化石般，靜止在那裡吧。

唰啊啊啊……

劍如今為了一個目的，又再次被豎立了起來。偉大的國王到了最終的一刻，他慢慢地張嘴反覆地說著：

死在我手裡的人啊，不要在地底下哭泣。
因為我也即將隨你們而去，
到時候連我留下的一小片肉塊也會到你們手中，
即使要用我的血舉行狂歡嘉年華會，我還是即刻就將跟隨而去。

無論在何處，總是存在著劍。劍，在某一瞬間裡，在草花盛開的山丘上，被佩在一個年輕人的腰上，他正拉著一個村姑的手。在另一瞬間裡，劍被握在一個黑髮女人手上，她背對著正要和強大惡勢力展開戰鬥的野戰帷幕，瞪視著在黑暗之中揮舞的數百面旗幟。

再來則是在荒郊野外，劍和一具如同木乃伊般乾癟的屍體放在一起。一名男子走了過來，翻開屍體之後，拿了劍，往北方離開了。

又有另一個影像閃過……如今這把劍是在半圓形高聳的冰洞裡。泛著青綠色的地面上，鋪著像是涉河踩腳石的石頭，在石頭上有個人拖著長斗篷在走著。冰地下方，隱約看得到一些難以正確描述是什麼東西的臉孔。個個表情焦急，像是在呼叫，也像是在吶喊，一動也不動地僵在那裡。有男有女，也有小孩子。這個種族的靈魂們不論善惡，只因敗戰，都得在冬日冰雪中渡過囹圄歲月。

石磚一直鋪到洞穴，那裡中央高起一個像是白色祭壇的東西。走近一看，這祭壇也是用冰做成的。白色的空氣氣息直升到洞穴頂端，像口中吐出的熱氣般冉冉上升。

走到祭壇前方的那個人看了一下早已到達的另外兩個人。他們全都是老人，其中一名是女人。他們各自披著不同顏色的斗篷，頭上戴著像頭冠之類的東西。

披著藍色斗篷的人站在北邊，戴著像冰一樣的白色頭冠。頭冠上的各個突角像山楂樹圍籬那樣每一節都彎曲向上伸展，尖端有個像凝結水珠般的東西。

披著紫色斗篷的人站在南邊，戴著一頂像長有青苔的樹枝般的頭冠。第三個人站在東南邊，披著橘色斗篷，戴著一頂薄金箔做成、尖銳到似乎會割手的頭冠。

而祭壇上則放著劍。

「你怎麼能確信我們這樣並沒有犯下另一項大罪？」

「我們是無法確信。可是看到眼前開啓的災難之門，我可以確信這確實是種罪惡。我們得要好好保護我們世界的生命才對。」

「如此一來或許會讓我們的世界更加軟弱、更加和平；而那塊土地上的生命說不定會連抵抗也來不及就瞬間全都滅亡了。我們還不十分清楚這裡面潛藏的力量。說不定這東西終究並非單一個人所能夠擁有，而是有其自我意志。這是很有可能的！」

「這東西本來就有自我意志。在這裡，它會聽從我們的願望。雖然是從小地方開始，但所希望的一切它終究都會聽從到底。人類沒有力量承受得了這種東西。這把劍本身既非惡也非善，我們人類軟弱的心是無法令它成爲無害的東西的。或者說是因爲我們永遠不會滿足的緣故吧。然而不清楚這事實的不只是我，所有在這個世界裡生存著的生命都是這個樣子。我認爲這種可怕而且完全未知的東西不該存在於這個世界。」

「甚至這裡面已經根深柢固地存有幾個惡靈了。我反倒希望這把劍會完全滅亡一個世界。那麼那個世界的任何人就都無法把這劍送到其他地方去，這劍就無法出現到別的地方了。」

接下來，這三人不再說話，各自伸出手，朝著劍攤開雙手。他們的手開始慢慢地發光，光芒逐漸連著手，形成一股漩渦，而且變成了一道旋轉的光環。就在此時，高處突然傳來了一個說話聲。

「這裡……這兒是哪裡？你們幾位是什麼人呢？」

三個老賢者嚇了一跳，全都往空中仰望。這並不是神明或者超自然力量的聲音，這只不過是那種因爲驚嚇擔憂而開口說話的那種少年聲音。

「小朋友，你是誰？你在哪裡？」

這簡直就是不答反問。少年的聲音有些猶豫了，一會兒之後，又再說道：

「我……是在一個我不知道的世界裡。從剛才就一直看著你們三位。不……不只是看到三位，還看到其他好多事……」

波里斯，一度被取名爲達夫南，但本名是波里斯的他講完這番話之後，還是無法輕易理解自己到底是在講什麼。他覺得自己似乎是在作夢，但爲何他能在眞相未明的地方看到這些「夢」呢？甚至於還能與他們對話？

這是他現在想要問的問題。這裡是哪裡？不過他可以確信的是，他和正在交談的三個老人並不在同一個地方。他們和他之間彷彿有個像是穿過一層雲霧般的圓形入口。

在這之前所看到的影像眞的是夢嗎？刺死野獸的人，以及他所造出的冬天，破壞掉自己數十載光陰造出的所有一切而迎接黎明的那個統治者，爲了在黑暗之中越過旗海與眾多惡勢力對決而考慮選擇「那把劍」的黑髮公主的眼瞳……

他們都擁有冬霜劍，而且他們看起來都比他還強，都擁有堅定意志或高貴理想。有些只是剛開始而已，有些則顯示出結束。這是擁有過冬霜劍的那些人的手，那些最終必會沾血的手的歷史。

「原來你是『外面』的人。」

原本猛烈旋轉的光芒慢慢地浮到空中。同時，放在祭壇上的劍也浮了上去。光環的中央變成了像是一陣雲霧旋風的東西，隙縫裡閃現了像是其他世界的影像殘影。

三名老賢者放開他們的手，從祭壇退了下來。然後他們私下講了幾句話。過了一會兒，傳來了對波里斯講話的聲音。

「是什麼媒介使你和我們連結在一起的？在這裡有什麼是你熟悉的東西？」

波里斯只好照實講出來。他至今還是作夢般頭昏腦脹。

「是你們的劍，我有一把和你們一模一樣的劍。這兩把劍是雙劍嗎？」

披著藍色斗篷的老人突然抬頭，他的臉孔像是看到可怕的東西似地僵在那裡。

「你說什麼？你說你知道這把劍？」

波里斯感到一陣混亂。可是嘴巴卻和心中的狀態不同，只是堅定地回答。就好像人們在自己支離破碎的夢裡連眞相都搞不清楚，卻還是能夠自信滿滿地行動。

「冬霜劍，這是我那把劍的名字。你們的劍是叫什麼呢？」

老人們根本一時之間都愣住了。過了片刻，橘色斗篷的老人用顫抖的聲音回答：

「這把……叫作冬日之劍。也被稱爲越冬者，另一個名字……也叫作……冬霜劍……」

這回換成波里斯嚇了一大跳。一樣的劍怎麼會有兩把？怎麼可能會有這種事？他一直以爲是非常特別而且令人害怕且強力的劍居然有兩把……不對，是三把、四把，或許是更多把吧？是不是任何世界都存在著和這一樣的劍？他所看到的影像中無數把冬霜劍究竟是怎麼一回事？

如果不是不同的劍……那他是在和劍的過去或者未來交談嗎？

波里斯轉過頭去，看到掉在自己身旁的冬霜劍，並且撿拾起來。他握住以布纏繞代替劍柄的地方，劍刃向下，往前伸去。刹那間，有著像彩虹般美麗的光彩覆蓋於白色劍刃上，閃閃發出光彩。

「說得再正確一點……應該說，那把劍和我的劍以前的模樣很像。因爲現在我的劍已經變成單純只是一柄銀色劍刃。」

當他如此說的這時候，突然想到了一件事。不管他們的劍和他的冬霜劍是不是同一把劍，也不管是過去，還是未來，至少模樣相像就應該會有類似的力量存在著吧？如果實際上是任何世界都有相同的劍存在……不就可以向他們詢問有關劍的事了？他長久以來很想知道的那些事。到底這劍是什麼東西，到底存在有什麼力量，應該如何處理……

可是在下一瞬間，他突然想起剛才他所看到的那一幕。他們想對劍做什麼？他們是想把「他們世界的冬霜劍」送到其他世界去！

此時，紫色斗篷的老人開口說道：

「照這麼說來，你應該是『冬日之劍』的過去或者未來的主人。我敢確定的是，如果真有其他跟這把劍一樣的劍存在著，那些像稻田般被交錯開來，互不連貫而各自存在的世界們，就都會不得安穩。我對於那些世界並不完全都了解……可是我知道一定有某些地方存在著數千、數萬、數億個可能性。而在其中，我們的世界是那種不平衡的力量與魔力相對發達的世界。這種情形在我們因爲某種理由而打開通往其他世界的門時，我們的力量隨時都會流向相反的世界以求平衡，這是可想而知的事情。」

「連我們這樣的世界都容不下這把劍了，更何況是其他世界，怎麼可能包容得了這把劍，沉默到現在？小朋友，在你的世界裡，那把劍已經存在多久了？是不是造成了許多災難？」

波里斯手上的冬霜劍發出了更加華麗的光彩。彷彿像是由數百片有色玻璃所鑲嵌成的彩色玻璃（stained glass）那般發亮著。就像正在這麼說著：

「你是不會想要放棄我的……永遠不會，無論到何時……」

「我不知道。這把劍是我父親傳給我哥哥，然後我哥哥傳給我的，我只知道在過去想要擁有這劍的人們之間發生了許多爭鬥。可是，應該還不到足以稱爲災難的程度……不，我實在是不太清楚。我擁有這把劍也才不過四年的時間而已……」

「等等，四年，你說四年？小朋友……你現在幾歲？」

「今年七月我滿十五歲……」

一說完，他才想到他們的時間概念有可能和這裡不同。可是三名賢者並沒有注意到這一點，而是一副因其他問題而受到很大衝擊的樣子。

「眞令人難以置信。才十幾歲的小孩怎麼有辦法擁有『冬日之劍』長達四年之久，卻還能夠安然無事？」

「這孩子的劍眞的和『冬日之劍』是相同的東西嗎？」

「不可能的……不對，如果不是劍的力量，這孩子怎麼有可能和我們這樣對話？這一定是其他時間年代的劍銜接到界限……哦，我懂了！」

突然間，藍色斗篷的賢者像是醒悟到什麼事，發出了一聲驚叫。他現在甚至連手也微微顫抖著。

「現在我們看到的是『冬日之劍』的另一種力量！這孩子一定是這劍裡面所蘊藏的過去的某一個記憶！從劍裡湧出的記憶甚至會感覺自己是個實體，並且和我們談話！雖然聽說這劍裡面藏著惡人的靈魂，原來還存有這種小孩的靈魂！」

然而波里斯聽了這番話，卻驚訝得說不出話來。自己明明活得好好的，怎麼會是劍裡蘊藏記憶的一部分？也就是說，他是被關在劍裡的靈魂？那麼說來，他清楚記憶著的所有情感與回憶，還有他剛剛不久前還生活著的世界，難道全部都是遙遠以前的事，是現在已經不復存在的虛像嗎？

不可能的！

「請不要說這種不可能的事！你們怎麼可以把還活著的人任意說成以前死去的幻影？我剛才周圍還有很多人，而且經歷了各種事，不久前除了你們幾位，我還看到許多人手裡拿著不同的冬霜劍！看到那些影像，我一直以爲所有一切都只不過是在作夢而已。好，要不要說說我的看法？我反倒認爲你們幾位是冬霜劍的過去，是存在於劍中的靈魂！至少，在我看來是這個樣子！」

劍的尖端慢慢地朝著浮在祭壇上大約直徑一公尺的光之旋風前進。雖然不知要花費多少時間，但它確實是在朝著其他世界移動。

「天啊……眞是令人無法相信……」

可是過了一會兒之後，橘色斗篷的賢者嚴肅地說道：

「這孩子說的沒有錯……如果說這個孩子，還有我們都把自己看做是活在現實之中的人，那麼誰對誰錯，又有誰能判斷呢？到底哪一方是虛像與幻影？或者兩方都是？似乎沒有東西能夠作爲確信的根據。」

波里斯聽到這裡，突然間感到一股懼意。如果眞如他們所說，那自己不就有可能是在活幻覺之中了？他所珍愛的所有人……父親與故鄉、哥哥耶夫南、奈武普利溫，還有伊索蕾……他們全都在很久以前就死了，說不定連痕跡連記憶也不留。搞不好只留在奇異的劍中，不斷重複著，他只是活在自己支離破碎的記憶之中……

現實到底是在哪裡？現在又是何時？眞眞假假，實體與幻影又是如何以及由誰來區分呢？

02 冰蜘蛛網

那天下午，在大禮堂召開了一次會議，這是許久以來第一次以六名祭司爲首，加上十七名修道士，還有思可理的老師也全都被召集到場的會議。雖然禁止其他人進入，但這樣的會議已經足以轟動全島。

會議座位是以祭司們的位子，也就是七個圓爲中心，用椅子排列繞成圓環狀。椅子的數量剛好與可以進到這會議的人數相同。不久，眾人徐徐入座，將所有位子坐滿。

而伊索蕾也在其中。她在其他人全部到齊之前就已經進來坐在一張椅子上，不過，沒有人質疑她爲何會來這裡，甚至也沒叫她出去。事實上，等該到場的人全都進來坐好時，也沒人沒有椅子可坐。

「所有人都已到齊。那麼，現在即將關閉大禮堂的大門。」

大門關上之後，接著門閂便被放了下來。幫助戴斯弗伊娜祭司的那些修道士們將周圍開著的窗戶全都關閉之後，回到了座位上。正當周圍昏暗下來之際，突然七圓的中央亮起了火光。戴斯弗伊娜祭司正拄著權杖站立在那裡，光芒是從權杖頂端鑲著的那個大彎月水晶裡投射出來的。

「會議開始。今日我們的言行舉止都將在月女王的見證之下，今日我們所做的結論也將被月女王置於秤台予以秤量並做取捨。對錯只由她親手決定，我們皆是眞理世界裡的瞎子與聾子，我們所能做的，乃是跟隨在她毫無私心的腳步之後，走向啓發我們的大門。讚美月女王。」

「讚美月女王。」

「讚美月女王。」

跟著重複唸誦的聲音雖然小，但語調卻相當一致，彷彿像是由同一個人的嘴裡所唸出來的。

「攝政閣下今日並未出席。由一名少女來替代他的耳，並且替代他的口。」

眾人全都轉過頭去。在戴斯弗伊娜的正後方，放著一張稍微高一些的椅子，而莉莉歐珮正坐在那上面。因爲她的年紀還未到達可以宣布爲攝政正式繼承人，所以只被稱作爲一名「少女」。可是她面無表情的臉孔，連點頭也不點一下的模樣，令眾人覺得她早已充分知覺到自己的身分是「攝政的女兒」。

「今日我們在此開會的目的，是要爲一個少年不幸的失蹤尋求對策，並找出原因做出正確方案。想必各位都已知道目前的狀況，是以無需再做贅述。首先，在此集合各位意見，討論是否再繼續搜索，如果是，則討論應當運用何種方式搜索。」

在月島，地位在祭司之下就是修道士，共有十七名，其中有九名是在島上山脈各處觀察天地之間變化的隱居者。代表他們幾位的人開口說道：

「我們無法在全島各處一一做細部搜查，此乃無庸置疑之事。權杖之祭司您可以用魔法察看整個月島的各角落，爲何您不這麼做呢？」

戴斯弗伊娜坦白地點了點頭，答道：

「當然，本祭司已經使用魔法察看過。不過，因爲有某種不知爲何的力量或物質將他阻隔開來，致使我無法看出他的所在地點。」

「島上竟有權杖之祭司不知道的力量存在著？這倒是前所未聞。」

此時，從他旁邊插進來一個說話聲：

「怎麼會沒有？聽說就是那孩子進到月島時帶著的那把怪劍，擁有某種特異的力量。」

戴斯弗伊娜轉過頭去。聲音是從修道士之中傳出來的。這個人嘴角像是要笑不笑的，正在等著聽回答。戴斯弗伊娜看著他，沉著地說道：

「斐爾勒仕修道士，請問你是從何處聽到有這種事？」

斐爾勒仕慢慢地從位子上站了起來。他有著一頭和他長子一模一樣的紅色長髮，身材非常地高大。與他那下半身已快全廢的親哥哥比起來，簡直就是強烈的對比。他的名字則是「巨人」的意思。

「我兒子和他打鬥過好幾次。他說那孩子的劍擁有非常特殊的力量，所以他才打不贏。」

原本身體稍微前傾、低著頭坐著的奈武普利溫猛然抬起頭來，將目光投向這個人。賀托勒和達夫南之間的事早已在去年夏天就協議好要三緘其口了。那時候賀托勒的父親斐爾勒仕當然也在場。而且……達夫南一次也不曾使用冬霜劍和賀托勒對打過。如今在這個節骨眼上，他卻趁著對達夫南不利的情況下，故意違反約定，在眾人面前說這種話，他究竟是想做什麼？

這樣下去不行。

「本祭司從未聽過此種傳聞。斐爾勒仕修道士，你相信孩子之間打鬥時在氣憤之下說出的言語嗎？」

戴斯弗伊娜的聲音如同大理石般冰冷僵硬，有幾個人知道她用這種語氣就是在責備對方。斐爾勒仕也因而提高了他的語調，說道：

「呵，您這是什麼意思？雖然賀托勒是我兒子，但他不是那種會為了掩飾自己錯誤而胡言亂語的人。就我所聽到的，那把劍發出像冰一樣的氣息，把周圍四處都變成冬天景象……而且聽說那把劍還會自己變換形體！」

戴斯弗伊娜只動了動嘴唇，露出微笑，說道：

「看來斐爾勒仕修道士你從兒子那裡聽到太多奇奇怪怪的事。本祭司原本以為賀托勒只對劍術感興趣而已。」

周圍的人覺得啼笑皆非，有些騷動了起來。因為至今發生的事全都被視為祕密，所以在他們看來，斐爾勒仕修道士的這番話等於像是兒子作夢的內容。

「哼，您的意思是不相信我說的話？那麼現在發生的事您要做何解釋？達夫南那小子拿著劍消失了，連權杖之祭司您也無法用魔法找到他？他會不會是避開守林者們的視線，越過森林到達乘船碼頭，連駕船也不會就逃出島外去了？還是他又像上次那樣，跑到全是峭壁的北海岸，掉到水裡去了？」

最後那句話分明就是把伊索蕾也扯進來一起指責。可是伊索蕾不帶任何表情地坐著，紋風不動。

只有斐爾勒仕的宏亮聲音繼續響著：

「所以我想要問您，為何事情都已經傳到我耳中了，掌管視察島上所有事務的權杖之祭司您會不知道呢？是不是因為年邁，就怠忽祭司職守？還是因為私情而睜一隻眼閉一隻眼……」

「請不要隨便胡言亂語！」

說這句話的人是在另一邊突然舉起左手的衣袖之祭司培特萊。戴在她手腕上的一圈寬臂套上的大顆銀色寶石閃爍了一下。

「明知侮辱祭司乃是重罪，怎可如此出言不遜？請不要講一些廢話扯開話題。我們現在失去了巡禮者之子。如果那孩子有犯什麼罪，等他活著回來之後再行追究。」

衣袖之祭司是負責照顧島上巡禮者們的飲食、睡眠、工作，使巡禮者擁有幸福生活，並掌管出生、婚姻、葬禮等生活禮儀的職位。因此，即使和達夫南沒什麼交情，也對他的不幸十分敏感。

「哈，萬一不回來，那該如何是好？請不要只單純以爲那小子是失蹤。說不定他是發現自己的劍有異常力量，就帶著劍到某處躲起來，預謀危害島上安全？用那把劍的怪異力量一定可以故意隱蔽住自己的所在吧？」

「請不要若有其事地說出這些毫無根據的話！那個少年爲何要這麼做？難道說他危害月島會得到什麼好處嗎？爲何你會突然這樣懷疑呢？」

「他是從大陸來的，不是嗎？只有劍之祭司稍微知道他的過去，我們卻完全不了解。如果說沒有證據可以懷疑他，那又有什麼依據可以讓我們相信他？我們實在是無從判斷！」

他說完之後，自信滿滿地轉過頭去，卻看到奈武普利溫站了起來，對他說：

「很簡單，你是相信我，還是不相信我？」

雖然是短短一句話，但在這一瞬間，代表劍之祭司的象徵「雷之符文」卻碰觸到他的腿，發出啪噠響聲。雖然不是故意發出聲響的，但奇怪的是，這聲音卻非常清楚地傳到了所有坐在大禮堂裡的人耳中。

「嗯，咳嗯，那個，劍之祭司大人……您沒有必要因爲達夫南這個少年是您帶回來的，就攬爲您的責任。您似乎太過想要證明沒有選錯那個孩子。其實祭司大人也偶爾會有錯看人的時候，祭司大人您可以不必捲入這件事……」

「不，不是這樣的。」

奈武普利溫用冰冷的目光盯著對方，接著說道：

「我很了解達夫南的爲人。斐爾勒仕修道士，如果依你的標準，認定那個孩子很壞的話，那麼你也等於是被侷限在那個圈子裡，脫離不了關係。我說這話是什麼意思，你應該很清楚吧？」

奈武普利溫說到這裡，很恰當地把話打住了。省略沒說的話，誰都料想得到是什麼。

不等斐爾勒仕反駁，戴斯弗伊娜靜靜地開口說道：

「請就此停止無益的爭論。月女王是不容許我們在結論之外做太多討論的。爲縮小議論方向，在此先說出本祭司的意見。」

她放開原本用手拄著的權杖，隨即，權杖就這麼直立在地上的圓圈中央。

「至今會一直沿著許多山巒尋找達夫南的原因，乃是因爲達夫南失蹤當時，教導達夫南聖歌的伊索蕾瞬間感受到同步知覺，是如同失足跌落到深處的感覺。在教導聖歌過程，老師和學生之間會共有感覺，這種事以前經常發生，我們對此應該是不需置疑。然而，我們尋遍附近山底下也找不到他的蹤跡，甚至使用魔法也無法找到。他會是到哪裡去了？我認爲解開這個問題的鑰匙乃是在於他所帶著的劍。」

一直站著的奈武普利溫霍地轉頭瞪著戴斯弗伊娜。斐爾勒仕修道士則是一副「看吧，我就知道」的表情，連其他人也似乎很驚訝地騷動起來。而坐在奈武普利溫旁邊的頭箍之祭司默勒費烏思也露出驚訝的神情。

「那把劍在達夫南來島上之前就已經是他的東西。從一開始，我就感受到那把劍內部潛藏著一股強大力量。雖然無法得知力量之好壞，但可知的是，它一直在等待機會出來。不過，令人驚訝地，達夫南長時間帶著那樣的劍卻能一直平安無事。」

「關於那把劍，我知道的比較多！那只不過是這孩子在大陸所屬的那個家族裡代代相傳的傳家寶！」

戴斯弗伊娜不做回答，只是稍微低下了眼睛。如此喊著的當事者奈武普利溫感覺內心一陣焦躁，對戴斯弗伊娜投以懇求的目光。

在長久被孤立的月島上，並沒有人知道關於冬霜劍與寒雪甲——也就是冬雪神兵——的事。即使在大陸生活了幾年的奈武普利溫，能夠說得出來的也只不過是些片面的事。不過，親眼看過冬霜劍就知道這絕不是一把單純的寶劍。光是以其外表顯現出來的特質，便能感受到一股無法掌控、看不到的威脅感。

身爲劍之祭司，他能夠感受到劍中的那股危險力量，更何況是精通魔法與預言的權杖之祭司，怎麼可能會不知那股力量？不過，戴斯弗伊娜至今都一直不把它當作問題，甚至還一直予以隱瞞。

是不是她現在已經不想再隱瞞下去了？

「劍之祭司說的話也沒有錯。不管怎樣，這東西是個古物，對我們這些巡禮者而言，是不可知的未知物。我只知道，就是那把劍具有力量可以穿越到重疊在我們世界之上的異空間。我先就這一點做解釋。那個孩子會不會是到了異空間？如果只是單純這樣，依我的力量不可能找不到人。我甚至應該可以呼喚被困在異空間的他。可是我在異空間裡卻感受不到他的存在。再來是哪裡呢？就是異世界了。」

在場所有人都知道異空間與異世界的差別。可是卻沒有任何人去過那兩個地方，也不知道裡面到底有什麼東西。

過了片刻，思可理的傑納西老師開口說道：

「所謂的異世界，是不是……和古代王國的古井另一頭的世界一樣……是嗎？您的意思是，連接到那裡的通路又再度被打開了嗎？」

戴斯弗伊娜答道：

「這是種可能性。在這裡我要清楚公開一件事。我和劍之祭司的看法不同，我確信達夫南的那把劍裡潛藏著一股危險力量，但是一直有效壓制住那股力量的就是那個少年的力量。怎麼會這樣呢？我長久以來都在懷疑那孩子或許有一種特殊能力，所以一直在觀察他。他的外表看起來並沒有什麼特別的地方。他所帶有的血統和魔法傳統並沒有什麼關係，而且擁有的資質也只不過是比普通小孩優越一點而已。」

奈武普利溫仔細聽著戴斯弗伊娜說的每一字每一句。突然間，他懷疑自己對她到底有多少了解。同時，對達夫南也有著同樣的想法。

「未成熟的少年面對具有強大力量的魔法武器時，通常都會在瞬間被那股魔力吞噬。但是達夫南卻能夠平安無事地帶著那把劍好幾年。這種情況下，在我們的傳統上只會做一種判斷，就是：『把劍給他，他的存亡都由他自己負責！』」

就在這個時候，大禮堂的大門傳來敲門的聲音。可是戴斯弗伊娜卻不管這聲音。她滿是皺紋的臉上微微地抖了一下，下垂眼皮裡的眼瞳費力地散發出光芒。

「所以我才會把劍交給他。想要看看他是否會重生變爲與劍之力量相符的人，還是會被力量牽引而自行滅亡。而現在我懷疑他是不是選擇了後者。也就是說，有可能是那把劍希望回到這劍誕生的異世界，以便更加自由自在地發揮力量，而那扇門一被打開，達夫南就禁不住誘惑，一腳踏進那裡。」

周圍一陣冷冷的沉默，敲門的聲音也停住了。接著，傳來大約五、六個人各自呼喊著：

「祭司大人！白鳥們……帶了……想進來……往窗戶……把門……」

所有人都聽到大禮堂外面有數十隻鳥類拍動翅膀的聲音。那聲音拖得很長，繞著大禮堂，接著，牠們就朝一扇窗戶硬闖了進來。

匡噹！噹啷！

原本關著的那扇窗戶連窗鉤也掉了下來，滾落到地板上。接著，眾人便看到大約有二十隻白鳥排成一行，飛進被打破的窗戶。因爲翅膀整個展開會比窗戶還寬，所以鳥兒們全都稍微收翅飛進來，然後往屋頂方向高高飛起，兩邊翅膀整個攤展開來。過了不久，眾人的頭上就形成一幅白鳥在上方一直繞著大圓圈飛的壯觀場面。

在此同時，人們發現他們之中有一人站了起來，往前走了幾步。這個人的雙臂往上舉起，長長的白袖隨即如同一對翅膀般飄揚著。

汝之羽翼，回來該落腳處
峭壁頂端處突出鋼鐵樹枝
等待千年之彎曲翅膀尖端
如今此刻，斂翅停留俯瞰

事實上，他們已經很久沒聽到伊索蕾吟唱聖歌了。也許他們已幾乎快忘記什麼是聖歌了。在思可理教導魔法咒語與咒歌的菲洛梅拉老師在感動之餘，用雙手掩住嘴巴，全身發抖著。因爲，聖歌乃是凌駕所有魔法歌曲的歌中之歌。假如將伊索蕾的聖歌比喻爲在春天齊發的嫩綠樹枝，那麼自己教給孩子們的東西簡直和冬天的枯乾樹枝沒什麼兩樣。

聖歌一被詠唱出來，白鳥們立刻以類似迴旋的曲線下降，聚到伊索蕾那裡去。最前方的一隻是戴著紅寶石項鍊的白鳥公主尤茲蕾。其他白鳥緩緩拍著翅膀，在周圍徘徊著。尤茲蕾則是輕輕地停在伊索蕾的手指上。

「……」

伊索蕾閉上嘴巴，把尤茲蕾嘴裡銜著的、像是碎玻璃的透明尖銳碎片接過來。尤茲蕾拍了一下翅膀，就移到伊索蕾的左肩上。然後像是在環視在場每個人似地，轉動著頭，紅色眼珠沉著地注視了幾個人的臉孔。

伊索蕾手中的那塊碎片閃爍了一下碧色光芒。這應該是被打破的某個東西的一部分，而且非常冰冷。像冰塊，但又不會在手中融化。伊索蕾讓尤茲蕾繼續待在她肩上，就這樣走向戴斯弗伊娜。然後將那塊透明碎片交給她。

戴斯弗伊娜臉色大變，說道：

「這是……」

她曾經看過一次同樣的東西。就在去年夏天，將廢墟村變成冬天的冬霜劍所製造出的冰塊之中。

原本在空中盤旋的白鳥們突然像遇到氣流般，往入口飛去。過了片刻，戴斯弗伊娜舉起手來。用令人無法違抗的語氣下令說：

「請開大門！祭司們請全都跟著這些鳥！要跟的人就跟過來！」

□

雖然路不好走，但因爲六名祭司都走在前面，所以跟在後面的人並不難跟上去。戴斯弗伊娜使出魔法，用飛來的石頭塡補斷裂的路。奈武普利溫則拿著「雷之符文」燃出火苗，不露痕跡地消除橫擋路中的樹枝和灌木。默勒費烏思拿著「感應權杖」，所以即使稍微看不見白鳥，也能很快就再跟上去。祭司們這樣毫無保留地顯出各自的能力，可稱得上是史無前例。

他們穿過連接陡峻峭壁的峽谷，走到快接近底部的時候，周圍的石壁開始出現白色痕跡。稍微再走近一點，才發現那原來是有雪摻雜在一起的冰塊；即使前一個冬天雪下得再多，也不可能在這種季節裡還留有這麼多冰雪的痕跡。

越接近底部，雪跡就更加地多。人們全都各自好奇地俯視下方，但這天峽谷布滿了雲霧，能見度不到兩、三公尺。

「越來越詭異了。好像有什麼令人意外的東西在等著我們。」

斐爾勒仕聽到身旁女修道士耳語的聲音，特別發出清了清喉嚨的聲音。現在他開始謹言慎行了。其實他只不過是那個沒什麼特別權限的攝政的弟弟而已，攝政史凱伊博爾因行動不便逐漸失去影響力，而斐爾勒仕則成了他最親近的談話對象。事實上，長久以來都是他試圖促成莉莉歐珮和賀托勒的婚約，並且製造聲勢讓賀托勒像是下任劍之祭司最佳人選。

可是半途卻意外出現了一名少年，成了劍之祭司的第一學生，而且聽攝政說，莉莉歐珮也對他頗有好感，結果弄得他長久追求的兩個目標都快泡湯了。正因爲如此，不管是不是冒險，或者事實如此，他只好一直把驅逐達夫南視爲第一要務。他對達夫南並沒有什麼特別的情感，事實上他根本不知道達夫南是個什麼樣的少年。不過，擋住他孩子前途的人必定是要除掉的，這是不容有半點疏忽，也不容有半點寬容的事。

過了不久，四周變得全都是冰壁。

更令人吃驚的是，一開始冰塊只要用手一碰就融化，如今卻連用刀去刺也絲毫不爲所動。戴斯弗伊娜要所有人停下腳步。然後叫伊索蕾到最前面去。

伊索蕾沒有和戴斯弗伊娜說話，便已經知道自己該怎麼做。她在尤茲蕾耳邊輕聲細語了幾句之後，讓鳥飛走。白鳥往下飛去，在雲霧之中消失蹤影。接著立刻就從不遠處傳來了特別的鳴叫聲。

隨即，令人驚訝的事發生了。伊索蕾用嘴巴像是唸了幾句咒語之後，便一口氣奔到峭壁下方。

「天啊！」

這聲驚喊立刻變成了一陣轟隆響起的訝異聲。這是因爲聲音在不遠處就碰撞到壁面造成回響的緣故。片刻後，戴斯弗伊娜揮著權杖唸出幾句咒語，周圍好幾公尺的雲霧就全都散去了。

一片片像雲朵般的雲霧往山谷兩邊退去時，便看到屈著一邊膝蓋蹲著的伊索蕾，還有……

「這、這是什麼東西……」

伊索蕾腳上踩著的東西是一個橫亙在峽谷下方的巨大冰塊。

從外形看來，像是有人從峭壁頂端滾落下來的樣子，但卻又稍嫌太過龐大，也不像是卡在峭壁之間而停住的。因爲冰塊上面有數百支冰柱伸出來緊抓住峭壁。

「我這輩子從未看過這種事……」

「眞是太好了……難道這是月女王慈悲降臨？」

「月女王啊，是您的旨意嗎，還是非您的旨意呢？」

正當幾個修道士訝異之餘，戴斯弗伊娜讓自己的身體浮在半空中。然後就如同伊索蕾那樣降到冰塊上。

這冰塊是個直徑大約九公尺的球體，但表面十分凹凸不平。就像是無數碎冰塊突然朝著一個結晶體聚攏過來的樣子。如果眞要找個東西來比喻的話，可以說是面巨大的蜘蛛網，一面冰蜘蛛網。

也可以說像是大地最深處的巨手所摘下的巨大球狀植物。那東西向四方伸出數百、數千根細微但堅硬的根，緊抓住峭壁。這東西全都是冰塊，白得發出碧光，而且像是鋒刃般銳利。

白鳥公主又再飛了上來，停在一根連結到峭壁的冰塊突枝上。白鳥的腳一碰觸到，便有幾塊突起的冰霜碎裂，掉到冰塊上方，發出噹啷聲響。

所有一切都白得簡直刺眼。所有一切都是。

戴斯弗伊娜走到伊索蕾身邊，把手放在她肩上。

「妳知道怎麼做，是嗎？」

伊索蕾抬頭看了一下戴斯弗伊娜，對她說：

「請叫他們全都退到後面去。」

有幾根頭髮落在她毫無表情的臉上，連那些頭髮也是白色的。

03

繼承者

「冬日之劍在我們世界裡至少存在了兩百年。在這之前，不知它是潛藏在這個地方，還是存在於其他世界。不過，可以確定的是，在這兩百年間它給了三名男女力量，使其無所不能，最後還讓他們毀了自己。這劍的力量其實本身並無善惡之分。然而活著的人當中，至今仍未出現有人有足夠能力承擔那股力量。」

「或許，那股力量根本不是人類所能操控得了的。力量必然會牽引生命體。這時關係到的根本不是善惡問題，也非富貴與卑賤的問題，更不是先後問題。而且那股力量需要吞食東西……擁有力量的人一開始爲了肯定那力量，會將反抗者毀滅，把世界削減塑造成自己所想要的模樣。而越是削減塑造，只會越是看起來醜惡，爲了遮掩醜惡，就會更加銷毀……然後到最終，阻礙自己的所有一切，當然還包括自己曾經珍愛的人也全都一律毀壞掉，接下來……」

「就是自我毀滅。」

被毀的那些人……

三名賢者用憂慮的神情望著仍然浮在半空中的劍。再過不了多久時間，儀式就將要結束。而只有在這段時間裡，他們可以繼續和這個陌生少年——一個可能是在他們的過去或是未來的少年——談話。

「孩子啊，正如同你所說的，我們無法分辨出哪一方是眞，哪一方是假。或者我們兩方都是假的也說不一定。或許是在千萬分之一的偶然裡，你的世界和我們的世界產生了一個特殊的接點。你我的世界原本就互不相同，去區分過去、現在、未來又有何用？姑且不論有用或是無用，說不定在兩世界之間原本就無眞假之分吧。」

「只不過，在和對方相較時，自己是眞，除此之外的眞實性誰也無法辨知，所以眞實豈不等於和不存在沒有什麼兩樣？或許原本就只有此種程度的微小眞實性吧。據我們所知，能夠釐清強烈眞實性的唯一眞神並不存在於我們的世界。因爲，他創造了我們的世界之後，就隱蔽到遙遠他方，不曾再度現身過。彷彿像是突然產下嬰孩而害怕到棄兒逃跑的年輕父母那般。」

波里斯並沒有完全聽懂他們所說的話。就像昨夜的夢境無法讓人完全記住似的。不過，接下來他們發出的警告他卻完全都聽得懂。

「在我們的儀式結束之後，你和我們就不可能再度接觸。我們可不認爲千萬分之一的偶然會再度發生。孩子啊，如果你也有和我們一樣的枷鎖，也就是擁有那把劍的命運，雖然可能終究沒有用處，但我們還是要給你忠告。你要對你自己說眞話。最好是丟掉那把劍，要是無法丟棄，就要常常反省自己，看看自己逐漸擁有的力量是否眞的是自己的力量！」

「你說你帶著這劍四年來平安無事，所以我們才抱懷一絲希望，對你說這些話。記住不要依著劍的聲音去行事。冬日之劍原本其實是無生命的東西，不會有聲音，但因爲長久以來吞食了太多依靠它到甚至毀了自己的那些人的精神，所以劍裡面存在著許多被毀的靈魂。絕對不可以聽從那些聲音！那些並不是劍本身的聲音。劍本身只會如同一個過分慈悲好心的國王那般，賜予你禮物，讓你擁有無限力量。我們希望你能夠眞正領悟出這番話的可怕。」

「劍的那些聲音只會引領你走向邪惡，劍本身不管你是善是惡，會一律予以破壞，它會毫無條件地給予一股甚至會將你自己毀滅的力量。我們這些活著的人在面對劍的力量時，正如同手持火把站在一堆乾稻草前面的小孩。大多數人都會無法抗拒誘惑，而將稻草點燃，燒燬掉整個世界。」

另一把冬霜劍如今幾乎已經快要通過光環。只剩下劍柄圓頭上的圓鐵環了。最後，藍衣賢者舉起雙手高喊。然而，這喊叫聲到後來卻變得非常模糊不清。

「劍會依你所想要的方向無限成長！只有這句話，你千萬不能忘……」

在劍完全通過並且消失的同時，波里斯眼前的那片雲霧旋風颳了上來，遮住了他的視線。再來就連一點兒聲音也聽不到了。

他又再度獨自處於一個空蕩蕩的地方。而在他身旁的，只有那把眞相不明的冬日之劍，與他同在一起。

正當他擔心還會再看到什麼的時候，傳來了呼喚他的聲音。他回頭往後看。

□

修道士們與思可理的老師們大都沒能直接目睹儀式的進行。他們全都只是坐在遠遠的地方，隱約聽到聖歌而已。那是藉由戴斯弗伊娜的力量增強，透過伊索蕾的嘴巴吟唱出來，可說是種魔法般的聖歌。不過，光是這種程度，也足以令他們感受到幾乎已經遺忘的古代力量——也就是聖歌的威力。

事實上，他們早已經都遺忘了。自從伊利歐斯祭司去世之後，伊索蕾長期以來都是獨來獨往，所以很少人直接目睹她自父親那裡學到的能力，那些流傳的故事也漸漸變得不為人知。而且即將年滿十八歲的伊索蕾其實還不算是成人，比較接近於少女，因此，眾人一直都以她的年紀來揣測她的能力。

然而，此刻他們聽到從遠處傳來的聖歌，心中都只有一個相同的想法。就是伊索蕾確實將非常強的魔法注入這歌聲中。這個少女已經是個真正的聖歌吟唱家（Holy Bard）。沒想到古代王國時期在魔法師間高貴受尊崇的聖歌吟唱家，經過長久歲月傳到了今天，在他們身旁就有這麼一位。

「是聖歌吟……天上的美樂……」

默勒費烏思不知不覺地喃喃說了這句話之後，用眼角瞄了一眼站在他身旁的奈武普利溫。奇怪的是，眾人全都往下俯視，可是奈武普利溫卻和別人不同，正抬頭仰望峭壁上方。

「你在看什麼啊？」

奈武普利溫隔了片刻之後一面搖頭，一面像在自言自語般嘀咕著：

「達夫南不可能會從峭壁縱身跳下來，那下面只是空蕩蕩的空間，這他怎麼會不知道？如果是不小心失足摔下來，那麼應該會直直摔落，不是這樣嗎？」

默勒費烏思聽他這麼一說，也抬頭向上看。奈武普利溫說得沒錯，兩邊峭壁上去沒幾公尺就是山脊稜線橫散開來，上面只有空蕩蕩的一片天空。即使是最近的山峰也距離右邊相當遠。以人類的力量是不可能先跳過那麼遠的距離再掉下來的。

難不成他是從天上直接掉下來的？

他們兩人，以及其他祭司們並沒有像那些修道士一樣留在較遠的地方，而是守在四周圍。因此他們得以目睹那塊巨大冰塊終於如石榴果實般碎裂開來的景象。起初，細細的裂縫從伊索蕾站著的地方開始往四面八方延伸；過了片刻，以裂開的地方爲中心，原本透明的地方變成半透明，接著就變成和白雪一樣細小的粉狀物了。

到處都是一塊塊碎掉的東西突了出來。裡面開了之後，隨即看到中心處有一團像白色蠶繭的東西。至此，伊索蕾才停住歌聲，接著，一直把魔力借給伊索蕾的戴斯弗伊娜一面望著上面，一面喊道：

「請各位下來幫忙！」

然後，祭司們全都到下面，用他們的力量除去最後的障礙物，讓那顆繭攤在陽光底下。奈武普利溫揮砍掉冰塊之後，將劍入鞘，用雙手把蟲繭上面的一層雪花全都拍掉。他隱約看到裡面的那張臉孔，終於忍不住深吸一口氣，說道：

「月女王啊……感謝您。」

□

可是他們的幸運似乎僅止於這第一階段。蟲繭慢慢地融化，裡面的少年確實還活著。殘留在峭壁之間的一大堆碎冰也從那個時候開始慢慢融化，花了半天才完全消融，流到峭壁下面的河流去。到此爲止，所有一切都該結束了才對。

然而，達夫南卻一直昏迷不醒。

少年被移往戴斯弗伊娜祭司家中，而不是到默勒費烏思祭司家中，因爲他毫髮無傷。仔細檢視過後，他的身上怎麼也找不到任何傷口，呼吸非常順暢，眼睛也只輕閉著，無論從哪一角度看，都不像是病患。雖然在冰塊裡頭待了好幾天，卻連凍傷的跡象也沒有。

儘管如此，他卻一直都在昏迷狀態。戴斯弗伊娜仔細觀察之後，下了一個結論，說他的靈魂可能到了另一個地方。達夫南的手一直握著冬霜劍，戴斯弗伊娜將那把劍從他手裡拿下來，放到他睡的床鋪底下。

日子一天一天地過去。選拔銀色精英賽參賽者的考試開始舉行，然後結束，接下來，出發的日子將近。

□

「這樣下去實在很可怕。如果那把劍眞的擁有可以打開通往異世界的力量，就該馬上把它毀掉才對！」

一名男子拍了一下膝蓋，喊出這句話，隨即，就有好幾個贊同的聲音跟著應和起來。在月島，因爲穀物不足，每年只能釀造一點點酒，所以沒有酒店這種地方，想要聊天的人通常都是大白天聚在大禮堂前的廣場。晚上爲了節省燃油，人們大多很早睡。大家聊天時大多都是坐在通往大禮堂的階梯上，在廣場上也有幾塊大石可以拿來當作椅子。

十七名修道士之中現在就有十一名聚在廣場上，這可說是非常少見的事。這群人中也有好幾個不是修道士，他們興致勃勃地站在修道士們周圍，聽他們談話。站在這群修道士中間的則是賀托勒的父親斐爾勒仕修道士。

「那個把劍帶來島上、名叫達夫南的少年一直昏迷不醒，所以現在是最好的時機。要是那孩子醒了，把劍再要回去，可能會發生比這次更嚴重的事也說不一定。在峭壁中間生成的那個可怕東西，各位也都看到了吧？春天都已經過這麼久了，哪來那麼多冰？實在是讓人想到就起雞皮疙瘩！」

眾人也都這麼想。他們都是古代王國的後代子孫，而古代王國就是因爲開啓異世界通路而遭滅亡的。一聽到異世界，自然會很敏感，而且他們親眼看到的景象確實令人相當擔心。

冰塊一定是從異世界來的沒錯。既然會出現那麼巨大的冰塊，那就還可能會再出現其他的東西！就像那個時候一樣……搞不好所有邪惡的生物會跑出來完全消滅月島。他們大多還清楚記得伊利歐斯祭司被犧牲的上村事件。當時島上就有三分之二的人口死亡。

「那麼現在該怎麼辦才好？」

「你不是建議破壞那把劍嗎？可是應該怎麼破壞掉？」

「如果可以被破壞，那就不會是那麼可怕的東西了……」

「萬一不行，把它放逐到大陸不就可以了？可是大陸人也不可能承受得了，這到底該怎麼辦才好……」

越是記得伊利歐斯祭司那個年代悲劇的年長修道士，越是贊成斐爾勒仕的意見。年輕的修道士們就想得比較多。他們認爲達夫南是奈武普利溫唯一的學生，可說是最有可能成爲下任劍之祭司的人選。如果不是因爲這次發生的事，根本沒想到要敵視他。

「這樣會不會把還未證實的威脅看得太過嚴重了？並沒有充分證據，不是嗎？而且達夫南也沒有犯什麼錯……」

一名修道士如此說完之後，隨即，斐爾勒仕就提高他的聲調，喊著：

「您可能不知道，等大禍臨頭再來後悔就來不及了。沒錯，我們擔憂的事情也可能不是眞的。不過，萬一要是眞的呢？說得難聽一點，一個從大陸來的小子有這麼重要嗎？爲了巡禮者全體的未來，他反而應該站出來自願犧牲小我，不是嗎？過去上村發生慘劇時，當時是怎麼樣？我們最優秀的祭司大人不就是選擇犧牲自己？」

根本沒有人想到這句話也應該適用到斐爾勒仕自己身上。不過，這句話暗地裡也像是把達夫南說成是內定的劍之祭司，如果他不能像伊利歐斯那樣自我犧牲，就等於是不夠資格。

所有的意見並未統一，可是大家似乎慢慢趨向斐爾勒仕修道士的論調。

而達夫南仍然昏迷不醒。

□

慢慢地，他以穩健的動作登上峭壁。找到可以抓住的地方，正確踏到可以踩踏的地方，便毫不猶豫地往上攀登。眼睛還不斷注意周圍景觀的特徵，仔細觀察著。

奈武普利溫稍微停下了腳步，看了下方一眼之後，又再往上看。他想著，直接用自己的身體來做確認，以他的能力應該是能輕易做到，不是嗎？

結果證實他的確還能做一些事。

他想起那片峭壁上殘留著的冰雪碎塊。當然，現在那些雪應該都已經融化消失不見了。但記憶中那冰塊還是冰冷到簡直要令人冒出一身冷汗。額上的汗水也一下子變得冰冷了起來。

現在高度已經很高了。如果一個不小心失足跌落，別期待會有發生在達夫南身上的那種奇蹟；不過話說回來，他和達夫南不同，根本不可能會失足。都已經爬到這麼高了，感覺應該就快到達可以休息的地方。從小他就是在滿是白雪的山上跑來跑去長大的，而且這個地方也是屬於故鄉的土地；雖然他沒有來過這裡，但周圍卻都是他熟悉的地形。

然後，他終於到了一處可以鬆手站著的地方。那是個寬度不到一公尺的狹窄空間。他稍作休息了一下，抬頭仰望天空。雖說這種地形他很熟，但底下是萬丈深淵，說不緊張是騙人的。

此時他卻看到了一幕他完全無法理解的景象。

「伊索蕾……？」

他看到她站在遠處的模樣，這個人把手放在額頭俯視著下方，但腳底下卻什麼東西也沒有。他只能猜想她正使用讓身體飄浮起來的魔法，但她的姿勢看起來未免也太過自然了吧？

她現在正站在幾百公尺高的峽谷頂端。她有可能無聊到去用魔法浮起來嗎？

他先是猶豫了一下，之後喊出聲音：

「伊索蕾！」

她回頭看他。

雖然因爲距離遙遠，看不到她的表情，但她像在沉思那樣，過了好一會兒才注意到奈武普利溫。然後，她就忽地……移動腳步往下走過來。也就是說，像踩著隱形階梯那樣走下一步，又再走下一步……

一直走到他站著的地方。

「這是……怎麼一回事？」

此時奈武普利溫大致猜出是怎麼一回事了。伊索蕾面無表情地閉上眼睛，又再睜開，隨即往後面的石頭移步。然後坐在上面，雙腳垂了下來。看起來實在是太過自然而且熟稔。

「……原來如此！」

奈武普利溫摸了一下嘴唇，就往伊索蕾剛才站過的石頭踏上去。他緊閉了一下嘴巴，稍微深吸一口氣。背脊感覺到一陣冰冷。

「你比達夫南還要大膽。」

伊索蕾用率直而且硬梆梆的語氣說道，那是不帶任何感情的僵直語氣。

「看來達夫南也知道這裡。」

奈武普利溫心想，這可能是他們兩人共有的祕密；可是他只覺得有些苦澀，並沒有其他感受。

「他不僅知道，而且非常熟悉這裡。」

「那麼他是在這裡失足跌落下去的？」

伊索蕾晃了晃她那垂在隱形石頭下方的雙腳。

她就這麼沉默片刻。奈武普利溫一面低頭看著伊索蕾的側影，一面慢慢地整理思緒。她始終不發一語，直到舉起一隻手遮住兩眼，說道：

「發生這種事，我覺得很自責！」

「……」

一陣突來的輕風吹過峭壁，灰塵落在隱形石頭上面。她的頭髮遮住了臉頰與眼睛，衣服下襬則兀自隨風飛揚。她繼續說：

「他不是不小心失足跌落下去的。就算是失足也是因爲他要踏的階梯消失才會這樣。實在是太過習慣了，心中早已深信會有一階隱形階梯。所以才會突然那樣……」

「可是，他一定會醒過來。」

奈武普利溫的劍柄因風吹而搖晃著發出聲響，他抓住劍柄讓聲音停住。此時他的眼神非常冷靜，說道：

「他一定是在某個地方玩，搞不好還玩到不想回來……不過，他再怎麼樣還是會回來的。因爲，他不是那種會忘事的小子。他有太多事還不能忘。」

這番話並不單純只是在安慰伊索蕾。他是眞心這麼認爲而說出口的。

伊索蕾提起她垂著的腳，站了起來。站直之後看了奈武普利溫一眼，對他說：

「不過，在他回來之前，卻有件事一定要做。」

奈武普利溫沒有問她是什麼事，而是盯著她的臉孔。她特有的那種堅決語氣說話聲響起：

「就是找出破壞階梯的人。」

奈武普利溫的嘴閉上之後又猛然張開，發出呵的一聲。原來他猜想到的事，伊索蕾也是這樣認為。事實應該就是這樣了。

伊索蕾轉過身去，從懷裡拿出一只皮袋，將手伸了進去。接著她把某種東西往上一灑。立刻就有看不太清楚的細微粉末向四方散開。奈武普利溫知道那是什麼東西。那是金色螢火蟲的粉末，沾到哪裡，那裡就會發光。把螢火蟲曬乾之後製成粉末，再施予一點魔法就可以做出來，這種東西通常都被用來標示道路。

粉末逐漸沉落，原本那些浮在半空中看不見的踏腳石便紛紛顯現了。周圍出現三顆石頭的輪廓。伊索蕾又再移動腳步。奈武普利溫也慢慢地踏著石頭往前走去。

粉末接著又被拿出來，灑上去，發出光芒。這在魔法物品之中算是製造方法比較費事的東西，所以相當珍貴，但伊索蕾卻一點也不覺得可惜的樣子。不一會兒工夫，在高聳峭壁頂端就浮現了幾十個環繞的輪廓。

石頭的數量比之前告訴達夫南的還要更多，而且有好幾個交叉點與起點。令人驚訝的是，周圍的山峰與懸崖幾乎都有這種踏腳石相互連結。連接到奈武普利溫剛才站著的位置，也是這種通路的其中一條。

伊索蕾一步也不遲疑地到處輕踏著這種石頭，令人看了都快捏一把冷汗。接著她停下來了，回過頭看著奈武普利溫。

那些環繞的透明圓圈像是泛著光彩的巨大水滴般，而金髮飄揚的少女就站在其中。奈武普利溫感到有些心痛，但很快就壓抑了下來。然後，他走近伊索蕾停下來的地方，察看她身旁的石頭。

他看到一個像掉了顆牙齒的明顯缺口。

「……」

奈武普利溫紮得高高的頭髮開始隨風畫出長長的曲線。在峭壁中間總會有這種風突然吹過。伊索蕾的短髮被吹散開來，過腰的白衣衣角、劍柄尖端的劍穗都在飛揚著。她上半身挺直，只有頭撇過去避風，隨即看到了對方的臉孔。

她一稍微抬頭，便有風兒順著頸子曲線吹到衣服裡邊去。

「這些石頭……是伊利歐斯祭司大人的作品？」

這個名字被說出口時，一陣有些強烈的大風吹過兩人身旁。伊索蕾搖了搖頭，說：

「有一股相當規模的魔力磁場包圍著這山峰與下面的峭壁四周。從很久以前，可能在我們巡禮者來島上之前就有了。而其中一個地方的平衡被破壞掉了。這我能夠充分感受得到。我感覺到有某個新咒語被插到這之間，離散這所有的石頭。說不定即使現在這樣站著，我們也不見得很安全。」

奈武普利溫並沒有被嚇著，而是噗嗤微笑說道：

「如果萬一眞的跌落下去，不就被人誤以爲是相偕自殺了？」

「……」

伊索蕾並沒有笑。她當然知道奈武普利溫是從什麼角度開玩笑的。但她的年紀似乎還沒大到能夠輕鬆看待過去種種。

接著，奈武普利溫換了另一個表情，一面向下望，一面說道：

「能夠將這種巨大魔法磁場破壞掉，應該需要相當水準的魔法，不是嗎？在月島，有這種能力的人應該不多。看來可以很容易就縮小嫌疑犯範圍。今天這件事就先當是祕密隱瞞起來吧。」

伊索蕾一隻手叉在腰上，直盯著奈武普利溫，像是想要問他什麼，但又像是難以啓齒。奈武普利溫嘴角微微一笑，對沉默的疑問簡短做出回答：

「因爲，讓獵物鬆懈警戒可以說是打獵的第一步。」

□

「嗯？」

達夫南轉過頭去。他感覺似乎有兩個看不見的人在他身旁講話。而且是和他非常熟的兩個人。

「你在幹嘛？快來這裡！等一下他們就要攻過來了！」

他歪著頭猶豫一下，馬上就忘了剛才的想法。接著他就和其他孩子們一起跑進樹林裡去了。步伐輕盈到簡直就快飛起來。

他們現在分成兩隊，正在玩兵將遊戲。而他則是其中一隊的將領。另一隊的將領是恩迪米溫。

「來，藏在這堆木頭後面，當作是我們的陣營。只要稍微低下來，還可以監視下面的動靜。怎麼樣？很厲害吧？」

擔任達夫南軍師角色的，是他最初在方尖碑那裡時看到的小孩，他的名字是尼基逖斯。他告訴達夫南，說自己名字具有「勝利者」的含意，還笑著說跟他同一隊豈有會輸的道理。

「恩迪米溫這傢伙很喜歡照規矩來。所以再等一會兒，你就知道了，他鐵定會對我們發動正面攻擊。」

小尼基逖斯的嘴角露出頑皮甚至有些狡猾的微笑。看到這微笑，令達夫南突然想起很久以前的某個人。到底是誰呢？他記得確實有個傢伙常常煩著他。可是那個人卻只像個沒有臉孔的人，隱藏在雲霧之中。

都是過去的事情了，管他是誰！現在他正玩得高興呢！

「他來了！」

尼基逖斯低聲一喊，達夫南隨即迅速用如同掃帚般的扁柏樹枝揮了兩下，發出信號，隨即，原本一直埋伏在兩邊的兩群男孩女孩們全都蜂擁而上，把敵人勢力分散為二。雙方人馬立刻便展開棍棒交戰。

「戳下去，戳下去！」

「哎呀！戳到我眼睛了啦！輕一點！」

「喂，打架哪有輕輕打的？你認輸就舉手投降啊！」

正當達夫南那一隊占上風的時候，卻一直不見恩迪米溫的蹤影。達夫南放下樹枝，直接從那堆木頭後面跳出來，喊著：

「恩迪米溫！你在哪裡？不要藏了，來和我決戰啊！」

很快他就聽到回答的聲音傳來。

「那你就和新娘子一樣，在那乖乖等我。我馬上就來！」

突然間，從頭上忽地躍下一名少年。他身手俐落地騎坐到達夫南肩上，還用雙手遮住達夫南的眼睛，而達夫南則是晃動肩膀，努力想把他給甩下來，並喊著：

「哪有人這樣的？」

「你都可以埋伏了，我當然可以這樣！要贏本來就要會用各種方法！所以我知道要直接攻擊敵方將領，不要埋伏！」

哪有這種方法的？不過，聽到之前那句話，正確地說，應該是「要會用各種方法才能贏」的那一瞬間，他想到也有另一個人對他說過這樣的話。達夫南刹那間停住動作，陷入思索。隨即，恩迪米溫也停下動作。

「啊啊……」

達夫南感覺頭有些發疼。周圍的所有朋友似乎也好像都停止動作了。他努力試著甩開腦中的一片混亂，然後他抓住恩迪米溫放開來的手。

「下來，你這傢伙！」

恩迪米溫的身體非常輕。順著達夫南拉他的那股力道，一個翻滾就輕盈著地了。可是他面對達夫南的臉孔卻不見剛才的笑容，取代笑容的是他的一句話：

「你是不是恢復記憶了？」

恩迪米溫的聲音突然顯得像是沒有實體的震動，這只是達夫南的錯覺嗎？眼前的他跟自己一樣……

「你慢慢回想。不要急。」

恩迪米溫說完之後，撿起達夫南丟在地上的樹枝，搖晃著跑到那些孩子之中。他的聲音又再回復正常。

「來這裡啊！我和你對打到底！尼基遜斯！是不是你說『恩迪米溫喜歡按規矩來』，還拐騙達夫南，說什麼『埋伏一定會贏』？」

達夫南回過頭去。看了一眼恩迪米溫的背影，接著突然低頭看自己空著的手。那裡原本應該拿著什麼東西的，但是卻空無一物。

□

孩子們出發前往大陸的日子來臨了。

總共有七個孩子通過考試，有四個大人同行保護他們，全部加起來十一個人。他們雖然是在同一個時刻出發，但登上大陸則分成三組，各自選擇不同的路走，就連在銀色精英賽，也會形同互不認識的隊伍。因爲，雖然那些大人都是到過大陸、經驗豐富的旅行者，但孩子們全都是初次到大陸，所以如果十幾個人聚在一起，一定會引人側目。畢竟，這些在月島長大的孩子，行爲上肯定會比較特殊，說話也會有某些地方和大陸的男孩、女孩大不相同。

當然，賀托勒也在銀色精英賽的參賽者之中。他們同黨的那些少年，只有里寇斯和賀托勒一起去，艾基文和其他孩子都沒被選上。參賽者中有兩個是女孩，爲了她們，有一名女修道士也參與了遠征隊伍。

達夫南昏迷不醒的這段時間，島民們的期待全都寄託到賀托勒身上。大家都說他可能是這一次的新冠軍，從四月初全村就一直議論紛紛。雖然其中有些是賀托勒的父親斐爾勒仕修道士在暗地裡操縱，但也有不少人是眞的很希望島上的少年能得個冠軍。雖然說月島的孩子在銀色精英賽一般都有很高的成績，但眞正得過冠軍的就只有伊利歐斯祭司一個人而已。

歡送過程雖不算是很盛大，但再怎麼樣，三艘船也是在很多人的目送下出發的。他們和達夫南當初來的時候一樣，先經過退潮小島，再於雷米王國的白水晶群島上岸，由各組決定在哪一座島嶼上岸。在很多尋找古代遺物的船隻來來往往的埃爾貝島附近上岸，一般都是最不引人注目的方法。

伊索蕾不知爲了什麼，那一天也出現在歡送的地點。她雖然沒有和人交談，但很多人都特別注意到她。她注視著越行越遠的船隻好一陣子，臉上仍舊如同往常，一副看不出是何種情緒的表情。

海風一吹起，她那綹白髮很快掠過她右眼角。此時她沉默地想起曾經有個少年問起她白髮的事。

「咦，妳不是伊索蕾嗎？」

眼前突然出現的是阿尼奧仕，就是以前曾用「丹笙」之名去雷米找奈武普利溫的白髮男子。他回到島上之後，立刻被任命擔任看守碼頭的職務，所以幾乎沒有什麼機會遇到村裡的人。

「好……好久不見。」

從小和奈武普利溫親如兄弟的阿尼奧仕，對小伊索蕾的模樣還記得很清楚。

「我將波里斯……不對，是達夫南，帶來島上之後，這好像是第一次遇到妳。來爲出賽的孩子們送行嗎？哎呀，對了，妳怎麼沒去參加銀色精英賽？」

伊索蕾只是不說話地笑著。阿尼奧仕看到她背後交叉繫著的兩把劍，像是覺得惋惜地微笑，說道：

「要是妳去，應該可以成爲在伊利歐斯祭司大人之後，第二個帶銀色骸骨回來月島的人。」

雖然他一直待在碼頭，但看來他對村裡的消息也大略得知一二。

「其他人也應該可以做得到吧。」

伊索蕾如此說完之後，腦中浮現昨天傍晚發生的事。或許是因爲那件事的關係，所以今天她才會來這裡吧。

昨天傍晚，賀托勒來找過她。這是他第三次找她了。第一次找她的時候，他先對過去的無禮表示道歉。伊索蕾並不在意他有沒有對那件事道歉，但是她可以輕易看出賀托勒似乎不是爲了過去的事而來，而是想講其他事的樣子。然而，他猶豫了一下，終究還是沒說出口就走了。就這樣，第二次他也是沒什麼事卻來找她。

第三次找上門的時候，伊索蕾露骨地表現出不悅，他只好硬著頭皮問她，是否可以讓他握一下伊利歐斯祭司用過的雙劍。

這實在是太荒謬了吧！她父親用過的東西對她而言都是很神聖的；特別是劍，那是父親從小就一直在用，不曾換過的劍，如今她自己使用，這是她特別珍惜的遺物。她會劍不離身也是因爲視同裡面有父親靈魂的關係。即使是其他人，她都不允許他們去碰了，更何況是他，實在是太過厚顏無恥了吧！

伊索蕾一開始並沒答話，在對方提了好幾次之後，她才開口簡單地說：

「你現在等於是又再羞辱了我一次。我的劍會代替我答話的！」

賀托勒的表情實在是很誠懇認眞，甚至是有些僵硬了下來。

「只要一次就行了。」

伊索蕾把右手繞到身後，握住劍柄。紋風不動的臉上冒出一句冷淡的話語：

「你以爲我殺不了你？」

她打算再次重複這句話，就要拔劍；可是賀托勒無力地瞄了她一眼，就往外走出去了。

她也想到了那天白天的事。從戴斯弗伊娜祭司家中回來的途中，在大禮堂前的廣場上，賀托勒當著許多人的面叫住了她。然後用大家都聽得到的音量說話。

他說他在銀色精英賽一定會爲伊索蕾姊姊，還有死去的伊利歐斯祭司大人爭取光榮。

坦白說，他這樣實在令人啼笑皆非，可笑到了極點。賀托勒如果還記得他之前對伊索蕾做過的事，就不該講出這種話來。而且他也沒有理由講這種話。

他到底是想要什麼？

即使賀托勒在銀色精英賽得到冠軍，也和爲她父親爭光沒有任何關係。況且她父親的特殊劍法「颺爾萊」也只傳承給她，除非是她親自出賽獲得優勝，否則根本不算爭光。

然而，伊索蕾知道選擇退居在後才是最好的方法。她還記得在那場因爲達夫南失蹤而召開的會議中，莉莉歐珮那時的神情。那個女孩……眞的占有慾很強。

「伊索蕾？」

阿尼奧仕喚回了正沉於思索的她。船隻已經逐漸消失在地平線的那一端。

伊索蕾像是有些傷心地露出一絲微笑之後，便離開了那裡。

□

發現隱形階梯的石頭消失後，伊索蕾每天都去戴斯弗伊娜祭司家中。然後在達夫南床前沉默不語地待上一、兩個小時。她也沒帶什麼消磨時間的東西，只是靜靜地坐在那裡，望著少年沉睡的臉孔。

起初戴斯弗伊娜會找她聊幾句話，但後來都會讓她一個人待在那裡。那一天，伊索蕾又再去了，正準備去大禮堂的戴斯弗伊娜簡短地對她說：

「仍然……還是沒有清醒過來的跡象。身體明明都沒有半點傷，卻好像有什麼夢境在吸引著他的樣子。這簡直像是垂死狀態。」

隔了片刻，戴斯弗伊娜搖著頭，說道：

「可這真是怪了。照理說，靈魂出了肉體久久不回來，數日內就會忘記他原本的世界，同化為死亡。如此一來，剩下的肉體會逐漸腐爛，再來就變成屍體。可是這孩子的身體卻一點變化也沒有。沒有攝取半點食物，竟然一個月來還沒事！看來這裡頭一定存在某種我不知道的神奇力量。」

戴斯弗伊娜出門去大禮堂之後，留下伊索蕾一個人俯視少年蒼白的眼皮。

她在想，他的靈魂會是到哪裡去了？還在月島裡嗎？還是搞不好他去大陸尋找那難以忘懷的記憶，去找他篤愛的死去哥哥。

那麼，他應該是不會回來了，那為何他的身體還如此溫暖？他在等待什麼？他想回到哪裡？

他待在月島的這段時間，說短很短、說長又很長的一年裡，渡過那忽然就開始的春天、像金色箭矢般的夏天、沉靜的秋天，以及白色的長冬，既無心想失去，也不曾想擁有，回憶有些會變薄，有些會增厚，無時無刻都有新的回憶溜過籬笆跳越過小溪，順著城牆朝向隱藏的房間停停走走……

走向心中的那片白色冰城，某個四月天毫無預警地來臨。

「……」

她鬆開原本蜷縮抱著的一邊膝蓋，放下腳來，把椅子拉近床邊。她的手指湊到沉睡少年的嘴邊，隨即感受到微弱的氣息呼了出來。碰觸到指尖的濕氣接下來變冷，又再變溫暖……

她的嘴唇無聲地輕輕喃喃自語。那些她曾經以爲已經消失的許多慾望一個個回來，掠過她的腦海。和平、孤立、懇切祈禱不要失去的東西、希望內心傷口復元、企盼勝利的衝動、名譽……她其實始終都在期盼擁有。

既然活著，怎麼可能成爲無慾之人？

她用手觸摸披散在白色床單上的黑青色頭髮。一年來頭髮長長，又再過肩了。這個少年如同一支孤單的小草般成長。她在他耳邊急切地耳語。希望用活著的人的慾望能夠喚醒他，不管用什麼都沒關係。所以她全心全意將她長久以來一刻也無法忘懷的願望告訴了他。

「你還不能走。因爲在這裡還有一件事只有你能做得到。一定要回來。你絕對要回來才行。」

「你的命運並不只是你一個人的。你的勝利也不只是爲了你一人。」

「對於想要借我父親之名的那些無禮者，你要再次證明他名字的價值給他們看。」

「然後證明你才是最該站在那個接受傳承位子的人。我父親的位子——劍之祭司，只有你可以傳承。」

可以代替我的唯一繼承者。
我願那是你。

04 各自的戰場

少年們圍坐在快要熄滅的火堆前方，各自手持一根樹枝，翻攪還未全熄的灰燼。一名少年的樹枝終於有了斬獲，隨即嘻嘻大笑了出來。

「好像已經熟透了哦！」

達夫南不知道那是什麼東西，不過，他知道反正那東西滿甜的。像個長長的根莖類東西，在火裡烤一烤，可以吃它表皮裡淡黃色的東西。會燙到嘴，所以他們一邊呼氣，一口接著一口咬來吃，不知不覺間已經把雙手和嘴角弄得都黑黑的。一縷輕煙冉冉往夜空升去。幾隻小鳥在昏暗樹林裡鳴叫。

達夫南忽然想到以前的事，說道：

「生火可眞是件難事。還記得以前，在旁邊看人生火好像很簡單，等到自己試了，卻怎麼也生不起來。」

說完這番話，看看周圍的人，卻感覺朋友們的臉忽然變透明了。不過，這只是非常短暫的瞬間。但達夫南繼續接著說：

「是在好久以後我才學會生火的。那是我到雷米王國之前的事。」

一說完話，「雷米」這兩個字卻奇異地一直在心中揮之不去。像是在這個地方他不會用到的名詞一樣。

「越過雷米邊境，遇到他之後……」

眞是怪了。

他越說，越覺得像是在講實際不存在的事情。也像是在述說很久以前發生的故事。他越是想再繼續講下去，就越是聽到耳邊有其他說話聲縈繞著，而且逐漸變得清晰。那是一名女子的聲音。是誰呢？啊，原來是她。

在叫他回去？

此時，少年們彼此面面相覷，用眼神交換意見。過了片刻，坐在身旁的尼基遜斯向達夫南伸出手，說道：

「託你的福，好久沒玩得這麼開心了。」

尼基遜斯外表看起來像十二歲左右的小孩，他一面皺起鼻子，一面嘻嘻笑了出來。他的臉頰和鼻梁原本有被弄黑的痕跡，但不知何時卻變淡而且消失了。就在達夫南睜大眼睛的時候，他的臉孔又再一次變得透明了。

「是啊，現在已經到了你該回去的時候了！這段時間和你玩得很開心。下一次再……不過，可能也不會有下一次了。」

另一個少年也對他告別，然後又有另一個少年也走過來拍了拍達夫南的肩膀，與他道別。過沒多久，大夥兒都繞著他圍成一圈。他轉過頭去，看著站在他們那一圈以外的一名少年。

恩迪米溫靜靜地微笑著對他說：

「玩過癮了吧？高不高興啊？」

感覺記憶如同潮水般退去又再湧上。清空了之後，又再度裝滿新的事物。

「高興……」

同時也是在這一瞬間，他發現時間過得比想像中來得長久。如今，朋友們個個都不再是剛剛不久前富有生氣的臉孔，而是變回像以前那種沒有骨頭和肉的蒼白模樣。連他自己也……一樣。

在此同時，他記起了不在自己手上的劍。

冬霜劍正在呼喚著他。那聲音確實越來越大聲。當然，其中也摻雜著許多別的說話聲。有些是邪惡的，有些是看不出善惡的。而這些全都帶有危險性。

慢慢地，他在心裡喃喃地說著。混沌不明的冬日之劍，爲何會在峭壁救了我？

它是想和他較量嗎？還是它以爲可以吞噬得了他的靈魂？或者……它是在期待這一次它可以眞的成爲支配者？

突然間，一名少女說道：

「我知道是誰在呼喚你。是那位漂亮的小姐！」

嚇到波里斯的不是這話的內容，而是這說話的聲響。他還想起了一件事。最初跟著他們來到這塊樹林地時，他們的聲音就是這個樣子。可是不知從什麼時候起，卻轉變成爲剛才那種具有實感的說話聲。

而現在所有人全都回復到最初的那種聲音。這等於是在瞬間製造出了距離感，比重複說「我是陌生人，我和你存在於不同的世界」還要來得有震撼效果。

「嗯，我也看過那個小姐。從她小時候一直到現在。」

「你們不覺得她小時候比較可愛嗎？她父親還活著的時候，是個非常天眞的小頑固。」

「現在你們是說伊索蕾……嗯，也就是說，你們是從她小時候看到現在？」

突然一層記憶覆蓋了上去，他記起來了。伊索蕾！她從剛才就一直坐在他身旁。從很久之前就每天都來看他，凝視他的臉，對他說話。一直都有聽到的，但爲何現在才察覺到？

曾和他玩得很開心的那些朋友們，也就是那些小幽靈，他們互望了一下，接著望向恩迪米溫。連達夫南也看著恩迪米溫，對他說：

「說給我聽，她以前的事……啊，對了，有件事我一直眞的很想知道。伊索蕾和奈武普利溫……兩個人是什麼關係？有什麼誤會？你們有看到，一定都知道，是吧？全部都知道，是不是？」

樹林變得一片漆黑。因爲火堆熄滅之後，光線也隨之消失。他們曾經一起玩耍喧鬧的樹林逐漸變成一片昏暗黑影的樹林。

恩迪米溫的手拍了一下，指尖就出現了一圈泛著碧光的光圈，成爲唯一的光源。

「他們的事應該直接去問當事人。我只能告訴你一件事。如果你現在回去了，其實可以算是送給她一份最好的禮物。」

禮物？

那光圈逐漸變大。同時，達夫南的腦子變得清醒，眼前則是變得一片模糊。

「不要忘記，只要你沒忘，以後還是可以再見面的。不管是誰都一樣，只要你一直想再見到……即使是那個人也可以再見到。」

「那是因爲呼喚的力量。呼喚會牽絆住所有靈魂。」

「這麼一來我們就會無法離開這片土地……」

□

光線掌握了他的視覺，讓他看不清楚。原本腳踩著的地方消失了，但卻仍然還是有踩到東西，美麗的樹林像灰燼般消失不見，朋友們的揮手如同蝶翅鱗粉那樣飛散開來。失去他們了。然而卻找回了其他的，那是他曾經企盼的，唯有活著的靈魂才能期盼到的東西。

他回來了。

「……？」

一睜開眼，首先見到的是被白布半掩著的天花板。那白布像是不實際的東西似地，徐徐飄逸著。或許是因爲這樣，所以他一時不知道自己是在哪裡，直到眼珠子慢慢移動，看到旁邊的人。

他看到端坐在椅凳上的伊索蕾。

長長的白色棉布裙襬有幾點褐色圓點花紋。裙襬下方細滑的腳踝上，裙襬斜斜的陰影不時搖曳著。纏繞在她手腕的一條長帶子垂落在她裙子的縐褶之間，帶子尾端有支小小的鑰匙，像隱藏著約定般掛在上面。

這些都是現實世界的事物。

而伊索蕾則像是感受到目光似地，抬頭看他。

「……」

他感覺像是睡了個好覺之後清醒過來，同時又覺得像是從美夢之中忽然醒來而心中有幾分不捨。但感覺最深刻的，是所有一切似乎都過了好長一段時間。如同結束一次遠行，結束一段長久流浪，現在終於回到家了。

兩人互相注視到彼此眼睛時，達夫南開口，緩緩地說出第一句話。這時候發出的聲音沒有振動音，不過，這並沒有什麼好奇怪的。

「生日快樂，伊索蕾。」

就這樣，宛如魔法般的一句話便又再重新啓動了所有的事。

□

他像是個晚起床的小孩，有些難爲情地在村子裡走著。人們雖然都會瞄一眼走過他們身旁的達夫南，但並沒有和他說話。

在他與幽靈們如同作夢般玩耍的這段期間，其實已經過了一個多月的光陰。他原以爲只是三、四天。在這段時間裡，他們在樹林裡玩官兵遊戲，還跑去找洞窟和樹洞，撿石頭堆在空地，在火堆旁笑著入睡。他記得的就只有這麼多了。

從前的傳說故事裡，都是在另一個世界待一下子，實際世界就過了幾十或幾百年，跟這比起來，這次根本就不算什麼吧。可是，其實他又沒到其他地方去，只是一直沉睡著而已。聽戴斯弗伊娜祭司說，他是留下肉體，只有靈魂出竅去做別的事；如果是這樣的話，那他和那些幽靈少年們玩得很開心的時候，會看起來像是在與自己相同的普通小孩一起玩，就可以說得過去了。

不過，一個月來不吃不喝，而且不曾醒來，卻可以這樣一起床就行動自如，這就很奇怪了。現在的他只是有些乏力而已，並沒有什麼疼痛的地方。

但回憶起那時發生的事，內心深處卻有一股難以釋懷的情緒直湧上來。他朝著那應該存在的階梯一腳踩去，就往下掉了。照理說，身體應該會散成碎塊的，但他卻活了下來，唯一可以解釋的，就是因為冬霜劍的力量……

想到這裡，等他回過神來一看，鼻子只差一點就要撞到家門了。

「散步回來了啊？」

這是他後退一步推門進去時，從裡面傳來的聲音。突然間，達夫南心中湧出一股滿足感，讓他甩掉了剛才的混亂心緒，不管三七二十一，跑到奈武普利溫背後，很快抱住對方頸子。

「我差點就切到你的手了，這小子！」

奈武普利溫正在用磨刀石磨匕首消磨時間。可是達夫南一進來，他便放下了手邊的事。

「我去散個步。沒想到都已經是春天了。」

他昏迷不醒的這段期間，春天已經悄悄來臨了。奈武普利溫一面把磨刀石包在布裡，一面回答：

「當然啦，會等人的也只有人類而已。」

「歲月不饒人，是嗎？」

「所以歲月會讓人看到變老的臉，造成安慰與滿足感。」

「這就是等待的含意嗎？又不是等待就一定會這樣！」

奈武普利溫讓達夫南放開手臂之後，便轉過身來。眞的好久沒這樣近看奈武普利溫的臉了。可是一接觸到他的眼神，達夫南立刻把話吞了下去。

以前的奈武普利溫雖說不是很年輕的青年，但臉孔看起來比實際年齡還要年輕。在培諾爾城堡接受訓練時，他紮著長髮開心大笑的模樣，至今都還歷歷在目。可是現在他的臉上卻看起來瞬間到處長了細紋，額頭和眉間甚至都已經快有深刻的紋路了。

達夫南正要說什麼的時候，奈武普利溫就先開口說：

「也有人是不等人的。銀色精英賽的遠征隊伍早就已經出發去啦。」

「……」

去不去銀色精英賽，他都無所謂。這時候他才眞正感覺到，自己跟著來到島上之後，處處都在讓奈武普利溫擔心。而且自己又不是他的親生兒子，還讓他揹負這種種包袱，自己對他實在是太不公平了。

兩人既不是父子關係，也不是師生關係，亦非單純的室友關係……反倒比較像是嚴格的保護人與不知世間冷暖的少年吧。如果說他們一個是要走自己的路的偉大人物，一個是崇拜他的小孩，那所有一切就單純許多了。可是他們兩個都有相同的缺點，他們都是在石地裡跌跌撞撞的人，都孤立無援、孑然一身。

「怎麼，我這樣不是才像聽你話的乖巧……好孩子！」

有時候他眞希望奈武普利溫可以在他前面幫他開路。讓他看到寬廣的路並指引他方向，告訴他怎樣做最好。要他放棄劍他就放棄劍，要他忘記大陸所有事他就忘記，要他別和誰打架他就立刻與那個人和解，像個不成熟的少年，只從他手中接下他給的水果，這是達夫南希望的。

尤其是在最冷的時候；特別是在不知該往何處走的時候……

但事實上他卻無法這樣。因爲奈武普利溫是不會指引他該走哪條路的，而他也不會照做。這兩者之中不管是誰的判斷在先，反正兩種情況都不會發生。不管有沒有別人的建言，他都無法放棄劍，無法忘掉哥哥或叔叔的事，也無法原諒賀托勒。對於令他無法釋然的伊索蕾，他也無法拋棄對她的那份感情。

這些都是屬於他的戰爭。任何一個他都無法置之不理。

「生命是你的……是你自己該去擊退，或勝或敗，不管會是哪種情形，都要去解決去面對才行。我也是一樣，我生命中的每場戰爭都無法教別人代替我。因爲，沒有人可以教別人去扛他的包袱。」

奈武普利溫說完之後，用右手摸了一下自己的臉頰，隨即站起身來。他的臉孔變遠而且變高了。同時也變得昏暗。達夫南跟著站起來之前，又再看了奈武普利溫的臉孔一眼。而事實上又感受到了他很久沒感受到的一股預感。

距離他越來越遠的臉孔。

同樣地，他的存在也會在不久的將來，從達夫南的生命之中退去。

□

達夫南很快就恢復體力了。

大約經過五天，他已經可以開始做平常做的事了。他去思可理上學，又再開始上伊索蕾的課。而且也繼續開始和奈武普利溫用木劍練武。達夫南不想讓自己看起來像是因爲無法參賽而怠惰，所以特別認眞。

冬霜劍又再交回給奈武普利溫了。可是達夫南如今對冬霜劍已經有了不同的看法。那可以說是一種──「既然無法逃避，就喜悅面對」的心態吧。既然那是一把無法放棄的劍……

奇怪的是，他只不過睡了一個月，身體動作卻變得相當輕盈。在和恩迪米溫那些幽靈一起玩耍時，他是在沒有肉體只有魂魄的狀態，當時確實能像恩迪米溫那樣敏捷輕巧。可是現在都已經回到原來的狀態，他感覺似乎還是受到當時能力的影響。

雖然和那時候仍然有差距，但踏地跳躍的腳步確實快了很多，只要一出現目標對象，他會反射性地在握木劍的手腕加上彈力，而揮出劍。雖然和老師的劍術比起來，他的準確度還不夠，但奈武普利溫要壓制住他的速度，也已經有點費力了。

雖然達夫南對自己突飛猛進的原因感到困惑，但奈武普利溫似乎爲此相當高興；而且同時好像在考慮什麼事，但並沒有說出口來。

不過，達夫南一面揮出木劍抵擋攻勢，一面卻在想，以他目前的程度，就算是和賀托勒再次對決，就算是出賽奈武普利溫年輕時無法參加的銀色精英賽、幫奈武普利溫爭光，都綽綽有餘。去參賽銀色精英賽的只有十一個人而已，可是島上現在的氣氛卻變得異常沉靜。會不會是因爲那些去參賽的人，原本就是島上說話聲音比較大的人啊？

不過，留在島上的人之中，還是有人不放過他。

「那小子是清醒了，但潛在的危險卻一點兒也沒減少，不是這樣嗎？那個可怕的東西仍然在島上，我們等於是冒著滅亡的危險，過一天算一天啊！」

其實每天焦慮度日的應該只是斐爾勒仕修道士而已。他為了送大兒子去大陸而暫留在村裡，之後他延長了停留時間，每天都去拜會別人。達夫南醒來之後，他乾脆一天去見三、四個人，主張要把帶著冬霜劍的少年趕回大陸，或者甚至應該殺死他。而且還常常去找攝政。

如果達夫南一直沒醒過來，搞不好他還不會主張處罰！可是現在他卻反而把劍和劍的主人同等看待，認為兩個同樣都是邪惡的，應當一起消滅掉。

戴斯弗伊娜祭司面對第三次來找她的斐爾勒仕重複之前同樣的話，並不掩飾她疲憊的表情。實際上，她可說是很厭倦了，但是要正確下判斷並不是那麼容易的事，所以她並沒有清楚表態。

「你要表達的意見我都已經很清楚了。所以，你是請求要對達夫南公開裁決，是嗎？」

「是的。櫃之祭司法依斯瑪大人也說，如果希望裁決就予以裁決。所以我的意思是，希望祭司大人您可以對我的提議表示附議。」

「表示附議？」

可想而知，法依斯瑪祭司一定被這個人給煩死了。而且猜也猜得出來斐爾勒仕是在打什麼如意算盤。

在島上，為了防止隨意就進行裁決，所以只有修道士以上才有資格提議裁決。普通人要是遇到利益受害的事希望進行裁決，都是去找修道或祭司，說明自己的立場之後請求提出裁決，裁決通常要經過這樣的程序。修道士共有十七名，非修道士的思可理老師則有五名，祭司六名，這些人之中只要說服了其中一人，就可以進行裁決。可是因爲進行裁決時，提議的修道士、祭司、老師算是原告人的角色，所以他們不能隨便答應提議裁決。

斐爾勒仕身爲修道士，原本就可以直接提議。但在這種情況下，需要其他修道士或祭司附議，以防太過武斷。附議的人如果是祭司當然就更沒話可說。而且如果是島上最有智慧的權杖之祭司，那幾乎就等於裁決前便已勝訴。

「嗯，原本我是可以不用說出來的……修道士之中已經有超過十名贊同我。雖然屆時是由法依斯瑪祭司大人下判決，但他應該不會無視於這麼多人的意見吧。也就是說，現在的問題並不在於是否有罪，而在於會具體給那孩子什麼樣的處分。我個人是希望下令放逐到大陸，這是最寬宏的做法……但也有一些人主張更嚴厲的方法。這麼一來，祭司大人您也應該表達您的意見吧？」

斐爾勒仕並不是不知道戴斯弗伊娜對達夫南有好感，可是這個問題不是可以憑個人好惡來處理的；因爲，如果戴斯弗伊娜拒絕裁決，那麼到時在裁決會上若斐爾勒仕勝訴，戴斯弗伊娜便不免會遭人指責有失客觀。

雖然斐爾勒仕沒有明講，但戴斯弗伊娜明白如果進行裁決，對達夫南會十分不利。而如果達夫南輸了，被下令驅逐，想必奈武普利溫不會置之不理。說不定會和他一起去大陸。然而，這樣不行。

戴斯弗伊娜認爲奈武普利溫的傷無法在島外治癒。當初也是她派阿尼奧仕去說服在大陸流浪的奈武普利溫回來的。現在時間已經拖這麼久了，他的生命就快要結束了。她不能讓他死。事實上，戴斯弗伊娜比達夫南還要捨不得奈武普利溫。

「關於附議的事，我會再考慮考慮。明天給你答覆吧。不過，你要答應我，到明天為止，不要再去找其他祭司要求附議了。」

「這是當然的！我怎麼可能連這種禮貌都不懂。」

斐爾勒仕高興地走出戴斯弗伊娜的家。而走不到三步，就迎面碰到了奈武普利溫。他正要去找戴斯弗伊娜。

兩人全都停下了腳步。斐爾勒仕比奈武普利溫年長許多，但在劍之祭司面無表情的瞪視之下，他也不自覺地像個做虧心事的小偷那般瑟縮了一下。

「您最近好像很忙哦。」

拋下這句話之後，奈武普利溫就往戴斯弗伊娜家中走進去了。留下斐爾勒仕一臉不悅地盯著被關上的門，然後，他往地上吐了一口口水。

□

戴斯弗伊娜看到斐爾勒仕才剛出去，奈武普利溫就立刻進來，稍微輕嘆了一口氣。在他拉椅子坐下的同時，對他揮了揮手，阻止他說話。

「我知道你是來要對我說什麼，可是現在我已經很難再幫你的男孩了。」

要是可以的話，她希望奈武普利溫能將達夫南與他自己的命運分開來考慮。達夫南一直是個很堅強的孩子，即使被獨自送回大陸，他也能很快適應地活下去。當然，即使如此他畢竟是個年紀輕輕的孩子，她知道那樣的處分很殘忍。但是奈武普利溫無法久活，這個問題更是嚴重。她絕對不能讓他也一起離開。

「祭司大人，不，姊姊。」

剛才似乎一時有些緊張的戴斯弗伊娜臉上稍微放鬆之後，又再顯得淒然。她已經老了，而她如同小弟般照顧過的小少年而今臉上也長出了皺紋。

「我想到你開始長鬍子的那個時候，就忍不住想笑。」

雖然奈武普利溫平常就不是很會修鬍子的人，但今天臉頰看起來卻格外粗獷。奈武普利溫摸了摸下巴，露出微笑說道：

「姊姊您生第一個小孩的時候，我在心裡還嫉妒過那小子呢！這妳知道嗎？」

有好一陣子，兩人不發一語地看著彼此。奈武普利溫嘴巴微開，慢慢地發出聲音，說道：

「最近我感覺到，自己像是靈魂和肉體熄滅之前的燭火一樣，突然開始燒得很亮。」

戴斯弗伊娜簡直都快說不出話了。

「你……」

「您不說，我也知道。我自己感覺得到。或許是因爲這樣吧，所以我更是關心那小子。」

戴斯弗伊娜用力搖頭。就算沒這麼搖頭，她的聲音也已經斷斷續續的。

「奈武普利溫，不行，什麼都、不可以放棄。你的人生是你自己的，和那個孩子的人生不同。不一樣的。」

「當然。可是只要能給他的，我全部都想給他。如果說我現在還對自己的生命有所依戀，我所掛念的就是遺憾不能再照顧他更久一點。我想再教他多一點……不過，反正生命總是會結束的，不是嗎？不管是誰，都一樣！已經拖延很久了，但我想再過一、兩年應該就要結束了吧。搞不好今年也說不定！」

「奈武普利溫！」

微笑消失了。奈武普利溫雙手合十撐著下巴之後，一個低頭，又再抬頭仰望屋頂。這房子已經很久了。小時候，這屋頂曾經看起來是這麼地高，連這點他也還記得很清楚。

「我也希望那小子和伊索蕾……能夠幸福快樂。他們兩個還滿合得來的。」

「……」

戴斯弗伊娜想起了以前的事。固執的三個人，伊利歐斯祭司、奈武普利溫都不想退讓，當時的記憶又再浮現於腦海之中。那時候她多希望能夠圓滿解決。可是一道永遠無法破壞的厚牆被豎起來……然後是愛失去了……

戴斯弗伊娜伸出手來，放在奈武普利溫的手背上。她滿是皺紋的手背上突出的青綠色血管微微跳動著。

「你要我怎麼做？」

奈武普利溫的嘴角浮現出宛如孩童般的笑容。那種笑容令人想起他以前的模樣。

「姊姊，我要什麼您總是會給我。」

戴斯弗伊娜點了點頭，奈武普利溫接著說：

「斐爾勒仕修道士是不是說他要提議裁決？我的目標是不管用什麼方法也要阻止裁決。只要能達成目的，任何協調或者脅迫我都會不惜考慮。我連證據都已經準備好了。姊姊請您先判斷一下。」

「……這是什麼意思？」

「達夫南……那孩子並不是自己不小心失足從峭壁摔下去的，是有某種陰謀介入。也就是說，島上的某個人，有人想殺害他。」

戴斯弗伊娜眨了好幾下眼睛之後，說道：

「你是不是想說那是賀托勒做的？可是沒有確切的證據，是不能懷疑他的。」

「可能不是賀托勒。雖然他最有心要殺害達夫南，但他不是那種會因此做手腳的人。」

「那麼是誰做出這種事的？」

「我就是來把推理的結果告訴您的。」

此時，從房間外傳來聲音，隨侍說有另一個客人來了。戴斯弗伊娜正想要謝絕訪客，奈武普利溫隨即揮手阻止，然後直接問隨侍：

「是不是藏書館的傑洛先生來了？」

「是的，他說一定要見到祭司大人。」

「姊姊，請讓傑洛先生等一下，說馬上就會請他進來。他是帶資料來給我的。」

戴斯弗伊娜要隨侍照著奈武普利溫的話去做之後，她盯著奈武普利溫的臉看了好一會兒。雖有很多話要說，但她全都沒講，只說了一句話：

「你……真的沒有別的路可走了嗎？沒有可以幸福一點的……那種路嗎？」

「我僅存的幸福都在這裡了。除此之外，我還能寄望什麼給我幸福？」

「你的人生還沒有結束。你還有很多時間可以爲你自己而戰。生命不是那麼輕易就會結束的。爲什麼你沒有看到剩餘生命的其他面？」

「不。」

奈武普利溫一面搖頭一面閉眼，然後睜開眼睛，說道：

「我的人生要在我選擇的戰場上戰鬥。」

「妳是說，賀托勒有來向妳道歉？他是眞心的嗎？」

伊索蕾用像在回憶的語氣，回答：

「是不是眞心，完全不重要。反正當時我並沒有接受他的道歉。」

達夫南懸腿坐在岩石上，木劍用手拄在地上，心中思索著。

這個時候的達夫南因爲青春期而變聲的徵狀非常明顯，根本沒辦法直接吟唱歌曲。所以伊索蕾改出一些創作的功課。每次見面，伊索蕾會唱幾遍達夫南創作的新歌之後再予以評論，然後很快就製造出許多話題，可以一直討論個不停。

「換成是我，我也不會接受。」

賀托勒動身前往大陸之前要求伊索蕾給他看伊利歐斯祭司的劍，這到底有什麼意義呢？他在人們面前說要替伊利歐斯祭司爭光的理由又是什麼呢？如果一開始就想要討伊索蕾歡心，那麼之前做出的許多無禮事又該做何解釋？

賀托勒簡直在態度上有了一百八十度的轉變。還記得，在達夫南從峭壁摔下來之前，有一次他們偶遇時，他說「我會幫助你三次」，而之後賀托勒的態度也確實和以前大不相同。可是這件事應該沒有理由會和伊索蕾扯上關係吧。

此時他突然想到銀色精英賽優勝的事。

「聽說出戰銀色精英賽的巡禮者之中，只有妳父親得過冠軍，是眞的嗎？」

「嗯。」

回答非常簡短。達夫南接著問：

「那麼島民們一定非常企盼能有新的冠軍出現！啊，如果出現新冠軍，他們一定會像是妳父親又再復活過來那樣高興吧？」

「可能吧。」

「那麼就會開始有人說，這位優勝者以後會像你父親一樣，成爲劍之祭司，是吧？」

「大概吧。」

「那麼我是奈武普利溫祭司大人的學生，不就會是他首要的競爭對手了？」

「應該吧。」

「請問妳父親是不是和妳一樣，也是用雙劍的？」

「當然。」

「歷代劍之祭司之中，是不是有很多人都是用雙劍？」

「……」

伊索蕾不發一語地看了一下達夫南，然後對他說：

「你聽人說的不多，倒是知道挺多的！對，你猜得沒有錯。從很久以前開始，月島就各有一派劍法傳承下來，一派是使用雙支小劍，另一派則是使用單支長劍。第一派被稱爲『颺爾萊』，是『暴風』的意思。另一派叫作『底格里斯』，也就是『猛虎』的意思。」

颼爾萊、底格里斯，兩個都是他頭一回聽到的名詞。沒想到在不到一千人居住的月島上，特殊傳統居然能多到令人覺得不可思議。才這麼多的人口，就什麼都有，實在令人難以置信。

達夫南看了一下伊索蕾的表情，確信現在他再問下去，伊索蕾應該都會仔細一一回答他。

「我想再知道詳細一點。兩派劍法具體來說有什麼差別呢？傳承的人都在什麼地方啊？」

伊索蕾站起身，握了一下繫在背後的兩把劍。不過，並沒有拔劍出來。

「看來你好像還不知道。在上村發生的……那個你也知道的事件，使劍術的高手幾乎都死光了，現在島上只剩下一知半解的劍法。他們大多是用單劍，如果硬要分類，可以說是比較接近底格里斯派吧。不管怎麼樣，就如你所看到的，目前傳承到颼爾萊傳統的就我一個人而已。」

正如同她所言，島上帶著雙劍的確實只有她一個人而已。同時，他慢慢在腦子裡浮現一個想法，逐漸具體成形。達夫南很快接著問她：

「而且妳沒有傳授給任何人。那麼，底格里斯派呢？」

「我父親在世的時候，底格里斯派的傳統就已經不知什麼原因，變得相當失色。當時底格里斯派的唯一傳人是名老人，但他的實力平平，所以根本沒有人想要當他的學生。那個時候想要當我父親學生的人可就多了，但他只從中收了幾名，之後就明白表示不再收學生了。可是人們總還是等待有位子空出來，而不會將目光轉往學習底格里斯派。」

「爲什麼會這樣呢？」

「這是因爲一百多年來，都是颼爾萊的傳人在當劍之祭司的緣故。」

達夫南倏地從坐著的岩石站起來，低頭看一眼手上的木劍。然後他想起不久前奈武普利溫開始教他的幾種新招式。

「是因爲雙劍的颵爾萊派……比底格里斯派還要優越的關係嗎？」

「不。」

伊索蕾簡短地回答，後退了幾步。然後迅速拔劍，擺出一個基本招式。達夫南有些吃驚。因爲到目前爲止，伊索蕾一直都不想把自己的劍術教給任何其他人，甚至也不讓人看到。

「颵爾萊一開始學的時候比較容易入門，但越學越難。至於底格里斯，我不是非常清楚，但聽說它與一般大陸劍法不同，在初期，必須熟悉特異速劍要求的一些技術，所以一直練到中段都相當辛苦。爲了學好那些速劍技法，據說要有什麼特殊練習……不過，這些我就不得而知了。」

伊索蕾的劍在半空中短短揮了一下，又再收起。她回鞘的動作快得難以用目光正確捕捉。

「那麼說來，到了後期，底格里斯那一派是不是會變得比較容易練？」

「當然還不到可以稱得上容易的程度。不管怎樣，在初期階段，底格里斯很難贏過颵爾萊。不過，超越某種程度的水準之後……聽說練颵爾萊的人得花費練底格里斯上升三段的努力，才能進步一段。越是高段，差異越大，等到升至最高段時，颵爾萊除了努力以外，還需要特殊的身體條件和心理狀態。其中一種就是在無我境界之下，兩手完全可以再做其他使用。颵爾萊的雙劍在長度上並無差異，所以在實戰的那一瞬間，不管是刺出哪一劍，還有不論選擇對錯，都是純粹由素質來決定。以精密的差異來決定勝負。」

「萬一沒有那種素質呢？」

「就會始終無法練成颵爾萊。那不是光用練習就可以達成的。只有適合颵爾萊的人才練得成功。不幸的是，一開始入門時，人們不可能知道自己是不是那種人。一旦碰壁，別人都找到門開門出去，那一瞬間卻發覺自己沒有門路時，才會知道自己不適合。這個時候只能退下來，淪為二流劍士。這種劍法既不是可以由意志來決定，也不是靠奇蹟就能練好的。反正，不適合練颶爾萊的人，越早發現不適合，對他本人越好。」

雖然很難認同她的話，但她的語氣非常認真，使達夫南不得不點頭。

「這樣眞是不幸……那麼妳的情形呢？」

「我到目前都按部就班，已經抓到要領了。可是以後會怎樣，就不知道了。」

伊索蕾臉上並沒什麼苦澀神情，只是語氣平淡地回答。反正早就知道眞的無路可走時也沒其他辦法可行，所以到時候反而可以輕易就放棄——她那副模樣是不是這種含意啊？

「那麼說來，底格里斯是不是練到後來會越簡單？」

「雖然不是這樣……但據說練底格里斯的時候，會讓人產生一直不斷向前的力量。就我所聽到的，當超越某個階段之後，底格里斯劍術的進展會像是在枯乾原野上點火一樣，前後不分，也不管哪個方向，就如同火勢般散往四面八方。能力不斷地發展，力量會變得難以控制，甚至每天練劍都要揮到筋疲力竭才停得下來。不過，我沒練過，所以也不懂這是什麼意思。」

聽到這番話，達夫南卻和剛才聽到颶爾萊的說明時大為不同。奇怪的是，他感覺好像句句都能理解，就像他也認為自己有可能會那樣。儘管這番說明別人乍聽之下可能比較難以認同，但他卻像是親身經歷過，很肯定地點了點頭。他問她：

「所以說，因為那位老人沒有學生，底格里斯的命脈是不是已經斷了？」

伊索蕾突然露出要笑不笑的表情，望著達夫南。

「你是眞的不知道才問的嗎？難道你不曉得現在傳承底格里斯的人是誰？」

「什麼意思？」

「不就是你嗎？」

「什麼？」

達夫南半信半疑地俯視自己的手，然後搖頭說道：

「我沒有學過那種劍法啊。妳的意思是，奈武普利溫祭司大人是底格里斯的傳人？」

「是啊，那個老人唯一的學生就是他呀。」

伊索蕾的語氣變得有些辛辣，但達夫南沒能立刻察覺出來。因爲他心裡一直在想，奈武普利溫是否眞的有教他底格里斯派或者類似的劍法。

「我以前不是說過嗎？奈武普利溫祭司大人可以稱得上是自立更生型的。當時他沒花多久時間就超越那老人的實力了。老人講述傳授的，祭司大人都能一一實踐。就因爲他是那種人，難怪我父親甚至想招攬他到門下……」

伊索蕾突然閉嘴，喚了一聲仍然沉於思索的達夫南。

「達夫南，你以前不是想去參加銀色精英賽？」

「什麼，啊……以前當然是很想去。」

此時他才回到現實。伊索蕾之前好像有說些什麼，但他已經記不太起來。

「算一算時間，現在去還不遲。」

「可是大家都已經出發了！」

「反正在大陸又沒一同行動。是分散開來旅行，只要能在比賽前抵達會場就行了。」

「可是我一個人哪裡也不能去。之前戴斯弗伊娜祭司大人說過，在我成爲正式巡禮者之前，不能獨自去大陸。」

「只要有人同行就可以了。」

「可是有誰願意爲了我丟下所有事情到大陸去？奈武普利溫祭司大人他太忙了。」

「要不要我幫忙？」

達夫南一時間還以爲自己聽錯了。可是他聽得很清楚，完全不可能會聽錯。

「妳是當眞……的嗎？」

「如果你需要，我就是當眞。如果不要，就是開玩笑了。」

他直盯著伊索蕾的臉孔，但是找不到其他表情。

「啊……我再考慮一下。不，與其這樣……伊索蕾妳是不是也想要去參加銀色精英賽？」

「完全不想。」

「那麼到底……」

伊索蕾慢慢地在草地上走了幾步之後，忽地跳躍好幾步，動作像是在躲避一個隱形對手的劍。可是在她旋轉一圈的那瞬間，達夫南卻又感覺那動作與其說是劍術的步伐，倒不如說比較像是在跳舞吧。因爲，實在是太過輕盈了！

「所有一切都有困難……我也不曾去過大陸。」

這簡直就像是在出作業。可是達夫南在煩惱之餘，卻彷彿有種眼前開啓一條新路的感受。然後，他們彼此露出微笑。不去銀色精英賽，眞的很可惜嗎？他眞的很想去嗎？

□

「很好啊。」

奈武普利溫二話不說就答應了，所以達夫南一時反應不過來，呆愣了一陣子。

「明天考試好了！單獨考試就行了。」

「啊……是。等、等一下，眞的嗎？」

「這事並不困難。你不是說伊索蕾要和你一起去？她確實有充分資格當遠征隊的保護人。嗯，其實坦白說，在大陸，你會是比她還更有經驗的旅行者。」

奈武普利溫稍微歪著頭想了一下，接著說：

「萬一伊索蕾要直接出戰，因爲她不是思可理畢業的，會有點問題。可是，這用簡單的考試就可以解決。問題在於她有出戰的打算嗎？」

「伊索蕾沒有從思可理畢業？」

「嗯，她是聖歌的唯一傳人，而且她是島上好幾種傳統的唯一繼承者。那些傳統每一項在思可理都可以被認定爲一門科目，所以她一開始就沒有入學。」

「看來好像有點特權。」

「她是島上第一碩學者的女兒，當然也就會有那種特別優待，不是嗎？」

奈武普利溫說到這裡，泛起一絲笑容。一看到他那種笑容，達夫南想起有問題要問他。

「伊索蕾學的那種劍法，也是只有她一個傳人嗎？」

「這是她親口對你說的，是吧？那種劍法稱爲『颶爾萊』。伊利歐斯祭司是歷代颶爾萊傳人之中到達最高水準的人。而伊索蕾也已經練到相當程度的水準。」

「那麼……有底格里斯派劍法，是嗎？」

「是啊。」

「所以那……」

奈武普利溫一副並不在意的表情，答道：

「底格里斯的繼承者就是我了。可是我已經很久沒用那種劍法了。」

「是嗎……」

那麼說來，他應該是沒有教過達夫南什麼劍法。看來這段談話最好就把它給忘了。

「不過話說回來，我不曉得該不該允許你用眞劍。你覺得呢？」

關於這一點，達夫南也一直在想，已經想很久了。他說道：

「我覺得應該不會有問題吧。」

「你怎麼能確信？」

「如果我不確信，那我就是一直都不信任自己了。」

奈武普利溫皺起眉頭，和達夫南四目相視。過了片刻，達夫南搖了搖食指，說道：

「眼睛不要再用力了！否則皺紋可是會越來越深哦！」

「反正是我的臉，又不是皺紋少一點就會變年輕。我們再繼續剛才的話題。所以說，不論行不行你都想要試一試，如果不行就等著完蛋，你是不是這個意思？」

「嗯，我是這麼想。或許是我腦筋差吧，凡事總是很慢才覺醒，我覺得等到自己確信可以時再去試，根本無法大膽行事。這件事，我覺得正面應對會比較好。反正又避免不了，而且也不會突然說死就死，所以我覺得還是學習如何硬撐下去會比較好。如果失敗，就回來再花十年時間拿木劍。我不想藏起來，不想一次都沒試就被吃得死死的。」

「如果有機會可以回來藏，那還算你運氣好。決鬥通常都是在一轉眼間就結束了。你要打一場沒有勝算的仗，還有『輸掉再回去認眞練十年』的想法，你覺得這樣想會讓決鬥變得比較有利？」

「我並不是要打一場沒有勝算的仗。」

達夫南站起身來，用一邊肩膀往放冬霜劍的那個地洞比了比。

「你也知道，我從峭壁摔下來，就是那東西救了我。記得當時我只是想去拿伊索蕾的作業而已，突然那把劍就呼喚我，而在下一秒鐘，我一下子就在那裡找到劍，拿著就走出去了。等到我察覺自己是拿著什麼跑出來時，人已經站在峭壁上的階梯了。該怎麼說呢……嗯，劍想要保護我。一定是這樣沒錯。」

奈武普利溫雙手交叉在胸前，只是聽著他說話。達夫南繼續說：

「爲什麼會這樣呢？這個問題我想了很久。劍單純只是在保護我？我想這是不可能的。我並不認爲這把劍有什麼人性。它只是原本就具有的自然本能較爲發達的無生命物體。既然如此，如果它不是在幫我，那它是想要什麼呢？會不會是要我別死得這麼冤枉，要我在它手中死去？該不會它是在挑戰，想和我對戰一回？」

「你的意思是，你不想拒絕朝你走來的戰鬥？」

達夫南又低頭看著地上，說道：

「我呢……我認爲那把劍是非常眞誠的對手。嗯，我昏迷的時候看到許多事情。看到過去有很多人拿到那把劍之後，到最後毀了自己的場面。我一直在想它爲何要讓我看到那些場面。它是不是在告訴我，如果沒有自信就趕快逃？或者它是想在決鬥開始前把以前的戰果拿出來向我炫耀？」

奈武普利溫一副啼笑皆非的表情，說道：

「天啊，怎麼聽起來像是劍找到主人的那種古老故事？喂，聽你這麼一說，連我也想用用看那把劍。」

達夫南輕笑了幾聲。可是接著說話時，他的眼睛閃爍著一股熱忱。

「那把劍需要一個人來支配它。遇到會害怕它的對手，它會一下子就把對方吃得死死的；但是遇到有支配能力的人，它就會服從，就是這樣。當然，它以後還是會見機把我吞噬掉。等到它能夠，就像我從峭壁摔落那天一樣，能夠一時之間強力支配我的心靈時，到時候就算我不想拿劍，也還是會再發生同樣的事情。反倒是正面與它對決會比較好。」

「應該戰鬥時才需戰鬥。而你，有什麼使命，眞的有必要這樣做？」

「當然我也……知道擁有過這把劍的不少英雄都失敗過。他們也都是企盼勝利才與它交戰的，不過卻都失敗了。但問題是，我完全不想放棄劍。所以不論勝敗，我有挑戰的資格。當然，這把劍很強，我還很弱小……但我會繼續越變越強直到我死。因爲我會一直持續不斷，不會停止，繼續成長。」

「強詞奪理。你的時間還很多，何必現在就開始和它對決。雖然說和敵人交戰也是變強的方法，但那也得等到你強大到有能力擋得住敵人的攻擊啊。」

「您說得沒有錯。所以我打算等以後再使用冬霜劍。」

「你的意思是，總有一天你還是會用冬霜劍？」

「那是我的劍，當然要用不是嗎？」

「人人都以爲只有自己會贏。就算看到一百個人輸了，也會認爲自己不會是第一百零一個。」

「當然，我也有可能被毀滅。可是即使被毀滅，也是積極性的，直接使自己毀滅。只要我手腳還在，就有權利去尋找毀滅、走向毀滅。連避也不須避。現在躲避，我就會在瞬間被那傢伙吃得死死的。」

奈武普利溫想著，達夫南的聲音簡直就像以前自己說過的話的回音。

□

接下來，就舉行了考試，也決定了出發的日子。島上又再度議論紛紛了起來。因爲參賽者是最有可能得到冠軍的候選少年，而且遲了一步才決定參賽；還有就是幾近隱者的伊索蕾居然破例提議陪同，再來就是只有他們兩人單獨去大陸，甚至伊索蕾是不是單純只是擔任保護者角色，都是人們討論的話題。

戴斯弗伊娜拒絕了斐爾勒仕修道士的附議請求。不悅的斐爾勒仕修道士只好再花幾天時間向其他祭司一一請求；但他們像是有什麼默契似地，根本沒有人答應他。因此，裁決被擱置了下來。達夫南出戰銀色精英賽的事定案之後，錯失機會的斐爾勒仕於是計畫在達夫南回來之前煽動輿論，乾脆在他從大陸要回來前驅逐他，不准他回來。

然而，奈武普利溫在達夫南離開月島的前一晚，去找了斐爾勒仕修道士。那時的天色非常昏暗，彷彿像是預告明天會放晴似的。

「祭……祭司大人？」

前來開門的是艾基文。他明顯一副害怕的表情，不由自主往後退了幾步。奈武普利溫冰冷地低頭看他，說道：

「去告訴你父親，劍之祭司來拜訪他。」

奈武普利溫一進入客廳，艾基文就不知躲到哪裡去了，連個人影也沒看到。原本正在撫摸一塊圓盾牌的斐爾勒仕修道士一面乾咳了幾聲，一面站起來見客。

「是什麼風把您吹到這兒來了？夜已深了，我正要睡覺呢。」

奈武普利溫坐下來，很快說道：

「無憂無慮當然就好睡。只是，我怕等一下就有事情會讓你整夜睡不著了。」

斐爾勒仕微微皺起眉頭，歪著頭疑惑地說：

「您這是什麼意思，我實在不……」

這天，奈武普利溫的臉上盡是他之前不曾出現過的冷傲表情，雙手十指交錯放在膝蓋上，看起來像是在瞪視眼前的獵物。斐爾勒仕不自覺地把身體往後縮，一副要拉開距離的樣子。

「達夫南就要去大陸了。當然，此行他是去出戰銀色精英賽，而伊索蕾會當保護人，和他一起去。」

「這些島上所有人都知道了，不是嗎？」

「結束之後，他會回來。一定會回來。」

斐爾勒仕盯著奈武普利溫看，一邊的臉像是習慣性地抽搐了一下。島上只有少數幾個人不用抬頭看著有「巨人」之稱的斐爾勒仕，而奈武普利溫便是其中一個。

「他當然會回來——」

「而你正在策劃想要讓他回不來，是嗎？我今天來，就是要告訴你，你是在白費力氣！」

斐爾勒仕見奈武普利溫一直打斷自己的話，臉都漲紅了。奈武普利溫的每句話都直截了當，甚至近乎教訓人。

「你！這些話，是劍之祭司該說的嗎？你現在是什麼意思？達夫南他拿的那把劍很危險，這是連權杖之祭司也認同的事，其他人也都充分感受得……」

「沒錯。」

奈武普利溫面無表情，只動了動嘴唇，露出一絲微笑。這副表情比嘲笑還要更具攻擊性。

「什麼沒錯？」

「意思是這些我全都知道。拜託不要再三重複。你再這樣，豈不是更讓我不高興？還有，我要明明白白告訴你，如果你現在讓我不高興，恐怕對你不是件好事。」

「你這到底是什麼意思？」

「還不明白嗎？我請你就此停止目前爲止對達夫南做出的不利行爲。拜託不要再搞了。要是你已經做出什麼傷害到他的事，就請你自行收拾，回歸到原樣。以後要是再有人提那種意見，都是你做的好事造成的後果，請你親自站出來給我確實阻止。」

奈武普利溫緊握住原本輕輕交錯的雙手，做出結語：

「完全不可以讓我感覺到一點那種氣氛。」

斐爾勒仕被奈武普利溫這迫人的語氣給嚇一大跳。而且看他講這些話時毫無笑容的冰冷臉孔，也不禁有些怕了。平常劍之祭司雖然都與一般人和氣相處，但其實這是令巡禮者非常懼怕的職位。在島上，如果有人犯罪該受罰時，是由劍之祭司來執行刑罰。包括鞭刑、死刑、斬首，都是一樣。因此，島上殺死最多人的通常都是劍之祭司。據說，劍之祭司的象徵物品「雷之符文」就是唯一代表有權先行即刻處分再做審判的劍。

不過儘管如此，奈武普利溫所說的他實在是不懂。到底爲何他要這麼說？

「什麼話呀！我爲何一定得那樣做？您以爲用言語這樣脅迫，我就會退縮了？我、我可是有信……信念的人！達夫南他那把劍會帶給月島災難，即使讓我付出代價，也要阻止這件事！」

他感覺說話時心中的決心越來越強烈了。對！他幹嘛要退縮？情勢對他而言如此有利，而且進行順利。

可是奈武普利溫的下一句話卻讓斐爾勒仕差點魂飛魄散。

「代價……應該是由你兒子付出代價吧？」

奈武普利溫倏忽從座位站起來，慢慢在房裡轉了一圈。然後停在驚愕不已的斐爾勒仕背後，說道：

「請你回答啊。不對，應該是請你選擇好了。」

斐爾勒仕顫抖了一下，回過頭來。整張臉憤怒到雙眼都充血了。

「什麼……話……胡說八道！你用什麼手段，不，你憑什麼殺我兒子……不，是加害我兒子！我如果當場去找攝政閣下，告發這件事，把你……不對，好，連你也一起趕出去！你竟敢、竟敢、竟敢威脅我？你想把我兒子怎麼樣？只要你碰他一根手指頭……」

奈武普利溫看著斐爾勒仕一生氣就開始出言不遜的樣子，只是平靜但卻冰冷地說：

「對於你在祭司面前不守禮紀這件事，我是一定會記得的。還有，你不必這麼驚慌，斐爾勒仕修道士，因爲，我說的不是你疼愛如命的大兒子，而是你的二兒子。怎麼樣？稍微沒這麼震撼了吧？」

艾基文？

斐爾勒仕又再度嚇一大跳。這到底是什麼情形啊？奈武普利溫看他那樣，於是一字一句清楚地接著說：

「我簡單和你說。我的少年達夫南從峭壁摔下來，並非單純只是失足，也不是因爲他那把劍的影響，這都是出於一個少年卑劣的陰謀。想知道詳情，最好直接去問你兒子。總而言之，我手中握有可以揭發這一切的充分證據。如果想要，也可以在祭司會議中進行緊急裁決。你應該也知道吧，祭司要進行裁決是不用其他人同意的，只要有必要馬上就可以，甚至在三更半夜都可以舉行裁決。」

中間隔著椅子，面對面站著的兩人沉默了一會兒。對方一直用沉著的眼神盯著自己看，斐爾勒仕不知該相信奈武普利溫的話到什麼程度。

「你說艾基文……想殺死達夫南？而你握有證據？我實在是……不懂！你不要用猜的。你有親眼看到嗎？如果你親眼看到，為何到現在都默不出聲？」

「可惜我沒有親眼看到。不過，艾基文從這屋子書房裡，拿了一張記錄令魔法無效的符文卷軸，用它讓達夫南與伊索蕾修練聖歌的峭壁上面的魔法石消失不見，這一點可以證明他計畫想要殺達夫南。」

「怎麼證明？就算眞有其事，你怎麼知道是想要殺害達夫南？」

「如果不是要殺達夫南，那就是要殺伊索蕾了！那個地方是伊利歐斯祭司留給伊索蕾的祕密修練場所，達夫南是她的學生，所以才會知道那地方。而你自己應該也知道，如果不是要害達夫南而是要害伊索蕾，那麼，島上人們的感受鐵定會更深刻，你是要選擇哪一邊解釋？」

「不，我不是……既然是祕密場所……我們艾基文怎麼會知道？」

「怎麼會知道，這我也不曉得，可能是跟蹤，也可能是刺探。不過，記錄解除魔法符文的卷軸只有一種，島上僅有五張，其中一張就在你家書房，這是不可否認的事實。魔法痕跡是伊索蕾直接鑑識的，她是島上屈指可數、少數幾個擁有魔法知識的人，這我想你應該知道吧？」

這一點斐爾勒仕當然知道。斐爾勒仕並不是魔法師，照理說他家是不該有魔法符文卷軸這類東西。可是上任攝政三個孩子之中的么女，也就是他妹妹，是受過魔法教育的魔法師，生前以研究為由，經常借出藏書館或大禮堂典藏的魔法物品，並占爲己有。因爲她是攝政的女兒，所以對她的行爲大都是睜一隻眼閉一隻眼；她死後，遺留下來的東西則都被移到她哥哥斐爾勒仕的家中保管。

然而睜一隻眼閉一隻眼並不表示就可以省略記錄魔法物品的去向。具有一定水準以上的魔法物品，大都記載在以前的記錄簿裡，而保管那東西的正是看守藏書館的傑洛。

其實斐爾勒仕幾天前才整理過書房，當時有發現到一支卷軸不見了。

因爲他天生就是戰士的資質，連他自己也覬覦過劍之祭司的位子，只是和稀世天才伊利歐斯祭司生在同一年代的關係，只能眼睜睜受挫。因此，現在他才會如此努力想讓賀托勒當上劍之祭司；也因此，他對魔法一點兒興趣也沒有，對魔法物品也不太重視。所以發現時他既不管遺失的卷軸會不會被用在什麼地方，也不管它是不是不見了，只當作沒這一回事地給忘掉。

「那……那種卷軸有五張的話，你有何證據硬要說是用了我們家的卷軸？」

「這你可以直接證明。把應該存在的卷軸拿出來啊。現在，馬上。」

斐爾勒仕的臉都變成土色了。他好不容易努力鎭靜下來，試圖做最後的抗辯。

「也有可能早已用在其他地方……不是嗎？我爲何一定要向你證明那東西的行蹤？」

「首先，你身爲月島巡禮者，有義務配合祭司的調查。第二，那種魔法物品並不是個人物品，你任意拿來使用當然必須向權杖之祭司報告。第三，在你家中會使用魔法物品的就只有艾基文一個人。第四，其餘四張卷軸現在都被安全保管著，沒有人動過。藏書館的傑洛先生可以爲此做證。」

如今根本沒有地洞可以鑽進去。斐爾勒仕的呼吸變得急促。如果想趕走達夫南，自己兒子的罪行就會被揭發，而且從奈武普利溫的表情看來，事情並不是簡簡單單就能了斷的。原來不只是他這做父親的想為賀托勒除掉達夫南，在那之前，愚蠢的二兒子已經把所有事都給搞砸了。

要為賀托勒犧牲艾基文嗎？

但事情可沒這麼簡單。要是可以這麼容易分開來談就好了。艾基文的罪行和這個家的清白息息相關。而且斐爾勒仕也不是笨蛋，他感覺得到，再硬不承認，有可能會牽連到賀托勒成為陰謀共犯。人們都知道自從達夫南來月島之後，賀托勒和艾基文都很討厭他。再說艾基文都是聽賀托勒的命令行事，在人們面前，他一向絕對服從哥哥的話。當然，這事也有可能被認為是做父親的命令。

想到這裡，他突然覺得背脊一陣發寒——會不會實際上……賀托勒真的和這事有關係？

「知道了……啊，是，我知道該怎麼做。那麼……從現在開始起，我不再說任何有關達夫南的事……這樣是否就可以了呢？」

「不要讓我再重複剛才說過的話。從現在起，有人談到達夫南還有那把劍的時候，你要當最堅持的辯護人。而我，暫時不再追究事實。我們就當是互相保守祕密吧。不過，你的陰謀已經在許多人腦子裡根深柢固，光是用你的嘴巴阻止恐怕也難以輕易解決。所以，我希望你努力一點。萬一有任何人提議驅逐達夫南和那把劍，還要付諸實行的時候，今天我們的協定就不算數了。你讓一個少年被驅逐，代價就是失去你兩個兒子。」

劍之祭司說話的語氣很冷酷，已經不是平常給人瀟脫印象的奈武普利溫。斐爾勒仕眼前只看到一個帶著可怕眼神、好像對方一不小心說錯話就會馬上拔劍的大漢。

「還有一點，拜託不要再企圖做出危害達夫南的事。你也要清楚告訴你的兒子。以後你們家的任何人要是讓那孩子受傷，就算只是企圖，讓我看到了，劍之祭司會立刻以牙還牙，反擊回去，這你可要好好牢記在心！」

如今根本沒有想其他事情的餘地。巨漢斐爾勒仕可憐兮兮地彎腰求情。

「我錯了！全都是我的錯！乞求原諒……可是說出去的話如潑出去的水，要收回來並不容易。奈武普利溫祭司……請不要把和我說的話沒關係的兒子也牽連進來。我會盡最大努力的，但我沒了兒子，會活不下去……」

「你以爲收拾錯誤有這麼簡單嗎？雖然我相信你會努力，但萬一要是發生了什麼事，即使我毀了，也會看著那兩個小子人頭落地。以我的劍，『雷之符文』，向天發誓。」

「這是私自報仇！奈武普利溫祭司，那種話拜託……」

「報仇？」

奈武普利溫繞完剩下的半圈，又再回到原來的位子。從他口中響起冷酷的聲音：

「劍之祭司乃是月女王最強的報仇者。你忘了嗎？」

□

出發的那天早晨，天空泛著明亮的紫光。

碼頭上，送行的只有幾個人而已。可是達夫南想見到的人都來了。戴斯弗伊娜祭司與默勒費烏思祭司、歐伊吉司與傑洛叔叔，還有奈武普利溫。

在等待阿尼奧仕拉船過來的這段時間，奈武普利溫走來和達夫南與伊索蕾一一握手道別。伊索蕾有些猶豫之後才與他握手。微微露出笑容的奈武普利溫接著對達夫南說：

「伊索蕾一直很用心教你聖歌，這次你可要幫她啊！經過埃爾貝島，往雷米走之後，照我的話去做，就可以旅途平順了。」

昨晚奈武普利溫不知去了哪裡，很晚才回來，他將那柄在大陸旅行時用的劍交給了達夫南。他終於允許達夫南用眞劍了。他還告訴達夫南幾處地方，說如果在那些地方出示那把劍，報出「伊斯德·珊」的名字，就可以得到禮遇。

冬霜劍也繫在達夫南的背上。達夫南現在不希望那把劍離開他。只是，在銀色精英賽上，他打算使用奈武普利溫給他的劍——這樣等於是爲過去無法參賽的他爭光。

莉莉歐珮也來碼頭送行了，只不過，她並沒有走近達夫南和他說話，而只是遠遠地站在通往上面樹林的山丘下，一直望著他。達夫南感覺到她的表情和過去大不相同。現在她不像以前那樣會高高興興和他說話，甚至也不會頑皮地煩著他。有時候在思可理突然感受到她的目光，轉頭去看，會發現她只是靜靜地看著自己。她也不會主動找他說話，那毫無表情的臉上投射出難以解讀的目光。

另外還有兩個令他訝異的送行客。就是艾基文和他父親。原本以爲他們只是來看熱鬧，沒想到他們卻走過來祝福他一路順風。雖然有些彆扭，但他還是勉強保持禮貌，反正就是沒給他們臉色看。不過，這樣感覺反而更怪。

奈武普利溫等到艾基文和達夫南道別過，隨即快活地笑著喊道：

「小心一點，一路順風！要把伊索蕾當作是我，她叫你做什麼都要好好聽話才行！危險的事都要由你來做！」

達夫南嘻嘻笑著回答：

「我會想成是和老媽一起去旅行的。」

身旁的伊索蕾則是啼笑皆非地發出一聲嗤笑。

接下來，搭載兩人的船隻徐徐朝著大海滑行，乘著流向外海的海流順勢而去。站在月島海邊的人影瞬息之間便遠離了他們。

第十四章

危險盛會

Risky Party

01 為了名譽

「根據回報，他們今天已抵達翠比宙。再沿著德雷克斯山脈北上，下個月中應該就會到達羅森柏格關口。」

這裡是奇瓦契司首都羅恩的統領官邸裡，最為隱蔽的房間之一。坎恩統領坐在扶手椅上，像在半打瞌睡似地點著頭。可是瓊格納身為統領的魔法師，長久經驗下來，當然非常清楚坎恩統領這種姿勢不是在打瞌睡，而是他動腦筋動得很快時的姿勢。

「事實上，回報速度有些遲。不像是閣下的一翼作風。」

「或許吧。但也有可能不是。」

「自從在雷米失去少年的蹤跡之後，已經過了相當長一段時間。當然，我並不是說他們不夠努力。」

「嗯，但也有可能是。」

正如同瓊格納所說，這確實不像是「柳斯諾的作風」。以前坎恩統領把事情交給柳斯諾．丹恩，從未像這樣拖延。如果是比照以前的績效，這些時間夠讓他把少年的頭提來見他三次了。

「但是不管怎麼說，看他們叫二翼和三翼也出動，可見應該是有什麼大發現。這一次，希望會有成果。他們已從珊斯魯里回到雷米北部，而現在好像又再往南方移動的樣子。」

坎恩統領的「四支翅翼」被派到羅恩以外的地方時，都會帶著附有心靈感應魔法的物品，可以隨時和大法師瓊格納聯絡。瑪麗諾芙和彤達離開不到十天，就已經越過卡圖那的險路，到達翠比宙了。瓊格納第一次收到他們的回報是在那天的傍晚。

瓊格納報告完之後，還是沒有出去，他暗自觀察坎恩統領的眼神。

果如其所料，立刻傳來了坎恩統領的說話聲：

「看來你有話要對我說。你研究有關冬霜劍的力量眞相，有沒有新的進展？」

「雖然沒有什麼進展，但我收集到這些資料。」

瓊格納在跟坎恩統領報告時，習慣用這種低調的方式說話，不敢把話說得太滿。因爲他很清楚，他的主人非常痛恨在等待之後聽到失望的結果。

他把一小張像是羊皮紙的東西交到統領手上。紙張一角嚴重毀損，看來像是從某本書上撕下來的書頁。

坎恩統領花了好一段時間反覆閱讀其中內容。瓊格納一面低頭看著窗外已全是春天五月景致，一面想起勃拉杜．貞奈曼的稚女。

最近他因爲那個小女孩，沒事也常去貞奈曼宅邸。令他驚訝的是，小葉妮．貞奈曼居然令他這個一輩子都沒戀愛結婚過的老魔法師非常心動。在貞奈曼宅邸後院蹦蹦跳跳的黃裙小女孩，簡直如同降臨到她家宅邸暗沉屋頂上的陽光。而且是那種初春柔黃的陽光。

葉妮很會黏人。第一次見面時，她看到外表陰沉的老魔法師，一邊咯咯笑著一邊跑過來抱住他，就這樣，他開始認識她。他看到她連陌生人給的餅乾也吃得津津有味時，曾認爲她是那種「很好誘拐的小孩」，但實際上這孩子可能不如外表那樣容易與人建立感情。或許她不是對他有好感，而單純只是不會去分辨生熟面孔，不過這已經不重要了。

就連不喜歡他們家那位陰鬱男主人的人們，也紛紛為了看天使般的葉妮，而經常造訪貞奈曼宅邸，這已經是羅恩上流社會裡廣為人知的事。而其中一人就是統領的大法師瓊格納，甚至曾有好一陣子成了各家閒話的話題。

統領終於看完羊皮紙，抬頭叫喚瓊格納，此時瓊格納甚至覺得有一抹不捨，將視線從窗外移回房裡。

「如果這事是眞的，那麼冬雪神兵就是來自卡納波里王國的物品了，是嗎？」

「有些不太一樣。雖說那是滅亡之地的物品沒有錯，但問題是，無法確定是否為卡納波里王國的物品。如果是，那麼現存文獻之中，開始記載冬雪神兵的年代未免太過遲晚。而且這期間冬雪神兵應該也沒有被藏到其他地方。所以據我推測，應該是冬雪神兵的第一個主人親身進入滅亡之地，在歷經萬險之後，將這武具拿到手的。」

「這實在是令人驚訝！那也就是說，卡納波里滅亡之後還有生命在那裡活動了？」

「如果不是這樣，就只能說是卡納波里滅亡之後，冬雪神兵在當地失落許久不被發現。但如果眞是那樣，應該要有證據顯示卡納波里人也知道這樣武具，但卻非如此。雖然留存下來的卡納波里的古文獻不多，但還是有很多書籍記載有關卡納波里偉大武具的記錄。然而，任何書籍裡都找不到冬雪神兵這個名詞，而且也未發現有類似的武具存在。」

「會不會是卡納波里王國有太多比這更加厲害的武具，所以這種程度的就沒有留存記錄？」

「不，我並不這麼認為。因為我仔細注意那些留有記錄的武具，能與冬雪神兵同等級的可說是屈指可數。」

「那麼說來，結論是，冬雪神兵是卡納波里滅亡很久之後才突然出現在滅亡之地的，是嗎？現在大陸人類根本無人能夠平安從滅亡之地出來。既然是無人能夠製造，無人能夠帶來的武具，何以會被置放在這塊土地上？」

「這正是我的疑問所在。我甚至懷疑這東西會不會是從地上冒出來，或是從天上掉下來的。」

此時，窗外開始飄起了五月的雨絲。

□

「我覺得雨暫時不會停。」

因爲在大陸不能使用島上的名字，所以少年上岸之後就使用「波里斯·珊」這個名字。他仰望了一下天空之後，立刻揉了揉眼睛，把雨水弄掉。暮春的雨水雖然溫暖，但淋雨淋太久了，感覺體溫已慢慢下降。他繼續說道：

「應該在不遠的地方就有……」

而伊索蕾則是幾近耍賴地說她的名字並非本名，執意還是要用伊索蕾。此時她一面不斷把掉到前額的頭髮往上撥，一面快步前進。可是一直絆到她腳踝小腿的雜草不斷礙到她。有人告訴過她，長途旅行最好是穿長靴，但她因爲不習慣所以不聽。結果她穿了一雙短羊皮鞋；如果是在少有矮灌木的月島山地旅行，穿這種羊皮鞋確實不會有什麼不舒服。

「我們先想辦法離開森林吧。這一帶原本就沒什麼村落，不過，這麼大片的森林，附近總該會有村落的。」

波里斯這麼說道。其實他說的有道理，這畢竟是他曾長久旅行過的國家。即使不曾走過這條路，各方面還是比初次踏上大陸的人要來得更加清楚狀況。就算不是在雷米，在陌生之地流浪經驗豐富的波里斯面對突發狀況，還是能夠判斷迅速。只不過，這也是他頭一次經歷雷米的春天。

「要不要在那裡暫時避一下雨啊？」

伊索蕾說道。那裡有個傾斜岩石造成的淺洞。兩人走過去，進到那個僅能避雨的小洞裡坐了下來。事實上，也無法再進去更裡面了。這彷彿像是坐在別人家屋簷下的感覺。

「那……妳可不可以脫一下鞋子？」

聽到波里斯突如其來的這句話，伊索蕾歪斜著頭，疑惑地想了一下，便不經意地點頭。可是她立刻就知道原因了。因爲走路走太久，而且從剛才就一直淋雨，一脫鞋，腳底當然也就不會有什麼好味道。

「你也脫吧。腳一直濕著，不太好。」

「爲了我們彼此著想，互相背對著背，如何？」

「可以啊。」

他轉身背對背坐著，脫鞋之後，把鞋倒轉過來，水就不斷流了下來。波里斯像在擰毛巾那樣扭轉靴子，把水擰乾。突然間，伊索蕾噗嗤笑了出來。

「什麼事這麼有趣？」

「不，我是因爲無趣才笑的。」

「無趣爲何要笑呢？」

「你不覺得這種無趣的情況可笑嗎？」

伊索蕾放下濕鞋，把腳往雨中直伸過去。比原本皮膚還更白皙的腳丫子上，有雨水不斷滴落又濺上去。

靜下來一傾聽，雨聲有時沙沙作響，時而吱吱喳喳，時而嘀嘀咕咕，包圍著四面八方。草葉不停搖晃，風就在莖幹之間吹來吹去。

因爲衣服都濕透了，不太舒服，要不然應該會覺得更舒服一些。而且，臉變乾之後，身體各處也隨著開始緊繃了起來。

儘管如此，波里斯心中卻還是很平靜。這和前往月島之前與「伊斯德・珊」一起旅行時的幸福感受不一樣。

突然，他轉頭一看，看到伊索蕾的下巴凝結著一滴雨水，正要掉落。宛如凝結在葉上的露水般，現出清澈的水光。在那裡，映照出他的眼珠子、被雨淋濕的樹林、遠遠的一塊天空……

啊，掉下去了。

「距離七月還有兩個月，時間應該還很充裕吧。」

伊索蕾一個人喃喃自語，她摸了摸後方的岩石，小心地把背靠上去。

和她一塊兒旅行，才發現到她的個性比外表看起來還要愼重。雖然她的知識水準遠比她同齡的人還要高深很多，然而非必要時，她是不會隨便開口的。儘管她讀過很多有關大陸的書藉，但她很清楚自己沒有親身經驗，因此遇到問題，她甚至不會先說出意見。總是在波里斯說明情況並問她意見時，她才在思索過後開口。通常這時候，她大多已經正確刺穿問題的本質。

但她並沒有因此而降低自信心。因爲，她是她最尊敬的人的女兒。尊重對方意見與丟棄自信心是不同的兩回事。

一起旅行，確實會看到彼此以前從不知道的另一面。波里斯很高興自己能夠給她建言，雖然在月島時伊索蕾是他的老師，但她並沒有因此顯得不高興。她遇到不懂的事，立刻就會是一副學習的態度。與她一塊兒旅行下來，似乎可以感受到爲何她小小年紀就能吸取到博深知識的原因所在。

「嗯，太早到達也不太好。如果在那裡遇到他們，該說什麼才好？」

「反正總是會和他們碰面。我認爲沒有什麼是不能攤開來說的。」

雖然伊索蕾這麼說，但在峭壁找出魔法痕跡時，她早就知道是艾基文做的好事。只是她從奈武普利溫那裡得知雙方已有協議，才不再過問。賀托勒到底和這件事有多大關係，誰也不知道。如果見到他，肯定會覺得很不自在。畢竟，他們一定是爲了讓波里斯無法參加銀色精英賽，才這麼做的。

「不知道我去了是不是能有好成績。不過，我不能讓一路陪我到這裡的妳，還有伊斯德先生失望。」

離開月島之後，即使旁邊沒有陌生人，仍然必須用奈武普利溫在大陸用的名字來稱呼他。

「不要覺得有負擔。反正這原本就不是件容易的事。你要擔心的是你有沒有全力以赴，除此之外都不成問題。」

波里斯很清楚伊索蕾說話的方式，所以他只是露出微笑。隨即立刻說道：

「看來妳父親眞的很了不起。我呢，有時候也會爲了他而想要得冠軍。如果我眞贏了，妳會很高興吧？」

「……」

伊索蕾並沒有馬上回答他。突然，她想起夏天某一晚有個少年找她談話的事。那時她斷然拒絕了。但雖是拒絕，她卻還留在原地，沒有一走了之。連她也搞不懂自己在想什麼。她考慮了好幾次，終究還是無法選擇是接受好，還是一走了之好。

隔了片刻，波里斯又再說道：

「不要覺得有負擔。賀托勒想成爲劍之祭司，所以一直努力想辦法要攀附妳父親的名聲，這對妳而言一定是非常不愉快的事。我只要能阻止他那種行爲就夠了。當然，我要全力以赴才行……」

他拖長語尾，突然間，伊索蕾用肯定的語氣對他說：

「波里斯，你要是眞這麼想，可以答應我一個要求嗎？」

兩人正視著彼此。在長長突出的岩盤下方，坐著避雨的少年與少女互望著對方。嘴裡呼出的白色熱氣升上去之後隨即消散。

「希望是我能做得到的事。我是說眞的。」

伊索蕾露出一個淺笑。

「我父親去參加銀色精英賽時用過一個假名。你可以在比賽時用那個名字，不，即使只用姓也可以，好嗎？」

「啊……」

波里斯考慮了一下。同時心中也想到奈武普利溫。他這次到了大陸會特別選用「珊」這個姓，其實也是想要一直記住自己是跟著他的。

可是如果使用「珊」這個姓，誰都會聯想到是雷米人，所以確實是有些問題。使用國藉不明的名字，才可以防止同樣國藉的人對他起疑心。

「他是用什麼名字呢？」

「卡閔．米斯特利亞。」

這確實是個國藉不清不楚的名字。名字是很像安諾瑪瑞北部人，但姓氏卻像奧蘭尼公國的人，硬是湊在一起，說是雷米人也有些可笑。

「可是如果我無法獲得好成績，反而可能會有辱其名。雖然事情已經過很久了，但還是可能會有人記得……」

「如果是到銀色精英賽創始國盧格芮，會看到銀色精英賽歷來冠軍的名字都被刻在他們中央市政府的銅版上。可是這次的主辦國是安諾瑪瑞。而且我相信你會爲所有人的名譽，不論是爲了我父親之名、你的老師之名，還有你自己之名，你都會全力以赴。有沒有得冠軍並不重要。」

「可是冠軍很重要。不對，我至少要賽到準決賽才可以。萬一運氣不好……說不定還會和賀托勒那傢伙再對戰一次。我要是借用了妳父親的名字，就一定要打贏那傢伙才行。這樣才有借用的價值。」

雨漸漸停了。滴……滴……雨水聲音一滴一滴清楚地傳來。

「名字這東西……嚴格說來，其實是不能隨便借用的。賀托勒沒有資格借用那個名字，爲了證明這一點，這是最好的辦法，不是嗎？」

伊索蕾光著腳丫子站了起來，往那片不再下雨的樹林走去。波里斯一面看著她的背影，一面說：

「好，那我就用波里斯・米斯特利亞這個名字。」

而為了成就與其名相符的勝利，他要藉由奈武普利溫的劍來達成目的。

「……」

伊索蕾有聽到這句話嗎？她像是感覺到什麼動靜似地，將雙手移到背後，握住了劍柄。波里斯知道她一向耳朵很靈，於是也很快站了起來。

「你們是誰！這裡乃是迪坎領主的土地！」

從草叢裡走出一個人，緊跟著，出現了十幾個士兵盯著他們看，紛紛拔出劍來。波里斯在拔劍前，猶豫了一下。

□

「這棵樹還不錯。要不要在這裡等？」

坎恩統領的四翼尤利希・普列丹用愉悅的口吻說著，並且抓住樹枝往樹上縱身而去。他瞬間就爬上五公尺高的地方，舒舒服服坐在粗樹幹上。

「大哥你要一直待在那裡嗎？」

柳斯諾．丹恩抬頭望了樹上一眼，搖了搖手，就直接把身體靠在樹幹上了。他認爲根本不用等很久，而且更沒必要埋伏。他打算靜靜地等候。

不知怎麼一回事，卻不見那個一直與他們同行的蠻族大漢。尤利希像是剛好想到那件事似地，短短哼了幾句歌。

「終於可以放鬆心情了。」

他們確實有好長一段時間沒能放鬆心情。從珊斯魯里到雷米北端的寧姆半島。那是一段既漫長且痛苦的旅程。他們直到到達雷米蠻族的堪嘉喀部落，取得最後的情報後，才終於得以和伊賈喀．涂卡斯鐵爾分道揚鑣。那是費盡千辛萬苦才得到的情報：雷米北海的另一頭有島嶼住著一群人。

可是蠻族人說那島嶼非常遙遠，若非從島嶼過來的人，根本不知水路，終究無法接近。所以說，方法只有一種。他們認爲波里斯和他的保護人是在埃爾貝島買了船隻出海的，於是，他們不放棄地在埃爾貝島和整個白水晶群島收買諜報人員，布下了聯絡網。他們在沿海各個村莊懸賞重金，要求村民如果見到陌生少年從大海另一頭坐船回來時立刻通報。

之後他們等待了好長一段時間。就像是放長線釣大魚的釣客那樣，除了不斷等待，別無他法。或許是因爲賞金太高，偶爾甚至還有人會帶給他們毫無關係的情報，除此之外，他們可以說是無所事事地一天過著一天。

事實上，靜下來等待的應該只有富有耐心的柳斯諾而已。尤利希等不到一個月就厭煩了，一直試著想要找出其他辦法，不過，最後還是宣告失敗。結果，在望穿秋水之下，終於有情報進來了，隨即尤利希也沒和柳斯諾講一聲，就自己馬上行動。

他得到情報說，有一艘船搭載兩名大人和三個少年而來。雖然這人數多到他一個人不知如何是好，但他還是自信滿滿。伊賈喀不知事情來龍去脈，還是說要幫他，不過他一口氣就回絕，獨自前去處理，結果卻遭到了失敗。他雖然一口氣就打倒了兩名大人，還抓到一個少年，可是緊跟著到場的伊賈喀卻突然站出來，要他放了無辜的人。

雖然尤利希不禁火冒三丈，但他一個人沒有把握打贏伊賈喀。尤利希擅長突襲，所以要正面對決一定對他不利。而且他們過去一直都假裝附和討好伊賈喀，如果突然改變態度，實在不曉得會發生什麼事。之前他們和伊賈喀一起到堪嘉喀族部落時，就發現蠻族中還有人比伊賈喀更加厲害，因而對堪嘉喀族可以說是忌憚到了發顫的地步。他們眞的不是文明人可以打得贏的強盜。

所以尤利希只好強忍下來，擠出和伊賈喀在一起時習慣使用的笑容，問那些人知不知道波里斯這個少年。然後……

什麼情報也沒得到，只好放了他們。

於是，他們計畫在得到下次情報之前，一定要先甩掉伊賈喀。現在既然想要得到的情報都已經得到，就完全沒有必要再與伊賈喀同行。或許可以要他回去珊斯魯里，或者讓他去堪嘉喀族部落，要不然乾脆離開他讓他一個人旅行好了……

然而，不會察言觀色的伊賈喀似乎一直把他們當成是很好相處的紳士，不管他們怎麼說都不願意接受。

就在尤利希再也按捺不住，簡直快要爆發的時候，看起來心境不受影響的柳斯諾提出了一個對策。或許是因爲這方法太過乾淨俐落，令尤利希枯萎的精神又再恢復過來。

他們終於又再等到一個情報，一接獲消息，他們立刻離開作為指揮總部的旅館，並告訴伊賈喀，說：「臨時有急事要離開一陣子，擔心有情報再進來，所以麻煩您在此地幫忙等待情報，只要幾天就行了，可是在我們回來之前絕對不可以離開。」

然後伊賈喀就欣然答應了這兩位一向對他很好的紳士，而且臉上還帶著他特有的那種純真笑容。

「他應該還待在旅館吧……」

「如果無法讓對方離開，最好的方法當然就是自己離開了。」

在樹下聽到聲音的柳斯諾小聲地回了這一句。可是太小聲了，尤利希根本沒聽到。

其實，伊賈喀是不是還在旅館他們根本沒把握。因為他們留下伊賈喀離開旅館已經超過半個月了。而現在，他們正好不容易找到好地點，要抓住新來那一行人。

「喲咿！」

樹上的尤利希首先發現獵物，輕輕發出暗號。在不遠處，兩個少年和兩名大人正朝著他們這邊走來。他們來自第二艘到達埃爾貝島的陌生船隻。

原本身體靠著樹幹低著頭的柳斯諾慢慢地走出去。然後將腰上繫的劍拔出一半，用沉鬱的眼神直盯著對方一行人。

□

「實在是不必這麼……客氣……」

都已經極力謝絕對方好意了，但還是沒有用。他們被一股腦兒請去一間相當豪華的起居室，而起居室兩邊還有兩間臥房。雖說很豪華，但這種風格和波里斯以前在安諾瑪瑞住過的貴族豪宅培諾爾城堡相比，還是有段距離，反而比較接近他在故鄉奇瓦契司的家吧。這裡看起來確實是大領主的城堡，但比較傾向於防禦性的結構而非安居樂業型；儘管如此，內部還是頗爲細心裝飾。裡面擺著一張看起來非常舒服的搖椅，有茶几、有擦拭得非常明亮乾淨的鍍金油燈，以及銀製餐具之類的東西。而他們，則是這座城堡的貴客。

這所有一切都發生在他們被士兵帶到迪坎領主城堡之後，波里斯拿出奈武普利溫的劍，說出「伊斯德・珊」這個名字的那一瞬間。面對這突如其來的禮遇，他們一時無法回過神來，而對方則像是嚇得魂飛魄散似地歡迎他們──開始準備豐富晚餐，清掃出最好的房間，拿出換洗衣物，整座城堡都騷動了起來。看來奈武普利溫在雷米使用的假名「伊斯德・珊」並不只有領主和他家人知道而已。連一介士兵到僕人，似乎都很清楚爲何要這樣招待他們。

因爲衣服都濕透了，只好換上他們準備的高級衣服。兩人換好衣服之後被帶到這間起居室，要他們在準備餐點期間休息片刻。兩人在裡面都有些尷尬。

最後伊索蕾坐到搖椅上，整個肩膀因而縮在一起。

「看來他們好像受過他莫大的恩惠。」

波里斯站在門邊，一言不發地打量著房間。伊索蕾看了他的表情一眼，隨即垂下眼簾，對他說：

「你是不是在想以前的事？想到和他在一起旅行的事？」

「不……我想到他一個人獨自流浪的那段時間。」

奈武普利溫到培諾爾伯爵的城堡遇見波里斯之前，一個人流浪了大約兩年，這段時間在大陸四處經歷了許多事。想到這裡，波里斯心裡覺得有些難過。第一次見到奈武普利溫時，他是個樂天派的怪人，當時無比黑暗的自己非常喜歡他那樂觀的個性。可是後來波里斯卻違背了他的期待，讓他在那種情況下離開。之後又再相會，然後……

他到底是爲了什麼而離開故鄉獨自流浪的？這並非波里斯第一次想到這問題。他隱約感覺得到，奈武普利溫有祕密瞞著他，也瞞著其他人。但他沒有硬是想要去問出來，因爲他尊重他，這是波里斯的個性。

「沒有任何人將他驅逐出去。驅逐他離開月島的是他自己。」

這番回應彷彿像是看穿了波里斯的內心想法。他想再問下去的時候，卻傳來了敲門聲，一名女僕走進來告訴他們餐點準備好了，請他們下去用餐。

準備好的餐點實在多到令兩人嚇了一大跳。用餐的人也只不過是他們兩人、主人迪坎領主還有他的妻子，以及他年輕的兒子，總共五人而已，可是長達好幾公尺的長形餐桌上卻擺滿了各式各樣的菜餚。菜色大多數是連波里斯也不曾見過的。

那張長形餐桌四周並沒有椅子。可以坐下的地方是在旁邊另一處。一張圓形餐桌上，鋪著一條桌布，上面有個小小的花籃，還有銀製燭台，以及白色餐具閃閃發亮。

「想吃多少就拿多少。兩位可能會對此地的用餐方式不熟，我兒子會一一示範給兩位看。好，請拿著盤子到這裡來吧。」

迪坎領主的兒子看起來大約二十三、四歲，是個外表斯文的年輕人。當所有人拿著盤子往長形餐桌那邊過去時，他便在兩人身旁親切地對他們說：

「冷盤子可以先裝海鮮。這邊有煙燻鯡魚，那邊則是蘸芥末的鮭魚。兩位有沒有嚐過鰻魚？如果兩位不喜歡海鮮，那邊有燻製火腿。」

每一樣菜都各拿一點之後，走回圓桌。領主和領主夫人也拿了類似的食物。吃完一盤之後，僕人收走餐盤，這一次，年輕人告訴他們熱盤子可以拿來裝一些肉類熱食。

烹煮得十分柔嫩的牛腿肉，加上烤馬鈴薯、蘿蔔與蘋果磨製而成的蘸醬，聽說這是雷米首都埃提波傳來的料理；他還拿了摻有蔬菜與起司的臘腸燒烤、夾著香甜丸子的牛小排等。等到他們兩人拿了一小盤回到餐桌，僕人們立刻用小盤子裝了一種沙拉端過來。裡面都是醃漬的一種小魚般的東西，年輕人看到波里斯在探頭看那一盤，靠過來對他說那盤菜名叫「櫻草肥」。

此時波里斯一看對面，就看到伊索蕾正在搖頭婉拒領主夫人請她喝酒的模樣。在土壤貧瘠的月島上，因爲無暇種植釀酒的穀物，所以島民們幾乎都不喝酒。不習慣喝酒的伊索蕾就算喝上一、兩杯，恐怕都會出問題。

用餐完畢，隨即有甜點接著上桌。捲成圓狀的烤蘋果派、水果、起司、淋上熱巧克力的厚鬆餅、內層夾了杏仁果與山草莓及藍莓果醬的酥餅等，只要放到嘴裡幾小塊，就會甜到一定得喝點牛奶之類的東西。

「時間不夠，無法準備好餐點。要是恩人知道了，不知會不會怪我們怠慢。」

一聽到領主夫人這麼說，波里斯才想到該問的事。

「不，千萬別這麼說。他借給我那柄劍，只說在雷米旅行時可以受到幫助，我們卻沒想到是如此盛情的招待。很冒昧想問一下，各位和他有什麼關係嗎？」

「啊啊……很抱歉……」

領主夫人一拉長語尾，身形健壯的好人迪坎領主就臉色僵硬，開口說道：

「是，眞的很抱歉，我們只有這件事無可奉告。恩人禁止我們說出去，所以不得不這麼做。但是能夠遇到認識恩人的兩位，就算得以報答千分之一的恩惠，也已經令我們十分感激。」

身旁的年輕兒子接著說：

「我們看到兩位其實非常驚訝。當然，我們一直都在苦苦等待能有機會報答他的大恩大德，但坦白說，我們幾乎以爲不可能會有那種機會。以恩人的個性看來……啊，兩位似乎眞的是恩人非常重視的人。」

一聽到「伊斯德·珊」這個名字，這些人就如此感激了，所以波里斯根本不敢用「珊」這個姓，而是說自己名叫「波里斯·米斯特利亞」。萬一說是「波里斯·珊」，搞不好會被強留好幾天，不得離開。連伊索蕾也用了「米斯特利亞」的姓，他們當然也就認爲兩人是姊弟。

「反倒是我們，對於兩位怎會與恩人如此親密好奇而且羨慕。冒昧請教……實在是沒有可以說的。根本不能照實說。波里斯很快地說：

「啊，很抱歉。我們也是只有這件事……」

然後，他們就這樣，對於無法告知彼此的祕密感到抱歉，連連向對方躬身致歉。

02 銀色精英賽開幕

少女就坐在草地上，紅褐色的頭髮綁成一條辮子。她一直撫著沒有綁緊的辮子，環視四周。莉莉歐珮，這裡是她不熟悉的地方；雖說這裡屬於島內，她卻一次也沒來過。

「這裡……是他們練習聖歌的地方……」

嵌在地上的白色岩石發出亮光。這邊也是，那邊也是，都是現在沒有人坐著的空位子。一起離開月島的那兩個人並不在這裡。

少女搖了搖頭。他們應該會再回來，而且會一直住在月島上，接受她父親的統治，然後，接受她的統治。

雖然她是這麼想，但奇怪的是，心中卻有些沉重。莉莉歐珮忽地站起來，在草地上走了幾步。然後像她以前常會做的那樣，輕輕踮起腳尖跳舞。配上她輕哼的曲調，腳伸出去，轉一圈，頭髮隨之畫出圓圈飛揚起來……

這裡不是她的地方，但沒關係。反正整個月島都屬於她。沒什麼好擔心，也沒啥好顧忌的。

接下來，她心裡一陣溫暖，想到了他。是愛嗎？對於這個問題，很難答得上來。如果硬要說是愛，可說是一絲非常纖細的感情。如果再深入思考，他既不是很多情的人，也非狡黠之人，更不是野心勃勃之輩。也就是說，他根本就無法給她任何東西嘛。

嗯，所以她才會喜歡他。

身為攝政的女兒，沒有什麼匱乏。她要的不是更奢侈，也不是更加舒適。正因為這樣，所以吸引她的要素不是能夠給她什麼；反而是她希望能給予對方什麼。

更何況，他並不是一個幸福的人。

她想用自己的力量讓他幸福。她是這個世上最想讓那個露出不幸表情的人幸福的人。她眞心希望他能放鬆下來，好好休息，在月島上，在她的土地上。

該怎麼辦才好？

少女在天地之間翩翩起舞
在太陽光底下幸福地舞蹈
世間所有故事都結局圓滿
這土地所有人都好春好日

她是個幸福的少女，是可以送出任何禮物的少女。因此，幸福是很簡單的事。她是世上最幸福的人，擁有所有的一切，既無不安的未來，亦無悲傷的過去……

成為她的人，就會變得幸福。

夜雀啼鳴呼喚舞伴的樹林
銀色月光下徹夜不停跳舞

芍藥花蕾低垂的白色山丘
和老朋友同吹出綠色口哨

□

波里斯和伊索蕾大約是在中午時分，到達安諾瑪瑞國土上的芬迪奈領地城堡前方。離開月島，旅行至今已經長達三個月了。

在雷米旅行時，他們好幾次遇到有人認出奈武普利溫的劍，而受到熱情的款待。波里斯甚至覺得，會不會這一切都是奈武普利溫早就料到的，所以他細心安排過，使他們能夠這樣旅行。自從他們越過位於羅森柏格關口南方的羅馬黎溫關口，進入安諾瑪瑞之後，道路都修築得非常良好；也就是說，他們得以舒適地旅行。而氣溫也轉爲夏天的那種溫度。

現在是安諾瑪瑞的七月。

波里斯記憶中的安諾瑪瑞是個非常美麗的淡綠色國家，美麗到令他無法靠近，總和自己遙遙相距。實在是太過美麗了，令人覺得不像是在現實世界裡，開滿瑪格麗特花的庭園像是超越畫框的圖畫般，小樹林裡的香郁樹葉沙沙作響著，銀色溪上橫躺著虹橋，他在這樣的地方待過半年的歲月。從一開始那股令人不安的幸福，到後來因爲發現被殘酷欺騙而結束的那段光陰，發生在他十二歲的冬天與春天。

如今他又再度回到這塊土地上。他是年滿十五歲的少年。

即使此地比當時生活的貝克魯茲還要北邊，但依然很難不覺得又像回到那個地方。這是座花崗石城堡，比培諾爾城堡還更高聳，有著好幾座高塔。城堡四周則有高立的城牆，圍出一塊相當寬廣的土地。升降吊橋放了下來，橋上有許多人拉著馬匹和馬車，正要走進去。城牆周圍則挖有一條很深的護城河。

「看來這裡戰爭一定很多。」

一直不發一語的伊索蕾抬頭看了一眼芬迪奈城堡，突然如此說道。事實上，這座城堡有著「騎士之喜悅」這麼個富有詩意的名字，但是大多數人都不太去記它，只稱之爲芬迪奈城堡。

「芬迪奈公爵是安諾瑪瑞最高權力者之一。據我所知，他是安諾瑪瑞建立新王政時，與國王一同平定南部領土的人，也是現今王妃的親哥哥。」

這是波里斯在培諾爾城堡裡，從蘿茲妮斯的家庭教師那裡聽來的，沒想到他竟還記得如此清楚。同時他也想起「渥拿特老師」說過的話。他說芬迪奈公爵有個美麗的女兒，而蘿茲妮斯爲了那番話還因而心生嫉妒、煩惱不已……

蘿茲妮斯，他現在才發現到，這是好久不曾想到的名字。還以爲早已經都忘記了，此時他也想到，她給的禮物至今都還放在身邊。那是個繡有幸運草的小繡包。

其實他一直都忘了那是蘿茲妮斯給的。好像是在要去赴那場假決戰的早晨發生的事吧。當時他剛從蘭吉艾告知的祕密陳列室出來，完全心不在焉，所以蘿茲妮斯說的話他幾乎都沒聽進去。

現在他帶著的幸運草小繡包裡，裝的是最初進到月島時其中一名圍著圍巾的守林者給的銀牌。必須帶著這東西，才能安全避開存在於月島周邊的幾個魔咒。至於瞬間通過那片大森林，以及看到村子周邊牆壁上的門，也都是拜這銀牌的力量所賜。因此，銀牌是不能離身的，所以他才會放在這小繡包裡帶在身邊。

通過升降吊橋，一進到裡面，看到的卻是令人驚訝的壯觀場面。從升降吊橋到主城堡之間的大片空地上，擠滿了形形色色的帳篷。估算有數百個之多，帳篷與帳篷之間有許多人群喧譁熙攘。被那些帳篷這麼一遮掩，簡直連眞正比賽的場所在哪裡也快找不到了。

波里斯低聲喃喃地說：

「原本想說可能會要和某人對戰，看來根本就是杞人憂天。」

伊索蕾用手搭在眉頭，眺望四周，答道：

「如果想躲起來，在預賽時故意打輸就行了。」

波里斯會心一笑，答道：

「妳不會是說眞的吧？」

此時，伊索蕾像是發現到什麼似地，用手指了指，轉頭看波里斯，說道：

「去那邊看看。好像是登記參賽的地方。還有，我說的雖然不是當眞，但也有可能成眞。」

□

到了第二天下午，波里斯已經大致知道聚在此地的人們都在談論些什麼話題。話題通常是可能得冠軍人選的猜測、他們優秀的家世與華麗的帳篷、馬車之類的東西，再來就是討論有多少人聚在此地、被認爲是黑馬的是哪些參賽者，以及芬迪奈公爵愛女如花似玉的美貌。

聽說這少女名叫克蘿愛．達．芬迪奈，和波里斯同齡。似乎又比幾年前波里斯在培諾爾城堡時還要更加出名。人們還鬧哄著說，那少女只要一出現在陽台上，就如同比太陽更閃耀的星星現身，甚至會看到彷彿洋裝裙襬上散落著花朵般的幻覺。少女轉身走進屋內後，凝望過她的男子們還會繼續目瞪口呆，好一陣子什麼事也沒辦法做，甚至連劍也不想練……反正談論的都是這類的事情。

令人驚訝的是，聽到這些話再轉述給波里斯的人竟非別人，而是伊索蕾。她好像覺得這事很有趣似地，嘴角始終帶著一絲微笑。波里斯說道：

「我不相信。聚在這種地方的人本來就很會亂傳消息。」

「如果不相信，親自去看不就行了？因爲聽說她每天都會在同一時刻出現在陽台上。啊，我也很好奇。要不要一起去看看？」

「伊索蕾，妳眞是……」

雖然想說什麼，但終究還是沒有說出來。他每天都在看像伊索蕾這樣的女孩，眼中豈還容得下其他美女？

可是伊索蕾的頭髮比男孩子還短，衣服也是適合旅行的那種褲裝，甚至背上還繫著兩柄劍，乍看之下與其說是美少女，倒不如說比較像個小帥哥。她以這副模樣輕快地穿梭在帳篷之間，探聽形形色色的消息。譬如說，這屆銀色精英賽的規則和上一屆一樣不變；另外，因爲島上很久沒派人參賽，所以她也探聽到各地遠征而來的參賽者中誰的劍術較優，以及至今報名預賽的總人數，其中貴族有多少人等等。此外，被公認最有希望得冠的候選名單，她也去探聽了。

太陽快下山了。明天就是傳聞中相當粗暴蠻橫的預賽舉行日，出賽者大多已早早進到帳篷去了。只有那些跟隨貴族少年前來的隨行侍從們，直到很晚都還在外面探聽消息或者找樂子。有好幾處地方正在進行地下賭博。不過，這可不是那些僕人們擲骰子的小賭，而是對可能得冠者下注的高額賭盤。

伊索蕾讓波里斯早早入睡之後，去的就是這種地方。雖然這是凶悍男人、酒鬼與騙子雜處的地方，但她要保護自己並不是難事。她在人群之間大膽地探頭探腦。

她的嘴角浮起一抹微笑，這裡和父親生前告訴她的沒什麼不同。比起大陸人，島民們的日常生活簡直就像修道士一樣。這裡到處都是刺鼻的菸味、亂七八糟的酒菜味，還有不知節約一直燃著的燈油，以及喊到疲累也不退場的高喊聲。四處充斥著吵嚷的噪音和不顧禮貌的粗魯動作。

可是想到島民那種孤僻性格，以及只要一有機會就會顯現出來的殘忍敵對心態，和這裡相較，其實也沒好到哪裡去。

「我下五百哥伯倫！賭那個奧蘭尼小姐！」

「呵，你賭得可眞大！兩個哥伯倫金幣就等於一百額索了，這你知道吧？你是沒得好賭了嗎？怎麼去賭那個瘦巴巴的小姐？」

「請你不要多管別人的閒事！那個小姐確實很有可能奪冠！我賣小驢的錢都讓賣酒的，還有他太太給騙走了，所以我才只賭這些，要是還有錢，我一定會賭更多的。」

「應該要賭比較少人下注的，才能大撈一筆，是不是啊！」

「嗯，我還是要賭子爵兒子！因爲他家上一代就很行了，而且賭他我的血汗錢才不會飛掉。我下一百額索，給你，拿去！」

「呵，賭少一點吧！動不動就下一百額索，太可怕了，我都不曉得該怎麼下了……」

「沒錢就不要唸東唸西，閉嘴好不好！」

「什麼啊？我是沒有錢，你這樣就看不起我這個翠比宙豹貓嗎？你要不要和我比劃比劃？」

「我賭那個海肯王族一百哥伯倫！」

「殖民地的人都是呆子傻瓜嗎？自己不爭氣，就只想靠別的國家，都是這個樣子嗎……」

「呵，這裡也有堤亞人哦！你閉嘴！」

「咱們去那邊，這個乳臭未乾的小鬼！我今天要讓你嚐嚐豹貓爪牙的厲害！」

「我賭子爵兒子八百哥伯倫……」

這樣看熱鬧也是挺有趣的。賭盤的賭金越是累積，用粉筆寫在黑板上的數字就越多，幾乎已經是天文數字了。「子爵兒子」這個名字最多人下注，也就是說，賠率最低；大家好像對這個人很清楚，沒有人去問他的本名，所以暫時無法得知本名。然而此人的支持度可以說是壓倒性地高漲。

第二多的是「奧蘭尼小姐」，好不容易才得知她叫作夏洛特。但仍有很多人不知道這位小姐，所以一直有人在問她是誰，仔細一聽，原來她是位在安諾瑪瑞北部的奧蘭尼公國的公主。

再來是「海肯王族」、「亞拉松高個兒」、「那維克船伕」，這些名字一再被提起。這裡的分配方式，是所有賭到得冠軍的人可以分總額的一半，賭到戰到準決賽的可以分得一點；或許是因爲這緣故，所以偶爾還會聽到一些陌生名字。由於進入準決賽的人數是依照進入正式比賽者的多寡而定，所以還不知道會有幾個人。

下注的人們每下一百哥伯倫，就會拿到一個用烙鐵烙印的木塊。將來似乎可以拿這東西來領取獎金。

在月島出生、而且是第一次來大陸的伊索蕾，對這所有景象無不感到既新鮮又有趣。她也考慮過要賭幾分錢，但立刻就改變了這個想法。首先，她的聲音原本就不怎麼大聲，而且下賭注鐵定會引起操作賭盤的人注意。她知道自己的模樣很有可能引來不必要的注意。這裡大多是上了年紀的男人，她要是開口，誰都可以聽出她是個女孩子。

這時候，身旁卻意外傳來了很有朝氣的少年聲音。前來此地的少年們為了明天的預賽，應該大多已經入睡了才對啊？

「啊，嗯，既然都來這裡了，應該幫我爸再多添一些財產才對，你看我應該賭誰才好，芭那那？」

「當然是賭康菲勒子爵家的兒子最穩當了。可是少爺，您不必這樣，主人的財產也會日益漸增啊。我覺得您大可不必參與這種賭盤。還有，拜託您不要再用那種奇怪的水果名叫我了。我討厭那種軟軟長長的水果。」

「喂，我爸再怎麼說也是很了不起的商人，多一個銅板總是比沒有增加還好，要是我賺了錢回家，他肯定很高興。還有啊，芭那那是多麼好吃的水果，你不是吃過了嗎？怎麼還不知道？那種水果可是只有海肯南部小島才有的名貴水果耶！有吃過芭那那的僕人，我看恐怕大概就只有你一個而已。」

「但我還是請您不要在別人面前那樣叫我！」

「不要擔心，我們站在人群後面。他們都在看賭盤，全都背對著我們，不會理我們，不是嗎？」

「呃……少爺，拜託……」

伊索蕾只是稍微撇過頭去，瞄了一眼正在和僕人講話的少年。他留著一頭比她還長的金髮，隨意散落的模樣，看起來甚至可說是有些可愛。少年和波里斯同齡，正努力想從人群隙縫裡看到的賭盤上寫些什麼。他穿著高級的白色上衣，到處都接上藍色滾邊，腰上還繫了一柄細薄的劍，一副像是來參加銀色精英賽的模樣，但是搞不懂他怎麼會這麼晚了還在這裡。

「哎呀，眞是的，子爵兒子的賠率未免也太低了！要是賭他贏，就算眞贏了也只不過能拿回本錢。應該要風險大一點才會有利可圖，嗯……要不要從下面那些比較少人賭的去選一個呢……這個什麼王族的實力怎麼樣呢？喂，芭那那！不要呆站在那裡，仔細看好！趕快結束，我才好早一點去睡覺，明天預賽才能用最佳狀態去『看熱鬧』啊。」

「那您現在就走，去好好睡一覺，不就好了？」

「哼，你是不是因爲我剛才說的話不高興啊？哎呀，我那樣說又沒惡意，嗯？我知道你最好了。那麼……對了！你也選一個下注吧。錢我會給你。嗯，很好玩吧？怎麼樣啊？」

這個僕人看起來比少年還高大，而且年紀也較大，但是看他對這僕人又哄又誇，說服的功夫非常了得。身爲一個貴族少爺，應該會有想要壓倒僕人的氣勢，但這名少年或許因爲是商人兒子的關係吧，基本上都是帶著協商的態度。當然，這對樹立他的威嚴一定不會有多大幫助，但如果他原本就是這種愛玩的個性，那麼這樣的待人方式或許最好也說不一定。

果然，年紀大的僕人也有些心動，或許賭贏了真能賺點錢，於是就和少爺一起用心望著賭盤。他們一直在考慮該下注賭誰，不斷鬧意見，伊索蕾看到他們的樣子，悄悄地說了一句話：

「這位少爺，你要不要真的冒險賭上一賭？」

伊索蕾暗中在聲音裡加入聖歌的魔力，所以少年很快就聽到，轉過頭來。在這種吵雜的地方，其他人根本聽不到這麼小的聲音，但是被當做目標對象的人就聽得一清二楚了。僕人也沒察覺到，只一心一意注意人群喊叫的聲音。

「咦？呃，原來妳是女的！剛才看到妳的時候……」

「是的。但這不重要。如果你真的想冒險一賭，賺大錢，我倒是可以推薦一個人。」

「嗯……」

可愛的少爺像是正在考慮。他看起來很認真在煩惱著，但過不久就望向伊索蕾的臉孔。伊索蕾露出微笑，隨即少年的眼睛圓睜了起來。

「哇啊，小姊姊妳可真是個大美人！剛才妳說的是賭妳會贏嗎？」

看來他也看到了伊索蕾背後的劍。伊索蕾搖了搖頭，說道：

「不，是別人。如果你覺得有負擔就算了。可是我相信他一定會得冠軍。」

「冠軍？」

「是啊，冠軍。」

僕人還是沒有回過頭來看他們。少年慢慢察覺到，原來只有他一個人聽得到這美麗小姊姊的聲音。這是只有自己耳朵才能清楚聽到的聲音，其中甚至含有一股力量會讓他想要點頭！

下一瞬間，少年真的就點頭了。

「好，我知道了。我爸常對我說，機會和危機會一起降臨。妳的聲音好像滿特別的，這就是危機，同時也是機會，應該是這樣吧。好，我賭，他叫什麼名字呢？」

「波里斯．米斯特利亞。你賭這個名字，愛賭多少就賭多少。還有，你下注的時候，請連我的錢也幫我下注。」

伊索蕾把一枚一百額索的金幣放到少年手上。少年微笑著點了點頭。

「我叫路西安．卡爾茲。姊姊妳呢？」

「我叫伊索蕾。那麼祝你明天預賽順利。」

伊索蕾轉身，接著從她背後傳來那個名叫路西安的少年很有氣勢的喊叫聲：

「這裡這裡！五萬額索！聽清楚我說的！波里斯．米斯特利亞，我要賭這個人五萬額索！然後再加一百額索！」

而在他前方，僕人一副嚇得張口結舌的表情，正在使勁拉著他少爺的手臂。可是話都已經說出口了，豈可反悔。

就這樣，賭注板上加入了一個沒人聽過的陌生名字。

□

預賽開幕了。

銀色精英賽總共要賽三天。第一天預賽是將全部參賽者分爲四隊，舉行兩次大規模的團體決鬥。在限定時間內，如果失手攻擊到自己那一隊的人，或者摔倒在地，或武器掉落，或是被別人搶到武器，就算從預賽中被淘汰掉。

各隊人員都有不同顏色的頭帶，如果遇到危及生命的狀況，把頭帶解下丟開就代表棄權，可以不再被攻擊，而攻打棄權者也將被淘汰。以前的預賽比較慎重，但近年來參賽者越來越多，所以不得不以這種方式來過濾進入正式比賽的參賽者。每一隊大約有七、八十人左右。

波里斯被分到最後一隊，第二回才輪到他。爲了辨識所屬隊別，每個人都拿到一條黃色頭帶。環視四周，有人還穿著皮革甲衣，一副輕裝打扮；也有人全副武裝，連頭盔也戴了。而波里斯則手持奈武普利溫給的劍、皮製護手套、月島分給出戰銀色精英賽孩子們的簡單鎖子鎧，身上裝備全部就這麼多。鎖子鎧令他聯想到小時候叔叔攻擊貞奈曼宅邸時他曾經穿過的甲衣，但品質卻比當時穿的還差很多。

波里斯排在一列當中，望著對面同樣成一列橫隊的少年，不由得有些緊張起來。拿著信號旗的男子站在中央台前。因爲大部分觀眾如果是要來看熱鬧，都從正式比賽才開始看，所以現在周圍的群眾並不算多。可是成爲眾人目光焦點也確實有著不小的壓力。

不久前的第一次戰鬥結束時，聽到發表通過預賽者名單，同時還聽到「幸好並無犧牲者」之類的話。事實上，這是一場可能被殺與殺人的競技。和拿著木劍練習是全然不同的兩回事，絕非受點小傷就能結束了事的比賽。

波里斯一抬頭，就看到聚集在木柵欄外面的群眾。左邊有些較高的位子，是爲芬迪奈公爵他們那些貴族們準備的，其餘則是穿著各式各樣服裝的大陸各地人。

伊索蕾是不是就在那些人之中的某個地方呢？

「……從現在起，爲你們自己，以及家門之榮耀爭光，努力奮戰！」

綠色旗幟高舉起來了……然後，比賽開始！

令人驚訝的是，一開始，雙方初次交戰時，最先碰觸的不是劍，竟然是熱氣。看得見的臉孔，看不見的臉孔，全都帶著同樣一個目的互相衝突。

才第一回合的交戰，就紛紛出現棄權者。那些棄權者丟下武器，用爬的爬到木柵欄外。而被丟棄的武器就成爲其他人的戰利品。那些掉落在地的頭帶在泥地上被亂踩。越是踩踏，越是激發場中參賽者們的氣勢。

群眾開始狂熱起來。他們各自喊著自己所支持的出賽者名字，還有自己母國的名字，不斷揮搖著圍巾或帽子。

「安諾瑪瑞最了不起的少年劍客，冠軍！」

「海肯的榮耀永遠不滅！」

「五年連冠，勝利在望！康菲勒，無人能擋！」

「詹弗特領地的出賽者們！施德莫！卡迦勒！朵蘭德芙！加油！」

「銀色精英賽的創始國盧格芮！這次我們要把冠軍抱走！」

突然，波里斯感覺身旁閃過一柄快速的劍。波里斯轉過頭去確定是黃頭帶之後，幫忙阻斷了此人背後的敵人攻勢。原來這快劍的眞面目是一把尖端微彎的厚刃軍刀（saber），而拿著這武器的竟是個黑色短髮的漂亮少女！

瞬息之間，又有劍朝他揮了過來，他沒有閒暇再去打量。不知從何時起，波里斯已經成爲好幾個頭繫青帶的敵方目標。原本他是想穩穩當當地打下去，但不知不覺當中，卻漸漸揮出比自己想要還更迅速的劍招。連自己也覺得像是在跳舞一樣。過了片刻，就有三個人的手腕被他一一刺中。這是在他感覺打得很順暢時瞬間發生的事。

「呃呃！」

兩個人的劍掉到地上了。剩下的另一名則用身體衝撞過來。這個人雖然手腕受傷，卻仍不想棄劍。波里斯一腳踹到他膝蓋，用劍柄戳了他的手指，敵人的劍才從手中掉落出去。倏忽一個轉身，此刻卻又有其他劍朝他而來，但他竟以近乎難以置信的柔軟動作避了開來。

波里斯的腦中開始浮現疑問。在團體戰鬥情況下，他的視覺好像變得相當有立體感，但他實在想不起究竟是從何時開始這樣的。

在他心中如此想著的那一刹那，一名青帶少年從正面攻擊而來。銀色護胸上面刻有一個家徽，由此看來應該是個貴族……

「太囂張了！」

這個人一面吼，同時揮劍朝他刺擊，這一劍一直逼到將近眼前他才避了開來。那是非常具有威力的一劍；可是波里斯實在不懂敵人爲何要對他發火。

不過，沒有必要去問這個，用劍回答對方吧。

鏘鏘！

雙方劍刃彼此擦掠過的那一瞬間，波里斯看到了對方的眼睛。那是貴族般的碧藍眼瞳，下面橫著一條細直的疤痕。這臉孔他不曾見過；不過，他立刻就知道原因了，原來，對方不僅是以實力，甚至是以迫人氣勢來壓倒對手。

他們又再交互擊劍兩次，在兩人都察覺到對方並非泛泛之輩的那一瞬間——

噹！噹！噹！

震盪四方的鐘聲響了三聲，負責賽程的儀典官大聲喊著：

「第二預賽結束！請退回到各自陣營！」

兩人停下來，往後退步。宣布結束後如果還繼續打鬥，也是會被判定失去比賽資格的。事實上，有好幾個人就因爲這種理由被判失去資格。

往後退的同時，波里斯可以感覺到對方一直注視著自己。一退到木柵欄前方，隨即看到剛剛戰鬥的地方散落著無數的劍、盾牌、頭帶，還有一些受重傷無法後退的人。此時他強忍住心中一股莫名的悔意。

負責記錄的人跑過來，確認站在木柵欄前方的少年、少女名字。而觀眾看到自己下注的人落選，有的人在失望之餘把木塊丟到地上，有的嘆氣連連。在木柵欄外面，還傳來了要爲兩名在第二預賽喪生的少年準備棺木的說話聲。

過了片刻，一一宣布了通過第二預賽的十八個人。當然，順序是先貴族，然後平民或所屬不明者。伊索蕾已經看到波里斯了，但她像是在期待什麼似地，等著儀典官的聲音。

「波里斯．米斯特利亞！」

觀眾席上，一名被僕人包圍的金髮少年緊握拳頭，激動地喊著：

「看吧！我就知道他會輕而易舉通過預賽！早就知道我預料得沒錯！」

□

在那天傍晚時分，波里斯．米斯特利亞這個名字開始被路西安以外的人不斷提到。起初，人們只知道那是在賭盤中被意外下注巨額賭金的少年，但預賽結束後，逐漸有眼光不錯的人討論到他的實力，以及對他名字的猜測。

「在宣布第二預賽結束前，和康菲勒子爵兒子對上的就是那個小子！」

「咦？是那個少年啊？我也有看到，確實是……一副勢不可擋的實力……」

「哎呀，才打一下怎麼能分得出高下？沒到戰鬥結束，誰也不知勝負如何！」

「是啊！康菲勒子爵家族豈是一般家族？子爵大人無法完成的五連冠終於就要在兒子這一代達成了，大家不都是這麼傳的嗎？」

「可是話說回來，你有沒有聽過？從康菲勒子爵家的僕人透露出的消息，說子爵在聽到『米斯特利亞』這個姓時，非常震驚哦！聽說現在他們家族帳篷裡就是在討論這事！」

「米斯特利亞？可是米斯特利亞是哪裡的家族啊？」

「這個我也不知道，反正……那個什麼的，好像以前冠軍之中就有人叫米斯特利亞吧。」

「以前的冠軍？什麼時候？」

「這個啊，就得到盧格芮城的銅版去看才知道了。」

同一時刻，芬迪奈城堡前的大廣場上最醒目的一處帳篷裡，少年路易詹．康菲勒走了進來，看到父親和四位叔叔聚在一起，像在討論什麼嚴重的事，不禁呆站了一下。

「你來得正好，路易詹。你過來這裡坐一下。」

這個快滿二十歲的年輕人是第五次出戰銀色精英賽，他高大的身形與有稜有角的下巴，給人堅毅強勢的印象，因此外表看起來比實際年齡還要成熟許多。只有那接近淡褐色的金色鬈髮散著劉海，比較像個少年。

路易詹一坐到椅子上，圍桌而坐的其中一人，也是個性最爲急躁的最小叔叔首先開口說：

「你還記不記得今天預賽上最後和你對戰的那個少年？」

路易詹的濃密眉毛稍微動了一下，可是立刻平靜下來，說道：

「是，我記得。那個少年怎麼了？」

「依你看，那個孩子大約幾歲？」

「我不太知道，但應該沒超過十七歲吧。」

「那孩子的實力如何？」

路易詹抬頭看看小叔叔的臉，再來則是朝父親那邊望去。父親可以稱得上不僅是首都卡爾地卡宮廷，也是安諾瑪瑞最偉大的劍士；在整個大陸，算是屈指可數的有名戰士，如同安諾瑪瑞國王手足般的心腹，有時甚至還被叫作「陛下之劍」，是擁有如此光榮別號的忠誠之士。此時他的父親康菲勒子爵不發一語，只是手托著下巴，俯視空蕩蕩的桌面。

「您爲何……這樣問，嗯，才交戰一下子，我實在無法說他實力如何。可是，您認識那個孩子嗎？他到底是誰？」

路易詹是個性沉穩的年輕人。和年紀比他小的少年才交戰幾秒，依他的個性不會就此隨便否定對方。然而，他臉上卻浮現出一股不悅的神色。父親和四個叔叔是他最尊敬的人，而且他們的劍術實力按年齡排下來，個個都非常優秀，皆非其他貴族家庭所能比擬。但是他們竟然會對一個初見的鄉下少年如此認眞？到底是爲什麼？爲何把這個人當作與他同等實力般看待？

「那孩子的名字叫波里斯．『米斯特利亞』。這你知道吧？」

路易詹搖頭說道：

「不知道，我沒有特別注意他，所以不知道他的名字。」

「那你從現在起，要好好記住。這孩子是米斯特利亞。我們猜測，他會是你得冠的最大絆腳石，此次大賽最大的強敵！」

「什麼……」

路易詹用訝異的眼神看著，但坐在對面的父親終於開口說道：

「對，米斯特利亞。如果是巧合，也未免實在是太過巧合了。呵呵，眞是妙啊。」

「父親您認識他嗎？」

「縱使我不認識他，我怎麼可能忘得了米斯特利亞這個名字？你也應該知道，很久以前我出戰銀色精英賽獲得過四連冠。」

路易詹不自覺地挺直身子，回答：

「這我非常清楚。」

「我第五次參賽當時，就和你一樣是十九歲，在決賽時遇到一個才剛滿十五歲的少年，被他打敗了。失敗的原因並非是我運氣不好，或者身體狀況不佳；事實上我與他的實力差異就像野狼與猛虎般明顯。」

路易詹緊閉著嘴，環視身旁每位叔叔。父親那次切身的挫敗，粉碎史無前例的五連冠希望，一直是家中長久以來禁止談論的事。他從未聽父親親口提及。路易詹從小到大只聽過身邊的人提過一、兩次，但一直不清楚詳細的情況。

後來終於到了他得以出戰的年齡，他一次又一次地得冠，每次都感受到家族裡一股莫大的期待越形壯大。等到他達成四連冠時，父親當時的表情他還記得一清二楚。看到那副表情，他下定決心，一定要達成五連冠。

「在我一生當中，至今還不曾遇到能夠凌駕這名少年的劍術天才。我一直好奇他的成長過程，也好奇他現在到底到達了多厲害的境界。可是他只參加一次，便再也不曾出現在銀色精英賽，而且任何地方都沒有這個人的消息，所以我甚至還懷疑過他是不是年紀輕輕就英年早逝了。擁有如此卓越實力的人，大陸應該沒有寬廣到能夠將他隱藏起來才對。」

路易詹慢慢察覺到父親說這些話的用意了。他父親話一說完，少年立刻點頭正面凝視與自己相同顏色的眼眸，問道：

「那個人就是米斯特利亞嗎？」

「嗯，就是這個姓。他應該是這個人的後繼者。」

「……」

一陣沉默。低著頭的路易詹感覺到自己的熱血都沸騰了起來。他萬萬沒想到可以完全治癒家族的恥辱、父親心中傷口的機會，會以這種方式出現。讓父親這樣的偉人留下缺憾的人，他竟能親手解決掉，這是在作夢嗎？長久以來的祈望竟然成眞了！

既然奇異的偶然又再一次準備了舞台，現在該做的就只剩下好好起舞一場了。

他的實力到什麼程度呢……

個性十分愼重，非有必要絕不說話的二叔盯著路易詹看了一會兒，才開口說：

「路易詹，我們還無法確信。首先是這少年的外貌，和我記憶中當時那個米斯特利亞完全不同。而且那個人是用雙劍，這次的少年只有一把長劍。如果是他的繼承人，應該會使用同派的劍術才對，所以我不排除這事或許單純只是巧合。」

路易詹一抬頭，就看到父親搖一搖頭的模樣。

「我不認爲是那樣。如果那麼想，那所有的偶然就太過奧妙了。爲何他偏偏會在路易詹就要五連冠的今年出現？而且在出賽者名薄上登記是十五歲，不管是眞是假，反正是報十五歲。還有，雖然外表不同，但是沒有對儀典官交出任何家徽徽章，是個平民，不願表明出身地或經歷，當然，連父母的名字也不表明，只有簡單的報名資料，這裡沒有人認識他，這幾點……」

「哥哥，你說的有些出入。聽說昨晚有少年對這少年下了五萬額索的巨額賭金。我暗中叫人調查過，下注的是南部巨商杜門禮．卡爾茲的獨生子。搞不好有什麼後台也說不一定！」

「這確實令人好奇，不過並不重要。路易詹，重要的只有一件事。你知道我的意思吧？」

路易詹用堅定的口吻答道：

「我當然會做到。」

爲了明天的比賽，應該要讓路易詹好好休息，因此這場簡短的家族會議便結束了。可是叔叔們走出帳篷後，悄悄地交談幾句，然後最小的叔叔點頭表示明白之後，就消失在黑暗中了。

03

意外的敵人，意外的遭遇

第二天，波里斯很早就起床，發現通常比他還早起的伊索蕾卻一臉倦容，還在睡覺。

他考慮要不要叫醒她，最後還是決定讓她多休息，所以先換了衣服，慢慢做了一些比賽前的準備。等到都準備好之後，聽到帳篷外有跑腿的人拿來主辦單位提供的早餐。兩碗熱騰騰的湯、新鮮的麵包、起司、烤火腿薄片、兩塊培根、蘋果、裝有牛奶的大杯子。或許是因爲從今天起，食物只提供給進入正式比賽的人，所以顯得比昨天還要豐盛許多。

「伊索蕾，起床吃東西了。」

她睜開眼睛。波里斯看她眼角仍有疲憊的神色，半開玩笑地丟出一句早晨問候語：

「妳讓我像個嬰兒般，早早就入睡，當然也就沒人可以幫妳唱搖籃曲了！」

伊索蕾昨晚吟唱輕柔的聖歌，讓波里斯好好睡了一覺。或許是因爲這樣，她早上一起床，身體變得有些沉重。

「嗯嗯……看來，搖籃曲對你滿有效的！」

伊索蕾起身，揉了揉眼睛，一面苦笑一面說道。她才剛被叫醒，精神還很放鬆，看起來一副難以想像的可愛模樣。這是和她一起旅行之前，他連想都沒想過的模樣。

一吃完早餐，集合準備的喇叭聲正好大響。總共有三十五個人進入正式比賽，參賽者站在群眾前方，開始抽比賽（tournament）牌。

在那裡，波里斯和賀托勒碰面了。

「……」

「……」

他們都沒有和對方說話。一來是因爲被一再告誡過，島民在大陸不可以讓人看出互相認識；二來，則是因爲他根本不想和賀托勒說話。現在他只會以劍來回答了，又何苦再用言語來表現自己的憎恨。

賀托勒在波里斯決定出發之前，就已離開月島，因此見到波里斯令他感到意外，但他也什麼話都沒說。可是波里斯卻覺得他消失到少年人群之中時，似乎帶著一抹微笑。

伊索蕾還是像昨天那樣混在群眾當中觀看製作賽程表。此時，在她後方，有幾個人指著她，用驚慌的聲音說著：

「大爺，在那裡，就是那個死丫頭！那個短金髮……」

耳朵敏銳的伊索蕾感應到那些話，但並沒有愚蠢地回頭看他們。反之，她慢慢地躲進人群裡。

「你說那個帶著雙劍的少女？這個女孩昨晚怎麼有辦法一下子打倒四個大男人？」

「乍看之下好像很柔弱，但她可非一般的高手。聽那些被打回來的人說，他們當時根本連劍都沒能刺出去。可是他們個個都是擅長夜襲的高手啊……」

「她是用那對雙劍？」

「當然了！聽說她劍法非常快速，快到看不清楚的地步，但不知可不可信……」

「既然有那樣的實力，爲何不參加銀色精英賽？」

「這我們就不知道了！」

雙手交叉放在胸前的男子聽完之後，下令繼續觀察，然後就走出人群，往帳篷方向消失。和這名男子交談的人想再繼續監視伊索蕾，卻發現她不知何時已經不見人影，不禁訝異著：

「咦，她又躲到哪兒去了？」

□

昨日的寬廣競技場如今被分成三個區域，從大約十點開始，展開正式比賽。波里斯的第一個對手是一個看起來幾乎快超過二十歲的高大年輕人。這個人俯視著波里斯，像是覺得對方微不足道地咋著舌。

然而，勝負卻在轉眼就已分出。波里斯花不到一分鐘，劍就已經直指到對方喉嚨。

「波里斯・米斯特利亞，獲勝！」

結果聽到的不是歡呼聲，而是一陣失望的聲音。因爲，這名陌生少年波里斯，既無優秀的父母背景，也沒名氣，只有路西安一個人在他身上下注，也難怪看熱鬧的人會變得無精打采了。

因爲兩、三下就分出勝負的關係，稍微空出了一點時間，於是波里斯環視了一下其他競技場上的比賽。結果，卻看到他有些面熟的臉孔，原來是昨天被一起分在黃隊的那個黑髮少女。

她彷彿像軍人般矯健有力地揮動軍刀，霍霍揮著、令對方難以近身後，再瞬間以迅雷不及掩耳的速度揮砍而去。對方心臟下方被刺傷，處於心臟可能被刺穿的狀態，不得不丟下劍認輸。

「奧蘭尼公爵家的夏洛特．貝特禮絲．迪．奧蘭尼，獲勝！」

這一次出現了很大的歡呼響聲，震動了木柵欄外的觀眾席。可是就在這個時候，少女一點高興的神色也沒有，反而生氣地轉頭瞪著儀典官，迸出了一句話：

「正如我昨天已經一再強調過的，爲何您還是說『公爵』！看來新安諾瑪瑞王室身旁都只是些會說卑鄙言語的人囉！」

比較靠近她的群眾聽她這麼一說，都吃驚地騷動起來。即使這少女是外國人，是奧蘭尼的公主，也就是所謂的公女，但此地可是安諾瑪瑞。若非十分膽大且自負，或者對外交完全無知，應該不會說這種話才對。

早在從安諾瑪瑞舊王國時期，奧蘭尼大公國就已經是大公國了，即使有一段時間安諾瑪瑞建立共和國，但仍舊沒有多大改變。因此，當地的統治者當然是大公爵（Grand Duke）沒有錯。奧蘭尼公主糾正得也沒錯。

然而安諾瑪瑞的柴契爾國王建立新王朝時，奧蘭尼大公沒有親自前來宣誓效忠，因爲這個緣故，安諾瑪瑞國王指示暫時保留大公的爵位。即使尚有主從關係，但長久以來內政獨立，高傲的大公仍然只是送親筆信過來而已。要不是因爲銀色精英賽是象徵全大陸和平的傳統比賽，在安諾瑪瑞舉行的比賽，恐怕也不可能會讓奧蘭尼的公主前來參加吧。

周圍的人像正在吃蜜的蜜蜂那般，無法開口說話，隨即，皺著眉頭的夏洛特神速收劍入鞘，很快轉身走到出戰者的等待席上。

伊索蕾將目光暫時從波里斯轉到夏洛特身上。從這名少女身上，可以感受到那種王位繼承者的氣勢；可是伊索蕾以前聽過大陸傳到月島的消息，在奧蘭尼有位比這少女還更年長的王子。

儘管如此，爲何這少女會有那種像是將軍退到絕處時，終於轉身採取攻勢的利劍般的氣勢呢。這是什麼原因呢？

第三對勝負分曉之後，失望的人和高興的人仍舊交替著發出響遍競技場的喝采聲與歎息。

□

第一輪正式比賽結束，包含一名幸運的保送者，三十五名選手已經減少到十八名。他們還會再戰到只剩九名，最後剩下五名，然後今天的正式賽程就結束了。隔天，則是進行最後的準決賽，以及決賽的日子。

準決賽與決賽可以說是銀色精英賽最有看頭的部分，通常都會激烈到有兩、三個人死亡或者殘廢。連裁判也會應觀眾的期待，在有人受傷前是不會喊停的。這是血戰，除非有一方自己認輸，或者倒地失去意識，或失去性命，否則是不會結束的。

爲了觀看最後一天決賽而擁進的人潮，可想而知一定會幾乎要擠爆這個領地，這些人回去之後，舉辦大賽的領地恐怕會有大半成爲焦土吧。可是這損失不過占入場劵總收入的很小部分，只要拿那些開地下賭盤的人獻上的獻金，就可以補足，而且還綽綽有餘。至於勝利得冠者，名聲則會很快就傳遍全大陸。

像今年這樣出現很多強勢者有望得冠的情況，通常會讓人想利用下賭來大賺一筆；但今年卻反而比較不熱烈，大家都在討論路易詹．康菲勒是否眞能創下銀色精英賽史無前例的五連冠。大家都爲了不想錯過好戲而湧入此地，因此，人潮超乎想像的擁擠。幸好這次是在安諾瑪瑞國內領地之中最大的芬迪奈公爵領地舉辦比賽，所以才能提供這麼多人幾天下來的食物。擁有這麼大的生產力，在全大陸也是數一數二的規模。

午餐結束後，開始進行第二輪正式比賽。眾人在吃午餐的這段時間，公爵僱用的工人立刻將競技場減爲兩處，作爲第二輪使用。現在，下賭注的觀眾熱度會又更加高漲了一些，一不小心，搞不好會因爲觀眾推擠而造成木柵欄倒下。

最後一場才輪到波里斯。趁著空檔，他很快打量了一下他的對手，是個矮小但體格健壯的褐膚少年，人們都是稱他爲「那維克船伕」，聽說去年他還賽到準決賽。

「來自安諾瑪瑞的克蘭治．亞利斯泰爾！以及來自盧格芮，寇昆柏丘陵的塔伊提圖斯！」

一看到賽場內兩個少年走出來，波里斯才知道原來賀托勒的假名是克蘭治．亞利斯泰爾。然後是他的對手，這個少年的名字總令他覺得和月島人名字很像。而且也和島民一樣沒有家姓。

「爲盧格芮的名譽而戰！」

「塔伊提圖斯，勝利的銀色骨骸在等著！」

「這一次要讓你瞧瞧宗主國的實力！」

可是根本沒有盧格芮人熱烈加油，而且兩人的交戰可以說是大爆冷門。雙方先是展開像是熱身的交戰，接著，克蘭治——也就是賀托勒——左右交互地刺到了對方的兩邊手腕。可是名叫塔伊提圖斯的少年遲疑了一下，並沒有立刻投降，和波里斯個性迥異的賀托勒爲了確實勝利，用劍朝對方的肩頭猛刺下去。

「呃呃！」

敵手倒地，劍落在地上，隨即，賀托勒就走過去用腳踩住了劍。即使比賽已經結束了，看熱鬧的人還是目瞪口呆，一陣沉默。雖然這是當然的事，不過，確實沒有人下注賭賀托勒。至於那名可說是盧格芮代表選手的塔伊提圖斯的支持者們，則呆愣得張口結舌，久久都無法離開競技場。

「嗯，那名少年看起來頗有成爲戰士的資質。」

芬迪奈公爵領著家人及家臣坐在正面中央的特別席上，他似乎一直都沒離開座位，仔細觀看著正式比賽。他一說完這句話，原本站在他身旁的男子立刻往競技場走下去。公爵點了點頭之後，等著看下一場比賽。

成爲眾人話題的小美女並沒有一直在特別席上露臉，反而是芬迪奈公爵夫人蘿可蕾琪亞全程觀賽，她的纖細美貌一直吸引群眾的目光，都說「看了就知道何以女兒會如此美麗」。她比白髮稀疏的公爵還要年輕很多，聽說是公爵的第二任妻子。

芬迪奈公爵邀請來作客的各地貴族們，特別是安諾瑪瑞那些有權有勢者被安排在正面左側與右側、視野最好的位置。聽說爲了能被招待坐在這裡，從今年年初開始，就不斷有禮物擁入城堡。其中一名貴族還帶了美麗的女兒一起觀看比賽。

「爸爸，要是我繼續學劍術，應該夠資格在那裡和別人比劍吧？」

「這個嘛，或許可以吧。可是我可不希望妳參加這種危險的比賽。剛才流著鮮血的少年，妳不是也看到了？就連男孩子來參加都這麼危險了，更何況是女孩子！」

「可是那裡也有女孩子啊！剛才，那個從奧蘭尼來的公主看起來實力真的很不錯！我要是沒有那麼快就放棄學劍，努力一點，說不定就會和她一樣呢……」

「但妳不覺得看起來會和男孩子沒兩樣？所以說呢，很難會有好男人來求婚。」

「可是她再怎麼說也是奧蘭尼的公主，應該會有很多好對象向她求婚吧。」

「也會有很多人對妳求婚的。蘿茲，因爲啊，妳長得既討人喜歡又漂亮。」

蘿茲妮斯．培諾爾聽到父親這麼說，微微露出一絲微笑，但臉色不像是完全相信。因爲，她知道自己雖然很漂亮，但在這個地方，現在最受注目的少女不是自己，而是公爵的女兒，這一點她很清楚。蘿茲妮斯用眼角瞄到芬迪奈公爵家的位子，知道那個話題小美女終於又再出來坐在那裡了。

克蘿愛．芬迪奈。這個名字是小時候曾短暫教過她一段時間的劍術老師告訴她的。當時她幼小內心裡還曾爲此生氣，但現在親眼看到了，確實不得不承認那位老師說得對。她那泛著玫瑰色的皮膚、碧藍色的眼珠，比真的黃金還亮的金髮、像是從沒照過太陽光的奶色玉頸，還有甚至連一點小瑕疵也沒有的儀容。怎麼會……每一項都如此符合上流社會推崇的模樣？

她覺得，在卡爾地卡的繁華商店街上看到的最高級模特兒人像，就是那種模樣。如今她已經察覺到自己不是世上最幸福的少女，並非想要的都可以擁有。去年她頭一次到首都卡爾地卡的社交界，對她來說只有失望可言。當然，確實是比她期待的還要更加華麗吸引人，但絕非容易親近的地方，也不是好欺負或好相處的地方。雖然她曾經一度非常高興被讚爲是鄉下領地上來的美貌貴族少女。但當有一次去貴夫人們的沙龍，卻被喜歡七嘴八舌的人說得連小小的缺點也被誇大，當時她被欺負說成是不知禮節、不懂流行的糟糕女孩，在那一瞬間，她開始產生失落感。

她在想，要是克蘿愛，那些女人一定不會去抓她任何缺點。因爲，她是國王之下最大勢力者的女兒，而且，確實也眞的很完美。

反倒是，如果她爸爸沒有從小就一直當她是擁有一切的公主，她可能還不會這麼失望，說不定還會試著去遷就一下別人的看法。一向習慣愛怎樣就怎樣的個性，使她在情況改變時也無法輕易調適。如今，要她在首都那些刻薄女人面前低下身段阿諛諂媚，實在是做不到，因爲，她在培諾爾城堡已經過了太長一段時間的小暴君生活。

蘿茲妮斯壓抑住鬱鬱寡歡的心情，把視線投向競技場。心中在想，如果當初像奧蘭尼公主那樣學了劍術，反倒可能會在非社交界以外的其他地方受到肯定。最近她經常想到曾和她相處約半年光陰的乾哥哥。她就是在那個時候學過劍術的。

現在再去回想，她似乎感受得到當時波里斯有多麼認眞努力。同時也看清楚自己，當時在他身旁都只會搗蛋開玩笑。說的也是，至今她根本不曾努力做過什麼事。

正式比賽第二輪的最後比賽正在進行當中。她正盯著康菲勒子爵的兒子路易詹。而爸爸也在看他，那是因爲爸爸在他身上下了很多賭金。

第一次被邀請參加卡爾地卡宮廷的舞會時，她認爲最帥的少年正是路易詹。如果說被稱爲「陛下之劍」的康菲勒子爵是既有禮貌且優雅的人物，那麼他兒子路易詹可以說是個看起來個性堅毅但眞誠的年輕人。不過說實在的，舞會裡，男孩子們待人都很親切。

蘿茲妮斯僅僅和他跳了一支舞。雖然認爲他不錯，但因爲他是個長相帥氣的少年劍士，而且父親又是在國王身旁受寵的人物，所以有太多貴族少女爭相喜歡他。

條件那麼好的人怎麼可能輪得到我？

雖然這挺令人難過的，卻也是事實。想到這裡，她原本想轉過頭去，卻看到就在旁邊的競技場上，一個少年正手持長劍與對手對峙。一開始，她甚至還以為是自己看錯了。一來是因爲距離很遠，二來是因爲已經過了好幾年光陰……

可是少年用劍快速畫出去，同時轉身，黑青色的頭髮從綁著的髮辮之中散出來，遮到嘴角，看到這一幕的瞬間，蘿茲妮斯像是後腦勺被挨了一記那樣，整個人都僵住了。

是波里斯哥哥！

曾與她一起生活過的乾哥哥——波里斯．達．培諾爾。居然能在這種地方看到他，實在是作夢也沒想到的事。

「爸、爸爸……」

原本急著想告訴爸爸而轉過頭去，突然，她想到一件事。當時爸爸一直在追查哥哥的行蹤，而且還教她不得再提起他的事，不是嗎？當時固執的她一面哭著一面亂使性子生氣，爸爸還是不肯說出到底是怎麼一回事，不是嗎？

所以……她才開始懷疑爸爸是不是在利用哥哥做什麼事。

「呃！」

想到這裡，她不由自主用手摀住了嘴巴。要是換成以前的她，可能不會想這麼多，但她經歷過，知道與人交際的難處，現在她已經長大，懂得說實話並不一定最好的道理。

「妳怎麼了，蘿茲？不要太緊張，小子爵一定會打得不錯的。」

好像剛才路易詹有遇到一個輕微的危機吧。當然，蘿茲妮斯並沒有看到，但培諾爾伯爵以爲她是在說這件事。他從以前就發現女兒對路易詹有意，而且也因爲下了賭注的關係，所以一直盯著路易詹，根本沒空去看其他競技場。

「啊……是啊。」

她的腦子裡開始胡亂轉了起來，雖然眼前路易詹氣勢洶洶地一劍刺擊到緊迫盯人的對手，但她卻沒有看進眼裡。她心裡只是一直在想，該如何做才能和波里斯哥哥講話，該怎麼樣才能不被爸爸發現，溜去和他談話呢？

□

正式比賽第三輪結束之後，發表進入準決賽的五個人名單。依照國家、出身地或領地，還有名字，依序唸出來。

「安諾瑪瑞，卡爾地卡，路易詹．凡．康菲勒！」

「海肯，索德．菈．楔蜚，伯夫廉．基克倫特．阿烏斯．索德．菈．楔蜚！」

「奧蘭尼，奧雷，夏洛特．貝特禮絲．迪．奧蘭尼！」

「安諾瑪瑞，克蘭治．亞利斯泰爾！」

「最後，出身地不明，波里斯．米斯特利亞！」

波里斯用眼角瞄了一下站在身旁的賀托勒。他仍舊認爲這場戰鬥最大的敵手，同時是他必須打贏的對手，就是賀托勒。

儀典官瞇起眼睛，等待群眾呼聲變小之後，發表如下的新事項：

「芬迪奈公爵爲求明日決賽五位出戰者之安全，決定特別施恩，提供『騎士之喜悅』裡的舒適住所。五位出戰者，以及同行者請在整理好行李後，於城堡門前再度集合，這位亞斯哥辛德執事會帶領各位前往各自休息的地方。而且諸位也將受邀參加今晚城堡內的晚宴款待。」

這實在是相當具有善意。對於那些平民出身而受貴族牽制的人而言，更可以說是特別有利的事。一聽到晚宴，沒能進入準決賽的參賽者們，發出羨慕的嘆息聲。柴契爾國王的大舅子芬迪奈公爵是安諾瑪瑞僅次於國王的第二勢力者，他的晚宴一向都被認定是既華麗又高級。

雖是令人意外的提議，波里斯卻覺得相當高興。因爲他總覺得，昨晚伊索蕾一定是爲了守護帳篷才會沒有睡。

波里斯沒有什麼行李可以收拾。接著，正當他要和伊索蕾一起進入城堡時，看到賀托勒身旁有幾張他認識的臉孔；不過，他們當然全都裝出一副互不認識的樣子。

他們兩人被帶到一間很乾淨但並不奢華的房間。天花板很高，在那頂端掛著一個相當高雅、有著七個燭台的黃銅吊燈。

身爲貴族的路易詹、夏洛特、柏夫廉，他們住的房間和波里斯及賀托勒住的房間完全不同，但波里斯並不介意。雖然老舊石造建築的城堡裡有一股陳舊的味道，但房裡似乎從幾個小時前就已經生起了壁爐的爐火。看來這是間很久沒人住的房間。

而給兩人盥洗的水也放在房裡了。臉盆底部刻有凸起的藤蔓花紋與裝飾文字，盥洗水有一股香郁的薰衣草香。

「我聽說，明天冠軍產生之後，進入第三輪正式比賽的人都有『義務』參加公爵舉行的晚會。傳聞芬迪奈公爵要在其中挑選出幾名隨行騎士。」

伊索蕾洗完臉之後，一面放下擦臉的毛巾，一面說道。波里斯坐在床上，面無表情地望了一下天花板之後，答道：

「這方法滿不錯的。恩惠與實利，兩個目的都能達到。」

「這個人是很聰明。而且對於平民出身的少年而言，也算是個不壞的機會。」

「他是不是也會請我去當他的隨行騎士呢？」

「所以我看你最好事先想妥要如何適當拒絕他！」

枕頭眞是舒軟。已經數不清有幾年沒摸到這種貨眞價實的羽毛枕和羽毛被了。他脫下靴子躺到床上，感覺身體都變得懶洋洋了。

「伊索蕾……妳可眞壞……」

他嘀咕了這一句之後，突然就笑了出來。伊索蕾走過來靠在椅子上，問他：

「我怎麼了？」

「就是妳叫我用米斯特利亞這個姓的事。」

他沒想到伊利歐斯祭司的事竟有這麼多人記得。就在終於發表進入準決賽名單時，人們都在議論紛紛，都在說米斯特利亞——這個傳奇性的冠軍卡閔·米斯特利亞的兒子——爲了打敗康菲勒子爵的兒子，又回來了。

他的兒子？

好像有些可笑。起初他不想因爲和伊索蕾在一起而成爲大家的話題，所以才裝成姊弟，卻不巧被傳了開來。有幾個年紀大的貴族一看到伊索蕾的臉孔，就嚇了一跳，因爲不禁令人想起伊利歐斯祭司少年時候的模樣。短短的金髮，還有背上繫著的雙劍，輕快的步伐，高貴而體面的五官，甚至連出眾的美貌，也簡直和他一模一樣。

也聽說一些原本賭路易詹．凡．康菲勒的人表示，說他們有些後悔。雖然賠率很低，但他們原以爲是正確的投注目標，卻沒想到賠率高的黑馬就要得冠了，錢賠掉也就算了，連面子也掛不住。路西安．卡爾茲的名字也被四處傳揚，說他有先見之明，要不然就是有內幕消息，或者兩人原本是朋友、有某種暗盤交易……

「原本想要不引人注目的，卻完全不是這麼一回事。連月島的孩子們也應該都聽到傳聞了，回去月島之後，不知道又會聽到什麼。當初我不知道妳父親的名字居然是如此沉重。」

然而，卻傳來了令人意外的回答：

「這我早就料到了。」

「妳既然都猜到會這樣了，還故意教我用那個名字？」

「有什麼好奇怪的？反正你奪冠之後，也是會引人注目。」

「冠軍……」

現在已經不能隨隨便便打敗仗了。因爲，如果輸了，就會有辱伊利歐斯祭司之名。可是伊索蕾過了片刻之後，露出微笑，說道：

「你說覺得沉重，是吧？可是你已經揹負了許多人的名字了，不是嗎？你出生的家族、失去的哥哥、月島取的名字、伊斯德——不對，是奈武普利溫祭司大人的名字……我知道你不是那種會丟下他們的名譽就走的人。人是無法脫離其他人去過自己生活的。我反而認爲這些名字會帶給你一股超越本身能力的優秀力量。過去的名字慢慢與新的名字交替。我只是暫時借給你名字而已。那個名字的含意是『名譽』，你必須正面去突破，去抓住名譽。」

「我可能帶不走名譽。」

伊索蕾微笑著回答：

「要不要我再講件更嚴重的事給你聽？可別忘記，現在你的名字還關係到對你下賭注的人哦！」

波里斯先低了一下頭，又再抬起，說道：

「那個名叫路西安的男孩，我以前見過他。」

伊索蕾有些睜大了眼睛。

「你們認識？在到月島之前？」

「我只是短短和他講過幾句話而已。他不知道我的名字，所以應該不會記得我。如果他還是我以前看到的那種本性，看到我，應該不會裝作不認識。總而言之，我實在搞不懂他怎麼會下注賭我。」

伊索蕾並沒有告訴他有關於賭盤達到最高潮的預賽前一晚，她曾和路西安講過話，而是如此說道：

「你能確信別人眞正是什麼本性，可眞是令人驚訝。」

「我並不十分確信。」

「只不過是講幾句話的人，可是他似乎給了你很深的印象。」

「這個嘛，或許是吧。」

波里斯想到那次的見面，表情變得比較沒那麼高興。當時他很羨慕路西安沒有距離感的開朗性格，所以，用這種方式再次碰面，其實並不怎麼令他欣喜。因而，他一點兒也不想說出當時見面的事來表明自己的心情。

「到目前爲止，我一直在注意你打鬥。其他人的狀況我也有注意。你得冠軍的勝算很大。但妙的是，你在比賽當中有時會現出像是驚訝的動作，因而錯失了好機會。是什麼原因？」

波里斯搖了搖頭，回答：

「該怎麼說好呢，像是有種不屬於我的實力進到了我體內。是什麼時候形成的，我也不知道，但是在瞬間就發揮了出來，然後又消失不見。感覺如同在危機的瞬間，突然跑出來幫助我，然後又再銷聲匿跡。這到底是什麼呢？」

伊索蕾想了一下。端雅的側臉稍稍歪斜著，疑惑地說：

「在我看來……會不會是你超越了底格里斯的某個階段？」

「底格里斯？可是我又沒學過。」

「這個嘛，我是不太清楚，但是聽說在底格里斯初期，有個界線，是光憑練習數量也無法超越的，在超越那個界線之前，會不清楚自己該做什麼。」

波里斯訝異得瞪大了眼，此時伊索蕾起身調節壁爐的火勢。即使是長久沒人使用的房間，但畢竟現在是七月，不用讓房間溫度太高。接著，她拿了個裝著水的水壺，搖晃幾下，就掛到壁爐上的掛鉤。

「事情眞相你得問伊斯德先生才知道，不過，我們固有的兩種劍術都是從古代王國流傳下來的，所以奇怪的地方很多。譬如說，颶爾萊……有種招式，不過那是必須到達非常高段才有辦法使出的，就是自殺的同時，殺死對方的稀罕招式。」

「是把自己的身體交付給對手，同時刺入對手致命處的意思嗎？」

「不，不是這樣。」

伊索蕾搖了搖頭，接著說：

「就是如同剛才我說的那句話一樣，自己的內息與敵人的內息相結合在一起，同步並行。這樣說似乎有矛盾之處，但戰到最後，即使是一滴力氣，剩得多的就是贏家，而結論就是兩個人都會死去。因爲，這個技法必須傾出大約三分之一的內息，不管勝負，任何一方都會無法存活，所以說，這可以稱得上是死亡技法。」

伊索蕾說完之後，一副沉浸於思索之中的表情。波里斯不想花腦筋去思考這番話，而想著自己的變化。動作變得輕盈是在月島時就有的事，但自己的身體想都沒想就做出反射性反擊，這到底是怎麼一回事，就不得而知了。彷彿像是恢復失去的記憶那般，每到危機的瞬間，就會刹那間浮現出來，這些動作到底是從何而來的？

「底格里斯這派劍法，就和依照本能行動的猛虎在攻擊一樣，會自然而然與身體合而爲一。伊斯德先生認定你是他唯一的學生，既然如此，難道他還曾教你什麼其他的劍術？」

終於，波里斯肯定她的說法了。不，應該說他不得不肯定。

「回去之後我一定會問個清楚，不過，現在我只能同意妳的說法了。事實上，我一直在擔心，這一切會不會是冬霜劍的影響？」

「冬霜劍的影響？你再說得具體一點。」

「以前我也曾經感受過。冬霜劍喜歡快速勝利，還有鮮血。因此雖然我不願這麼做，但總還是會被牽引，做出更加凶猛的攻擊。劍會伸向我的雙手意圖的範圍以外，就算對方只是要威脅我而已，劍也會給予對方致命一擊。而今天也是……我是在快要刺進對方喉嚨之前，才停手的。原本只要把劍指向要害就能分勝負了，但我的手卻想要更往前伸，我是好不容易才制止住手的動作的。」

「離開月島之後，你不是都不曾拔出冬霜劍嗎？」

「這和有沒有拔劍並無關聯。我早已進入了冬霜劍的認知範圍之內，我一直覺得它無時無刻都在對我做出什麼要求。我不知道這到底是怎麼一回事。」

「萬一是這樣，你打算怎麼辦？」

伊索蕾拿出從島上帶來的無味茶葉，在兩個杯子裡各放一些，倒完之後，她放下手，低頭俯視半躺在床上的他。

「你的劍，是你的東西。你去對抗這些事是非常合理的。它們能怎麼樣？如果想要硬把你拉到不想去的路上，就用你的力量使勁拉回來啊，往相反方向扔出去。如果再不聽話，就踩它，用它的血來還你的血。」

一字一句，語氣鮮明，她的個人風格就是這麼強烈。伊索蕾經常這麼說話。這也不是她新的特別意見，這是她自己從生命中體驗而來的看法。如果不容屈服、原諒、和解，那就只有戰鬥一途了。

波里斯很清楚，伊索蕾不是那種慈愛型的女性，她不會去愛護包容受傷的人，讓他好好休息，反之，她會要那些讓人受傷的人付出代價，她是戰士。她不會緊抓住被砍的脖子不停哀痛，而會伸出劍來報復。沒錯，她不僅是戰士，也是月女王的淑女、劍的女兒，不是嗎？他們不會認爲忍耐著讓事情過去是件美德，他們爲了懲罰不怕弄髒自己的手，他們如同白紙與火花般的鮮明。

因此，她不會是任何人的安息處所。波里斯和她一起奔走過荒野，他知道她不會教他留在安全的地方等她。反倒是自己，內心比她還要軟弱。自己雖然已經滿身是傷，但傷口越多，反而越是待人柔軟。他是沒穿盔甲的戰士，用傷口來讓自己變強。

伊索蕾則彷彿像是一個表面亮麗的盾牌，反倒有著無法輕易抹煞的傷痕，能夠抹去她傷痕的方法，就只有陪她一起奔馳，彼此背對著背，去對抗敵人。正因爲如此，他才會在這裡。因爲他知道，自己揹負的許多名字之中，也有著她的名字……

他醒悟到，爲了如同鋼鐵刀刃表面那般美麗的她，爲了她的名，自己必須在這場大賽裡握劍爭光。

04 芬迪奈城堡的危險之夜

波里斯他們五個準決賽出戰者不僅可以在城堡的一樓與二樓隨意走動，而且那天晚上在地下樓也備有一間寬敞的練習室，供他們自由使用。波里斯並不一定要去練習室，但由於好久沒進到貴族城堡，總覺得心裡不怎麼舒服，所以他想趁機到房外去透透氣，就出了房間。

走在走道上，經過好幾幅肖像畫。他們全都一臉嚴肅，如果是半身像，腰上大多都繫著劍。連女人之中也有好幾個不是盛裝，而是英挺的獵裝打扮。她們之中很少有什麼特別出眾的美人。

相較於主要給人美麗印象的培諾爾城堡，芬迪奈城堡「騎士之喜悅」給予他非常不一樣的感覺。這裡給人久遠、堅固、強毅的印象。但偶爾還是會遇到與整座城堡氣氛不合的地方，以美麗的裝飾品布置得美輪美奐。特別是在二樓看到的小露台，以及三張華麗的椅子，就給人這種感覺。在藤蔓垂掛的大理石欄杆內側，鋪有像是從室內裝潢非常發達的海肯國家進口而來的昂貴五色磁磚。那裡像是爲領主家人所準備的地方，可是波里斯看了卻覺得有些訝異。芬迪奈公爵有兩個孩子，也就是說，他們應該是一家四口，不是嗎？

不管這個問題，波里斯慢慢下到一樓，終於來到了地下樓。在地下樓，可以進入的就只有練習室而已。其他地方好像是作爲軍事上的用途，不讓客人出入。

他來到練習室入口時，聽到裡面有人講話，因而停下腳步。一開始，他感到很疑惑，能夠進到這裡的五人中怎麼會有人能夠如此親切互談。可是他立刻察覺到，原來在裡面的是對兄弟。

「來，再看一次哥哥的動作。劍伸出去時，必須集中精神的地方不是這裡……」

劃過空氣的清晰說話聲爽朗響起。看來練習室的空間應該滿大的。

「看到沒？如果手臂太過用力，就不行了。會無法很快反應，而且敵人會完全掌握住你的方向。」

「可是，如果手不用力，我就沒辦法拿劍了呀！」

接著，傳來了兩人好像面對面在笑的笑聲。其中一個是語帶天眞的年幼男孩，頂多只有十二到十三歲吧。

「我們米爾希什麼時候才有辦法和哥哥正式打鬥啊？」

裡面傳來哥哥將弟弟身體一下子舉高的那種聲音，也傳來小孩子帶笑的回答：

「我才不和哥哥你打鬥哩，和你這樣玩才比較有趣！」

「不行。你也得學著能夠保護自己才行。爸爸希望你和我兩個人，都成爲優秀的劍士。就像爸爸和叔叔他們一樣。」

「可是，哥哥，你的實力等於是兩個人加起來的實力，都已經那麼厲害了，我不學也沒關係吧。你來保護我，不就好了？」

做哥哥的並沒有回答他。而是傳來這樣的說話聲：

「你看，我又把頭髮給搖亂了！」

然後又是一陣笑聲。波里斯實在搞不懂自己怎麼會站在這裡偷聽他們講話。進去也行，離開也行。可是他卻完全沒有移動腳步。

「米爾希，好了，我們走吧。這裡又不是我一個人使用的地方。其他出戰者要是來了，看到我們又笑又鬧的，會以為我們占用了整個地方，這樣可就失禮了。」

「不要……我想再和哥哥待在這裡一下……回家之後，你又會只顧著和爸爸練習，連和我玩的時間也沒有。」

「好啦，我答應會和你玩的。」

這彷彿像是一個幻覺。感覺是很久很久以前發生過的事像演戲那般重演。

「眞的嗎？那我就相信你了。還有，明天你一定會得冠軍的，對不對？」

「當然，我會盡全力得冠軍。」

對了，波里斯差點就忘了，他們是誰……能夠進到這裡的，如果不是芬迪奈家族的孩子，就是五個出戰者了，不是嗎？

「為了明天要贏，我還得再練一會兒，明天會有個難纏的對手。」

「可是哥哥你還是會贏的！因為，你實力非常非常強，而且已經得過四次冠軍了啊！而且，我們爸爸是我們國家最厲害的！所以說，你當然最有可能會贏！」

「所有事情都是要遇到了才知道，事前不可以過度自信。雖然爸爸很厲害，但我還差得遠呢！」

此時，波里斯下定決心了。他轉身，又再走上通往一樓的階梯。好不容易才鎮定住激烈鼓動的心臟時，他已經站在自己房門前面了。

他像是在背誦咒語那樣反覆想著。他們是他們。和他沒有任何關係。只同樣是一對兄弟而已。

除此之外，還有什麼共通點？和他是不一樣的。只不過是幾句話……類似罷了，這是……任何兄弟之間都會有的對話。

開門進到房裡，他發現房裡除了伊索蕾，還有一名陌生的侍女。侍女拿了兩套衣服，要他們穿這服裝去參加晚宴。

伊索蕾也沒攤開仔細看看爲她準備的衣服，就斷然地說：

「我第一次看到這麼奢華的衣服。」

波里斯爲了平緩心情，不敢開口，就緊閉著嘴巴，拿起衣服攤開來看。這件衣服比他在培諾爾城堡穿的還要樸素，他覺得很好。或許是因爲考慮到他們是平民，所以才沒有準備那種華麗的衣服給他們穿吧。可是在從小住在月島的伊索蕾眼中，卻覺得那已經是非常奢華的衣服。

「我會穿我帶來的衣服，所以，妳都拿出去吧。」

「不行。穿那種服裝不能參加公爵大人的晚宴。」

侍女冷淡地回答之後，瞄了一眼衣服，說道：

「小姐您穿起來應該會很合適才對，爲何您不穿呢？即使是平民，進到了公爵大人的城堡，再怎麼樣也不能太過不尊重吧。如果您不肯穿，我會報告上面，說您不參加。」

傳來了令人意外的回答：

「好啊，妳想怎麼做就怎麼做。是你們教人參加晚宴的，我們並沒有請求。」

「好吧，那我都拿走。我會送一份餐點到房裡來。」

此時，波里斯舉起手來制止她。

「等一下，請留下衣服。我會試著和她再說說看。」

侍女看了一下波里斯，又再看了一下伊索蕾的表情，聳了聳肩，說：

「晚宴是在七點正開始，我會早一點來接兩位，請提早準備好。」

她這句話雖然很有禮貌，但語氣相當僵硬。侍女離開房間，房門被關上之後，伊索蕾閉了眼睛，又再睜開，靜靜地說：

「好，你說說看啊。」

波里斯搖了搖頭。然後拿起伊索蕾的衣服，前後打量。這並非伊索蕾常穿的那種白色衣裳，是有些看不習慣。但是淡藍色的亮緞裙上，有俐落大方的打褶，後面有一條銀白色帶子，這件優雅的洋裝似乎會非常適合她。而且比起貴族們通常會在晚宴時穿的衣服，這其實已經是樸素許多的樣式。

然而，波里斯並沒有向她提這些事。伊索蕾不是大陸人，如果她認爲奢華，那就是奢華。

「我尊重妳的意見。我不會硬是勸妳做什麼事。可是，我不希望妳一個人在這裡，而我自己去參加晚宴。」

伊索蕾坐著抬頭看了一眼波里斯，轉過頭去想了好一陣子。然後她開口說道：

「如果連你也不去，可能會有問題，但事實上，讓你一個人去，我也不放心。你到目前爲止是經歷了不少事情，但眞的在任何情況下都能一個人處理得很好嗎？」

波里斯微笑地說：

「不。還有很多事不是我一個人就能承擔得了，那些事情絕大半我都是用逃跑來解決。如果和妳在一起，應該會有所幫助吧。」

兩人都還是未滿二十歲的少年與少女。貴族的宴會裡，通常會有一大堆搬弄心術的事，所以，會發生什麼事，誰也無法預料。

而且，他有不好的預感。

□

進入晚宴會場之前，伊索蕾輕輕微笑，低聲耳語著：

「有時候，我也覺得自己還像個孩子般固執。」

波里斯聽了，馬上低下頭來。其實他是想要掩藏住自己的表情。每當他看到因爲穿著晚宴服而感到不自在的伊索蕾，就忍不住想微笑。這實在令他很傷腦筋。並不是因爲可笑，而是覺得心神不寧；不僅是因爲她的美麗令人心動，也是因爲看到至今他從未想像過的模樣，令他不禁高興，而且一直想多看她一眼。

在侍女的帶領下，他們坐到了指定的位子上，波里斯才發現到不只是他一個人盯著伊索蕾看。這天的晚宴裡，不僅明天要出賽的五個人出席，還有陪同他們的人，以及芬迪奈公爵的客人——一些貴族也參加了。因此，周圍有好幾個精心打扮的貴夫人和貴族少女。儘管如此，不戴任何項鍊、寶石戒指的伊索蕾，卻彷彿不小心錯訪陌生地方的童話故事少女那般，受到眾人注目。

從童話故事書裡走出來的少女坐了下來。帶領他們入席的侍女小聲清了清喉嚨，閃耀的銀製餐具就被擺上，映照了彼此的臉孔。他們成一排坐著，但是對面仍然空著，再過去，可以看到被圓柱遮掩著的迴廊。

波里斯擔心有人會認出他來，故意低著頭，主要都是盯著桌上看。生活在故鄉奇瓦契司時，偶爾也有外國客人來訪，在培諾爾伯爵宅邸居住時，也舉行過好幾次宴會。特別是培諾爾伯爵夫人生日宴會時，有許多安諾瑪瑞貴族看過他的長相。當然啦，現在他的長相和當時已經相差很多，但也不是全然沒有可能被認出來吧。

隔了一會兒，服侍端菜的女僕們走過來，在每個人面前各倒了一杯香醇的杏色飲料。給人和善印象的芬迪奈公爵，還有他的美麗妻子，以及他們的小美人女兒一進來，所有人都站了起來，微微表示謝意。

「啊啊，謝謝大家都來了。希望各位別客氣，好好享用。特別是今天的主角，四位紳士與一位淑女，你們可要藉此放鬆一下緊張的心情哦。」

接著，一開始上菜，芬迪奈公爵夫人就帶著淺笑說，今天因爲遠道而來的客人很多，所以準備了海肯式的菜餚。貴族們幾乎在海肯都有別墅，因此一聽到海肯菜餚，大多一副歡迎的眼神。

「哎呀，能在此遙遠的地方嚐到故鄉的菜餚，對於您的精心安排，不禁感到惶恐。這一桌菜餚實在是太棒了，簡直令我錯覺以爲是自己家裡的菜餚。如同海肯宮廷一樣優雅精緻……」

雖然比任何人率先開口稱讚，但內容聽起來，總有股自大的口吻。眾人聽了都將目光投注到他身上。說話的人是明天五強戰中的其中一人，那個海肯出身的少年，不對，應該說是王族才對。他叫伯夫廉，是海肯女王的堂弟，這個年輕人有著挺有藝術感的高鼻梁，及肩的褐色鬈髮整齊梳到耳後，側面看起來相當俊秀。他穿著一身用乳白色寶石閃閃點綴得比女裝還更華麗的衣服，頸子上還戴著一條好幾圈的項鍊，讓人看了不禁覺得海肯王室果然名不虛傳，是大陸上最富有的有錢人。

具有南方熱帶風味的食物擺滿了餐桌。浸漬在橄欖油中的烤雞肉散發出一股不知名的香料味道；炒飯鋪放在葡萄葉上包起來一口吃下，會有一種特異的香辛味。海肯人不喜歡豬肉，按照他們的習慣不會用豬肉製作火腿，此時餐桌上擺著厚厚的羊肉火腿切片。滿是番茄與辣椒的醬烤牛肉旁邊，有著麵包薄片。熟悉海肯式菜餚的人會在這麵包裡夾放烤得紅紅的牛肉，再放進嘴裡，和充滿番茄味道的辣醬配起來相當可口。

「嗯！這道菜就是要有香辛味才棒，看來女主人有著了不起的品味。不過……這麵包要是沒烤這麼焦可能會更好一些；但是，這裡不是海肯，當然無法什麼都一樣吧。不是嗎？」

這個海肯小子可眞多話。過了片刻，甚至連安諾瑪瑞貴族們也有些皺起了眉頭。在北方的風俗裡，隨便批評女主人準備的食物是相當無禮的行爲。可是那些話題只在貴族之間隱密流傳，身爲平民的波里斯、伊索蕾，還有賀托勒一行人並不知道。雖然名目上他們是主角，但這總是貴族的宴會，平民只不過是順道插花。

參加晚宴的客人總共大約二十名。波里斯想要不和別人對視，所以，偶爾只抬頭看一下伊索蕾，突然間，他聽到一個聲音刺進耳朵。好像是很陌生的聲音。一開始，他不懂爲何這聲音和其他說話聲如此鮮明地不同，能這麼清楚地傳來。

「是眞的。要是我女兒趕快長大，成爲像公爵夫人一樣優秀的女主人，該有多好？沒有女主人的城堡確實與荒涼的墳墓沒什麼兩樣。」

接著是回答的聲音：

「我們克蘿愛也有許多不夠好的地方。特別是對南部的習慣，並不很熟悉。您也知道的，她從小在卡爾地卡生活太久了。還有啊伯爵，爲了您女兒好，應該趕快再有女主人才對。」

再來是男子的說話聲，不僅刺穿入波里斯耳中，還釘死在腦海裡，而且就像是裝著所有當時記憶的玻璃珠那樣，散落在地上的聲音令他全身無法動彈。

「啊啊，到處都傳聞，令嫒是安諾瑪瑞最完美無缺的小姐，您怎麼還如此謙讓呢？兩個女孩要是成爲朋友，一定可以學到很多。是不是啊，蘿茲？」

「是啊，爸爸。」

無法壓抑的衝動像幽靈般迸出，麻痺了理性。波里斯猛然抬頭，朝那個方向直看過去。看到了。他無法忘懷的聲音的主人就在那裡笑著，和女主人對談；同時，對方像是被一股奇異的引力吸引，朝他的方向轉移目光。

短暫的目光交換，穿越過長長的餐桌。

「！」

「……！」

被人們往餐桌伸出的手臂與手掌，遮到彼此的臉孔，隨即又再顯現，然後又再被遮掩。僕人們拿了好幾大盤用竹籤串著的大塊肉塊，各切一點給每個人。看到了，然後又消失……可是所有一切都已經刺穿到腦海之中了。

凱尼米德・達・培諾爾，是培諾爾伯爵！

伊索蕾看著擺放在每個人前方的杏色蘸醬——用來蘸肉的——正在想，只有這味道她怎麼樣也無法習慣。連不挑食的波里斯在剛才晚宴一開始時喝了一口送來的飲料後也連連搖頭。這東西和一開始送來的酸味飲料，是用類似材料製成的，貴族們稱之爲「優格」，但她覺得像是東西壞掉的味道。就在她想著「不吃也罷」的那一瞬間——

「……？」

原來波里斯並非單純只因爲不喜歡蘸醬而停住不吃。雖然表情沒有變化，但他全身卻像石像般變得僵硬。他目光下垂，但兩眼沒有焦點。

伊索蕾沒有說什麼，而是把手放到餐桌下，輕輕放在他的膝蓋上。就這樣過了片刻後，波里斯嚇一跳，盯著伊索蕾看。

「……」

伊索蕾只是一言不發地搖了搖頭，什麼事也沒問。波里斯回過神來，也是因爲感覺膝蓋變得溫暖的關係。伊索蕾並沒有問什麼。接下來波里斯又再把注意力移往菜餚；可是，嘴角卻細微顫抖著。

「不。妳再這麼說，我會覺得很有負擔，這麼美好的食物恐怕都會無法消化了。」

「眞是的！小子爵，連你也在爲明天的比賽緊張嗎？我看應該不會有什麼難以對付的敵手吧……」

「在我認爲，所謂的敵手，在彼此交戰之前是不會知道其厲害程度的。」

路易詹·凡·康菲勒一直被兩旁的少女們問東問西，但他還是沉著回答。然而，他的視線卻不時去看波里斯，然後，又再移往別的地方。

用完餐後，大夥兒都起身，到大型沙龍去吃餐後甜點、飲料。沙龍裡放置有十幾張兩人用及一人用的沙發，還有好幾張搖椅，也有一些用來玩紙牌遊戲的小桌子。

在那個地方，波里斯因為賀托勒過來找他講一些有的沒的，令他又再次緊張了起來。賀托勒現在身分是安諾瑪瑞出身的平民克蘭治．亞利斯泰爾，他彷彿像是在炫耀演技似地，很誇張地向波里斯打招呼，甚至還自誇實力。可是波里斯早已因為培諾爾伯爵而神經緊繃到了極點，所以，根本就沒空和他亂扯。突然間，他也看到了蘿茲妮斯，但他非常清楚，不能一副認識的樣子。

香濃的茶，配上抹了蜂蜜的核桃，以及放了牛奶起司的一種可麗餅。過了片刻，又上了抹了厚厚一層巧克力和杏仁醬夾心的巧克力蛋糕，這種卡爾地卡的傳統甜點一端上來，貴族之間就紛紛出現讚嘆聲，但波里斯卻一口也不想吃。他在考慮今晚是否該離開城堡。他只祈求晚宴趕快結束，他好回去房間，一個人好好想一想。

伊索蕾看了放在眼前的餐後甜點，然後低聲說：

「你是不是遇到認識的人了？」

「嗯。」

「不好的？」

「嗯。」

「好。我們待會兒談一下。」

這就是全部的對話了。波里斯整個人沉浸於思緒之中時，伊索蕾想再去拿點茶，站起來走了幾步，卻突然有個熟悉的聲音橫擋在她面前。

「啊，今天令許多年輕貴族心動的小姐！不知妳可否賞臉，告訴我妳的可愛名字？」

隨即，伊索蕾就知道這聲音何以會這麼熟悉了。因爲整個晚宴上，這個聲音簡直就像背景音樂般，一直響個不停。甚至令人不禁好奇，這個人是不是還有另一張用來吃飯的嘴巴。

眼前正是海肯王族伯夫廉，他一面露出最富魅力的微笑，一面望著伊索蕾。

「……」

但伊索蕾可不是那種會適當回應問題的溫柔個性。她還是繼續走她的路，可是伯夫廉用誇張的手勢又再跑到前面擋住，喊著：

「啊，喂！妳明知道我是誰，怎麼還如此無禮，眞是的！說起我，我可是大陸最高貴的王室之一的子孫，妳居然不把我的話當一回事？」

如果是在別的地方遇到平民膽敢如此，他或許會生氣地吼著：「可惡，竟敢無禮！」但這裡是他國公爵的晚宴，而且對方又是漂亮的少女，所以他才沒想到要這麼做吧。此時，伊索蕾才抬起頭來，想到沒必要讓這個人生氣，引來他人注意。

不過，儘管如此，從她的嘴裡吐出的回答卻是：

「請問有什麼事嗎？」

伯夫廉的臉漲得通紅，但與其說他是生氣，倒不如說他是驚訝的成分比較多。他原以爲對一個美麗的平民少女斯斯文文地搭話，很快就能上鉤，但沒想到情況卻完全出乎他意料之外。

「我……我是問妳名字。」

「伊索蕾。因爲是個微賤的平民，所以只有名字而已。」

好不容易才找回理性的伯夫廉在嘴裡唸了一遍這名字，才露出滿意的微笑。這個人可變得眞快呀！

「伊索蕾，嗯，好，伊索蕾。眞是好聽的名字。沒想到平民之中也有人這麼會取名字……我以前也考慮過要幫新買的種馬也取個名字呢。」

伯夫廉原本就是比較不會看人講話的那種人。他根本不知道把種馬和少女放在一起比，會有什麼問題。可是伊索蕾卻是因其他原因而被傷到心，所以很快地回他一句話：

「我父親是不會無聊到去幫馬取名字的。」

雖然是轉了一圈說話，但還是令對方不悅，伯夫廉發現之後，露出像在道歉的微笑，回答：

「啊啊，是我不對，我道歉。平民當然也有他們的名譽。像妳這樣驕傲的少女，那是非常適合妳的裝飾品。我希望能更加顯揚妳的名譽，不知明天比賽妳肯不肯給我這樣的機會？」

伊索蕾面無表情，冷冷地答道：

「我不知道你說的是什麼意思，但是，自己的名譽只能用自己的劍來取得，怎麼能讓素不相識的人來代勞呢？」

伯夫廉聽到她這番像是持劍勇士的答話，有些嚇一跳，於是低頭看了一眼伊索蕾。他猜伊索蕾的話只是引用別人的話吧！於是繼續搭話。

「妳如果不知道我的意思，那我就應該慢慢告訴妳才對。如果妳能給我一條妳的香帕，或者一小截可愛的袖子，這東西可以當作是我的幸運物，而且我會繫在劍上，參加比賽勝利之後，等於就是爲妳爭光的意思了。看來平民就是不懂這些事，是吧？我再說一次，像我這麼高貴的王族，提出如此的建議，要是接受了，妳這麼美麗的人兒就可以一輩子在我身邊服侍著，這可是永遠報答不完的大恩大德。如果妳想要，我可以給妳這種機會，而且這也是很光榮的事……」

伊索蕾並非反應遲鈍的人。馬上就知道事情是怎麼一回事。伯夫廉背後的波里斯察覺到事態，正要走過來。於是，伊索蕾找到了自己想講的話。她後退一步，以貴族也比不上的傲慢語氣——那種由於優秀產生自負所顯現出來的語氣——插了一句：

「你的幸運物很快又會繫到我弟弟波里斯的劍尖，回到我身邊，既然如此，有必要得這麼辛苦嗎？」

伯夫廉花了一點時間才了解她的意思。可是有個人卻比他更快理解。在他們沒注意的方向，傳來了開朗的笑聲。

「啊哈哈哈哈哈……」

伯夫廉趕緊轉過頭去一看，原來這笑聲的主人是這座城堡的小女主人，克蘿愛·達·芬迪奈。被長長的金髮輕輕遮掩住的嘴角，流露出至今不曾在她身上出現的輕快笑聲。

波里斯走過來，剛好停住腳步的那一瞬間，笑聲停止了，另一個聲音從身旁傳來。

「剛好大家都在這裡，太好了！我正想和你們聊幾句呢，大家坐下吧。」

芬迪奈公爵就站在那裡。克蘿愛很快恢復回冷靜的表情。此時，波里斯才發現，原來路易詹和夏洛特公主也在旁邊。跟在公爵身旁的一名侍女看了看情況，很快跑去帶賀托勒來。

然後就這樣，五個人和芬迪奈公爵一起坐在沙龍的一角。除了他們以外，一起坐著的還有從一開始就在那裡的克蘿愛，以及伊索蕾。

「每年我都不曾缺席，一定會觀賞銀色精英賽，但很少看到像今年這樣，整體水準如此地高。這次的銀色精英賽裡，形形色色的參賽者嶄露頭角，不僅出身地很多樣，連身分也多樣。而且到了比賽第三天還有女性出賽者參加，這也是好幾年都沒有的事。」

幾個人的目光都聚集到夏洛特．迪．奧蘭尼公主身上。接著，芬迪奈公爵問她何以一個女孩子能有如此實力，那位黑色短髮、看起來像個美少年的夏洛特簡短地回答：

「在奧蘭尼，並不認爲女孩子就可以實力比較差。因爲我國是小國，而且人口不多。」

「一般普通的奧蘭尼人民這麼說，就已經令人很驚訝了，更何況是從這地方的公女口中說出來，實在是令人感到害怕。哈哈哈……」

波里斯突然感覺到，夏洛特雖然聰明伶俐，但是處世經驗還沒豐富到能夠靈巧隱藏住她對安諾瑪瑞的反感。而芬迪奈公爵似乎對這一點非常清楚的樣子。

「再來，就是這一次有多達兩位平民出身的少年參加準決賽。你們要遇到優秀的老師都已經很不容易了，竟還能練到現在這樣的實力，這是怎麼做到的呢？」

公爵是那種對平民出身的出戰者也會表面上給予適當鼓勵的人。賀托勒想了一下，首先回答：

「我只是運氣好而已吧。光是能夠到這裡，我已經很滿足了。」

這樣回答是因爲他知道，在貴族面前如果一副很了不起的樣子會引起反感，所以才選擇這頗有要領的答話。芬迪奈公爵接著把頭轉向波里斯的方向。

「是嗎？那麼你呢？」

波里斯也知道像賀托勒那樣回答比較好。但波里斯有著和賀托勒不同的考量，他是大陸領主的兒子，他的名譽和許多人的名字同繫在一起。這些名字與在座這些自信滿滿的貴族們的自負相較起來，說不定還更加沉重。

可是，這一切他都無法說出來。於是波里斯簡短地回答：

「我認爲是因爲我實戰多過於練習，生存多過於努力。」

芬迪奈公爵微傾著頭思考，突然，他問自己的女兒：

「克蘿愛，在妳認爲，這少年的話是什麼意思？」

克蘿愛看了一下波里斯，冷靜地直接回答：

「我認爲這話的意思是，最好的教師所教導的東西，比不上從敵人那裡學到的；而最認眞學習的人，不如受到生命威脅的人那樣迫切。」

芬迪奈公爵慢慢地點頭，仔細打量波里斯的臉孔。可是克蘿愛一說完，路易詹就將目光釘到波里斯身上，立刻開口說道：

「抱歉打斷你們的談話，我有件事想要問這位少年。波里斯．米斯特利亞先生，我從父親那裡聽到有關以前一個名叫『卡閔．米斯特利亞』的出戰者的事，恕我冒昧，可以請教你和這名字有何關係嗎？」

此時，一直不發一語的伊索蕾看著路易詹，並簡潔地回答：

「他是我父親。」

路易詹當然是很驚訝，連芬迪奈公爵也睜大了眼睛。路易詹緊閉著嘴，眨了好幾下眼睛之後，像是再次確認地問道：

「如果這話是真的……那他，妳的父親現在是在哪裡，在做什麼呢？」

「很早以前他就已經去世了。」

「去世了？那麼說來，之前他是在……」

「我父親是祭司。除此之外，我就無法再奉告了。」

伊利歐斯確實是位祭司，所以也不算是說謊，但伊索蕾這樣說實在是很妙。在大陸，大大小小的神廟與教壇多得數不盡，在那種地方，多的是一些不願表明自己過去而致力於宗教理想的神官。因此，在這種情況下，身分或者實力沒有被傳開來，就不是什麼奇怪的事；而且在並不信奉這宗教的地區隱藏父母的身分，也是很平常的事。

「是。那麼兩位還是隸屬於那座神殿嗎？」

「最近幾年沒有依靠的地方，在大陸到處流浪。」

此時，芬迪奈公爵開口說道：

「這實在是太令人驚訝了。如果是『卡閔．米斯特利亞』，我也記得他。就是在以前一次銀色精英賽，勝過不敗的康菲勒子爵的那位身分不明的流浪少年，不是嗎？啊……我現在才發覺，小姐妳和他長得十分相像。看來真的是父女關係了。當時那位少年，不對，應該說是妳父親，他的實力真的很了不起。那天大賽一結束，有多少貴族在找那個少年啊，想必你們一定想像不到。」

路易詹聽到自己家族的禁忌從芬迪奈公爵的口中隨便被說出來，臉都紅了。

「這麼優秀的人已經去世了，只能說是非常令人惋惜。既然你是他的繼承者，希望你明天比賽要好好表現哦！」

這一次，波里斯也輕輕低頭答禮，答道：

「謝謝您的鼓勵。」

餐後點心時間結束了。貴族們還想要再留下來聊天，但是明天的出戰者們表示要先回去休息，隨即大家就都站了起來。海肯王族伯夫廉一直看著伊索蕾，無法掩飾他摻雜疑惑的心情。他是修練劍術的人，對於「卡閔・米斯特利亞」這個名字也有所聽聞。此時他才了解，伊索蕾不只是漂亮的少女，也有著劍士的冷靜眼神。

要離開的時候，波里斯聽到身旁傳來了低聲說話的聲音：

「明天，好好期待我的勝利吧。」

是路易詹。他的幼小弟弟叫他不要走，不然也要跟著走，但路易詹叫他再玩一會兒，一面還摸了摸他的頭，就先走出去了。

05 在不可能的地方賭注性命

小油燈的火光搖曳著。

剛才他們將吊燈的燭火全都弄熄，把前幾天在野外帳篷裡使用的油燈點亮之後，放在床鋪旁邊，再把窗戶外窗關上，連窗簾也全放了下來，盡量不讓火光穿透出去。目的就是爲了要讓任何人看了都以爲他們已經入睡。

「是你的仇家？他覬覦的是你的劍，冬霜劍？」

坐在椅子上的伊索蕾已經換回平常的裝束，連劍也繫在背後了。而波里斯也是一副隨時可以動身旅行的裝扮。他坐在床上，一動也不動。現在，其實夜還未深。

「他想殺死我，但失敗了；可是這麼一來，連在我心中僅存的一小塊純眞的信賴，也被他完全踩爛，這等於是殺了一部分的我。」

「他還沒放棄，是不是？」

「他是不會放棄的。爲了得到冬霜劍，他戴著面具，把我當養子，等了半年的時間。這個頑強的人，他爲了想要到手的東西，根本就是不擇手段。」

「所以，你打算逃走？放棄明天的比賽？」

事實上，要逃也不是易事。這裡是芬迪奈公爵的城堡，四周當然警備森嚴。反倒如果是在昨晚的帳篷，很容易就可以躲過別人的注意逃出去。不過，事情也有可能不是如此。因爲如果他還睡在帳篷，那麼今晚就不會事先與培諾爾伯爵碰面，到了明天決賽，恐怕就只有伯爵一方發覺，那樣豈不是連想辦法逃走的機會都沒有，就會遭到不測了。這樣說起來，還眞該感謝公爵才對。

「坦白說……我也不知道明天的比賽就這樣放棄到底對不對，還是正面去面對比較正確呢？甚至於，我也想過，如果他是我眞正的仇家，撇開比賽的問題不談，我應該要先殺死他才對吧，我是有這樣想過。」

「你對他有任何一點同情嗎？」

「一點兒也沒有。當時如果我有實力和機會的話，立刻就會殺了他。是他使我第一次讓手沾血的。那時候如果我殺死的是培諾爾伯爵本人，我就不會那麼難過了。」

伊索蕾發現波里斯的語氣變得尖銳，眉頭也緊緊皺起來。剛才她已經大致聽過他和培諾爾伯爵之間糾纏的恩怨，很快就了解到他們是處於何種情況下。他們現在可以逃走，但也可以留下。如果決定逃，那麼當初下決心從月島來到這裡所做的努力，當然也就形同泡沫，而且現在馬上就得想好如何逃出去。但是如果決定留下，搞不好今晚就會有人來偷襲，所以一定得想個對策才行。就算今天姑且先忍過去，也還有明天。在這裡，不對，應該說是在整個安諾瑪瑞，根本沒有人可以保護他們。

此時，兩人同時感覺到門外有人走動的聲響。

「……！」

「噓。」

腳步聲慢慢走到門前。會經過呢，還是會做出其他行動呢……情緒到了最緊繃之際，卻是傳來了小聲的敲門聲。兩人互視對方臉孔。

這時候根本不會有人來找他們。波里斯無聲無息地起身，抓起放在床上的劍，赤腳走到門前。伊索蕾也靜靜站了起來，跟過去。

咚，咚。

又傳來了一次敲門聲。像是害怕湊巧被其他地方聽到似地，十分小心地敲門。還好，門閂是閂上的。但對方會不會破門而入呢？

接著，傳來了摸門把的聲音。嘘、嘘，像是要推門，但開不了，隨即，就傳來了令人意外的說話聲。

「嗯……波里斯哥哥……我是……蘿茲妮斯啊。」

蘿茲妮斯怎麼會來這裡？

兩人又再互視一次對方，交換著摻雜疑惑的眼神，此時，又再傳來像是好不容易才說出口的害怕聲音：

「請開一下門……我有話一定要對你說。拜託……快一點……」

伊索蕾已經聽波里斯提過，知道蘿茲妮斯是誰。伯爵是不是打算派女兒來，讓他們消除戒心，再突然來個偷襲啊？

此時，伊索蕾突然移動雙手，做出特別的手勢。波里斯愣了一下，才知道這是很久以前伊索蕾教過他的，伊利歐斯祭司的那套手語。手語雖然也有那種即使距離很遠也看得到的大動作，但她也教過他近處時可以互相傳話的手語。集中精神一看，他一一想起來了。

手語跳躍式地連接著，成爲一個完整的句子。

「我來開門，你拿著冬霜劍，開窗户，有危險就跳下去，我不跟著你，但你還是要逃走。」

波里斯搖了搖頭。雖然不太記得手語，但他還是比出「不會拋下妳一個人逃走」這句話。此時伊索蕾卻一副頑固的眼神，推開波里斯之後，自己去握住門把。然後又再比了一次手語：

「你走，在我殺死他們之前。」

隨即，伊索蕾一手握劍並拔劍出鞘，再也不能比手語了。波里斯後退三步的同時，房門被倏忽拉了開來。這時，等於是靠在門把上的少女一下子就被拉了進來。

「啊！」

蘿茲妮斯尖叫了一小聲。剎那間，她的手就被扭住，脖子上面架著劍刃。伊索蕾一面拉著少女，一面用腳踢開門扉，可是外面卻一個人也沒有。波里斯像是忘了伊索蕾說的話似地，一個大步就把門給關上，閂上門閂之後，按住蘿茲妮斯的肩膀，問她：

「妳一個人？」

可憐的蘿茲妮斯完全被嚇得連話也說得結結巴巴地。

「呃……呃嗯……」

「請放開她，伊索蕾。這孩子不懂打鬥。」

波里斯認爲蘿茲妮斯在個性方面，這些年來應該不可能會改變。不管怎麼樣，和伊索蕾同輩的少女應該幾乎無人可以打得過伊索蕾吧。蘿茲妮斯在晚宴上也有看到伊索蕾，但此時這個持劍少女和那個穿著淡藍色洋裝的小姐簡直判若兩人。

「好久不見了，蘿茲妮斯。妳怎麼會來這裡？」

這時他才開始有空慢慢地打量。蘿茲妮斯，這個他以前的妹妹，好像又再長高了一些，令人不禁和她以前矮小頑皮的小女孩模樣重疊在一起。檸檬色的頭髮又再多了一些，淡綠色的眼睛似乎變得有些細長，還是很漂亮，但總覺得她有些地方不一樣了。

如果他說完全不高興見到她，那就是在說謊，但現在根本沒空好好去想這些。

「看來你不高興見到我……我……但是……我可是下了很大的決心才來這裡的。」

或許是因爲驚嚇的急喘好不容易才平靜下來的關係吧，蘿茲妮斯把雙手放在胸前，又吁了一小口氣。

「昨天在賽場就已經認出你了。我知道是哥哥……比爸爸還早就知道了。」

波里斯拉著蘿茲妮斯的手，讓她坐在椅子上之後，說道：

「我對妳沒有惡意，對不起嚇著妳了。但我是有理由的。」

「我知道。」

「妳知道？」

波里斯歪著頭疑惑的那一瞬間，蘿茲妮斯突然很快開始說：

「沒錯，哥哥你很危險的事。我……就是要來告訴你這句話的……快逃！是啊，雖然相處時間很短，但我們畢竟曾經是兄妹……所以……雖然想睜一隻眼閉一隻眼……但我還是放心不下。我不知道爸爸心裡到底有什麼打算，也不懂他和哥哥之間發生了什麼事。但如果可以，我還是希望能阻止，不過我實在無能爲力，所有事情我都不知道是怎麼回事……只有一件事我可以確定，就是今天晚上……應該會有人來殺你！」

「……」

此時，伊索蕾開口說：

「小姐，妳的父親想殺死波里斯，而妳偷聽到這計畫，然後跑來告訴我們，妳說的是這個意思吧。那妳怎麼會不知道爲何要殺他呢……妳說的話我們如何能相信？說不定妳是想讓我們逃了，明天的冠軍好給別人拿走，是吧？」

蘿茲妮斯的眼睛睁大，眼神裡帶著憤怒，說道：

「妳怎麼會這樣想！我只是想要幫……」

「如果想幫忙，就要說個確實的理由。我實在不懂，妳爲何故意去破壞妳親生父親的計畫，來幫助和妳沒什麼關係的假哥哥。若要我們相信妳，就說得具體一點。」

蘿茲妮斯忽地站了起來。她以前的個性可沒有完全都消失不見。

「我不知道妳到底是誰，但不要以爲拿著劍就可以隨便威脅我。因爲剛才的誤會，我都已經被你們嚇到了，妳還想再聽什麼？好，我說。我爸剛才晚宴結束之後和康菲勒子爵見面協議。我爸說，如果子爵希望兒子得冠軍，我爸會幫他。子爵家好像認爲如果除掉波里斯哥哥，冠軍就會是小子爵的。可是那種想法有根據嗎？不管怎麼樣，反正我爸爸眞正想要的是什麼我也不知道。可是他決定要幫他們，這件事我很確定是眞的。除此之外，還有比這更重要的嗎？」

「難道我們眞的誤會妳了。如果是，那我道歉。不過，我們早就知道妳父親要的是什麼，可是妳卻說不知道，我看妳不是不知道，而是知道另一件事，妳不想講，是不是？我說得對嗎？」

伊索蕾一面如此說，一面動作純熟地收劍入鞘，並且後退一步。和以前一樣坦率的蘿茲妮斯看到這動作如此優雅，不禁讚嘆著稍微張開了一下嘴巴。然後，像是不悅地閉緊雙唇。

「如果妳不想說也沒關係。反正我已經猜到了。不管怎麼樣，我相信妳現在很坦白。看妳這麼坦白，我把妳父親眞正想要的是什麼告訴妳好了。波里斯，沒關係吧？」

波里斯靜靜仔細打量蘿茲妮斯淡綠色的眼珠。她似乎變了，和以前不大相同。即使剛才發了脾氣，但不像以前那樣自信滿滿，也不太以自我為中心了。難道單純只是因爲她長大了？也對，這幾年來自己都能有所改變了，她總不會都沒改變吧？

波里斯拿出放在床墊裡的布塊。然後在蘿茲妮斯面前解開結，拿出放在裡面的東西。

「這是……什麼東西？」

在蘿茲妮斯眼中看來，這奇怪的物品既不算是劍，但也不像是其他東西。波里斯不覺得有必要仔細解釋，於是簡短地說：

「這是我很久以前就帶在身旁的劍。如果妳還記得我們初次見面的事，當時我也帶著這把劍。妳父親要的就是這個，所以才會想要殺我。他會讓我當妳家養子，也全是因爲這劍。這一次，同樣地，當然也是爲了這東西。」

「這東西有那麼重要嗎？」

「這個嘛，對我而言，是我珍愛的家人遺留給我的，當然是很重要，但對妳父親而言，可能有著不同的意義吧。不過，有句話我一定要說：我沒想到妳居然會如此替我著想。同時，我也要對妳說謝謝，我希望妳不要把伊索蕾說的話太放在心上。可是我要妳記住一件事：現在不只培諾爾伯爵要殺我，我不是處在一對一的狀況，如果是，我就絕對不會輕易放過他。所以說，伊索蕾才會對妳存有戒心，而我也不認為妳永遠都會站在我這邊。」

「……」

這些都是讓蘿茲妮斯聽得心驚膽跳的話語。這一點波里斯也知道。可是他也只能用這個方式來報答蘿茲妮斯所展現出來的誠意了。

伊索蕾在房裡來來回回走了好幾步之後，開口說道：

「總而言之，現在已經確定了，今晚會有人來襲擊，接下來就是研究如何逃出去，是吧？這裡是二樓，應該是可以跳出去，但是……」

「不，我不走。」

「波里斯哥哥！」

波里斯把冬霜劍完全包好，塞回原來的地方。然後坐在那上面，握住繫在腰上的劍柄。他那像是沒有看到兩人的透明目光，突然轉向燈光搖曳的油燈。

「都已經到這裡了，我不能隨便就逃走。我和妳約定過，而且我也和自己約定過。」

「現在不是逞勇的時候。蘿茲妮斯小姐，妳知不知道會有多少人來襲擊我們？」

「如果是我爸爸的那些騎士，大約十五個人。」

「這太荒唐了，波里斯。這次我們一定要逃才行。沒有別的辦法。」

「是啊，我至今遇到事情一直都是用逃來解決。」

他記得，從那座被火把包圍的貞奈曼宅邸後面逃走，從碧翠湖逃走，從那片有著傷心回憶的原野，以及陌生城市裡的旅館，還有……逃離欺騙者的城堡，奔逃過南部田野，越過山嶺通過關口，進到雷米領土之後，終於遇到奈武普利溫，到此為止……他一直都在逃、逃、逃。遇到任何事情他都無法與之對決，連對明日都不敢存有憎惡，只知慌張逃跑，只求能夠生存。

進到月島之後，他第一次得以和單獨一個敵人面對面、正正當當對決。自己內心裡沉睡的宿怨慢慢覺醒，也是在那個地方才開始的事。月島讓他了解到自己。雖然那裡絕非安穩之地，但是卻讓他學到了如何挑戰與憤怒。那座島上有著讓他有自信生活下去的一些人，這一次，他帶著他們的期待，而遠來到這裡。

這一次，就是這一次，不，應該說連這一次，他也不想逃。只是為了生存而活下來，會把他變成有氣無力的影子。所謂的生存，並不是這個樣子。雖然說一定要生存下去，至少也得活得像人才對。

「為何我還是無法對培諾爾伯爵發怒，即使被那樣欺騙，我怎麼還是不恨他？我很驚訝我會這樣子，但我也大概知道是為什麼。憤怒、憎恨，都是活著的人類所擁有的。要當個活人，不是只要活著就行了……我感覺是這樣。啊，這是很久以前那位老師說過的話。蘿茲妮斯，妳還記得吧？我指的是渥拿特老師。」

波里斯站了起來，又再一次緊抓住劍柄。然後看著露出驚慌表情的蘿茲妮斯，對她說：

「妳趕快走吧。妳的好心善意，我會永遠記得。」

「等一下。」

伊索蕾原本一直在後面，此時她又在燈光下露臉，神情毅然地說道：

「波里斯，如果你真的不想逃，那我希望去試一次我們的運氣。不管你答不答應，只有這件事，一定要去試一試。蘿茲妮斯小姐。」

蘿茲妮斯背對著門，站立在那裡，看了一下波里斯，又看了一下伊索蕾。伊索蕾走過去，伸出一隻手，握住蘿茲妮斯的手。

「如果妳願意，有件事妳可以幫我們。不過，做不做完全由妳來決定。」

□

伊索蕾的計畫事實上會令人覺得非常訝異。不，應該說看起來極不可能實現。

可是波里斯既沒有反對，也沒有表示任何意見。因爲，自己都能無謀到做出近乎自殺的決定了，他相信伊索蕾有權利爲自己的未來做努力。何況，不管是什麼計畫，目的都是要幫助他。

而且他也相信伊索蕾的手腕。她擁有他絕對沒有的許多才能。

這個計畫的第一階段，由蘿茲妮斯負責。蘿茲妮斯一開始聽到計畫時有些猶豫不決，但說服她的決定性事物，卻是在偶然之下她看到波里斯一直帶在身邊的幸運草小繡包。蘿茲妮斯一看到那東西，瞬間就改變態度，三個人很快地離開房間，上到了三樓。身上帶著的就只有各自的武器，還有用布包裹著的冬霜劍。

「坦白說，我不敢保證會成功。因爲我和她完全不熟。」

他們停下腳步的地方，是克蘿愛，也就是芬迪奈公爵愛女的房間門外。兩人躲在陰暗處，蘿茲妮斯輕輕一敲門，隨即一名年輕女僕就探頭出來。

「克蘿愛小姐睡了沒？如果沒睡，請轉告她，蘿茲妮斯・達・培諾爾有急事想要見她。」

或許是見她態度堅定，女僕認爲可能眞有什麼事，所以小聲回答一聲之後，就走進裡面去了。

然而房門一被關上，蘿茲妮斯就呼地長長吐了一大口氣。傳聞克蘿愛個性拘謹，她一定不喜歡別人這種時刻來找她。安麗伽皇后的姪女克蘿愛在僅有王子一人的卡爾地卡宮廷中，等同是個公主。如果皇后的摯友，也就是蘿茲妮斯的媽媽還在世就好了，可是偏偏，在卡爾地卡宮廷貴族間有著強勁人脈的培諾爾伯爵夫人，早在蘿茲妮斯需要她幫忙之前，就已經離開世上了。

然而，不管怎麼說，她身爲貴族少女，還是比較有可能在這種夜晚時刻見到克蘿愛。波里斯哥哥現在是平民身分，而且還是個男孩，一定不可能在夜裡見得到公爵愛女，這是不容置疑的事。

爲何自己要幫助波里斯？過去送他的那份像在辦家家酒的禮物有著什麼意義呢？連她自己也不知道。說不定只是因爲一股幫他代辦事情的滿足感吧！或許是因爲自己從前曾經以爲什麼事都可以任意而行，結果卻什麼也不能做，才會想做點事情。還有，或許是因爲波里斯哥哥在不利的條件下仍然不斷找出生路，所以她才會即使是假手足，也想把他當成是有兄妹情誼的人。

事實上，所有條件都不利於他們，但……

「小姐請您進來。」

啊，成功了。蘿茲妮斯一進到裡面，走道又再度昏暗下來。等她出來的這段期間，就像是永恆的時間在流逝那般。現在他們等於是在賭博，因爲他們無法猜出結果，因爲他們完全不知道芬迪奈公爵的女兒克蘿愛究竟是什麼樣的人。

「伊索蕾，我想問妳一件事……如果說相信蘿茲妮斯是因爲我……」

從剛才開始，波里斯就一直在想這個問題。他所知道的伊索蕾應該不是那種會輕易把自己命運交到別人手中的人。

「不，我有充分的根據這麼做。」

「根據？」

「她無法確實說出她父親心中的打算，也就是他和康菲勒子爵的協議條件，但我大概知道是什麼理由。」

「她不是說不知道嗎？」

「我不是說過她知道嗎？」

此時，房門又再被打開。走出來的是那名女僕。她走了幾步，站到波里斯和伊索蕾面前，像是已經事先知道他們的位置似地，低聲耳語並做了個手勢。接著，他們也進到了房內。

起居室雖然小，但是裝潢非常優雅。波里斯不由自主地想到培諾爾城堡裡，自己住過的那間位於月光塔二樓的房間。這裡和那裡一樣，放著高級藤椅，窗邊的白花刺繡窗簾頂端垂掛著金黃色吊穗。而窗戶旁邊，蘿茲妮斯站在那裡。微開的窗戶吹進一絲涼爽輕風，有一張刻有薔薇藤蔓圖案的長椅，椅子上斜倚著一個身穿翡翠色夜袍的金髮少女，正在看著他們。

她的臉龐比在晚宴上看到時還要削瘦白皙，像是用筆畫出的湛藍色眼珠則顯得格外燦爛。明明聽說她與他們年紀差不多，但豐潤的嘴唇與冷靜的眼神裡卻泛著一股成熟女人無法比得上的魅力，令波里斯有些驚訝。在比賽會場上的傳聞半對半錯。有花朵沒錯，有薔薇，但卻是像她眼神那般藍的薔薇，而且還是假的薔薇。像柳橙的酸甜香味、薄荷的涼冷香氣，加上一層如同冰塊般覆蓋著的傲慢——實際上是一股既珍奇且獨特的魅力。

「小姐想要聽聽看你們到底有什麼事。而且你們要毫無隱瞞全說出來，才要考慮幫忙。」

克蘿愛並沒有開口，是她抬頭看著波里斯時，女僕代她說的。波里斯走上前一步，正眼直視著克蘿愛。在幾個小時前的晚宴上，他們已經見過面，當時就覺得對方非常特別。彷彿波里斯像是徹夜走過荒野之後進到玉砌大廳的年輕戰士那般，而克蘿愛則像是古代王國的公主，在傾聽百年來第一次來找她的訪客心願。

「我們想見小姐的父親，芬迪奈公爵。小姐，只要您肯幫我們傳一句話，我們確信，公爵大人一定會見我們的。」

□

走道相當地長，可是等待的時間更長。在通往芬迪奈公爵書房的圓形層階的最後一段階梯前方，他們在那裡等著克蘿愛回來。蘿茲妮斯一副難以置信的表情。剛才克蘿愛在他們解釋完之後，本來還不發一語，但是聽到伊索蕾在她耳邊細語的一句祕密話語之後，卻一話不說，立刻站起來帶他們來到公爵的書房。

「波里斯哥哥，你好像變了很多。」

蘿茲妮斯不安地用腳尖揉著羊毛地毯。她以前偶爾也會有這種習慣動作。

「對了，以前在我們家，你用過的那個房間，現在還是空著。母親去世之後，我為了守著母親的房間，就移到母親房間旁邊去住。啊，對，母親去世的事，你不知道吧？」

「她去世了？」

波里斯沒有什麼特別的感覺。他如今連伯爵夫人的長相也印象模糊。只不過，他在想，蘿茲妮斯的改變是不是也與伯爵夫人的死有些關係。再度見到她，從某些方面看來，她已經不是他記憶中那個培諾爾城堡的小獨裁者蘿茲妮斯小姐了。幾年的光陰令她有了一顆慎重與爲人考量的心，但也似乎奪走了活力與自信。

「這幾年你都在哪裡？是不是回故鄉去了？」

「很抱歉，這我無法奉告。不過話說回來，我倒是覺得妳才變了很多。和我住在一起時……啊，蘭吉艾！他過得怎麼樣？還在妳家嗎？蘭吉美呢？」

爲何他現在才想起這個人？想到蘭吉艾的那一瞬間，感覺心臟用力跳了一下，話也跟著變快了。蘿茲妮斯靜靜望著波里斯的改變，小聲地說：

「蘭吉艾現在不在宅邸了。這已經是很久以前的事。蘭吉美當然也不在，因爲他們是突然離開的，所以我有段時間甚至不知道他已經離開了。他離開的時間和你幾乎是同一個時候。我問了爸爸，他完全不和我說。說得也是，不只是那件事，爸爸本來就什麼事都不告訴我。雖然我是他女兒，但我知道的根本就少之又少，我說的是眞的。」

「之後他怎麼樣了，也全都沒聽說過嗎？」

「沒有……嗯，去卡爾地卡的時候……不對，那只是……」

「卡爾地卡？」

蘿茲妮斯猶豫了一下，接著說道：

「去年到卡爾地卡的時候，曾聽說有個人和他很像。可是不但名字不一樣……而且也只有年紀和外貌相似而已，可能是別人吧。」

「那是怎麼樣的人？」

如果知道，應該就可以猜出是不是他了。蘿茲妮斯說道：

「是卡爾地卡私立葛羅梅學院的學生。雖然是平民，但是和貴族少年相處得不錯……聽說偶爾也會參加他們的派對。」

波里斯搖了搖頭。那樣的人應該不是蘭吉艾才對。

「哥哥，你只顧著一直問蘭吉艾……好像不怎麼關心我過得怎麼樣！」

她突然又回到以前的語調。蘿茲妮斯後退一步，像以前那樣露出耍脾氣的模樣。但事實上與以前已經大不相同了。蘿茲妮斯講完那句話之後，瞄了一下伊索蕾，又像一開始那樣，恢復成平靜的表情。伊索蕾聽著兩人的談話，但像是不帶任何感情那般，面無表情地望著階梯上方。

時間都這麼晚了，還能不事先通報就進入公爵書房或臥室，而且讓公爵帶著善意聽他講話的人，在這座城堡中就只有三個人而已。而其中之一就是克蘿愛。所以伊索蕾才決定最好透過克蘿愛再進到裡面。

現在，連波里斯也不知道伊索蕾心裡到底在想什麼。他很驚訝，從小就只待在月島的她，怎麼有辦法如此輕易就看出大陸貴族的想法。

公爵可能已經睡了，或者，聽到克蘿愛的話也拒絕與他們見面。但是伊索蕾看起來卻相當有信心，並沒有不安的模樣，甚至一副比拜託蘿茲妮斯去見克蘿愛時還要有把握的表情。

階梯頂端出現了亮光。克蘿愛的金髮在油燈高高照射之下，泛著紅光。這一次，她親自開口，簡短地說：

「請上來。」

蘿茲妮斯很快接著說：

「看來我最好現在先離開。如果出來太久，爸爸會覺得很奇怪。我回去房間，會對哥哥你比較好。祝你好運。還有……希望能再見到你。」

高高的房門被打開，然後兩人進到了這城堡裡最令人畏懼的強人，王室之下安諾瑪瑞最高權力者的書房之中。

□

「走過來一點。」

伊索蕾讓波里斯留在後方，一個人走向書房中央橫擺的桌子前方。芬迪奈公爵身穿紫紅色夜袍，手裡拿著一只水晶杯，站在窗邊。

雖然這樣說有些奇怪，但他這副模樣確實比在晚宴上穿著華服時更具威嚴。當時是悉心招待客人的主人模樣，而今則是支配整座城堡的國王。他的身體事實上很肥壯，力氣都拖在腳下。

「眞的是恩人的女兒。眞的沒錯。」

拜奈武普利溫的劍之賜，「恩人」這兩個字是在雷米旅行時，一直聽到的字眼。可是這一次的「恩人」，如果公爵確實沒說錯的話，那就是指伊利歐斯祭司了。他對公爵有何恩惠嗎？

「承蒙不忘，眞是感激萬分。」

公爵把空杯放到桌上，聳了聳一邊的肩膀。

「這話聽起來怎麼像是我會忘了大恩的樣子。我這個人，看起來像是這種人嗎？在晚宴上，妳這張像是證據的臉孔，加上名字，還有你們說的話，如果再不相信，那剛才克蘿愛轉告我的話，我總該確信才對了。好了，妳要我怎麼幫妳？」

除此之外，就沒有再透露什麼了。波里斯不禁想要吐出安心的一口氣，但還是強忍下來。伊索蕾一點兒也不退縮，仍舊一副沉著表情，一面看著公爵，一面說：

「請您幫忙安排，讓我和我弟弟在明天銀色精英賽決賽期間不受外部危險的威脅。還有，在完全離開公爵大人的領地之前，請您保障我們的安全。」

「你們已經很安全了。這裡是芬迪奈公爵的城堡，這一點難道妳忘了？」

公爵的語氣絲毫不像是那種大人對小孩說話的慈愛語氣，也不是輕視，更非馬虎。是那種不經意中說出，但卻直指重點的語氣。

「有人要危害我們。」

「是誰？」

「在城堡裡的兩名貴族。」

「爲何他們要危害你們？是因爲個人的恩怨嗎？」

「是的。」

芬迪奈公爵的目光從伊索蕾身上轉移到波里斯。公爵好像因爲睡了之後又再起床的緣故，所以臉孔紅通通的，就只有眼睛，閃現出一般人難得一見的那種光彩。

「我早就看出你們不是親姊弟。這是恩人女兒妳的恩怨呢，還是這少年的恩怨？我芬迪奈公爵說過會報答大恩時，負擔是相當沉重的。如果不是因妳的事，我可不願隨便報恩。」

伊索蕾看了一下波里斯，答道：

「我們雖然不是親姊弟，但在宗教範圍內，卻比親姊弟還親，還更有責任照顧彼此。我絕不能將他的問題置之不理，所以，他的危險即是我的危險。」

「既然這樣，那好。威脅你們的究竟是誰？天亮後，我立刻把他們送出領地。」

「這恐怕很難做到。因爲，其中一人的兒子是明天要出戰比賽的少年。」

「妳說什麼？」

公爵的贅肉下巴抖了一下。出戰準決賽的五個人中，只有一人有父母陪同。

「妳現在說的是康菲勒子爵？」

「正確說來，是另一邊在幫他。另一個人就是培諾爾伯爵。他們打算今晚來暗殺我們。」

公爵閉上了嘴巴。即使是他，這也不是件可以簡單解決的問題。一直坐在角落椅子上的克蘿愛，一會兒看她父親，一會兒看伊索蕾，面無表情地轉移目光。公爵說道：

「這實在是太令人驚訝也難以置信。他們雖然全都是有權有勢者，但再怎麼強勢，想在我的領地內做那種事，如果被發現，也不可能不起風波。眞是搞不懂，是什麼動機讓他們敢這樣大膽！到底你們是犯了什麼錯？他們為何要解決掉你們？」

此時，波里斯走上前一步，點頭示禮，抬起頭來。公爵嘴角上揚了一下，又再放下，冷冷地注視著他。波里斯說道：

「培諾爾伯爵與我有著不共戴天之仇。在我寄身於現在這個神殿之前，我是奇瓦契司一個領主的兒子。他因為一點恩怨，就滅了我的父親與家族，結果我不知道實情，被他欺騙，甚至有短暫一段時間還當過他的養子。終究，我還是知道了事實，下定決心要報仇之後，就逃了出來，打算先培養實力。雖然我現在實力還不夠，無法與他敵對；但與其要我死在他手上，我寧可在別人手中死上一百遍。」

伊索蕾霍然盯著波里斯。當然，剛才他說的是為了隱瞞冬霜劍的存在而編造的謊言。但這番話的第一句與最後一句都是眞的，因而語氣激烈。就這樣，他說的話就變成和眞的沒兩樣了。

這時，克蘿愛開口說：

「我現在可以理解剛才晚宴上你說的那番話了。沒想到今天你卻偏偏在獨木橋上碰見敵人。」

公爵像是首肯女兒的話，點了一下頭。他的眼睛接著發出炯炯光芒。

「那麼說來，你的名字就不是本名了。你眞正家族名字是什麼？」

這是一種確認動作。如果公爵在此知道了貞奈曼家族的事，剛才說的謊言豈不就不攻自破了？

「那個家族已經不存在了。在奇瓦契司有句俗話：說出已經消失的家族名，那個人就會再次召來滅亡的災難。我不希望觸犯到這個禁忌。」

「是嗎？你的仇人既然是培諾爾伯爵，那為何他的女兒會幫你說服克蘿愛？」

「我想是因爲在她家當養子時和她情同兄妹的緣故吧。坦白說，我也沒有想到她會幫我。」

「那麼，既然是培諾爾伯爵一個人跟你有恩怨，怎麼還會連康菲勒子爵也扯了進來？」

「當然，康菲勒子爵是爲了讓兒子得到冠軍。以前同樣姓氏爲米斯特利亞的人打敗了他，所以他認爲我會是路易詹．凡．康菲勒少爺的強大絆腳石，自然希望事先除掉我。」

「你的話太不可靠了。康菲勒子爵一向以正直的人品聞名。而且明天的比賽還有奧蘭尼的夏洛特和海肯的伯夫廉等等強手。除掉你一人，並不能確定會得冠軍，他有必要這樣費事嗎？」

「那兩位都身分高貴，他當然無法任意傷害他們。可是身爲平民的我如果死了，頂多只是有辱公爵您身爲主辦人的名譽，除此之外，誰也不會去責怪其他人。而且我會格外受到注目，也是因爲我冒用了『米斯特利亞』這個姓。據我所知，康菲勒子爵也是在即將五連冠時被這個姓氏的人給打敗的。」

波里斯由他們之前的對話內容很快做了一些推測，所以毫無猶豫地正確回答了公爵的問話。公爵稍稍瞇眼之後，又再恢復成原來的樣子。

公爵出生在安諾瑪瑞舊王國時期的貴族名門裡，之後經過一段時間的共和政體，又再到現在的新王政；這期間，公爵不但不曾失勢過，反而還升到今天的這個位子。如今大陸上有五大勇士，如果用政治角度來看，正如同他妹妹安麗伽皇后說的，公爵是安諾瑪瑞國唯一能與五大勇士相提並論的卓越人物。所以，這個十五歲的少年心裡在想什麼，他當然看得出來。

靜靜聽他回答之後，撇開心機問題不談，他覺得這小子確實非比一般尋常少年。他的每一句話都是在算計之後才講出來的，而且完全找不出猶豫或驚慌的神色。在他面前，連貴族家的年輕人都會懾服於威嚴而不停顫抖，可是在這個以平民身分生活的少年身上，卻不見害怕的神色，這一點確實令人相當訝異。

最後，公爵以彷彿是在試探對方的那種語氣，說道：

「可是所有這一切都只不過是推測而已，不是嗎？拿出可以讓我對康菲勒子爵另眼看待的實際證據啊。根本沒有別的證據，我如何能夠相信你的話？」

此時，伊索蕾走上前一步，從袖子一角拿出短短一塊鋼鐵圓盤，放到桌上。這東西看起來像是從盔甲或者其他這類東西上面削下來的，上面精細地陰刻著一個像馬頭的圖案。

「第一天晚上，我們就已經遭到襲擊了。我是從他們之中一個人的手腕護帶上削下這個東西的。至於這個家徽，公爵您應該比我們更清楚才對吧。」

當然，這是康菲勒子爵家族的家徽。

波里斯完全不知道伊索蕾身上帶著這種東西，也不知道有人襲擊的事。因爲那天他聽著伊索蕾的聖歌就入睡了，在天亮之前，就算打雷恐怕也叫不醒他。

公爵過了片刻之後，咋咋舌，像嘲笑般說道：

「哼，裝出一副紳士模樣，原來他也是這種人。雖然外表一副不會做這種事的樣子，但實際上卻與宮廷謀利之輩沒什麼兩樣。可是妳刻意把這東西收起來，可見妳也是個狡猾的丫頭！妳的行爲像是早就預料會見到我，不是嗎？」

伊索蕾並沒有答話，終於，公爵看著波里斯，對他如此說道：

「好。我姑且相信你說的都是眞的。那麼，我要怎麼幫忙？今晚把住所隱密搬到其他地方，派士兵保護，好讓你明天安全比賽，是不是就行了？」

伊索蕾答道：

「光是這樣還不夠。他們兩位都是安諾瑪瑞的貴族，我們在離開這個國家之前，在任何地方都不安全。當然我知道公爵大人您無法所有一切都負責到底，所以只希望您能讓我們在芬迪奈領地裡不受人暗殺，離開時可以借用您的馬車。我聽說在領地裡，即使是空馬車也不能碰觸，否則視同意圖危害公爵大人。」

這實在是個非常大膽的提議，所以連克蘿愛的眉毛也稍微上揚了一下。因爲，能夠搭乘公爵馬車的，就只有公爵一家人而已。

「妳的主張實在是太無理了。妳居然說光是派士兵保護還不夠？」

「如果只是這樣，公爵大人還有您的幾個手下，恐怕永遠也沒有機會報答恩人新的恩情了。」

伊索蕾有時候講話就是會這樣，帶著一股迂迴性的冷漠。芬迪奈公爵突然提高語氣：

「妳，難道膽敢命令我！我好意聽你們請求，妳卻越說越不像話！」

可是伊索蕾一點也不屈服，斷然地說：

「我只是期待公爵大人的雅量而已，不是來乞求您。萬一我一定得用乞求的方式，一開始我就會跪著，甚至趴下來吸羊毛毯的灰塵了。」

「沒有人會因爲我沒有還報很久之前的恩惠而責罵我的。說得不好聽一點，我現在聽你們請求，就已經是莫大的恩惠了。妳嘴很利嘛，我倒要試試看，撇開以前恩人的問題不談，我有任何小理由必須應允妳的要求嗎？」

「有的。」

伊索蕾粉紅色的眼珠正面迎視著公爵的目光。而且公爵即使這麼說，也沒有當場趕走恩人的女兒伊索蕾。

「妳說說看。」

「首先，在公爵大人的城堡裡，銀色精英賽準決賽出戰者晚上被殺死，會醜化整個比賽的名聲，同時公爵大人的名譽也會有個大瑕疵。第二，今天過後，明天的情況會更加糟糕。因爲，如果明天下午我們被殺，那就等於這一屆的銀色精英賽冠軍消失不見。」

「呵！妳說的是冠軍？眞的是越說越驕傲！」

「冠軍一定是我們的，請您記住這一點。那麼，我可以和您說第三個理由了嗎？」

到此爲止，她說的事都是波里斯可以想得到的；但第三個是什麼，他就無法輕易猜到了。公爵說道：

「第三個，我看一定比較不重要的，是吧？」

伊索蕾的聲音一直很冷漠，但語氣卻越來越加火熱。

「我聽說，原本就一直擔任國王陛下親衛隊的康菲勒子爵家，最近深受國王信任。當然，應該還無法與公爵大人您的勢力相較。但這次銀色精英賽如果出現歷屆首次的五連冠優勝者，那會怎麼樣？等於是新興的騎士家族裡出了一個全國最厲害的少年戰士。這個人的存在應該多少不利於公爵大人吧？」

「……！」

「阻止這件事的方法，您也知道，就只有一個而已。」

此時，克蘿愛開口說道：

「她說得沒有錯。陛下今年不也說過，如果路易詹得了冠軍，要賜給子爵家一塊領地？」

康菲勒子爵原本是宮廷武官出身，根本沒有自己的領地。就連子爵這個爵位也是柴契爾國王爲了獎賞他的忠誠而賜予的。至於，讓他們在卡爾地卡宅邸之外還擁有一個外部領地，這是子爵很早之前就十分期待的事。

公爵陷入了思考之中。伊索蕾的這番話正好刺中了公爵一直在暗自盤算的問題。當然，康菲勒子爵就算擁有了領地，勢力還是比不上芬迪奈公爵，但怎麼說還是受國王恩寵之人，不能等閒視之。芬迪奈公爵因爲是國王的大舅子，國王的信任向來是最大的力量泉源。因此，他當然不願有競爭者出現。

「好。克蘿愛，去把葡萄酒還有杯子拿過來。」

公爵一向喜歡在書房裡喝杯葡萄酒，所以總會放一、兩瓶酒在這裡。克蘿愛拿出酒和酒杯的模樣簡直如同宅邸的女主人那般沉著自然。

公爵倒了兩杯酒，放在桌上，開口說道：

「你們的要求確實是過分了一些，但我還是答允你們的請求。如果接受，就喝了這酒。恩人之女伊索蕾，剛才妳確實說過這少年會得冠。那麼，波里斯·米斯特利亞，你或許就會和路易詹在決賽裡碰頭，到時候……」

公爵與波里斯目光互視。杯裡的血色葡萄酒徐徐停止晃動。

「你要讓路易詹不能再拿劍，砍了他的右手！」

他又再說道：

「毀了他的未來！」

06 大賽結束

第三天比賽開場的早晨，天氣相當晴朗。

由於昨晚又再擁入了非常多的觀戰人潮的關係，一大早，就有許多人在忙著拓寬觀眾席。五名出戰者都還沒走出城堡，現場就已經沸騰了。四處都有人在預測誰會是冠軍，你論我駁的，甚至還有拳打腳踢的情況出現。

終於，五名進入準決賽者進場，站在競技場上，正對著前方的司令台。不過，因為參賽者中可能有一國的王子或公主，銀色精英賽並沒有對主辦者表示敬意的儀式的慣例。

接著，是賽程的抽籤。由於有五個人進入準決賽者，第一回合有一個人可以不戰而勝，直接保送；到了第二回合，再採循環賽形式，最後三個人各自輪番和對手交戰，獲勝次數較多者得到冠軍。令人訝異的是，波里斯居然抽到了保送籤，連他也覺得自己很少會這麼走運。

特別席上的芬迪奈公爵站了起來，簡短發表了一段演說，要出賽者正正當當地比賽。然後，儀典官攤開紙張，宣布第一組對戰者的名字。

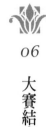

「準決賽即將開始！海肯的伯夫廉．基克倫特．阿烏斯．索德．菈．楔蚩，以及奧蘭尼的夏洛特．貝特禮絲．迪．奧蘭尼！請到前面來！」

一邊是奧蘭尼的公主，另一邊則是海肯的王族。年齡分別是夏洛特十五歲、伯夫廉十九歲。宣布比賽開始的前一刻，夏洛特脫下原本戴在頭上的紅帽，丟到地上。她身穿黑色上衣，胸口處的白布上有一排金色鈕釦，配上緊身長褲，閃閃發亮的黑色長靴。此時她決然地拔出劍，後退一步，準備出招。

伯夫廉是現今海肯女王的姪子，傳聞他一向喜歡華麗的東西，果然，今天的打扮是全身上下金色和藍色線條的白色獵裝打扮。他微笑著，向眼前的少女囂張地晃了晃尖劍。

就在這個時候——

「等一下，請兩人中斷比賽！奧蘭尼公主，請您過來一下！」

群眾喧嚷著，夏洛特則是一副莫名其妙的表情，跑了過去。只留下紅帽在競技場上，伯夫廉只好把剛才帥氣出鞘的劍給失色地收回劍鞘，一面還喃喃地抱怨著。

沒有人知道夏洛特是去談論什麼事。她已經不在競技場上，好像進入了主管比賽事務的那個帳篷裡。接著，幾個人快步走出帳篷，快速跑向芬迪奈城堡。夏洛特最後一個出來，對儀典官簡短說了一句話之後，就走出木柵欄了。遠遠地，實在看不出她到底是何表情。

帳篷旁，儀典官和幾個人正在討論。沒過多久，儀典官又再度上台，大聲喊道：

「夏洛特．貝特禮絲．迪．奧蘭尼，棄權！奧蘭尼公主有急事必須回國，確定為本次銀色精英賽第五名！」

觀眾席上大半的人都騷動了起來。在夏洛特身上下注的人們激動地抱怨著，有些人則是因為少了一個有望得冠的強勢者而高興不已，兩邊勢力加起來，現場一片混亂。有些和抗議者打了起來的群眾把一部分木柵欄給壓毀了，甚至還有幾個人掉落到競技場內。

伯夫廉當然也就一副很無趣的表情，正聳了聳肩時，和觀眾一樣激動的儀典官又再宣布道：

「所以，宣布新的出戰對手！出身地不明的波里斯．米斯特利亞！請到競技場上，進行比賽！」

「呼……呃，咳咳！」

原本正鬆一口氣的伯夫廉，立刻一陣咳嗽。抱怨比賽的觀眾噓聲在海肯王族伯夫廉的耳邊嗡嗡作響。但他不得不接受，因爲，根本不可能發生的事情都已經發生了，別人再怎麼反對，也無濟於事！

「……」

至於波里斯．米斯特利亞，臉上並沒有什麼特別的表情。他看起來也不算特別冷靜，而只是一副想盡全力打好一戰的模樣，至於敵手的情緒狀態，他並不怎麼關心。

然而，才交戰沒多久，伯夫廉就開始呈現敗象，身體還一直抖個不停。激戰只持續了半分鐘。伯夫廉原本還慶幸自己居然能夠完全抵擋住那快速的攻擊；可是，很快地，他就漏了一劍，腹部和大腿之間被割出一道大傷口，弄得到處是血。這是致命的一擊。

波里斯手持染血之劍，就站在那裡，像是在等待伯夫廉再衝過去似地。他沒有採取攻擊姿勢，只是看著伯夫廉的模樣。伯夫廉覺得，米斯特利亞這個名字彷彿像是惡魔般制住了他。這個人爲了與康菲勒子爵的兒子打鬥，所以把自己當作祭品，而他自己也感覺到必須讓路給對方。

伯夫廉本還在想，該如何投降才能保全顏面；可是他居然連反擊的機會也沒有，就已經這樣坐在地上。之前一副很了不起的樣子，這會兒變成什麼了？

就在伯夫廉這麼想的那一刻，波里斯．米斯特利亞的劍霍地提起。伯夫廉彷彿聽到劍往對角線揮上去所發出的輕快聲響。

「呃啊！」

伯夫廉也不知道自己嘴裡在說什麼，他拖著血流不止的腿，開始往旁邊逃去。波里斯則在原地等著。伯夫廉轉了半圈，待轉到波里斯右邊時，波里斯迅速移動。

唰啊……鏘！

快劍神速到難以用眼睛看清楚，又再次朝伯夫廉的右手臂揮來。伯夫廉早已知道波里斯從比賽開始就一直打他右手的主意，但卻毫無其他對策。伯夫廉往後忽地退開。塵土在臉旁一下子飛揚，又再落下。

劍就要砍到鼻前的那一刻，他用盡最後的力氣，喊著：

「住手！住手了！我要投降！劍拿開！」

□

波里斯回到位子坐好，可是將剛才直指伯夫廉的劍收回鞘的剎那間，他所感受到的激動卻仍未平息。他感覺背脊都冒出冷汗了。

昨天他看過伯夫廉的比賽，並不認爲對方是如此差勁的對手。在他記憶中，自己的實力也不可能是這個樣子。但剛才他確實輕而易舉就獲勝了，如果稱之爲比賽，實在有些可笑。

不，這絕非可笑的事。

他俯視了一下靜靜佩帶在腰上的劍柄。這明明不是冬霜劍，可是他眼角瞄到的卻是冬霜劍的幻象。長久以來，不停帶給他死亡也帶給他生命的白刃之劍，似乎白亮地刻鏤到他腦海之中。

他被那把劍給控制住了，即使那把劍不在這裡也一樣。

「第二場比賽！路易詹．凡．康菲勒，對克蘭治．亞利斯泰爾！」

由於夏洛特公主放棄比賽，準決賽就沒有保送者，所以決賽也變成只有兩個人，不用再舉行循環賽。因此，比賽的場次大幅減少，令那些純粹是來看熱鬧的人有些失望。

雖然第一場打得有些索然無味，但至少足以證明一邊的實力，觀眾也因此都覺得決賽會很有看頭。而第二場比賽，則可說難分高下，以致於場上更是一股決賽更有看頭的氣氛。人們全都期待路易詹一方勝利，根本沒有人認爲那個沒沒無聞的鄉下少年克蘭治．亞利斯泰爾會獲勝。

可是只有一個人，就只有波里斯，他並不這麼想。因爲他知道，克蘭治．亞利斯泰爾不是安諾瑪瑞的鄉下少年，而是「月島」最高領導者攝政的姪子，從小到大都在拿劍的堅韌少年戰士賀托勒。如果沒有用冬霜劍，連他也沒把握可以打贏賀托勒，所以波里斯倒是很想看看，貴族之子路易詹究竟能有多厲害的實力！

「小子爵，請您對我這賤民多多指教了。」

賀托勒的嘴角令人訝異地掛著一抹豪氣大膽的微笑，看起來像是對自己演技相當滿意的模樣。路易詹還是一臉平靜，無視於背後無數群眾的歡呼聲，他簡短地回答賀托勒：

「這一戰，你我都要全力以赴。」

路易詹想要儘速打倒對方。因爲看到不久前波里斯．米斯特利亞的壓倒性勝利，路易詹更加心急。如果他在這一場浪費力氣，或萬一受傷了，那將成為下一場比賽的障礙。速戰速決才是最好的對策。

兩人的劍同時朝著反方向畫出半圓。看到這一幕，波里斯知道賀托勒一直都在仔細觀察路易詹的每場比賽。

唰啊！

兩把劍像是一開始就計畫好似地，以些微的誤差避了開來。又再一次，兩劍在半空中發出嗡嗡響聲。賀托勒看起來像是已計算好兩劍的時間差，而以刀背去擋劍似的。

路易詹一個快刺動作，賀托勒雖然閃過肩膀，但路易詹並沒有完全白刺這一劍。他藉此一瞬間縮短雙方距離，朝著對方脖子與下巴之間推劍出去。同時，賀托勒因為手的姿勢過度扭轉，導致右肩撞擊到了路易詹。這實在是難得見到的景象。拿長劍的人居然如此近距離交戰，甚至還碰觸到身體。由此可見，兩個少年一定都急於富有變化地快速使劍。結果，兩人像是快摔倒那樣斜傾著，互往對方身體急速倒去。

「這一次換我！」

賀托勒一面轉為攻勢，一面說道。劍發出霍霍聲響，接著，逼迫路易詹後退了兩步。賀托勒又再次使用相同的攻擊招式，使得路易詹都退到木柵欄邊了。木柵欄後方全都是觀眾熱烈的聲音。有鼓勵，有歡呼，也有觀眾之間的互罵聲，全都變成噪音，排山倒海，刺激著路易詹的耳膜。

「什麼嘛，我還以為很快就可以分出勝負，根本還遠著呢！」

觀眾的這句話變成決定性的賭注。若非如此，路易詹一定還在被追著跑，正當他忽地激動起來時，絲毫不漏失瞬間機會的賀托勒已經揮劍過來，削去路易詹的耳垂，劍整個卡在木柵欄上。此時，連路易詹也吼了起來，一劍橫掃過去。他轉頭的瞬間，從受傷耳朵流出的一行鮮血，就這麼在半空中畫出細線。不過，賀托勒卻令人驚訝地表演出一記妙招，他先丟下卡在木柵欄的劍不管，反轉一圈再去握劍。劍很快就被拔出，又再朝對手瞄準，在半空中畫出一個小圓。

「哇啊啊啊啊！」

「看來這平民少年也滿厲害的！」

路易詹開始退往另一邊的木柵欄。此時，賀托勒認爲自己贏定了，於是嘴角又再度揚起。是啊，這是當然的事，因爲他眞正的對手正坐在那邊的椅子上等著，這個大陸小子根本沒有能力橫擋住他的前方。

等到這場比賽確實打贏之後，進到決賽，如果可以解決掉達夫南那小子，那麼祭司的位子就等於是掌握在他手裡了。有什麼條件能夠贏過銀色精英賽的冠軍？奈武普利溫的學生？祭司們的支持？到時候這些全都沒有用。而且，他的攝政伯父一定會幫他的，這還用說嗎？

過度的自信令他的攻擊又再加入火力。他連暫時的收尾也省略，劍就直接朝對方臉孔直刺過去，這一瞬間，令人難以想像的事發生了。觀眾全都從座位站起來，大聲高喊：

「天、天啊！」

路易詹彷彿像是要衝向對方的劍，但直衝過去之後，突然放低姿勢，同時長劍疾刺而出。賀托勒的劍就掠過他的額頭和腦袋，削下一綹頭髮，但是路易詹的劍則正確命中賀托勒手背，刺穿而過。觀眾眼裡看到的，是兩把劍水平掠過的模樣。而在後面的人看來，則像是彼此刺中對方。

「哇啊……這才是康菲勒子爵的絕招！」

「看見沒？看見沒？一面暴露出自己重要部位，一面去攻擊對方的小部位！這是對方連想都想不到的攻擊招式！」

路易詹的額頭流了幾滴血，順著鼻梁滑落下來，在臉孔中間畫出一道界線，給人一種怪異的感覺。這時候，賀托勒在近距離內用左手接住右手的劍，他的右手已經全都是鮮血。可是令人佩服的是，他居然用左手也能採取防禦招式。

「小子爵的攻擊了不起，眞是太精彩了。可是幸好，我的左手劍和右手一樣好。」

由於，過去一直期待向伊索蕾學習颶爾萊劍法，所以賀托勒練習時都是雙手並練。他刻意將鮮血直流的右手藏到背後。接著，反而率先出招。

不過，路易詹已經大致掌握了他的招式。他認爲對方突然改換劍的位置，一定無法適應，所以很快往相反方向發動攻擊。可是事實卻非如此，賀托勒的左手熟練地出招，但下意識地和右手呈現鏡影式的出招習慣。路易詹刺向對方無法防備的肩胛骨，預想就要勝利。雖然這比他所想的還要拖得久……路易詹說道：

「……這是你該付出的代價。」

啪啊！

刺入賀托勒肩膀的劍卡著出不來時，賀托勒的左手劍也揮向路易詹腋下。可是雖然衝擊力道夠強，但由於路易詹身穿堅硬的胸甲，所以毫髮未傷。路易詹趕緊在接下來的攻擊出招之前，用力推倒對方的身體，使其跌倒在地，並且同時趴到他身上。這時候，賀托勒肩膀的劍也被刺得更深了一些。

「呃呃呃！」

兩人就像是在比賽摔跤那樣，在地上滾了一圈，結果，路易詹從賀托勒的左手搶過劍來，扔得遠遠的。可是賀托勒也是，他把插在自己肩上的劍就這麼拔出來，也丟掉了。此時，連儀典官的表情也慌張了起來。兩人都沒了劍，這下子要用什麼來分勝負啊？

路易詹不會因為貴族面子而放棄輸贏的。兩人就像野孩子打架那樣，不管三七二十一，路易詹一坐上對方肚子就很快揮出一拳，肩膀受了重傷的賀托勒一面吐出呻吟聲，一面還想用另一隻手緊抓住路易詹受傷的耳朵。兩人都是身形高大健壯的少年，這會兒眞的變成一場很有看頭的鬥毆場面。儀典官抬頭看了芬迪奈公爵之後，急忙喊道：

「停！兩人請都停下來！」

結果，四個大漢跑了過來，才把兩人分開。賀托勒雖然都已經受了重傷，但一點也沒有認輸的表情。路易詹臉上也到處是血，但瞪著對方的眼神像是在說，如果要再打我都奉陪。

四名大漢把兩人分開，才一鬆手，事情就發生了。路易詹突然抬腿猛力踢向賀托勒受傷的手臂。然後立刻後退，用腳一踢，地上的劍就被他撿起。此時賀托勒也已經找到劍，結果彼此拿到的是對方的劍。可是沒關係，兩人又再次交戰。

「喝啊啊啊！」

「殺啊啊啊！」

兩人都是一副足以殺死對方的氣勢。可是這一輪，幾乎沒有負傷的路易詹速度就快多了。他的劍擊到賀托勒的劍，順著劍刃滑下去，砍向賀托勒的左手手指。眼見三指就快被砍到，賀托勒才勉強撒手，但避開後，路易詹的劍卻劃過賀托勒肩上。接下來連續動作，瞄準喉嚨，動作停止。確實是受過正統訓練的一個漂亮基本收尾動作。

「這一戰可辛苦你了。」

路易詹以冷漠的語氣說完之後，像要收回瞄準的劍，卻在賀托勒的下巴輕輕畫上傷口。一個代表著顯示實力差距的動作。

這一戰打下來一直提心吊膽的儀典官這會兒很快地喊道：

「路易詹．凡．康菲勒，獲勝！」

這聲音響起的那一瞬間，賀托勒的身體似乎抖動了一下。路易詹很快就離開了那裡。從現在起，加上中午休息時間，距離大會預定決賽開始，還有兩個小時。他想要多爭取一點時間，儘快休養好身體。因爲他絕不要因爲身體疲憊而毀了下一場比賽。

在魔法治療師的幫忙之下，路易詹做完了應急治療。這時候，觀看過他上一場比賽的伯夫廉不知是想譏諷他，還是來給他忠告，過來低聲對路易詹說了一句話：

「你打得不錯哦，小子爵。可是和我對戰的那個小子比他厲害好幾倍，我看你恐怕沒辦法輕易獲勝。」

至於波里斯，他看完上一場比賽之後，整個人都呆愣住了。因爲，這實在是太出乎他意料之外了，根本就是難以置信。原本他以爲終於找到機會可以報復，但是現在的心情，卻像是去找敵人報仇而發現敵人已經死在家門前那般錯愕。

他一直認定是自己眞正對手的人，竟然敗在別人手上了，目睹後他才發覺自己心中的想法眞是矛盾。他一方面答應了芬迪奈公爵的要求，另一方面，卻不由自主地認爲自己最後對手應該不是路易詹而是賀托勒。這裡明明不是月島，但他還是排除了其他人的可能性，一心只想著他會和賀托勒決戰；看來他錯了，眼前就已經證明他想錯了。

賀托勒在路易詹走出競技揚之後，還在原地站了好一陣子，然後，他轉過頭去，尋找某人。在人群之中，在出賽者等候的地方，他找到了坐在那裡的波里斯。兩人目光相觸的那一瞬間，彼此腦海裡都轉著同樣的想法。

廣漠的世界存在著無數的變數，這些變數交互競爭的結果，使得兩人不可能再存有關聯的當然性。

□

宣布決賽即將開始的時候，興奮的群眾個個都眼神炯亮，期待著一場比準決賽還更長久且殘忍的比賽。觀眾因爲準決賽時看到這鄉下少年令人意外的表現，對他在決賽會如何表現，都相當感興趣，也都希望這最後的伏兵能威脅到路易詹，造出一場高潮迭起的比賽。

可是，雖說如此，卻沒有人希望路易詹輸。只不過，由不久前的各種結果顯示，開始有更多人猜測路易詹可能會輸。

芬迪奈公爵入場了，他和家人坐下之後，其他貴族也隨即在周圍找了位子坐下。芬迪奈公爵左右轉頭環視之後，找到一個人，用平靜的語氣對他說：

「哦，培諾爾伯爵，不知昨天漫長的夜裡，您睡得是否安穩？後來我才聽說，城堡裡一整夜因為有盜賊小貓跑進來胡鬧，製造了不少吵嚷聲。很抱歉給你們這些遠來的客人添了麻煩。」

培諾爾伯爵從上午就和某人一樣表情難看，聽到芬迪奈公爵的話之後，有些驚訝地回答：

「啊，那個，這種事沒有什麼關係……」

「嗯，沒關係那就太好了。姑且不談這個，對了，大會結束之後，如果您不急著走，不妨在這裡多待幾天，你覺得怎麼樣？有幾件事想和你談談。」

其實能被芬迪奈公爵邀請作客，是件相當幸運的事，但培諾爾伯爵卻反而露出難堪的表情。可是公爵見他不回答，就當他是答應了似地露出微笑，回過頭去了。

正當培諾爾伯爵費勁腦筋試著分析這是什麼情況時，他看到了坐在特別席下方的一名陌生少女。一個身穿白色棉布衣，背上繫著兩把劍的短金髮少女。

「我們威嚴慈悲的安諾瑪瑞國王，柴契爾國王陛下，與寬大為懷的芬迪奈公爵，無時無刻皆是站在以正當實力獲得優勝者這一方。盧格芮前國王泰拉克希弗斯所精製之純銀頭骨，象徵真正的勇氣與實在的努力，擁有這頭骨者，應時常引其深意為警戒，藉此精進更精進。」

宣布決賽開始，首先朗讀一段像是祝禱詩那般文言的冗長宣言文。這種一般人都覺得很無聊的內容，在整個競技場上熱烈的沸騰氣氛下，所有人都專注地聽完每一字每一句。

「如今在藍天之下，兩個少年戰士，較量上天恩賜之實力與幸運，為各自奉拜之人爭回榮光，聽到的人啊，謙卑聽從，看著的人啊，廣為流傳！」

數十支喇叭同時吹出一長聲，人們全都站起來高聲呼喊。然後，儀典官宣告兩個少年的出身經歷：

「安諾瑪瑞出身，柴契爾國王陛下的親衛隊長康菲勒子爵的長子，同時連續四次獲得銀色骸骨，十九歲的路易詹．凡．康菲勒！」

「出身地不明，十五歲的波里斯．米斯特利亞！」

兩個名字一被宣讀出來，群眾原本壓抑著的興奮心情瞬間爆發出來，變成如同怒濤般的高昂吼聲。兩個少年走向中央時，競技場上一時喧騰到令所有人都耳鳴了。兩人面對面，不發一語拔出各自的劍，此時群眾們的太陽穴上早已汗水直冒。

波里斯感覺到一陣與群眾呼聲無關的遙遠雷聲，同時緩慢地移動他的劍。看著因陽光而閃爍的劍刃，他心裡想著從昨晚就不斷困擾著他的問題。如今這問題需要答案了。

一開始，他問了自己，後來他開始問起給他這劍的人。自己該怎麼做才好？選擇哪一個才對？波里斯希望他給予答案。要是他在身旁，或許可以給予一個明快的解答。

奈武普利溫，我要怎麼做才好？

安諾瑪瑞的夏天，七月正要結束時的高溫，宛如火爐般高熱。兩人持劍，就這麼瞪視著對方，在兩人之間所存在的那股沉默，也是一種炎熱。在這段不能說是短暫的時間裡，你來我往的就只有目光而已。

「出招啊。」

傳來了路易詹低語的聲音。因爲，他只想說給波里斯聽。波里斯不做回答，只稍微移動了一下目光。他看到路易詹被賀托勒劍尖所削下的耳垂已經讓治癒術士們治療過，很快就癒合了。

「……不出招嗎？」

路易詹的劍開始慢慢移動。短短一個弧線，緊接著，一個牽制的刺擊動作，令等待的群眾看了都不由得叫喊了起來。可是令人驚訝的是，也有不少人在爲波里斯加油。那些人大多與賭博無關，純粹只是來看比賽的人。也有些是年輕人，他們希望四年來的權威被人挑戰成功。

然而，卻沒有任何一個人知道波里斯心中的苦惱。

唰，鏘！

兩劍互擊了一次，又再分開。路易詹感受到對方的劍傳來的頑強力量，但奇怪的是，卻找不出對方想要反擊的氣勢。他放大步伐，慢慢地往左邊開始繞圈子。彷彿在盯著眼前獵物而故意迂迴行走的山豹般。

然後，又再一次，再一次地，劍再度互擊。或許是因爲兩把劍都是相當好的名劍，所以連碰擊的聲音也顯得非常特殊。路易詹連續三次以同樣的動作揮劍，分別朝對方手腕、肩膀、喉嚨刺去。全都差點成功，但米斯特利亞像是陰險地在等他使完所有招式似地，一直站著不攻。

「……是這樣嗎？」

路易詹像自言自語般嘀咕了一句之後，往對手沒有穿甲衣的下半身攻擊。正當他的劍要接近的那一瞬間，波里斯的手腕突然很奇特地往上彎，推開他的劍，往他的空檔直擊而來。路易詹以爲就要被刺到了，卻不知何時，波里斯的劍像畫過肩胛骨邊緣般地掠過。正當他眼花撩亂之際，波里斯的劍尖又只是畫出乍看毫無用處、卻在預想不到的地方迸出如同閃電般的攻擊。如果再不能抓住這種節拍，可能瞬間就會被打敗。正當路易詹這麼想的時候——

對方的劍驀然收招。黑青色頭髮的少年不知爲何，突然後退站著。

「怎麼了？」

最好的機會，但不知道爲何他要放棄。難道他是看輕對手，認爲還會有下次的機會？眞是搞不懂陰險的米斯特利亞到底在想什麼，越是這樣，路易詹更是覺得不安。

應該要盡快結束才對！

不管對方是不是在猶豫還是什麼的，路易詹又再向前攻擊。這一次，又是同樣的情形。和剛才一樣的反擊動作一展開，路易詹很快後退，旋轉身體，朝對方腋下刺去。可是這一次也一樣，波里斯的劍就像是一條多頭蛇，很快畫出曲線，展開反擊。不過，這快速概括性的反擊，卻被路易詹首次用眼睛給識破了。

而且這是……連反擊的人本身都沒能意識到的反擊。

「……！」

對方再次停止不動的那一瞬間，路易詹醒悟到了一件事。現在這個米斯特利亞是不是在擔心自己的劍術？

每當要展現出最厲害的劍招那一瞬間，米斯特利亞就退縮地收起劍來。一定是這樣沒有錯。爲何會發生這種事並不重要。他只知道不能錯失這種好時機。路易詹很快讓兩劍交鋒，順著劍刃滑下，要攻擊對方的手。同時提腿踢了對方膝蓋。

吱咿咿！

波里斯讓劍刃分開，但是手腕有一小部分已經被路易詹的劍尖給劃到。膝蓋是避開了，可是他非常清楚這種事是怎麼發生的。是因爲自己在猶豫的關係。猶豫不決的是……他到底該不該制止自己體內眞相不明的力量。

路易詹並不知道波里斯此時的複雜心境。昨晚波里斯拿著芬迪奈公爵遞給他的葡萄酒杯，答應了公爵；但此刻他看到眼前如此認眞的路易詹，又再度心軟了起來。如果波里斯贏了，當然是很好，必須贏了才能保護得了自己；但是爲了這個目的，他卻得毀掉一個有人依靠跟隨的人。

他是某個人的哥哥。

那種絕望，那種煩悶與痛苦，波里斯怎麼可能會不知道？他曾經在心中不斷重複著，希望不曾失去過哥哥；他重複了數十遍、數百遍，這些事他都還記憶猶新。待在原野裡的那幾天，每次睜開眼睛醒來時，總希望所有一切全都是夢，當時他想要緊抓住哥哥也不行，而且無計可施，哥哥就這樣在他面前慢慢倒下……

「喝啊！」

路易詹既已知道對方的弱點，他不放過好機會，打算好好利用這弱點。於是，只要一感覺對方的劍停下來，他就開始猛烈反擊。當兩人又再遠遠地相距時，波里斯的手腕、左上臂，還有大腿內側都受了傷。到處流淌的鮮血一直刺激著波里斯的神經。而群眾像是歡呼又像是憂慮的聲音也不斷刺進他耳中。看著再度發動攻勢的路易詹，他無法很快轉爲防禦，一部分也是因爲這些原因。

「啊！」

好不容易頭轉過去了，但是波里斯的臉頰卻被劃出長長的一道，鮮血一滴一滴掉落下來。剛才如果沒有避開，差點就有生命危險。儘管如此，他還是硬把想要反擊的動作給壓抑住，轉爲平實的防禦動作。可是用袖子擦拭臉頰一看，袖子都染紅了，他心中不禁感到煩悶。該怎麼做才好？再這樣下去，約定的事能夠做到嗎？

芬迪奈公爵一直坐在特別席上，目不轉睛看著，此時他歪斜著頭思索了一下之後，像是在講給一名少女聽，喃喃說道：

「昨晚小貓的吵鬧聲都已經那麼大聲了，今晚會怎麼樣啊？」

「……」

伊索蕾坐在公爵腳邊的一張小椅子上。公爵說她既然要求保護，就指示不要離開他的視線，才會讓她坐在那裡。而克蘿愛則是坐在可以俯視伊索蕾背影的位子，有好幾次，她都一直盯著伊索蕾背上的雙劍。

至於伊索蕾，她目不轉睛看著的地方，有個固執的黑青髮少年在那裡。伊索蕾非常清楚他到底在執著什麼。雖然她心裡也焦急，但是無可否認，這是他的一部分。因爲有些事無法輕易被忘懷，現在仍然與他同在。他是被攫住的人，被所有記憶與名字緊緊攫住的人。

劍尖交鋒、抵擋、揮甩、碰擊。如果形容波里斯的出劍方式是慢條斯理，那路易詹可說是急迫躁進。有好幾次路易詹都攻擊成功，而且自己也沒受任何傷，但勝負就是遲遲未見分曉。彷彿像是在刺岩壁那樣，刺到手都已發疼。不過，搞不好這只是心裡的感覺而已。路易詹又再重新握好他的劍，揮出無法掩飾不安的一劍，畫出了一道橫線。

「你在猶豫什麼啊？」

波里斯聽到對方不悅的說話聲。雖然占優勢，但對方似乎一點兒也不高興。

「幹嘛這樣躊躇？難道你是看不起我？你怕如果盡全力發揮，我會被你殺死？」

霍地一聲，劍掠過波里斯肩膀內側。雖然這一瞬間相當危險，他卻什麼想法也沒有。

「你不要太看不起人！我可是向來都贏得很光榮！」

「輸也有輸得很光榮的嗎？」

波里斯的劍伸了出去，在半空中畫出快線，掠過對方身體。路易詹的脖子短暫地顫抖了片刻。

他對波里斯說：

「你……」

「你根本什麼都不知道！」

路易詹完全不知道他在猶豫什麼、爲何如此拖延比賽，也不知道他想逃避的是什麼。難道路易詹以爲他是在嘲笑？爲了光榮比賽，他是在努力壓抑那股眞相不明的不祥力量，不，不是這樣的！

鏘！鏘！鏘！鏘！

「不要以爲你什麼都知道！」

路易詹一面漲紅臉孔，一面說道。這次他在劍上施了很大的力氣。下午三點過後，從大地開始慢慢升上的地熱，讓靴子裡的腳都熱燙了起來。路易詹全身是汗。他們兩個明明互不認識，可是或許一開始是因爲米斯特利亞這名字的關係，而特別在意他，如今則是因爲對方故意隱藏實力而感到不悅，所以，路易詹認爲自己一定要贏才行。他想用自己的實力把這橫塞著的鬱悶給破除掉。路易詹大叫：

「你……」

而波里斯也是，連臉頰也流著鮮血和汗水。有好幾次，他才擦拭掉凝結在眼角的汗水，可是眼睛前方卻又再滴下汗水。他一直抑制住瞬間要爆發出來的速劍。心臟瘋狂地跳動著。他也同樣地，想用自己的實力來打破這令人鬱悶的僵局。

因爲接受了芬迪奈公爵的陰險計畫，他才會這樣。

因爲必須毀掉他並不憎恨的人的未來，他才會這樣。

因爲，在做這種天大的事情時……是不能使用這種不屬於自己的力量的。即使是用自己的實力，也一輩子都難以洗刷那慚愧了，更何況是用那種力量；所以，他想維持最低限度的禮儀，想正正當當地贏戰，想要給對方機會。

他會讓路易詹自己敗退，給他保住右手的機會。他的未來，就讓別人用正當的實力來毀掉吧。

「你想怎麼做就怎麼做吧。」

這是因爲，這是因爲，因爲這個人有個……

伊索蕾一面送出別人聽不到的耳語，一面閉起眼睛。兩劍互擊的聲音像是遠處的回音那樣，傳到了他耳中。

「出招啊，我叫你快出招！」

路易詹一面說道，一面又在波里斯脖子上留下了一道細細的傷口。他接著揮向對方手肘，又在腰部加揮了一劍。每看到對方猶豫，他就更加憤怒，可是即使如此，敵手卻都只是後退而已。不過，敵手的臉上也是汗流如雨。雖然路易詹已經神經緊繃到不能再緊繃了，可是看來緊張的人似乎並不只是他而已。

「看著我！」

突然間，路易詹一面喊著，一面揮劍過來，把波里斯的劍往上撥，很快推出去。然後突然像是鬆手撤劍，同時用很大的力氣踢向波里斯的膝蓋。一確定對方彎下雙腿，他又再踢，還用左手推對方的肩膀，讓他倒下。

「結束了！」

然而，跌倒在地的波里斯並沒有立刻想要站起來，而是馬上斜斜地揮出下插著的劍，就這樣，劍直指路易詹。

「……」

遠遠地，不對，應該說比他所想還要接近的地方，波里斯看到了路易詹熾熱的眼神。只要手肘稍微推一下，劍尖就可以抵到彼此喉嚨了。兩人以這種姿勢暫時停了一下。並不是因爲互相制衡，也不是因爲危險，兩人只是因爲想停而停下來。

「你……到底在顧忌什麼啊？」

路易詹並不是笨蛋。

「爲何玩弄我？我又不怕輸。拿出你的實力啊！」

「如果我拿出實力，就會完全毀了你的未來……怎麼辦？」

「你說什麼？」

其實這對波里斯而言，也不是件簡單的事。因爲他越來越無法分辨出自己本來的實力以及不知從何冒出的陌生力量。如果想壓抑一邊，另一邊也會無法發揮。

「我只是想和你正正當當打一戰。不要對我做出其他的侮辱！」

波里斯慢慢地起身。劍尖微微晃了一下，但兩人都無法劃到彼此喉嚨。連群眾也屏息以待，全都安靜沉默著。

場外，芬迪奈公爵正在想著昨晚半夜的事。達成協議時，他點了點頭，送兩個人出去之後，當時他低聲喃喃地說了一句話：「要成功，否則就徹底失敗。如果你順利達成了，我會當你是忠實的狗。而如果失敗了……」

此時，路易詹像是看出波里斯的心情似地，大聲喊道：

「你該做的，是和我本人正當打一戰！別管其他什麼的正當性！」

「……」

一陣夾帶熱氣的風吹過兩人互指對方的劍尖之間。波里斯瞬間下定了決心。他自己無法區別欺瞞與寬容、同情與雅量，但自己到底該做什麼，其實一開始就已經很清楚了。現在的他並不是只要對自己性命負責就可以。相信著他的伊索蕾，期待他獲勝的奈武普利溫，許多的名譽，難道自己的一段過去會比這些還重要？

啊啊……可是那是段難以抹滅的過去。記憶中的奇瓦契司，有一個珍愛弟弟的哥哥，跟隨哥哥的弟弟，那種當弟弟的心情，他實在是太了解了……

愚蠢的多愁善感主義！他不應該這樣才對！

唰啦！

第十五章

盲目的眞實

Blindly Verity

01 終究被追到

「因爲我看得出來，她對你存有一份特別的感情。」

「什麼意思啊？蘿茲妮斯把我當成是哥哥，而且是暫時的假哥哥，只有那份情誼而已。」

「或許是吧。我指的情感就和這差不多。雖然你是她的哥哥，但只是短暫一段時間，終究不是眞的哥哥，所以你可以算是她小時候所親近過的外人吧。」

「這是什麼意思啊？」

兩人正走在逐漸變得寒冷的土地上。他們是在九月初通過羅森柏格關口的，一離開山區之後，突然就開始感受到截然不同的天候。

「這是少女們的幻想情結。與她親近的家人，反而不會特別注意。要不然，就是她會認爲親兄弟姊妹會威脅到她的地位，而起了嫉妒心。可是那種處於模糊地位的人，根本不算是她的競爭者，只能算是玩伴，所以她反而會關心對方，甚至解除心防。」

「呵，怎麼說得好像是妳的經驗談？」

其實這是一句玩笑話，可是伊索蕾的表情變得有些僵硬。不過，她立刻又放鬆下來，說道：

「總而言之，我猜得出來她想隱瞞什麼。你看，那個小姐一知道有襲擊的事，就來找你，可見她父親與康菲勒子爵的談話內容她都偷聽到了。依那伯爵的性格判斷，他不可能沒對子爵提出任何提議，而那是什麼提議，她卻始終不肯說出來。那會是什麼提議呢？當然只有一種可能。」

「是什麼呢？」

「就是她的婚事啊。」

波里斯一副難以置信的表情。不對，正確地說來，應該是說他的表情看起來像很訝異伊索蕾怎麼會猜得到是這種事。

「我猜想是這樣，培諾爾伯爵一意想要得到冬霜劍，但他又怕如果一個人策動襲擊，以後一定會東窗事發。而且那裡可不是在原野之中，而是芬迪奈公爵的城堡裡，所以很難保證事情不被揭發。好好的一個貴族伯爵怎麼會去襲擊和他沒什麼恩怨的少年呢，那麼人們就會產生疑問，到時候冬霜劍的事不就會被知道了？他不想有人和自己競爭，所以才會把毫無關係的康菲勒子爵給扯進來，製造出一個藉口，說是要幫助康菲勒子爵，才去襲擊平民少年。如此一來，不但話說得過去，而且相當合理，好像也不是什麼大罪，不是嗎？當然啦，芬迪奈公爵是會生氣，但適當安撫一下，就一定可以小事化無的。可是子爵當然也不笨，他一定會奇怪伯爵為何要突然站出來幫他。為此，伯爵就有必要提出自己的要求，編造一個適當的提議。」

「所以那個提議就是……『我來幫你，事成之後，你兒子和我女兒結婚，你覺得如何』，妳的意思是這樣子嗎？」

「嗯，沒錯。從你告訴我的故事聽來，伯爵似乎從以前就常出賣自己的女兒。」

的確，最初認識伯爵時，他就說什麼要是自己賭輸了，蘿茲妮斯就得和白痴少年結婚，請求他幫忙，企圖讓他上當。而這一次也是，說是要促成蘿茲妮斯的婚事什麼的，其實他只是想要巧妙隱瞞冬霜劍的事而已。由這兩件事看來，他真是個非常狡猾的人。

「可是，這些事妳是怎麼猜到的？妳怎麼有把握是正確的？」

「我是從培諾爾伯爵所能編出的最佳謊言去反過來推測的。那麼，一切就會變得明朗一些。」

「康菲勒子爵爲何不直接襲擊就好，何必那麼複雜，還去接受培諾爾伯爵的提議？」

「首先，如果牽連到兩個貴族，在芬迪奈公爵那邊會比較好說話，而更重要的是……事實上他帶來的人已經在前一晚襲擊過第一次了，很多人都受傷，他當然需要一些新的人手了。再說，要想一次帶十幾個士兵進到芬迪奈公爵的城堡，根本不可能，所以就得和別人合謀！」

「那麼說來，是妳讓那些第一批襲擊的人受傷的？」

伊索蕾只是露出微笑而已。在他們身旁，灰色群山慢慢地擦身而過。

越是聽她講，越是好奇她腦子裡到底裝了多少怪異的知識。她又沒來過大陸，怎麼對大陸的事如此瞭若指掌？甚至比他這個曾是領主兒子的貴族，還要反應機靈。她除了偶爾從那些來過大陸的巡禮者口中聽過大陸的事之外，應該沒有別的方法可以知道才對啊。

「總之，妳是在做大膽的賭注。萬一蘿茲妮斯不接受我們的請求，而且就算她接受了，克蘿愛小姐卻拒絕，妳要怎麼辦？」

「蘿茲妮斯小姐的部分，確實可以說是靠運氣，至於克蘿愛小姐……在晚宴上，我看公爵對自己女兒非常珍愛信賴。不是聽說公爵還有個前妻生的兒子嗎？俗話說，長大的兒子待在身邊會一個頭兩個大。他的女兒似乎比較得他疼愛，而且我手上也不是完全沒有王牌。」

「啊，對了，聽妳這麼一說，我才想到。我眞的很好奇，到底妳父親對公爵大人有什麼大恩呢？」

伊索蕾微笑著說道：

「這是祕密，是我爸爸的事。」

九月的陽光底下，她的幾根白色髮絲顯得格外亮白。他們原本是和公爵的人同行的，在兩天前，才又開始變成兩個人旅行，所以現在還有著太多的話題。銀色精英賽結束之後，當天傍晚，授獎典禮一結束，他們連派對也婉拒，就匆匆忙忙乘著公爵準備的馬車離開了，到今天已經過了一個月。

芬迪奈公爵令人無法理解的寬容與好意，至今仍然還是個謎【註】。他不但按照約定，借了馬車，讓他們得以安全離開芬迪奈領地，而且到達領地邊界時，還有另一輛馬車在等著，令他們著實嚇了一大跳。不太信任他人的波里斯對於馬車上的人的身分感到既懷疑且驚訝，沒想到裡面出來的竟是未曾謀面的公爵兒子——喬爾治亞．達．芬迪奈。

喬爾治亞和波里斯隱約想像中的公子，是完全不同的模樣。首先是外貌和說話腔調，與克蘿愛的高尚與優雅比起來，實在是相差十萬八千里。

這個瘦高的年輕人散著一頭幾乎長過後頸的黑色長鬈髮，還瀟灑地在下巴留起鬍髭，他很會開玩笑，不拘小節，相當隨性。不管怎麼樣，看到公爵馬車隨行的僕人們全都在他面前慌張地鞠躬行禮，可見他的身分並不假。

接下來，喬爾治亞表示，到羅森柏格關口之前，他們可以一起同行。他說他原本就有事要到那裡，可以順道載他們。

波里斯原本想問這一切是不是公爵的指示，不過喬爾治亞似乎並不喜歡這種話題。他雖然外表看起來樂觀開朗，但和他同行下來，波里斯感覺他有著相當愛鑽牛角尖的固執一面。看起來他像是率性不羈的樣子，其實有些是故意誇張表現的。可是，話說回來，他完全沒有貴族的架子，和他一起旅行，確實是滿開心的。

然後，他們就和喬爾治亞還有他的幾名僕人一起到了羅森柏格關口，在關口前，依依不捨地與他道別。然後，又再像幾個月前那樣，他們藉口參加了銀色精英賽而得以通關回到雷米；沒想到，接著有陌生的一行人被安排好等著。這些人說他們要去埃提波西邊的衛星都市格蘭提波，邀他們一起同行。但這一次他們實在不想與人同行，追問之下，才知道原來他們也是芬迪奈公爵那邊，也就是喬爾治亞所安排的商團。

此時他們才知道這些安排的原因所在。原來，有幾個推測可能是培諾爾伯爵派出來的人，從很早以前就一直在追查他們的下落。所以，和喬爾治亞分開之後，如果能混在數十人的商團中，可說是避開追查的最好方法。

所以，他們就和這些人一起旅行到格蘭提波。兩天前，才和他們分道揚鑣。

「啊，對了，伊索蕾，當時銀色精英賽授獎典禮一結束，妳說有事要辦，一個人跑到哪裡去了？當時有什麼事嗎？」

冠軍獎品是一個純銀頭蓋骨，現在放在波里斯的背包裡，和其他旅行用品擺在一起。此時，伊索蕾從口袋裡拿出一枚金幣，用拇指與食指夾著，笑著對他說：

「你還記得那時候在你身上下了大注的富家少年嗎？你不是說過認識他嗎？」

註：米斯特利，mystery。

「妳是指卡爾茲家族的兒子？」

「嗯，是啊，那個路西安·卡爾茲。」

「路西安·卡爾茲，他一定賺了不少錢吧？我實在搞不懂，他怎麼會在我身上下注。難道這也是運氣嗎？」

波里斯一面如此說著，一面嘻嘻笑了出來。雖然他沒有親眼目睹，但因為今年的銀色精英賽是最近幾年內變數最大的一次，所以聽說決賽一結束，整個賭盤可以說亂成一團。當然，拿走最高金額的就是聽從伊索蕾忠告的真正「賭徒」路西安了。如果說今年銀色精英賽的場內贏家是波里斯，那麼場外贏家就屬路西安了。這句話到處流傳，連波里斯也知道。

「嗯，事實上呢，我也下了注。這些是給合夥人的獎金。」

伊索蕾用手指把金幣往上一彈，波里斯便輕輕地接住。接下來，又再丟出一枚、又一枚。波里斯圓睜著眼睛，說道：

「賠率到底是多少啊？」

「我看看……還有一堆呢。」

「嘿，沒想到這方面妳也挺厲害的。」

「如果你這麼快就已經完全摸透了我，那我豈不是要擔心了。」

此時，波里斯突然瞇起眼睛，問她：

「依我看，向路西安透露消息的應該就是妳了……對不對？」

「啊啊。我不知道。他是看我下注，才跟著我下的吧。」

伊索蕾像是要轉移話題方向似地，一面說道，一面還丟出了兩枚金幣。波里斯伸出雙手，各自接住之後，露出微笑。他大概猜出是什麼情形了。此時，伊索蕾像是想到其他什麼事情，又再眨了眨眼睛，說道：

「急急忙忙就離開了芬迪奈城堡，你會不會覺得有些捨不得？」

正把金幣放到口袋裡的波里斯像是不懂她的意思似地，轉頭看她。

「捨不得？有什麼好捨不得的？」

「不是聽說有爲冠軍準備的盛宴嗎？少了主角，宴會一定失色不少。」

「不會的。小子爵會代替我成爲主角的。」

兩人心中都回想到同一個情景。在宴會開始之前，他們去見芬迪奈公爵，請求趕快送他們離開，公爵答應之後，他們隨即奔至馬車等著的地方，結果令人意外的人卻已經等在那裡了。他不是別人，正是路易詹。

當時兩人嚇了一跳，但路易詹在他們面前露出微笑，說道：「謝謝你讓我們眞的一分高下。我以後不能再參加銀色精英賽了，不過，你隨時都可以到卡爾地卡來找我。到時候我們再分一次勝負，而今天的宴會，我會幫你好好善盡主角責任的。」

「即使小子爵以後宴請你，恐怕也請不到安諾瑪瑞全國最漂亮的美女吧。如果當時去參加宴會，你一定可以和那位小姐跳一曲，不是這樣嗎？」

伊索蕾的臉上浮現出半開玩笑的笑容。波里斯有些吃驚，皺著鼻子說：

「美女……的標準是依個人看法來定的。在我看來，那種類型並不算美女。」

「哦，難道還有更美的？這樣已經夠美了。」

這時，波里斯找到了反擊的話，頑皮地笑著說：

「或許吧。不過，如果已經迷上了較先認識的小姐，其他美女就會看不上眼囉。」

這話還沒說出之前，波里斯的臉色都還正常，一說完，就整張臉紅了起來。他說的確實是事實，眼裡已經有一個人了，怎麼可能還容得下其他人？不過，他從未想過要這樣講出口。

但他還是忍不住想要看看伊索蕾的表情。結果他發現伊索蕾故意轉過頭去，眺望遠處的原野。

他感到一陣幸福的心情突如其來地湧現，不自禁露出微笑。這種幸福感之前也曾感受過嗎？

可是在他回想是否有過這種心情時，不自覺地，都會浮現出奈武普利溫的臉孔。他是第一個教導波里斯何爲信賴，教他何爲開懷的人。在沒有耶夫南的這個世上，他成爲波里斯唯一的避風港，而且對於少年心中的空白也予以肯定的態度。在雷米，兩人旅行時，他從未想過對奈武普利溫的愛有一天可以被其他人所替代。可想而知，波里斯對奈武普利溫的深愛是無可否認的。

不過，現在即使奈武普利溫不在身邊，他還是能夠如此幸福，一想到這裡，他內心就湧現出一股不能原諒自己的情緒，困擾著他。嚴重的時候，甚至是到了幾近自我嫌惡的地步。但偶爾卻又會忘記，甚至有時候會清楚感覺到他對這兩個人的感情是各自不同的兩回事。像現在，他就是這麼想的。雖然無法相較，但現在這種感覺確實是只有伊索蕾才能夠給他。

此時，伊索蕾突然開口說道：

「你沒有機會和克蘭治·亞利斯泰爾打一戰，是好還是不好呢？」

「雖然他沒被我打敗，但看得出來，他十分失望。」

「這個嘛，他們家原本就不太知道何謂絕望、失望。他們根本就沒有經歷過什麼絕望。所以在這種情況下，一遇到糟糕情況，很容易就會絕望起來，不過，我看他倒是不太一樣。也就是說，他對於發生在自身的絕望，不會當作是絕望來看待。他不知道自己也是會絕望的，而且也不去承認絕望。這種人不管去到哪裡，都會想盡辦法爲自己找出一條出路。」

「雖然他一直想辦法，希望將來當劍之祭司，但至少，他還是沒辦法借用到妳父親之名。」

伊索蕾聽他這麼說，像嘲諷般丟出了一句話：

「我倒是要看看，他又會想出什麼辦法，來踩著絕望站起來。」

「可是我有些擔心他回去月島後，會把我們的事說成什麼樣子。光是芬迪奈公爵的事就……嗯，說到這裡，我才想到要問妳，芬迪奈公爵後來有要求我們什麼事嗎？」

波里斯認爲這一切當然都是有代價的。因爲他覺得偶然認識的人不可能會善意對待而且還幫助他；可是伊索蕾卻一副保留對其評判的眼神。

「這一點先不談，我倒是想問你，是什麼樣的心境變化讓你當時沒有砍斷小子爵的右手？」

波里斯有些尷尬地笑著說：

「如果要說這個，就得講到以前的事了。」

波里斯在銀色精英賽決賽時，雖然朝著路易詹的右臂揮砍下去，但在最後一瞬間，卻把劍往旁邊偏。因爲這個緣故，他一開始並不期待公爵會幫忙。然而，令人意外的是，公爵完全沒有再提起這件事，而且還比原先的約定安排得更加妥善。只是，他們沒有機會詢問原因。

「那你長話短說吧。」

她知道要波里斯講以前的事情，等於是要他去刮開自己的傷口，所以才會這麼說道。波里斯只是輕聲嘆了一口氣，簡短地說：

「小子爵也有一個年幼的弟弟。就只是這樣。」

此外就不用再多說什麼了。他們從早上一直到現在，都不斷在討論銀色精英賽的事，此時才開始沉默不語地走著。沉默的大地地勢慢慢變低，出現了一條河。河面相當寬廣，一眼望去對岸全是蘆葦草。

波里斯突然回憶起以前的事，不禁露出微笑。他感覺到伊索蕾正在看他，於是開口說道：

「我並不是第一次看到這條河。以前和伊斯德先生一起旅行的時候……在這裡發生過非常可笑的事故。」

他回憶起胡亂打賭然後掉進結冰河裡的事，當時不知道河水很淺，掙扎著以爲就要死掉，後來被附近村裡的人救上岸。這些事一個個浮現在他腦海裡。伊索蕾並沒有問他是什麼事，只是一副她大概了解的笑容。

過了片刻，伊索蕾一面俯視河面，一面喃喃地說：

「會很深嗎？」

這裡比那時發生騷動的地方還要更下游，看起來不像可以涉水過去。不過，他看到河的對岸坐著兩個人，正在釣魚。站在河邊的波里斯於是把雙手比成喇叭形狀，問對方：

「對不起，請問你們知道從哪裡可以過這條河嗎？」

他們一副鄉下人打扮，其中一個是女的，另一人則是個雖然衣衫襤褸，但看起來肌肉相當結實的大漢。一開始，他們像是專心釣魚般沒有回答，波里斯再喊一次，女的那一方才抬頭看他們。她的手上拿著一根長竿子。

雖然這女子戴著遮陽的寬邊草帽，看不清楚她的臉，波里斯卻聯想到剛才回憶的事件，突然想到了一個人。不知爲何，有一抹懷念的情緒掠過心中。不過，他隨即又想到，當時停留的荷貝布洛村距離這裡至少有好幾個小時的路程。

此時，他聽到那名女子回答的聲音：

「想過河，就踩那邊的幾塊岩石，跳過來！當然啦，要能力夠好才行！」

仔細一看，往上游走十公尺的地方，有幾塊凸起的岩石，像踏腳石那樣平坦。可是波里斯卻突然有種奇怪的感覺。看他們的打扮，應該是雷米鄉下人才對，可是這女子的腔調卻是正統的南方腔調！

不過，話說回來，之前有某個人也是這樣；想到這裡，波里斯和伊索蕾走了過去，輕而易舉就過了河。特別是伊索蕾，她幾乎是一腳只踏一塊岩石，輕快地跳躍，就站在對岸邊了。

之後，他們想道謝，就把頭轉向那名女子。原本在釣魚的兩個人卻站了起來。不只是站起來，還一直盯著他們看。波里斯走近幾步，女子露出了微笑。當然，她並不是荷貝提凱。看起來年齡約是二十五到三十歲之間。

「身手不錯嘛。特別是小姐，看妳背後繫著的東西，妳是劍士吧？身體滿輕盈的哦！」

「謝謝妳的誇讚。」

伊索蕾對陌生人通常還是會顧點禮貌；可是那名女子卻很快地走向伊索蕾，伸出手來，抓住了伊索蕾的手腕！

「！」

這是在轉眼間發生的事。伊索蕾反射性地彎起手臂，想要甩掉對方的手，但是令人驚訝的是，那名女子的手像個鐵鉤般，怎麼也甩不掉。正想要用另一隻手時，卻連那隻手也被抓住了。伊索蕾神色大變，她算是女子當中力氣不小的，但這名女子的握力竟然大到連健壯的大漢也難以相比。她的力氣之大，一下子就把伊索蕾的手給抓紅了。伊索蕾轉爲冷漠的語氣，問對方：

「妳這是在幹嘛？」

「劍不是只求速度揮擊而已，不是嗎？」

這名女子一面說，一面把頭往後仰，甩掉了草帽。隨即，就露出用好幾支髮針精細編上去的髮型與臉孔。什麼鄉下人啊，根本就不是嘛。這女子精心打扮的漂亮臉孔，還有白皙皮膚，以及像在嘲諷般的眼神，一看就知道並非普通老百姓。

「你們是誰？」

波里斯正要衝過去，站在後面不發一語的大漢突然插進來，推了一下波里斯的肩膀。波里斯身體一被碰觸到，就感覺到一股根本無法抵擋的力量衝擊而來，使他整個人重心不穩。波里斯摔到了地上，還有好一陣子難以相信到底發生了什麼事。這種程度的力氣是他至今從未經歷過的。

「我們啊，是來抓你回去的地獄使者，小鬼！」

這句話直刺進他的耳中。接著，女子轉頭看向自己同伴，以完全不同的語氣喊著：

「彤達！快把這丫頭給綁起來！」

那個名叫彤達的人從手腕邊突然抽出繩索，纏住了伊索蕾的腳踝。繩索像是有生命的東西那般，牢牢地勒住她的腳踝。伊索蕾的膝蓋一彎曲，女子便拉扯抓著的手臂，要她站直。伊索蕾使勁想要抽出手臂，女子的手卻紋風不動。伊索蕾喊著：

「快後退，波里斯！」

「哦，你叫波里斯啊……謝謝你們幫我們做確認。嗯，其實光看臉就已經猜出來了。」

伊索蕾轉過頭去看波里斯，又再喊了一次：

「我叫你後退啊！快拔劍！」

波里斯猛然站起，後退幾步，拔出劍來。他從一開始就不想拋下伊索蕾逃走。隨即，沉默的大漢又再伸出手來。這一次，是套索飛了過來。套索上面排著一圈像是鐵片的小東西。

「咦！」

雖然波里斯敏捷地揮劍砍了套索，但劍一碰觸到鐵片，就彈了出去。接著，除了套索，還有兩根繩索同時巧妙地飛竄過來。繩索尖端甚至還有尖銳的鐵刃。

奇怪的是，這些繩索和捆綁伊索蕾的繩索不同，裡面似乎有種特殊成分，非常有彈性，可跟著使用者的心意確實動作。可是，波里斯在緊張的瞬間手腕也變得十分靈活，他等待著難以猜出行進方向的繩索和套索一接近，就使勁揮砍過去。隨即，那名女子似乎有些驚訝地喊著：

「你那邊那個好像也挺厲害的嘛！我還以爲只是這邊這個女的速度比較快，才先制住她，眞沒想到！既然你們都這麼行，那我理應報出姓名才對了。我叫瑪麗諾芙．坎布！不要以爲打得過我們。我們要是能殺你們，早就把你們給殺死了。」

波里斯才覺得這名字的語感好像有些熟悉，剎那間他就會意了。原來，這是奇瓦契司人的名字。這麼說來，難道是勃拉杜叔叔派來的人？

「你們是誰？是不是我叔叔派你們來的！」

「你的推測能力還不錯，只是你要想得再遠一點！」

繩索又再次閃爍著逼近過來。波里斯盡可能集中精神，揮掉了一根，跳過另一根，再砍斷了一根。他一面揮砍，一面去感覺，但繩索的材質確實比鐵皮鞭還要更加堅韌。

波里斯的武器是劍，得接近才能攻擊到敵人，可是這卻不容易辦到。他硬是靠近兩步，繩索尖端卻像會旋轉似地很快打在他背上。雖然他身上穿了件薄甲衣，然而連甲衣也被輕易刺破了。

「啊！」

全身一陣痙攣，他趕緊就用劍掃掉背上的繩索，再後退幾步。他根本沒空去察看背後的傷口。此時又一次躍身，避開套索。卻差點就被一根繩索打中膝蓋。

他用眼角看到伊索蕾的情況。這個名叫瑪麗諾芙的女子正拉著腳被綁住的伊索蕾，往河邊走去。這名女子的臂力實在強大，連男人都很難有這種臂力。比力氣，伊索蕾是不可能比得過她的。

波里斯咬緊牙關，又再試著往前攻擊。背部傳來陣陣刺痛，但這種程度他還忍得過去。只是，他這樣和這些繩索纏鬥，根本就無法攻擊到敵人。他雖然想要去伊索蕾那邊，但是繩索像有生命似地一直擋住他的去路。

自從他對劍術有了自信之後，這還是他頭一次遭遇如此令他束手無策的敵人。雖然已經砍斷了好幾根繩索尖端，但立刻又會再有新的繩索迸出來，而且數量越來越多。這時有一根繩索從下方攻來，纏住波里斯的腳踝，割傷了皮膚。好不容易才把這繩索切斷，草地上已經到處滴著點點鮮血。

他從沒想過沒有長距離的武器竟是如此致命的弱點。在銀色精英賽上，他打鬥時還會不斷想要制止那股莫名的能力，但現在根本不可能會這麼想。他用盡所有能力移動劍刃，總共也才勉強切斷了四根繩索。

「來，來，妳給我下水。啊，對了，這種天氣下河去洗個澡，可能有些冷，是吧？」

瑪麗諾芙踢了一下伊索蕾被綁住的腳，要她進到河水裡，後來她乾脆自己先進去水裡，再用力一拉，想把伊索蕾拉到更深的地方。伊索蕾沒有說話，只是死命用勁要扯開瑪麗諾芙的手。情況實在很糟糕，要是伊索蕾可以用劍快斬就好了，要斬斷那種繩索並不很困難，可是現在她的手根本就動彈不得。唯一比較幸運的是，抓住伊索蕾的這個怪力女子也無法做出攻擊動作。雖然伊索蕾不知道原因，但她猜想兩人奉命要活捉，而不是來殺他們的。

「不准我把你們殺掉，這種任務可眞是折磨人！」

瑪麗諾芙一面如此喊著，一面不管三七二十一，硬要把伊索蕾的身體浸到水裡。伊索蕾掙扎著，結果水都濺到了瑪麗諾芙身上，使她不禁皺起眉頭，低頭看著自己的衣服。在這一瞬間，情況卻反轉了過來。波里斯沒看清楚是怎麼一回事，但伊索蕾在手腕被抓住的狀態下，雙腿直接彎曲，往手臂之間竄出，用膝蓋蹬了對方胸部後，再用腿纏住對方脖子。這招簡直是一般人想像不到的特技。

「呃呃，妳在幹嘛！」

瑪麗諾芙一個重心不穩，摔到了水裡，坐在她脖子上的伊索蕾也跟著一起浸到水裡，此時情況大亂，兩人糾纏在一起，伊索蕾的手腕終於被鬆開。

「可、可惡！」

瑪麗諾芙因爲浸到水裡，衣服都濕透的關係，動作也變慢了。她以爲已經瞬間倏地站起，但眼前卻突然濺起水花，感覺到劍刃閃現光芒，就要直刺過來。瑪麗諾芙當場坐回水裡，翻轉身體，並且很快伸出手來，抽出剛才插在河邊的長竿。然而伊索蕾瞄準心臟直刺而來的劍，卻已經深深刺中了她的肩胛骨。

「啊啊！」

瑪麗諾芙完全沒穿甲衣之類的東西。鮮血頓時如同噴泉那般噴出，染紅了河水，可是伊索蕾毫不遲疑地發動第二次攻擊，往女子裸露的手臂砍下去。

「這……這個該死的臭丫頭，妳竟敢！」

瑪麗諾芙的長竿從水裡拿出來時，伊索蕾也看到了。原來那不是什麼長竿，而是頂端有個巨大戰斧的武器，只不過斧端一直藏浸在水裡面。如今，伊索蕾已經可以確信他們根本不是什麼攔路強盜，而是眞正的殺手。

快速飛來的戰斧擋下了伊索蕾第二次攻擊，可是瑪麗諾芙已經因爲剛才的傷而憤怒不已，好不容易站起來之後，她用充血的眼睛瞪著伊索蕾。她看起來與其說是因爲傷勢而生氣，倒不如說是因爲負傷這事實而忍不住發火。

「妳竟敢在我的身上……劃出傷口！我不管了……什麼命令的！我現在就要殺了妳！」

伊索蕾用手上的兩把劍回答她的這番話。兩人的戰鬥正式展開了。雖然是一場較量速度和力氣的典型對決，而且是在一方已經受傷的狀態下；然而，令人驚訝的是，瑪麗諾芙竟然還能單手舉起她那沉重的戰斧，好幾次擋住了伊索蕾的快劍攻勢。伊索蕾很清楚，要是被對方沉甸甸的武器碰擊一次，她的劍搞不好就毀了，所以也不敢冒然接近。糟糕的是，聖歌必須靜下心集中精神時才能發揮，這種毫無準備突然打起來的情況，根本就派不上用場。

「彤達！可惡，你怎麼還沒收拾好啊？到現在，連那個乳臭未乾的小子都沒辦法解決，這樣你還配當三翼？」

「……」

彤達是名沉默的男子，被瑪麗諾芙這麼一喊，他的速度就變快了很多。波里斯的額頭汗珠直冒。身體已受了幾處傷。雖然伊索蕾讓瑪麗諾芙受了重傷，但是再這樣拖下去，他們兩人終究還是很有可能會被捉起來。不過，伊索蕾在躲過一次猛力朝她砍去的戰斧之後，又讓對方腋下受了傷。

「可惡！眞是麻煩！怎麼跟他們說的不一樣？」

瑪麗諾芙當初是透過魔法師瓊格納，得知柳斯諾和尤利希的傳令。據他們所言，只是「平凡的少年們」，要捉他們是易如反掌。可是他們所謂的平凡少年，就是他們？這玩笑未免也開得太過分了吧！

不過，戰況仍然對瑪麗諾芙與彤達越來越有利。受傷的瑪麗諾芙和無法使用聖歌強化能力的伊索蕾實力相當；波里斯面對拿著他不熟悉的武器的敵人，連連受傷。此時他才眞正感受到，自己至今學到的，只能用來對付拿劍的對手。他原本就是大陸人，到了人口少的小島後，竟然就開始安於當地環境。在月島上，打鬥時都是用劍，但是大陸的敵人什麼武器都有可能，這一點他竟然忘了。

噗滋，他的腳踩到水了。探頭一看，原來他已經在河岸邊緣。波里斯想要集中精神去對付讓人頭昏眼花的繩索，可是卻總是一再目光昏亂。

過了片刻，他感覺這目光昏亂並不只是因爲打鬥辛苦所造成的。他的鼻子聞到了一股奇怪的味道，像是什麼東西燒焦的味道；而且不只是波里斯發現而已。

「什麼嘛，哪裡失火了？」

瑪麗諾芙尖著嗓子喊著，想要擾亂伊索蕾的注意力，同時快速揮動戰斧，往伊索蕾手臂砍去。不過伊索蕾卻令人意外反倒以更加犀利的動作刺中了對方手腕。

「啊啊！」

背後的一大片蘆葦草地燒起來了。因爲那片草地實在是很大一片，所以根本無從知道是從哪裡開始燒起來，以及爲何會燒起來。可是火勢開始越燒越烈，沒多久，背後就開始熱燙起來。全身濕透的伊索蕾還好，但波里斯在前有繩索，後有大火的情況下，變得進退兩難。

就在這個時候——

「到這邊來！」

傳來了陌生的聲音，在他們仍然酣鬥之際，眼前掉落了好幾捆著火的蘆葦捆。彤達的繩索因而燒了起來，但可能因爲材質特殊的緣故，很快就熄滅了，不過那個名叫彤達的男子卻嚇了一跳，想把繩索扔掉。

「波里斯！趕快過來啊！」

這聲音的主人知道波里斯的名字。趁著彤達放開繩索的空檔，波里斯很快瞄了一眼，有幾名男女在著火的蘆葦草地裡，正在向他招手。是在叫他過去嗎？

此時，伊索蕾首先察覺到是什麼狀況。

「波里斯，跟著他們走！」

她一面說，一面先行跑向蘆葦草地，直衝進火場裡。果然如其所預料，著火只有他們打起來的空地周圍而已，其他地方已經都用水澆濕，不會燒起來了。接著，波里斯也跟著進來，但因爲衣服是乾的，所以必須拍熄身上的火苗才行。有一人對他喊著：

「來，不要耽擱了，快跑！」

他也沒空去確認對方的臉孔，就跟著穿越那片蘆葦，奔跑了起來。因爲蘆葦都長得很長，只要稍微彎下身體，就會連頭部也全遮掩住。加上背後被火勢掩護，所以很快就不必擔心會被發現行蹤。只不過，波里斯因爲渾身是傷，移動起來相當痛苦。

「往這裡！」

才穿越過蘆葦草地，一走出去，就看到十多名男子拿著像是十字鎬、鋤頭、鐵鍬之類的農具，站在那裡。此時波里斯才得以看到這些人的臉孔。那女子的長髮整個盤在頭上，手持一根長竿，對波里斯露出微笑。她正是那個一口流利南方口音的船工小姐，荷貝提凱。

「好久不見。你好像又長高了哦！」

□

跟著荷貝提凱來到村莊時，已經是傍晚時分。和上次一樣，村子中央生起了營火，圍著火堆，幾個男人在那裡喝酒聊天，這些都是他不陌生的景象。

首先他被帶去療傷的地方。一進入掛滿乾藥草的屋子，原本正在煎藥的老奶奶就幫他清洗傷口，把搗好的藥草揉成圓圓一團之後，敷在傷口上。波里斯看不到傷口，但是背部傷口似乎比他所想還要嚴重，因爲伊索蕾看了傷口之後，臉色變得有些難看。剛才在緊急狀況下，不知道痛，現在才感覺只要稍微動一下手臂，背上的傷口就非常痛苦。他好不容易才又把上衣給穿回去。

當他一走出外面，等著他的荷貝提凱就招手要他去營火那邊。而在那裡，又有一樣令他感覺親切的東西在等著他。

「來，吃這個。這是從你和那個頑皮大叔一起守護的玉米田裡採收的玉米。」

吃這種用火烤過的玉米並不容易。波里斯和伊索蕾辛苦了好一陣子之後，一看彼此的臉，嘴角同樣都沾得黑漆漆的，結果兩個人幾乎是同時迸出了笑聲。

那些男子叫他們喝酒。伊索蕾到大陸之後，還不曾沾過酒，但是令人驚訝地，她居然要了一杯，喝完後，臉色泛紅地對波里斯微笑。好像完全不知道看到這微笑的人心臟整個都快停了。

「很不錯的好地方！」

因爲玉米的關係，手指頭都沾黑了，波里斯一面輕舔指尖，一面點頭。回想起來，當初並沒有在這裡待很久。一開始是因爲那個丟臉的冰河事件，然後是以可笑的玉米田爭奪戰作結尾。滯留的那段時間，他特別記得的，就是奈武普利溫喝了好多的陳年葡萄酒的味道。而他也是在離開村子好久之後才醒悟到，在此寒地是不生產葡萄的，葡萄酒可說是非常珍貴的物品。

「嗯，是啊，可喜可賀的是，你這回同行的不是那個無聊大叔，換成這個漂亮小姐。到底你是把那個大叔丟到哪裡去了？」

荷貝提凱說話時還是那副南方口音，波里斯發現她語意裡透露出對奈武普利溫的好感。他一副回想過去事情的那種眼神，露出了微笑。然後不由自主地，也像奈武普利溫那樣開玩笑地說道：

「我嫌他太過囉唆，就棄他而去了。不知妳是否有他的消息？」

「如果你有他的消息，就告訴我吧。因爲不只我一個人想要知道他的消息呢。」

「還有誰呢？」

「那時候我沒有提過他嗎？」

荷貝提凱像是怕被別人看到似地，環顧了一下四周，就拉起波里斯和伊索蕾，要他們去她家。跟著她進到用石頭和泥土堆造而成的矮屋之後，隨即看到一名男子縮在被子裡，似乎正在呼呼大睡的模樣。荷貝提凱不由分說，走過去用腳踢了男子的背。

「不要再睡了啦！你到底要睡幾個小時啊？」

是她的丈夫嗎？這個老婆倒是挺暴力的。正當波里斯一面這麼想一面愣著看他的時候，那男子懶洋洋地坐了起來。可是，波里斯一看他坐起身的模樣，就立刻察覺到，不管他是她丈夫，還是她的其他什麼人，這個人肯定是很厲害的戰士。

雖然他一副還沒完全睡醒的表情，但是起身的動作就是和平常人不一樣，連坐姿也不同於一般人。而且還穿了一件和最近天氣不搭的無袖上衣，裸露出來的肩膀與手臂絕非只是稍有鍛鍊過的樣子。這男子喃喃地說：

「在這裡睡覺，就是會讓人想一直睡個不停。」

「你在說些什麼話呀！難道我們應該要像野蠻民族那樣搭個帳篷睡覺？」

「呼，眞是的，我好像也已經習慣住在有屋頂的房子了。」

荷貝提凱回頭看兩人，打了手勢要他們坐下。一坐下來，最先開口發問的，居然是伊索蕾。

「請問你是寧姆半島的蠻族人嗎？」

「蠻族人？我是堪嘉喀族人。你們稱我們是蠻族，可是我們稱自己是原種族。堪嘉喀族是其中最偉大的一支部族，我是他們的兒子。」

荷貝提凱把雙手舉到左右邊，還聳了聳肩，說道：

「反正還不都一樣。」

不過，伊索蕾搖了搖頭，說道：

「原來是堪嘉喀族人。很抱歉我不知道這麼多。我叫伊索蕾。是個居無定所的流浪人。」

波里斯從未看過伊索蕾這樣率先自我介紹，還關心對方的出身。可是不管怎麼樣，他也該自我介紹才對，於是開口說道：

「我叫波里斯．珊。」

他已經把令他感覺負擔的米斯特利亞這個姓給隱埋了起來，又繼續使用「珊」這個姓。

「我叫伊賈喀……對了，荷貝，我的姓氏是什麼呀？」

「當然是涂卡斯鐵爾。不過，有和沒有一樣，不是嗎？自己造出來的姓氏有什麼好得意的？」

波里斯嘻嘻笑了一聲。他突然想起奈武普利溫當初也曾經胡亂幫荷貝提凱造姓。

「不，現在可重要了。回去珊斯魯里，大家都叫我那個名字。我要是聽不出來是在叫我，那豈不糗大了？」

「啊啊，你還想再回去啊？」

「這個嘛，我也不知道。」

「你不是說有個美麗的老婆在等著你？」

「不只有美麗的老婆，還有美麗的房子、祭壇、瓷碗。早晚都要對那些東西行禮，眞是有夠煩。我最近一直在考慮到底該不該再回去。」

荷貝提凱似乎認定伊賈喀在吹牛，一副不太相信的眼神。不管怎麼樣，她回過頭來對兩人說：

「波里斯，不知道你還記不記得我以前提到過的，這是我哥哥。啊啊，當然啦，我可不是蠻族人。我們是從不同的肚子生出來的。只有父親相同。」

此時，波里斯才想起來。那時候奈武普利溫來到這裡，是有對荷貝提凱說過「妳的同父異母哥哥」之類的話。當時荷貝提凱還氣呼呼地追問哥哥的行蹤，而奈武普利溫則是回答說不知道。那個人應該就是眼前這個人吧。

名叫伊賈喀的人看了一下伊索蕾，說道：

「看來小姐妳也是個戰士。而且是戰士的女兒。雷米人好像很少有像妳這樣的人。」

「我不是雷米人。我只是個流浪兒。不過你說得沒有錯，而且我也可以把您的話再回給您。我想您也是個戰士，而且是戰士的兒子。」

「沒錯、沒錯。不過，有一點錯了。我老爸是個鐵匠。」

荷貝提凱像是覺得他在胡扯似地，開口說：

「哥，你不是說爸爸當過堪嘉喀族的族長嗎？怎麼會是鐵匠？」

「雖然是族長，但也是個鐵匠啊。這兩種爸爸都當過。」

伊賈喀的語氣單純而坦白，完全沒有去計算對方反應的樣子，波里斯很喜歡這種人。

「哥，我不是和你說過伊斯德·珊有來過這裡嗎？這一位就是當時和他在一起的少年。嗯，現在與其說是個少年，倒比較像是個年輕人了。如果你要問伊斯德·珊的消息，就問他吧。」

伊賈喀張口笑著說：

「哦，你們認識伊斯德？他這個朋友不錯。我和他一起把渤閩迦河的紅魚全都給抓光了。當然啦，魚是明年還會再有的。我們一直等到紅魚產卵才走的。因為這樣明年才還有魚可抓。他比我還會做魚叉，不過，我比他還有力氣。我們差點就變成好朋友，可是他太忙，後來就去別的地方了。可眞想念他呢！他在哪裡？還沒死嗎？」

波里斯圓睜了一下眼睛之後，看向伊索蕾，猶豫了一下。奈武普利溫身在何處是不能講出來的。隨即，伊索蕾代替波里斯，開口回答：

「他現在一個人到處流浪。我們會和他會合，到時候，我們說了您的事，他一定也會很高興。」

02 想擁有，無法擁有，不可以擁有

「剛才那個人，他一輩子都在戰鬥。可是令我感到驚訝的是，在他臉上卻看不到絲毫苦惱的神情。」

嘴巴呼出的熱氣散入夜晚的空氣，簡直就像抽菸的白煙那般。他們在睡前，先出來散步一下。走到隱約可見通往村莊下方山坡路的地方，他們停下來，都用手撐著下巴並坐著。波里斯覺得背後的傷口越來越痛，但並沒有告訴伊索蕾。

「所以妳才先向他自我介紹，是嗎？像是一種……同族的認定，是這個意思嗎？」

「嗯，與其這麼說，倒不如說我有些羨慕他吧。比起一個活了超過三十年的人，我這個還活不到二十年的人居然有更多煩惱。同樣是走戰士的路，我算是有些丟臉吧。」

「煩惱，妳所謂的煩惱到底是什麼呢？」

伊索蕾沒有答話，只是抬頭仰望天空。陰沉的天空裡，只掛著幾顆星星。

波里斯看著伊索蕾的側臉，只有這一次，他希望能聽到回答。有個問題是他長久以來一直想要問的，可是卻苦無機會，不知從何開始問起。

「伊索蕾，我想聽聽妳對奈武……伊斯德先生的看法。」

伊索蕾又更抬高她的頭，望了一下天空，也不轉頭，就這樣回答著：

「我不想講這種事。」

「我的不解，對妳來說並不重要嗎？」

他一說完，感覺自己突然整個臉都紅了。他對這件事的不解，對她到底重不重要，這只有她自己心裡才明白了！她會不會希望他了解她呢？

幸好，現在是晚上，她看不清他的臉孔。

「你的不解……」

她講完這幾個字之後，沉默了好一陣子。她再度開口的時候，波里斯正用雙手摸著自己兩頰，低頭直盯著地上看。

「那你說說看你的不解、你的誤會吧。」

「以前伊斯德先生有說過妳爲何會這麼討厭他的理由。他說的話，有幾點我無法理解。妳也曾經對我說過那件事……我還記得當時妳說過的話。妳說：『誰會相信這種胡說八道。』」

波里斯抬起低著的頭，放下掩住兩頰的手。臉頰便接觸到了夜晚涼爽的空氣。

「而妳不也說過，在那事件發生之前你們兩人的關係並不壞。到此爲止我都能理解。因爲，那樣的事件，確實無法輕易忘得了。可是我始終無法理解的是……」

波里斯轉頭看向伊索蕾。

「就是妳反反覆覆的態度。今天是這樣子，之前也一直……我總覺得妳並不恨他，可是也不認爲妳已經原諒他了。你們之間到底有什麼？似乎有個我猜不到的祕密。」

伊索蕾還是不發一語，也沒有轉頭。波里斯短短嘆了一口氣，繼續說道：

「而我究竟有沒有資格問妳這種問題，我也不知道。」

夜深了，星星反倒開始變得明亮。天空逐漸閃亮了起來。

「先不管有沒有資格什麼的。我並不是因爲那樣才不說。」

伊索蕾說話時的語氣和平常聽到的有些不同，似乎是有些難過的語氣。

「而且我也沒有故意想要隱瞞什麼，只是討厭講到那些事而已。不，事實上，是很難想像講出來時我會是什麼模樣。這是因爲……那實在是件很愚蠢的事。像是毀損到無法再修理的房子，只能放任著不管它。只希望這房子任由風雨摧殘之後，有一天會化爲灰燼。但我恐怕是等不到那個時候了，因爲生命是很短暫的。」

波里斯沉默地等她說下去。他感覺最好不要打岔比較好。

「而且這種事，我眞的不想去承認；但是，我也知道，你早就覺得怪怪的。」

忽然間，伊索蕾的語氣冷靜下來，而且一字一句說得清清楚楚。似乎像是刻意努力試著這樣說的樣子。

「因爲是你的關係，我更是不想說。」

波里斯突然有種感覺，自己是在給伊索蕾痛苦。他抓住她的手臂，搖頭說道：

「我不想聽到那些妳不想說出口的話。那些事我不知道也沒關係。」

「不，很可笑吧。現在我卻一定要講給你聽。」

伊索蕾轉過頭去，正視波里斯的臉孔。雖然天色昏暗，但可以清楚感覺到她的眼炯炯發亮。

「伊斯德先生，不對，是奈武普利溫先生和我，在很久以前，我十歲的時候……」

他感覺這短暫的一陣沉默像是無限地長久。終於，響起了聲音：

「訂過婚，然後解除了婚約。」

「……」

這種心情事實上已經好久不曾有過。他喉嚨裡像有什麼東西突然梗塞住，然後又再慢慢沉了下去。她這句話代表什麼意思，還需再多做思考嗎？那麼，現在呢？

「波里斯，看著我。」

他振作起精神，不由自主地把目光低垂下來。伊索蕾則是絲毫不改她認真的表情，仍然注視著他。

「如果你尊重我，就該把我開始講的事認眞聽完。要不就是全然不知，要不就全盤了解，二者只能選擇其一。既然你都已經聽了，就請不要在這裡停住。拜託。」

雖然她的語氣既堅決又冷靜，但波里斯還是隱約感覺到她有著另外一些情緒。波里斯又再看向伊索蕾，對她點頭。

「訂婚只有一天的事。嗯，事情是這樣開始的……」

那是伊索蕾十歲，奈武普利溫二十三歲時發生的事。當時兩人就像兄妹般相處融洽，而想到要他們訂婚的人則是伊索蕾的父親伊利歐斯祭司。

正如同波里斯所知道的那樣，奈武普利溫是個孤兒，是戴斯弗伊娜祭司的父母將他養大的。他從小就經歷過許多痛苦的事，造成他長久以來一直是個不聽話的浪子。伊索蕾之前也提過，直到跟隨一個老先生學習底格里斯劍法，他才定下心來，也因而得以繼續保有善良坦率的個性。可是那名老師會教的只是心性，在劍術上並沒有什麼實力，所以當時奈武普利溫的劍術也就沒有什麼很大的進展。

眼光銳利的伊利歐斯祭司打從一開始就非常清楚少年奈武普利溫的實力，但礙於他已經先行入門底格里斯，所以長久以來只好裝作一副不在乎他實力的樣子。但他終究還是貪念奈武普利溫的才能，這也是因爲之前他所收的兩名學生都遇到颶爾萊劍法的瓶頸，無法再有進步，也一直都找不出突破方法。

而伊利歐斯從小是在嚴苛的老師教導下長久辛苦過來的，所以他根本不懂得師生之間的感情。也因爲這樣，他一直強烈覺得只要是有資質的人，他都可以收爲自己的學生，悉心教導。

然而，已經開始學習底格里斯劍法的人，要他改學別的，其實並不容易。但是教導底格里斯劍法的老師實力又實在太差，而且因爲年紀太大，加上神智也開始有些恍惚，任誰都看得出來，在他門下一定沒有什麼出息。於是乎，伊利歐斯祭司就去找戴斯弗伊娜祭司商量，一向非常擔心奈武普利溫未來的戴斯弗伊娜祭司，當然也認爲讓伊利歐斯祭司來教導應該比較好，所以也贊成這個計畫。

當時是說好先訂婚，至於正式婚禮，等到伊索蕾十五歲之後再舉行。雖然兩人年齡差距很大，這樣訂婚有些不妥，但這確實是最好的安排，正好戴斯弗伊娜也認爲奈武普利溫很難再找到其他結婚對象，所以就非常熱心地促成婚約。而且在月島上，這種年齡差距很大的婚姻好像也有越來越多的趨勢。只不過，差距這麼大的前例可以說是少之又少，而且結婚的當事人還是劍之祭司的幼小女兒，所以消息一傳開，島民都議論紛紛起來。

不過，決定權還是取決於當事人。當時伊索蕾還很小，一直是把奈武普利溫當作哥哥般看待，也不知道什麼是訂婚，就答應了。而奈武普利溫一開始則非常詫異，但是經過戴斯弗伊娜一番勸說，他終於還是同意了。伊索蕾不知道當時他是以什麼樣的心態同意這樁婚約，但決定性的因素應該就是他也不討厭伊索蕾。那到底是不是愛情，還是之後眞的產生了愛意，伊索蕾說她到現在還是不知道。

然後，他們舉行了訂婚儀式，問題是在隔天早上爆發的。

伊利歐斯祭司一直以爲奈武普利溫和伊索蕾訂婚之後，自然就會進到自己門下。但是奈武普利溫卻一直單純地認爲這是完全不同的兩回事。偏偏訂婚之前，這個問題從來沒有從彼此口中確認過，結果在隔天早上爆發了出來。奈武普利溫頑強地搖頭，說他不能拋棄自己的老師。

戴斯弗伊娜一直懇求他，甚至連底格里斯劍派的那位老師也說另一派比較好，要他去，但還是說不通。他說他爲了伊利歐斯祭司和伊索蕾，什麼都能做，唯獨就是不能拋下既老又病的老師；而且老師死了之後，他也不會放棄所學的底格里斯劍法。此話一出，就沒有轉圜的餘地了。

陷於兩難的伊利歐斯，放下自己高傲的自尊心，甚至努力試著說服了好幾次，但仍舊沒用，最後他的情緒就整個爆發了出來。他說要把前一天的訂婚取消，而且宣布之後，還斷然叫奈武普利溫從此不要再出現在他面前，當然也不可以再見伊索蕾，之後就帶著女兒回家去了。伊利歐斯的憤怒與失望，嚴重到他居然花了幾天時間在山邊築了新屋，連住處也搬了。就連戴斯弗伊娜也一直到那年年底，還不敢去找伊利歐斯。而那間位於山邊的屋子，就是現在伊索蕾住的房子。

「我父親似乎認爲那件事給了他莫大的侮辱，非常大的屈辱。而且已經公開訂婚了，卻在一天之內就解除婚約，他也認爲這樣會爲我的未來留下污點，所以非常地傷心。我在同情父親之餘，也不敢違背他的話去見奈武普利溫，所以當時他究竟處於何種狀態，我也不知道。」

現在伊索蕾沒有尊稱奈武普利溫大人，只叫他的名字，語氣實在是太自然不過，連波里斯聽到也愣了一下，說不出話來。他不禁懷疑她一向尊稱他「祭司大人」是不是刻意要保持距離，而現在則比較近似她原本的感情。

「這之後，我們的關係變得非常糟，甚至惡劣到不像有過兄妹般的情誼。而那年夏天，你也知道的那個事件……我因此失去了父親，從此我和他之間就豎起了一道完全無法摧毀的高牆。就這樣，一直到現在。」

伊索蕾閉上了嘴巴之後，像是在擔心自己臉上是什麼表情似地，不安地轉移視線。可是她立刻又再恢復平靜，低聲地說：

「好了，這些就是我要說的話。是依我的觀點，說出我所知道的全部來龍去脈。那時候我說不信任他，其實有大半是感情用事的成分；但你也應該感覺得到，當時的悲劇確實有些疑點存在。只有奈武普利溫目睹我父親死去，但我一直覺得他對此事有所隱瞞，他又不說出來，所以我有時甚至覺得既憤怒，又心急，也有過一些很不好的想法。到現在我還是不知道他隱瞞著什麼事。不過，坦白說……除了最想念我父親的時候，也就是我心靈最爲動搖的時候之外，其他時候我都不認爲奈武普利溫會對我父親做錯過什麼事。其實他應該要恨我父親的，但他並沒有。我最清楚他沒有，而且我也知道他不是這種人。」

即使她認爲奈武普利溫隱瞞了什麼事，但還是沒有懷疑他。這曾經是波里斯非常希望聽伊索蕾說出來的一句話。當時波里斯認爲兩人之間有著某種誤會，希望最終能夠化解誤會。但是現在此時此刻，奇怪的是，他聽到她這麼說了，卻絲毫不覺得高興，反而覺得一陣失望，而且因爲失望而整顆心都沉到了谷底。

他好不容易才鼓足勇氣，開口問她：

「伊索蕾……最後，我有句話要問妳。」

她稍微點了點頭，仍舊一副難過的表情；但究竟是因爲什麼情緒才變得這樣，波里斯實在是難以推斷。

「那個時候……下雪的那天……我去找妳……還記得……吧？」

才講到這裡，伊索蕾就知道他想說什麼。她撇過頭去，然後又再轉頭看他，簡短地回答：

「沒錯。」

這兩個字應該就夠了吧？

無盡的沉默在夜裡流逝。此時，一道星光在空中流逝而去。

□

當他感覺被搖晃而睜開眼睛時，外面已經天亮了。波里斯並沒有一下子就看出對方是誰。昨晚到底是怎麼回到這裡來睡覺的，他也想不起來了。

「起床了！外面那麼吵雜，你還一直睡啊？」

原來是荷貝提凱。一聽到吵雜兩個字，他坐起身子，可是瞬間就因爲背部的傷口像被鐵棍刺入那般疼痛，而不由自主叫了一聲。荷貝提凱驚訝地低頭看他，問道：

「很痛是不是？」

他痛到連氣都快喘不過來，過了片刻才感覺比較好了，勉強振作精神。雖然打起了精神，但傷口仍然疼痛不已。是不是箭傷就是這麼疼痛啊？他以爲自己已經鍛鍊到可以忍受痛苦了，而且都是已經治療過的傷口，沒想到還這麼痛苦，難道是自己變得比較無法忍痛了嗎？

荷貝提凱見波里斯才起身一半，就維持著那個姿勢，久久都無法動彈，她立刻表情僵硬地走到他身後，把蓋住他背部的上衣給翻了起來。

「天啊……」

生性大膽，很少會大驚小怪的她一時之間說不出話，然後才從波里斯背後把頭伸過來，盯著波里斯的臉孔。四目相視。荷貝提凱一副難以置信的表情。

「到底……你怎麼會……都這麼嚴重了，還睡得著？你在這裡等著。絕對不要動。我去叫人來。」

伊索蕾現身時，波里斯已經被人抬到那個做藥草的老奶奶家。他上身赤裸地趴著，傷口已經洗好了，但是周圍幫忙老奶奶的人都一副張口結舌的驚訝表情。依荷貝提凱的說法，首先是這麼嚴重還能睡得著，實在驚人，再來是他在消毒這麼嚴重的傷口時，還能半聲不吭，看到這麼厲害的少年，大家都不由得露出佩服的表情。

伊索蕾也看到了。明明昨天才二節手指長的傷口，居然變成比手掌還大的黑色傷口。當時大家都沒發覺，但一定是昨天那個刀刃淬有毒藥的緣故。老奶奶的藥草醫術是附近幾個村莊聞名的，但因爲昨天沒有中和毒性，現在情況可就嚴重了。

波里斯並沒有失去意識。看到伊索蕾來了，他試著想要露出一絲笑容，但實在是太痛了，臉上的肌肉根本無法動彈。他能做到的，就只是不讓臉孔皺起來而已。伊索蕾走過來一坐下，波里斯隨即開口低聲地說：

「沒關……係的。我可以忍。」

人們看到伊索蕾居然沒有哭，也沒有不知所措或者憂慮的樣子，又再嚇了一大跳。伊索蕾完全沒有他們所能想像到的任何一個反應。相反地，她一臉沉著，一面俯視波里斯，一面說：

「好，你再忍一下。我來想辦法。」

傷口消毒完，敷上具有中和作用的藥草之後，伊索蕾對老奶奶說：

「可以請所有人都出去嗎？我想要和他獨處一會兒。」

這裡雖是老奶奶的家，但是傷口實在太嚴重了，或許是因爲怕救不活吧，他們都走了出去。伊索蕾定了一下心之後，拉起波里斯的手，低聲地吟唱起來。

你到了無法到達之處
風兒吹拂到此
你見了無法得見之處
水波連接到此

風飄呼吸而吹拂形成

烈日的人類啊
水動血流而湧注抱守
黃泥的人兒啊

等待風吹尋找遠望處
呼喚靈魂飄動
如同波流尋找未知地
奔向濕潤心臟

波里斯知道伊索蕾這麼做違反了月島的禁忌。聖歌是古代王國流傳下來的月島傳統技術之一，按照規定，是不能在大陸人面前隨便使用的。現在雖然人們都出去了，伊索蕾的聲音也很小聲，但外面的人不可能沒聽到聖歌。

漸漸地，他感覺原本燒燙般的痛苦已經慢慢退去，睡意越來越濃。他不覺得有必要抗拒睡眠。他入睡前緊抓住伊索蕾的手。他想，他會一直握著她到最後一刻。

他知道他昨晚都在作著什麼樣的夢，也知道傷口潰爛，但還是起不來。他那樣懇切期盼過的人，到最後卻不得不放手，夢裡他哭過，緊抓著不讓她走，喊著說他其他人都不要，只要、只想要一個人，他如此決心、告白、宣言，但這一切都只是夢裡的事……

如今，他握著再也無法靠近的人那隻溫暖的手，慢慢地失去意識。

「……」

伊索蕾沉默地望著入睡的波里斯。也看到他的手一會兒之後從她手裡鬆開、掉下。少女面無表情的臉上隱藏著的情感只有一個人看得出來，而這個人正閉著眼。

她還是沒有滴下任何一滴眼淚。可是這一剎那的伊索蕾，就像是很久以前波里斯在雷米湖畔利用奈武普利溫的彎月匕首所看到的影像——一個削瘦臉龐上帶著悲傷眼神的少女。她終究無法避免的命運，就是再度喪失掉回到她生命中的珍貴感情。

伊索蕾一走出屋外，荷貝提凱和五、六個人正在等著她。荷貝提凱靜靜地看著她，另一名男子走了過來，對伊索蕾說：

「大事不好了。村外一百多名蠻族傭兵擺好陣勢，他們要求立刻把你們交出去。」

03

鄉村攻防戰

整座村子都騷動了起來。總共不到三十戶的小村子，可以參與戰鬥的人數，男女合起來五十人不到。而且對方還是長期熟悉戰鬥的蠻族傭兵，如果眞的打起來，等於是自殺行爲。

村民的意見相當分歧。在雷米，有半數人是行船，有半數人是靠山吃飯，而他們人民的特性就是獨立性強，所以散居在雷米各處的小村莊等於是一個個的小社會，內部向來都是非常團結而且講求義理。因而，被他們認定是客人的人，是絕對不會交給敵人的；而對於威脅到村莊安全的人，也一向都會以牙還牙。但是這次情況卻有些不一樣。首先，敵方實在非常強大，只要敵方下定決心，整個村子很快就會被消滅掉。而且，所謂的客人與其說是全村的客人，倒比較像是荷貝提凱的客人。

一開始，他們會幫助波里斯和伊索蕾，完全是因爲過去奈武普利溫幫助過他們，而當時波里斯也在場，只是因爲如此而已。不過，在荷貝提凱的強力護說之下，土根性強的一些人都認爲應該要保護這兩個孩子。

他們想要試看看是否有協商的餘地，所以幾個人站到圈圍村莊的防衛柵欄上，大聲向對方喊話。果然，帶那些傭兵來的不是別人，正是昨天攻擊波里斯和伊索蕾的那兩個人，也就是瑪麗諾芙和彤達。

他們並不知道瑪麗諾芙和彤達並不是普通人，看到對方竟然能在一夜之間糾集到這麼多傭兵，全都呆愣住了；但只有一點是他們可以確定的，那就是根本沒有協商的餘地。瑪麗諾芙氣勢洶洶地站到最前方，威脅著表示：如果不把昨天那兩個年輕人交出來，今晚就會把整個村莊給毀了，而且連小孩子也不會放過。她爲了要示警，還把在村外活捉到的村民，拉了一個出來，立刻揮砍戰斧，斬首示眾。之後，她還一面晃著那沾血的戰斧，說還有三名俘虜，到晚上之前，她會每兩個小時就用各種不同的方法殺死一個，要村民最好儘快投降。

然後，村裡的意見開始對波里斯和伊索蕾大大地不利。

「我也一直在努力，但事情不是那麼簡單。眞是的，雷米人什麼時候變成這麼懼怕蠻族人的膽小鬼了？想到我就氣。現在到了這種地步，只能想想如何悄悄逃出去。你們如果逃出去了，他們就不會對我們怎麼樣。我們不會壞到要把受了傷的孩子交給那種殘酷的人。」

伊索蕾被叫到荷貝提凱的家中，聽到這番話之後，不發一語地思考著。她知道荷貝提凱是爲了讓她安心才這麼說的。雖然荷貝提凱之前就認識波里斯，但伊索蕾卻是這一次才認識的。不過，都已經威脅到村民生命危險了，她還對外人這麼好，這實在令伊索蕾很是詫異。如果是在月島，島民爲了島民，即使是比現在還更嚴重的事，也會堅守保護的立場；但如果是外地人，島民們根本不會插手去管。伊索蕾很清楚這一點。因爲她是在月島出生的，也遺傳到了島民的殘忍與排他的優越感。

可是另一方面，月島島民的祖先是古代王國的魔法師們，島民的自我中心，還有唯我獨尊的特性，都是從他們的高貴特質裡突顯出來的。被上天揀選而高人一等的人會有自認高貴的特質；但他們也擁有傲慢的自負感，不容許那些沒被選擇到的人被犧牲。

「不，我們出去見他們。」

「妳在說什麼呀，小姐……」

伊索蕾搖了搖頭，說道：

「我們不能丟下你們逃走，而且就算和他們說我們逃走了，他們也不會放過你們。這些傭兵都是在僱用的時候就給錢了。既然是給了錢才聚集到的傭兵，不用那些傭兵就等於是他們的損失，所以即使我們離開了，他們還是會當作報復地踐踏村莊。他們雖然殘忍，但曾說過不會殺死我們，這我暫且相信是眞的。可能是有什麼理由吧，總而言之，他們應該是要活捉我們回去。雖然他們終究還是會殺害我們，但到時候我們會對付他們，這是我和波里斯應該去面對的事。」

「可是波里斯現在他——」

「我知道。即使受傷了也一樣，不管是輸還是死，都是我們自己的責任，不是嗎？我不認爲他會不知道這個道理。所以，我們會和他們打的，打輸了就是死。我會盡我的名譽保護他的。如果他死了，我會替他報仇；但我卻無法接受別人因此犧牲掉，我想波里斯也應該無法接受。」

荷貝提凱的眼裡閃現出奇異的光芒。她對於伊索蕾所說的這番話，有些懂，又有些不懂。她肯定伊索蕾戰士般的堅毅性格，但是連自己好友的生命也以客觀標準來看待，這種冷漠，她可就難以接受了。

「妳說得好。我父親被庫倫族包圍的時候，也這麼說過。」

突然間，原本蜷縮在床上的男子伊賈喀一面如此說道，一面倏地起身。兩名女子都有些訝異地看著他。因爲根本就沒有想到他在聽，而且也不認爲他會提出什麼意見。

「荷貝，妳說村裡的意見分歧，是不是？那麼可見雷米人還稍微懂得榮譽。很好。可是妳要知道，這樣根本比不上我們堪嘉喀族的榮譽。還有，這位女戰士，看來妳眞的不是雷米人。雷米人不會說那種話。就算有機會說也不說的。但是妳卻知道要說。妳知道戰士的方式。妳是不是流有我們原種族的血統呢？」

說完之後，他就忽地站了起來。一看他站起來，天啊，這男子身高鐵定超過一百八十公分，而他長久鍛鍊出來的身體就彷彿像是一個會動的武器般。伊賈喀眨了一下稍小的一邊眼睛，對伊索蕾露出微笑；好半晌，伊索蕾以爲他是在對她送秋波。

接著，伊賈喀就大搖大擺地走出去了。荷貝提凱趕緊跟在後面，一面還喊著：

「哥！我不是和你說過了，不可以出去！」

可是已經太晚了。伊賈喀橫過村莊中央，到了防衛柵欄所在的地方。村裡的女人們看到陌生的巨人出現，都嚇得尖叫著去找丈夫，引起一陣騷動。村外的蠻族傭兵都擺好陣勢了，突然看到陌生人，也都緊張了起來。這個人不知從何處冒出來，一副天不怕地不怕的模樣，當然會嚇到人了。荷貝提凱一直努力試著想把她這突然來訪的同父異母哥哥給藏起來，就是怕一旦被知道是蠻族人，會引來不必要的紛爭，但如今都白費工夫了。

「這個防衛柵欄造得還不錯嘛。」

伊賈喀說道。伊索蕾緊跟在後面走出來時，看到伊賈喀拿出像是手套般的東西，正要戴到手上。如果說那是護手套（gauntlet），手腕處又嫌過短，但是看到手指每節都有粗粗的鉚釘，可以確定那是戰鬥武器的一種。在下一刻，他已經要攀登柵欄了。天啊，應該說他才伸手抓了一、兩處地方吧，就已經跳上去了。這個人眞的是動作柔軟如貓，身形強健如同豺狼。

伊索蕾想了一下，也跟著登上柵欄。不知不覺間，在他們下方附近，已經聚集了許多村民，都一副想看看兩人要做什麼的表情，議論紛紛著。站在他們之中的荷貝提凱皺著眉頭，盯著伊賈喀和伊索蕾看。

伊賈喀雙手交扠在胸前，環視四周圍。其實並不需要遠眺就看得到。確實是有大約一百多名蠻族傭兵稍微無秩序地聚坐著，一名直豎著武器的凶悍女子靠在一棵樹上。女子身旁豎著的就是之前看到的那柄戰斧。距離他們相當近。

伊賈喀稍微深呼吸了一下，連伊索蕾也聽得到那聲音。他是被嚇到了嗎？正當她這麼想的那一刻，突然一陣有如雷鳴般的響聲，震動了四面八方。

「你們是我的原種族同胞，難道不知道我是誰嗎？」

這麼大聲，幾乎是普通人所能發出的數十倍音量。而且這吼聲不只是音量大而已，還蘊含有種特殊能量。這類似伊索蕾吟唱聖歌時，能夠突然增加音量的那種能力。

「不知道我的人，往前站出來！我，會讓你們嚐到比死更加痛苦的滋味，你們就會知道我是誰！」

又再一次吼聲作響，隨即，原本站在柵欄下方的村民個個都掩住耳朵，至於原本隨意坐在地上的蠻族傭兵們，則是一個個很快站了起來。接下來，某個名字像是鴿子拍翅聲那般被小聲講出來之後，立刻變成十個人講出來，過了片刻則是全部的人都在喊著。那些聲音蘊含著原始的恐懼，是人們在遭遇萬萬沒想到的事情時的那種驚愕。

「是史高弩！」

「是史高弩！」

「史高弩在那裡！」

「天啊……史高弩在那裡！」

「史高弩」這個名字傳到柵欄內側的那一瞬間，村民也大大騷動了起來。伊索蕾不知道史高弩是誰，所以也就不知道人們驚訝的原因。可是她猜得出來，史高弩是個非常強悍的戰士，凶猛到光是用名字就足以讓所有人陷於恐懼，知道他威名的不是只有蠻族人而已，而這個人應該就是現在站在她身旁的這名男子。

「這聲音一定是堪嘉喀族的史高弩！我聽過他的聲音！一定是他！」

「你們沒有人參加過埃爾貝戰役嗎？沒有？可是我看過，當時……眞的看過！沒有人可以贏得過史、史高弩的！連雷米的野蠻人吞噬枷（Savage Eater）也贏不過！」

「可是我們這麼多人，而他只有一個啊！」

「不管是一個還是十個，我不想和原種族的英雄打鬥！他是埃爾貝戰役的榮耀！」

正當有人動搖之際，伊賈喀——或者稱之爲史高弩——又再一次大吼。這一回比之前更加大聲而且凶悍，簡直是眞正應驗了「山川草木爲之撼動」這句話。伊索蕾怎麼也想不透那張平常看起來很天眞的臉孔，怎麼會發得出如此的聲音。

「爲了幾分錢而出賣自己的原種族戰士們！你們忘了以前的恩怨嗎？賣身給外人的人，即使與我相同血統，我還是會要你們付出代價的！你們的行爲讓驕傲的戰士生氣！要付出代價嗎？還在猶豫嗎？猶豫的人，我會像殺狗一樣殺掉！不管一個還是一百個，我一個不剩，全殺光！」

伊賈喀一說完話，並不等他們眞的開始後退，就一口氣跳下柵欄外側，像是要以一抵百地快步走去。可是令人驚訝的事發生了！那些蠻族傭兵像是被他僅僅一人的氣勢給壓倒似地，開始紛紛猶豫著往後退。過不了多久，大約有三十個人像是不想和他衝突似地，從隊伍之中脫隊了！

此時，一直俯視著伊賈喀的伊索蕾一腳跨出，也同樣地跳下到柵欄外側。普通人一看就知道她是以平常人的加倍彈力輕輕屈膝著地。伊賈喀用眼角看了她一眼，低聲說道：

「妳夠厲害。」

可是伊索蕾很快拔出雙劍，毫不遲疑地回答：

「我不想把自己的事全都交給別人來做。」

伊賈喀沉默了一下，簡短地回答：

「不愧為戰士。」

伊索蕾想起在月島發生的事。當賀托勒不當地侮辱她時，是波里斯為她而戰。如今有人要傷害波里斯，她當然應該要為他而戰。不，應該說她一直想要這麼做。

然後，兩人與七十名傭兵對峙，使他們後退了數公尺遠。就在這時候，柵欄上的門被打開了。荷貝提凱還有大約二十個村民拿著武器跑出來。站在他們後面的男子喊著：

「我們不只有堪嘉喀族的『永不屈服的史高弩』，而且比你們人還多！想要打到兩邊全軍覆沒，就來啊！」

那句話像是信號般，一聽到這裡，伊賈喀就衝過去了。驚慌的傭兵們雖然人數較多，卻都四處奔散，其中一個在前面的可憐傭兵就喀地一聲，傳來了脖子被扭斷的聲音。史高弩瞬間出手好幾次之後，又一人的脖子被折彎，另一人的手臂被打斷，肩膀被拉斷，鼻梁被打碎。全都是轉眼間發生的事。

不過，伊賈喀卻沒有受到任何一點傷。伊索蕾很快就明白這是什麼原因了。因爲伊賈喀在敵人拿起武器的瞬間，就用眼睛難以看見的疾度，手腳齊發，再如同彈簧般彈回來。伊索蕾也是使用速劍的人，所以她的眼睛才得以快速跟上，然而，這確實是她生平從未見過、也模仿不來的身體術能。

伊賈喀在刺來的槍劍之間巧妙地運用簡短的律動，移動身軀。這個男人眞的具有以一抵百的實力。他不需要武器，也不需要盔甲。用鉚釘製成的一隻手套，就足以縱橫於數十個人圍攻的戰場上，他這副模樣使得與他站在同一方的人，也覺得害怕。

伊索蕾當然不是等在那裡。可是在她衝進敵陣之前，就已經有個人擋在她面前了。這個人不是別人，正是瑪麗諾芙。

「自己實力不夠，就去僱用這樣一個怪物啊，可惡的死丫頭！」

伊索蕾並不是因爲她這番話，而是因爲想到波里斯的傷口，不禁怒從中來。她那張越是憤怒越是冷漠的臉孔像是冰雪雕像般白亮。她絲毫不再遲滯，左手劍橫屈，右手劍直刺，再將左手劍以對角線上揮。在瑪麗諾芙還來不及反擊時，她就已經倏忽躍至對方頭部，用雙腳直踢敵人臉孔。從對方背後一跳下，隨即一個轉身，順勢揮向腰部。這同樣也是村民，以及傭兵們從未見過的攻擊招式。由於伊索蕾在衝入戰場前，已經用聖歌強化了自己的能力，所以跳躍力和速度都到達普通人眼力所不能及的境界。

要不是因爲波里斯，伊索蕾也不會在大陸人面前隨便展現聖歌的力量。事實上，參加銀色精英賽之際，雖然遇到幾次困難，她也不曾使用過這種能力。但是這一次卻不同。爲了那入睡的少年，無論發生什麼事，她都要守護他，至於那些讓他受傷的人，她身爲劍之祭司的女兒，是一定會予以回報的。

瑪麗諾芙看到伊索蕾使出比昨天還快速好幾倍的劍法，驚訝不已，更對於她這簡直非人類的動作倍感驚奇。瑪麗諾芙一發覺自己絕非對手時，立即後退，叫喚彤達，打算兩人一起合攻。

「快來幫忙！」

而這時候，傭兵們早已因爲伊賈喀的迫人攻勢被震撼住，有一部分人逃走了，另一部分的人則是希望僱用他們的那兩人死在伊索蕾手裡，所以遲遲不走。而且也已經有十幾個人被伊賈喀殺死或負傷倒地。村民們一衝過去，原本應該有勝算的傭兵們也像是不想和他們對戰似地，一直後退跑掉。加上那些最初一聽到史高弩這名字就不想與之爲敵而走掉的，實際上敵人的總數可能才三十個人吧。此時，伊賈喀轉向伊索蕾那邊，看到她正被瑪麗諾芙和彤達，也就是二翼和三翼，聯合攻擊。

「難道南方人連榮譽心也不懂嗎？」

像是鑼鼓鳴響的聲音又再一次響起，由於剩下的傭兵幾乎都已沒有戰鬥意願，於是伊賈喀修正攻擊目標，逼近使用繩索的彤達。伊索蕾喊道：

「這個人的繩索尖端有毒，要小心！」

伊賈喀看著炫亂移動的繩索一下之後，像是在表演跳繩那樣，跳過了幾根繩索，再用戴有手套的手抓住幾根。套索上面像鋸齒般的鐵片，根本刺不進伊賈喀那不知用何材質做成的手套。伊賈喀把繩索用力往前一拉，彤達便有些重心不穩。伊索蕾趁機揮劍，把繩索斬成兩截。

彤達面無表情的臉上第一次出現憤怒的神色。他把剩下的二根繩索握在一手，從背後拔出三叉戟。接著，他放開繩索，開始與伊賈喀展開對決。

三叉戟以驚人的速度快速移動。沒想到像彤達這樣健壯的人竟能揮出如此精巧且變化豐富的戟法。原本長戟因爲長度的關係，在短距離對決時比較慢，但是由他使來，卻幾乎連這種弱點也被掩飾住了。

可是伊賈喀端詳了對方的攻擊一會兒以後，像是大致知道對方招式那般，伸出手去。他的手其實是誘餌，彤達以爲他要避開刺來的長槍，不知何時他卻一個屈身，像豺狼般直衝過去，抓住彤達的下半身。那簡直是令人難以想像的強大力量。他竟然抓住彤達精壯的身體整個舉起，往頭後方丟出去。看到這駭人的攻擊招式，所有人都一陣毛骨悚然。在彤達倒著跌到地上還未站起來之前，伊賈喀轉身，又再衝過去，把他倒抓著，再往地面猛插。下一瞬間，彤達像是頸椎碎裂，再也無法站起了。

然後，伊賈喀把注意力轉往瑪麗諾芙。此時的瑪麗諾芙早已被伊索蕾的劍傷了好幾處，動作慢了下來，在她因爲流血而慌亂之時，所剩的就只有凶悍的氣勢了。伊賈喀正要接近，她硬是亂揮戰斧，大喊著：

「不要過來！我叫你不要靠近我！你這個怪物！你這個恐怖的殺人魔！」

「殺得多，和殺得少，不同樣都是殺人的人嗎？」

瑪麗諾芙的戰斧掃過伊賈喀的手臂，可是伊賈喀一副沒怎麼感覺的表情。避開第二次速度較慢的攻擊後，他滑移向前，雙手抱住這名女子的腰部，正打算要捏斷時，伊索蕾喊道：

「住手！不要殺這女的！」

伊賈咯像個聽話的少年那般停住動作，一手抓住瑪麗諾芙的脖子。然後問伊索蕾：

「妳有話要對她說嗎？」

伊索蕾垂下劍。聖歌的力量已逐漸消去。同時，極度的疲勞朝她襲來。她像去年夏天和月島的怪物打鬥後沉睡前那樣，眼前頭暈目眩。可是她定了定目光，將劍入鞘之後，說道：

「我們要問她幾句話。」

04

罪惡的代價

瑪麗諾芙手腳被牢牢綁住，跪在營火前。好幾個村民圍著她議論紛紛，而伊賈喀則站在一旁，一副戰鬥結束之後就沒他的事的態度，打了一個很長的哈欠。

事實上，現在村子裡的議論對象主要是伊賈喀，而非瑪麗諾芙。但是站在伊賈喀身旁的村民們，哪裡敢對伊賈喀胡言亂語，村民們只敢彼此交換眼神而已。

瑪麗諾芙受到她以前從未想過的屈辱，整張臉都漲紅了。她認爲失敗並非錯在自己，而是因爲對方實在太強的緣故。那個忽然實力突飛猛進的丫頭是造成失敗的原因之一，但最大因素還是在那個恐怖的男子，他才是眞正超乎她想像的怪物。她是個習武之人，當然也聽過堪嘉喀族史高弩的事。她也大略知道，在埃爾貝戰役裡，他和雷米公主吉娜帕大戰過一場。可是她以前一直以爲有些是誇大其辭，而且對於沒有親眼見識到的實力，她當然是不會懼怕了。所以剛才蠻族傭兵嚇得心慌時，她才會毫不畏縮，敢和他對戰。

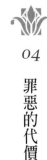

可是，不知怎麼搞的，就已經落到了這個下場，讓人這樣羞辱，而且還要擔心是否會受處分。又因爲她最初處死了一個村民，所以村民們個個都咬牙切齒，只是礙於伊賈喀的關係，不敢隨便對她怎麼樣。她最害怕的就是可能會被交到村民們的手中。像她這樣的人物，如果死在那種沒沒無聞的百姓手中，可就是莫大的恥辱了。

不過，看他們似乎有話要問她，應該不一定會被殺吧。不管怎樣，她還是抱一點希望。只要挨過幾天，柳斯諾和尤利希應該就會來救她出去的。因爲，發生這種事，他們應該不會沒有察覺才對。而且是他們叫她和彤達來這裡的，他們應該就在離此不遠的地方吧？原本她以爲才只不過是兩個孩子，似乎可以立下功勞，就草率行動，誰知道居然會遇到那種怪物？

同時，瑪麗諾芙也暗自以爲，這裡的所有人腦筋都比她差，而且老百姓的特徵就是同情心氾濫。

此時，那個被瑪麗諾芙在心中取名爲「囉嗦女人」的荷貝提凱正朝她這邊走過來。她走近之後，瞪了一眼瑪麗諾芙，就教人群稍微後退，以營火爲中心圍成圓圈。過了片刻，伊索蕾以及波里斯從對面屋裡出來，以緩慢的步伐走了過來。

波里斯因爲傷口的緣故，脫掉上衣，上身披著一件大斗篷。那個傷口使他連移動手臂都很困難，更別說是要站起來，不過，除了微皺的臉孔外，看不出疼痛的神色。

原本荷貝提凱等人不讓他下床，要把抓到的女子帶到他那裡，可是波里斯不聽從。他表示，已經受到眾人幫忙才得以安全，他不能再一直都是這副軟弱模樣，所以他希望在審問這名他無法親自抓到的敵人時，能保有最低限度的禮貌。波里斯雖然沒有感覺到，但其實他這種行徑就和父親優肯的嚴肅個性非常相像。大家因爲他驚人的忍耐力，都不禁張口結舌。

他已經從伊索蕾那裡聽到大致的情況，所以他首先向伊賈喀表示謝意，但是伊賈喀卻一副自己對他沒有什麼大恩、不用道謝的表情，呆呆地接受他的道謝。之後，波里斯站著俯視瑪麗諾芙，人們說要拿椅子給他，他也拒絕了。

風一吹，斗篷就輕輕掀開，稍微露出前胸。波里斯把劍當拐杖般拄著，一個深呼吸之後，開口說道：

「瑪麗諾芙．坎布。妳的名字很耳熟。正是我故鄉那個地方會取的名字。我原以爲是叔叔派妳來的，可是妳既然已經否認，那麼，請問是誰派妳來的呢？」

瑪麗諾芙有些猶豫，但是立刻憤然說道：

「哼，你以爲我會乖乖地說出來？」

「如果妳不乖乖地說出來，要不要我把妳手指頭一根根砍下來？」

瑪麗諾芙吃了一驚。對方是少年，她沒想到他會知道這種手段。此時，她心想最好改變態度比較好，但她還是先保持沉默。

「方法我決定等一下再想……那麼妳的目的是什麼呢？爲何攻擊我呢？」

這一回，她沒有必要隱瞞。

「當然是來捉你回去了。不過，卻變成是我被捉了起來。」

「爲什麼呢？」

「因爲有人要你這個人。」

「妳是意思是，那個人不是叔叔，是嗎？」

突然間，瑪麗諾芙大聲笑了出來。

「哈哈哈……你叔叔，是勃拉杜，是吧？呵呵，噗呵呵呵……你覺得他有能力僱用像我這種人物嗎？我說的當然不是錢的問題，而是用人的能力了。他沒有什麼人緣。不但是屬下，連自己老婆都不信任他。啊，信任他的恐怕只有一個人了。就是他那個小女兒，今年好像兩歲吧？但可笑的是，他那個女兒在奇瓦契司裡沒有一個人不信任她！哈哈哈……」

勃拉杜叔叔結婚了而且還有小孩，這倒是他第一次聽到的事，以前他想都沒想過。不過，叔叔趕走父親以及波里斯兩兄弟之後，如果想替貞奈曼家族傳宗接代，要做到那些事，對他而言應該是不難吧。波里斯因爲想著這些事，而沒有說什麼話。可是他聽到瑪麗諾芙這番話，卻覺得心裡難過。只是不知道爲何會這樣。

「不只沒有人緣，連能力也很差勁。而且現在還變得很懶散，連……反正就是非常沒用的人，現在他連你在哪裡流浪，恐怕都不知道呢！最近他老是在家裡，連動也懶得動。我看他不只是不知道你在哪裡，甚至可能早就把你給忘了！所以我看你也別想他的事了。如果你再給我三天左右的時間，我可以把他的事或者你離開故鄉後的事情全都說給你聽。你想知道的事，我應該都可以告訴你。」

「總之，妳的意思是認識我叔叔了。至於妳……」

波里斯的聲音變得更加低沉而冷漠。瑪麗諾芙，以及周圍其他人，都訝異著這少年口中竟會有這種威脅的語氣。

「妳被這裡的人捉住，交給我來處分。妳應該好好認清自己的處境才對。再這樣對我不敬，我也會用同樣的方式對待妳的，妳給我聽清楚！」

他也開始用命令的語氣了，而且沒有絲毫不自然之處。如果有充分理由使他一定得這樣，他會不顧本來的個性，變得殘酷，這點和哥哥耶夫南很像了。可是耶夫南同時又像母親，這一點波里斯就不同了，他即使害怕，也會比較像從小看著的父親——優肯・貞奈曼。

也就是說，波里斯現在的舉動並不完全不符合他的本性。

「妳失敗了。妳的同伴死了，但我看妳的態度，似乎還有其他同黨。是誰？在附近嗎？三天左右就會到達這裡了，是嗎？」

「沒有這回事！」

「沒有？妳願意為這句話負責？」

「……」

如今瑪麗諾芙不敢隨便回答，她像是下定決心似地，開始閉上嘴巴。波里斯繼續說下去。實在難以相信這個十五歲的少年，居然能把一個大人吃得死死的。

「不管有沒有同黨都沒關係。只要我離開這裡，他們會來追捕我，這座村莊應該就會沒事。所以，妳根本就沒有機會了。不願說出是誰指使妳的，是吧？沒關係。至於捉我的理由，妳不說我也大概猜得出來。反而是我現在有話要對妳說。妳不想知道自己的命運嗎？我不喜歡跟妳一樣繞圈子說話，所以，直截了當告訴妳！」

波里斯像是在忍痛似地，稍微皺了皺眉頭之後，一字一字清清楚楚地說道：

「我，現在要殺了妳。」

瑪麗諾芙的瞳孔像是要無限放大似地張開，周圍的人群之中開始有細碎的議論聲音出現。伊索蕾稍微低下頭來，聽著波里斯的聲音。她似乎也沉浸於其他的想法之中。

「我，我！為何這麼快就要殺我……沒、沒有必要……不……是嗎？我不是怕死！我能告訴你的，還、還有很多事沒說啊！不只是你問的事，還有其他很多，我全部都可以告訴你！再、再等一等……」

「如果不怕死，妳就不要結結巴巴的啊。都已經要死了，幹嘛還裝腔作勢？」

波里斯用雙手握住至今一直拄著的劍，霍地拔出劍來。以他現在的身體，似乎根本不可能做到這樣的動作，但卻無絲毫遲鈍。剛才在老奶奶家中看過他傷勢的人，看到這一幕都感到難以置信。

「不、不是啦……我，我只是……我要說的只是……」

瑪麗諾芙想要裝作不是那麼一回事，硬是要裝出沉著的模樣，但她的下巴已經嚴重顫抖，眼瞳充血，連眼白也發紅。當了一輩子殺手，她不是從沒想過會死，只是從來也沒想到會在如此無法反抗的狀態下被殺。要是她一直擔心死亡，就不會每次打鬥都那樣高昂，也不會去收集死人的頭髮，忽視他人的死亡。

可是以前的意志力只是像中毒一樣嗎……她在不知不覺中，沉醉於身邊的死亡香氣，像是因爲不懂反而不怕的小孩那樣，誤以爲殺人沒什麼大不了地過了這半輩子。

那種蠻勇，其實與眞正的死亡截然不同。宛如昨夜的夢境與今日的現實，也宛如畫中紅色的顏料與眞正的鮮血。

「我不想死啊……」

她終於坦白地說出了一句話。可是波里斯一點兒也沒動搖。

「妳毫無罪惡感地殺了一個無力抵抗妳的無辜村民。而且，還讓那些妳帶來的傭兵們白白送死。爲了等待同伴來救妳，還想欺騙我。妳是不是希望他們來了之後把村民殺光？對不起，我沒有那麼愚蠢，而且也沒閒工夫去等到那個時候。這所有一切都是妳罪有應得。殺妳的理由夠正當，也夠充分了吧！」

波里斯舉起劍來。所有人的目光全都看向波里斯的臉孔，還有劍尖。

「你為……為何不想從我這裡得到消息？要、要捉你的人是誰，我全都告訴你！要躲避誰，他們要的是什麼，我全部都和你說！」

波里斯的頭髮與斗篷一起飛揚。面無表情的眼珠俯視著她。這眞的是十五歲少年所擁有的眼神嗎？這難道不是那種經歷過世間險惡的人，對於最後決定絲毫不改的行刑者的眼神嗎？

「即使妳把我想知道的全說出來，也無法被赦免。妳背信於人又有何用？只會徒然污損妳的心靈。不是這樣嗎？而且……」

波里斯早就下定決心不去管背後指使者是誰。反正他就要回月島了。而且在長大成人之前，應該是不會再回來了。既然如此，多知道一個在大陸與他有恩怨的人，又有何用？光是勃拉杜叔叔和培諾爾伯爵，就已經夠混亂他要當個巡禮者的心情了，何必再多加一個敵人呢？

沒必要知道。不管他是何人。

「怎麼會！你到底、為何……」

嗤！

劍一口氣刺穿肋骨與心臟，定住之後稍微顫抖了一下，等到又拔出的那一瞬間，如同泉水般湧出的鮮血從前後方直噴而出。波里斯的手臂一陣輕微痙攣，然後就停住了。要一口氣刺穿是需要多大的力氣啊，這使得他背部的傷口都撕裂開來，血滴不斷滴落到地上。

他第一次用奈武普利溫借給他的劍殺死人。血腥味向四方散開之時，瑪麗諾芙毫無焦點的眼珠面對著他的臉孔。他看著鮮血順著紅紅的劍刃流下去，一面低聲喃喃自語著：

「……在我面前辱罵貞奈曼家族的人，是妳最後犯下的罪行。」

波里斯不停顫抖的身體終於停止了抖動。如泉水般噴出的鮮血流到營火之後，吱吱作響，化爲煙氣。

而伊索蕾則一直盯著仍然呆站的波里斯，並且找出了自己一直在思考後的結論：大陸上的血腥人類，畢竟與月島的巡禮者，古代王國的後裔，月女王的子孫，大不相同。

他不是巡禮者達夫南，絕對不是。他的名字是她未知的土地奇瓦契司的滅亡家族——貞奈曼。在現實的大陸裡成長的人，和他們那些追憶古代王國而遺世獨立的巡禮者，是不可能一樣的！波里斯．貞奈曼到死還是波里斯．貞奈曼！

他不可能丟棄他的姓名。他……

終究還是會回來大陸的。

「……」

不知是因爲傷口疼痛的關係，還是因爲自己殺了人而精神恍惚，波里斯把劍直豎在地上之後，身體搖晃了一下。伊索蕾走上前一步，扶住他的手臂。突然，她的目光下移到劍刃。此時波里斯也看到了。

在沾滿鮮血的劍刃上，顯現出一行平常看不見的陌生字句。在與護手相接的劍身底端，鮮血之中出現了白色的短短一句。波里斯以前完全不知道有這種東西。

伊索蕾愀然變色。

「這是……」

□

十一月的天空，隨時都有可能下雪。兩輛老舊的馬車，以及幾名騎馬的男子停在某間旅店前面。其中一輛較好的馬車裡走下一個全身被黑色外套包裹著的中年男子，還有一個像是他祕書的男子，另一輛馬車則是兩個看起來像是傭兵的人，以及一個鄉下人。

一行人一進到旅店，裡面的老闆像是事前已經講好似地，不發一語，只是低頭示禮。他們一句話也沒講，就直接上去二樓了。

旅店最好的房間裡已經備好晚餐。火爐也燃著柴火。中年男子一坐到餐桌前，傭兵模樣的女子和男子也一起坐下，其他人稍微示禮之後，全都到了旁邊的房間。

「首先，祝賀成功。來，喝一杯。」

祕書幫三人倒了酒。他們互碰酒杯。

「謝謝。不過，花了我們很久的時間。說起來，真的比想像還要來得辛苦。我們已經盡了最大的努力，現在只等您去看就行了。」

女傭兵微笑著說了幾句話之後，一面仰頭喝酒，一面不停觀察對方的眼神。

僱用他們的中年男子只是輕輕點頭，像是正在思考著和他們全然不同的想法。過了片刻之後，他回過神來，說道：

「大家用餐吧。」

雖然餐點不算是非常精緻，但葡萄酒卻是從亞拉松帶來的高級品，在這種奇瓦契司鄉下裡算是難得一見的東西。他們並沒有談些什麼，就結束用餐，隨即中年男子又再開口說道：

「今晚睡這裡，明天一大早確定所有一切之後，我會支付你們剩下的錢。」

「我們不用去嗎？」

「應該是沒有必要吧。明天你們就在這裡休息，等我回來。」

「啊啊……是，遵命。」

兩個傭兵察覺氣氛，很快從座位站起來。他們道了晚安之後，就走出房間。

等到房門一被關上，祕書開口說道：

「仍然不可以信任他們。」

「現在事情都已結束，可以了。」

「但明天最好還是留下幾個騎士在這裡，會比較好，伯爵大人。」

然後，中年男子培諾爾伯爵有些不悅，答道：

「我最近經常失敗，連你也開始不相信我了。」

「不是這樣的。那個時候實在是……因爲伯爵處於不得已的狀況。」

「是啊，我事先沒有想到芬迪奈公爵會使那種狡計，實在是一大失策。」

培諾爾伯爵低下頭來，揉了揉眼睛。夏天的銀色精英賽裡，他錯失了千載難逢的機會，確實令他非常失望。他不知道芬迪奈公爵爲何會幫助波里斯，因此一直懷疑波里斯已經把冬霜劍獻給公爵。可是他卻又沒有力量去確認事實。如果當眞落入了芬迪奈公爵手中，依他的能力也無計可施。

都已經追查這麼久了……

在冬季將至之際，才終於傳來好消息，所以一直陷於失意的他也因而稍微振作起精神。當時僱用了這個名叫亞妮卡的傭兵，還找了一個會感應像冬霜劍這種特別金屬的魔法師跟著她，長久以來一直在原野之中尋找，終於，找到了埋藏寒雪甲的地方。

伯爵一聽說他派去監視的騎士傳來消息，立刻乘馬車出發，在邊境換搭老舊馬車之後，就直奔這裡。

現在外頭正下著雪。雖然這種天氣恰適合尋找冬日的甲衣，但是在三更半夜迎著風雪做事，有些不妥，所以他決定明天早上再去挖掘。這裡確實是天候惡劣。培諾爾伯爵出身於氣候溫和的貝克魯茲，當然不喜歡奇瓦契司的陰天。一想到這次事情結束之後，他可以有一段時間都不用來這裡，心裡多少輕鬆了一些。

「那麼你也去休息吧。」

「是。」

□

等到伯爵也去睡覺，燈火熄滅之後，旁邊房間還是有人醒著沒睡。但他們還是再等了大約兩個小時。然後，終於在凌晨兩點左右開始行動。

窗戶被打開，兩個人影往雪地跳下。雪還在飄著，積雪達到腳踝的深度。

「快點，趁現在。」

亞妮卡和羅馬巴克很快走出旅店後院，在民宅的屋簷下穿梭，走到了村子入口處。雪下得很大，所以不必擔心腳印。在那裡，已經有十幾個傭兵備好馬匹，正在等著他們。亞妮卡一看到他們，就揮了揮手，說道：

「哎呀！好久不見！」

「亞妮卡，說什麼要分我們一杯羹，可是怎麼偏偏挑這種日子啊？」

「想分一杯羹，就心甘情願一點。大家都準備好了嗎？」

所有人都上馬之後，隨即立刻出發。他們在覆蓋白雪的原野裡奔馳許久。中途又再與幾名男子會合。接著，再前進幾百公尺之後，終於停止奔馳。

「把燈熄掉。小聲走過去。」

因爲有幾名伯爵的部下守在那裡，必須一口氣制伏他們才行。雪花越飄越大，而且風勢也變得更強了。在這黑漆漆的夜裡，可能不容易找到目的地，但是亞妮卡卻一副自信滿滿的模樣。這是因爲最近幾個月來，她幾乎已翻遍這一帶。即使有些積雪，她也不可能找不到那個地方。

終於，看到了遠處閃爍的火光。

他們全都是習於突襲的人，所以很快就制伏住了對方。在這個尖叫也沒人聽見的地方，伯爵的哨兵們，以及兩名騎士很快就被他們給殺了。雪地上的紅色血跡在油燈照射下，看起來更是格外明顯。

他們也沒想到去清除屍體，就抓起鏟子和鋤頭。因爲土地相當堅硬，最好點火燒過之後再進行挖掘。但是他們沒有空閒這麼做。要是旅店那邊發現他們不見了，騎士們一定會直接追過來，事情可就會變得複雜了。

大約花了一個小時，才挖出一個小坑。好像還要很久才能挖好，但是突然間，有塊土地卻裂開，露出了某個東西。拿油燈一照，發現泥土下方竟然是空的，有個宛如地窖的空間！

他們面面相覷。

「這是怎麼回事？」

「不知道，就挖看看吧。周圍其他地方也這樣嗎？」

「大概……直徑兩公尺左右吧。」

「是正方形的，不對，算是橢圓形吧。」

他們敲開四周圍的泥土，果然，眼前看到一個寬約兩公尺的空間。而在那下方……

「看，你們快看。在那裡！」

「啊，天啊，這到底是什麼？」

「亞，亞妮卡……妳不說是屍體嗎？可是那怎麼會是屍體？」

「我也不知道！如果不是屍體，那是什麼？」

所有人都停住了。手提油燈的那個人在燈環綁了繩索，將油燈垂到下面，然後大家都清楚看到了。看到裡面躺著的東西。

那是一個正在睡覺的年輕人。不對，應該說像是在睡覺狀態下被埋起來的年輕人。

不知他是在睡覺，還是死了，誰都不敢斷言。如同白蠟般蒼白的臉頰與閉著的眼皮，沾有泥土的褐色頭髮，還有輕輕合握著的雙手……他一動也不動地躺在地底，他的衣服都褪色了，靴子幾乎腐爛了，但是他的身體卻十分完好。像是昨天睡著的，要不就是睡了千年那般，皮膚與肉體絲毫未損。

可是……他應該是已經死了好幾年的屍體啊！

「我、我……是不是聽錯消息了？」

「是很想用手去碰，可是亞妮卡……好像有什麼可怕的魔法。不是聽說已經死很久了嗎？屍體通常過了三天就會開始腐爛，可這是什麼呀！」

「會不會他還活著啊？」

亞妮卡緊閉著她的薄嘴唇，顫抖了幾下。她也確實感受到一陣恐懼。可是不能這樣就走。他們長久以來的努力，好不容易才一直作假到現在的！

羅馬巴克拉了一下亞妮卡的手腕，說道：

「亞妮……走吧。全都回去吧。我總覺得毛毛的，有種壞預感。」

亞妮卡突然怒從中來，大聲吼著：

「你說這什麼話！就算現在整個再埋回去，也已經殺死這麼多人了，回去之後能拿得到一分錢嗎？如果現在退出，就是兩手空空了！我辛苦了這麼久，才找到這裡的！我做不到……我沒辦法說走就走！」

他們就是爲了年輕人身穿著的那件白色甲衣而來的。幾年前他們錯失了擁有冬霜劍的兩兄弟之後，遇到了伯爵。在到處收集情報之後，得知如果擁有那樣東西，就會有一輩子享用不盡的財富，從此她就開始投注所有一切，只爲了這一次的冒險。

而且這個年輕小子當時曾經讓她在雷格迪柏的傭兵隊長面前出醜！

沒錯，不管他是生是死，有什麼好猶豫的？如果還活著，就把他給殺了，如果死了，只要扔在一旁不就得了？

亞妮卡站起身，倏地跳至墳墓裡。雖然這個彷彿天然形成的地窖讓她毛骨悚然，但不能在這個時候退縮。傭兵們嚇得都快不敢睜眼了，但亞妮卡屈膝蹲下，想要脫下耶夫南身上的甲衣。

就在這一瞬間，令人駭異的事情發生了。

「啊！」

亞妮卡一伸手，原本像是活著的年輕人身體，就啪地變成了粉末。

「呃……」

正確地說，是原本用粉末做成的外殼，剎那間散掉後隨風飛去。什麼也不剩。

而亞妮卡的臉孔則因爲其他理由，整個綠了。因爲，消失的不僅僅是屍體，她如此辛苦尋找的白色甲衣，也瞬間消失得無影無蹤！

亞妮卡呆愣了一下，只是睜著眼睛，然後她突然伸出雙手，像發瘋似地亂挖亂掘。挖了好幾次之後，猛然站起來，開始對著空中破口大罵。

「可、可惡該死的，怎麼會……腐爛掉了……」

可是，墳墓外的傭兵們卻開始感覺到其他不對勁的地方。嗡嗡作響的聲音包圍住他們，夾帶大雪的風開始如同暴風般吹襲。呼，油燈被風吹熄。原本習慣有燈光照射，突然間，四周圍陷入一片黑暗。不僅看不到彼此的臉孔，而且根本也不知道如同張大嘴巴的墳墓坑洞到底在哪裡。

風聲轉變爲吼聲。馬匹被狂風聲嚇得不停嘶鳴，這時候開始傳來有東西破碎、倒塌、撕裂般的聲音。

他們呆站著，一動也不能動。心臟都快停住了，腳也像釘死在地上一樣，什麼也不能做。到底發生了什麼事，沒有人知道，只能無知地死去了。

接著，傳來了第一聲刺耳的尖叫聲。

第十六章

凋零之地

Witherer Land

01 霍拉坎

雪還是繼續不斷地紛飛著。通往大禮堂的路上，留有許多人走過的足跡，整條路就像剛被捕獲的貂皮般閃閃發亮。

達夫南以前居住在大陸時，只看過一次貂。當然啦，那是已經死掉的貂。如果要再說得清楚些，那其實只是某個拜訪貞奈曼宅邸的高官夫人，她圍著的銀灰色貂皮披肩上的一顆小小貂頭。

他在想，這樣就算見過死掉的貂吧。那位高官及夫人離開後，他才由奶媽的口中得知那東西的名字叫作貂，以及它驚人的天價。奶媽還說「現實中」可以捕捉到的貂當中，最高等級的就屬那位夫人所擁有的那種銀灰貂。什麼是現實中呢？他一那樣問，奶媽就喃喃地回答：

「據說在遙遠的北方還有那種白色毛皮的貂。在平常的季節，毛是黃褐色的，只有在冬天才會變成雪白色，因此一定要在冬天獵捕才行。它們比黃金還更值錢，不僅貴婦人，甚至女王或者公主們，人人都夢寐以求。獵人只要捉到這種貂，就馬上翻身、富有了。嗯，這些可都是到處趕集的商人遇到我們這些婦人家時，對我們講的新鮮事。雖然我向來對沒有親眼看到的事都不會相信；不過呢……銀灰貂應該確實就是他們捕獵到的最上等的貂！他們還說那種白貂皮，就像是鋪在清晨草原上還沒被踏過的初雪那樣完美。」

達夫南回想起這些話，才醒悟到為何自己看著雪地會突然聯想到貂皮這種完全不相干的東西。他笑了一下，卻又突然想到，奶媽說她沒親眼看到的事就不會去相信，那她親眼見過碧翠湖的幽靈……不，應該說她親眼見過碧翠湖的怪物嗎？

他也不知道奶媽如今是生是死。

「現在快去啊。」

達夫南感覺肩膀被戳了一下，隨後他便走向前去，登上大禮堂台階。那是要成為島上一員時，按慣例所要登上的位置。達夫南沿著包圍大禮堂的四方形迴廊往下走。島民們聚成一群，也慢慢地跟了上來。經過一個轉角之後，達夫南在大禮堂東方，四面沒有門扉的拱門入口前停下了腳步。

達夫南初抵月島，來到大禮堂時，就曾看過這扇「敞開的入口」。不過，他知道這扇門在平常是不使用的。這個入口和村莊的外牆一樣，乍看之下好像是敞開的，但如果沒有開啓的咒語或動作，就無法通過。平常人們出入都是使用另一邊牆壁上有個門閂的普通門，幾乎都忘了這個入口的存在。

現在，戴斯弗伊娜祭司就佇立在入口前。她不說話，揮了一下彎月水晶權杖「聽者之符文」，接著唸起他聽不懂的咒語。

「波吶岱啊，特爾土司帖喔司，締嘍業索嗚希啊。」

彎月水晶散發出微弱的光芒，戴斯弗伊娜祭司將權杖指向入口。隨即有一層透明的薄膜和水晶相碰觸，接著就像融化般消失不見。戴斯弗伊娜祭司後退了一步，達夫南跟著通過入口，停在等待他的祭司們面前。

排成兩行的祭司當中也包括了奈武普利溫。達夫南一靠近，祭司們就分別往左右後退，圍成橢圓形，手中各自握著代表的神物，暫時閉上了眼睛。

一會兒之後，他們中間飄出了一個半透明的東西，隨即形成一座高聳的祭壇影像。祭壇是沙漏的形狀，上下兩面都是平坦的圓形。剛開始還有點模糊，漸漸地帶出具體可見的光芒，然後長長的線條朝著上方被清楚地刻畫出來，很快地，可以看見藤蔓的樹枝延伸攀爬。每根樹枝末梢以及樹枝連接處，瞬間都長出了葉子。周圍變成了樹林；慢慢地，愈來愈像眞實自然的模樣，然後，那上面便開始飄起像大禮堂外面一樣的白雪。

除了這影像是半透明的之外，這一切都非常逼眞。

這些雪花一掉落到大禮堂的地板上，就瞬間消失；這景致就像是臨時把某個遙遠地方的場景原封不動搬過來似的。親眼目睹這一切的達夫南和祭司們都知道，這一切是眞的存在的。那地方位於島上船舶碼頭與人居的村落之間，綿延展開的那片「樹林」禁區中的遺跡之一景。

一般島民離開碼頭，進入樹林，就會通過隱形的魔法轉移門，立刻移動到靠近樹林盡頭的村落處。因此，隱藏在樹林內的遺跡，只有祭司們與一些特定人士才見得到，像今天這種情形，可以說是破天荒。

「到這裡來！」

達夫南走向半透明的樹林祭壇。祭司們讓出一條路。他愈走愈近，看到了祭壇上面擺放的東西。上面有一些不知是什麼的證書、裝飾品，還有一件他一眼就可以認出來的東西，因爲和他手中握著的幾乎一模一樣。

即使雪花紛飛，它仍保有原來的光芒，在其銀色光彩下，雕鏤得巧奪天工的眼窩與齒痕等圖案，和他現在握在手中的東西居然如此相似！上一代來到島上的銀色骸骨（Silver skull），就像過去得到它的主人那樣，露出漠不關心的傲然眼神，直盯著他看。不，這只不過是兩個凹陷的眼窩而已。

「……」

達夫南舉高手中握著的東西，接著就聽到戴斯弗伊娜祭司的聲音傳來：

「月島上第二個帶回銀色骸骨的小小見習巡禮者啊，願你的行動價值與蘊藏寶物之樹林祭壇同樣長存，直到最終之日到來。」

沒有過分的讚美也沒有浮誇的修辭，這淡然的語句令達夫南猛然想起芬迪奈領地儀典官那些洋洋灑灑的華麗辭句。特別是最近他又去了一趟安諾瑪瑞，那地方還是和他小時候的想法、印象一樣，仍然像一個神經遲鈍的有錢人那樣迎接他。

「月女王啊，請您俯視，替我們做主，請您守護我們。」

達夫南愈走愈靠近，身體也漸漸變成半透明，變成和祭壇同樣的色調。在圍觀人群的騷動下，他沉著冷靜地走上前，把第二個銀色骸骨放到第一個旁邊。那一瞬間，達夫南的身體已不在這裡，而是去了遙遠的樹林，眞正的雪飄在他肩上，積了薄薄的一層，耳際迴盪著樹林之聲。

「月女王欣然接受這份謙遜的獻品，要賜予你一個名字。從現在開始，你是月女王親臨見證之人，你是『預備者，霍拉坎』，與你的巡禮者名字同樣位於榮耀之位，這是你的第二個名字。」

場中響起一陣竊竊私語。「霍拉坎」這名字對達夫南而言相當陌生，島民們卻似乎因爲這新名字而引起了一陣騷動。就好像是突然有人出現，再次對他們強調一個被遺忘已久的義務那般。

當初來到月島時，達夫南曾經從阿尼奧仕那裡聽說過巡禮者的三大義務。以前在制定義務的當時，甚至還要選出一些指揮者。這些指揮者被稱為「拘束者」，他們各有特別的封號，其中與第三義務「為復興古代王國做準備」相符的，正是「預備者，霍拉坎」。所以這名字來自於古代王國的爵位名稱；不過，「霍拉坎」這幾個字原本的含意也是「等待時機的風」。

到了現在，雖然巡禮者的義務並沒有消失，卻比當初定居月島時減弱了許多拘束力，甚至連是誰最後擁有這名稱的，也已經不得而知了。很久以前，當伊利歐斯祭司還是少年，第一次把銀色骸骨帶回來時，島民全體頒給他第一拘束者的封號──「復興者，裴坎達勒」，表揚伊利歐斯的成就，稍有復興古代王國榮耀的意味。

但是達夫南與伊利歐斯不同，他還僅是個見習巡禮者，甚至連血統都相異。眞的有必要賜予達夫南這麼大的封號嗎？而且若是要讓他與第一次帶回銀色骸骨的伊利歐斯享有同等禮遇，為何要跳過第二拘束者的稱號，而封給他第三拘束者的稱號呢？這恐怕只有祭司們才會知道其中緣由吧。說得更正確一些，恐怕只有戴斯弗伊娜祭司一個人才明白。

島民與大陸人不同，他們沒有家姓這種東西。因此，除了到大陸時所使用的假名之外，到死為止，一個人一生只使用一個名字；如果擁有兩個以上的名字，則代表著極大的榮耀。對島民來說，對於值得稱讚的特殊豐功偉績給予最高榮耀的方法，就是賜予第二個名字。即使是眼前這六個祭司，也沒有任何人擁有第二個名字。

達夫南轉過身，突然將目光投向距離他很遠，正注視著他的人群。成群站著的人們，簡直就像是雕刻在冰壁上的雕像一般。

□

儀式結束那晚，達夫南和奈武普利溫靜靜地面對面而坐，他們已經很久沒有這樣了。回到月島以後，兩人一直各自忙著報告成果和準備儀式，不管是身爲祭司的奈武普利溫還是當事者達夫南，都沒有機會聊一聊在大陸發生的事，抒發一下心中的想法。

比其他的小孩還要更晚，達夫南與伊索蕾是在月島的初冬才回到島上的。由於達夫南與兩名刺客打鬥時背上所中的毒，比預期還不容易痊癒，所以花上了將近一個月的時間療傷。不過，島民們早已經從那些先回月島的小孩口中，聽說了達夫南拿到銀色骸骨的好消息，因此大家都一直殷殷等待他回島的日子。

這一天，他們兩人感受到的喜悅格外顯著。獲得「霍拉坎」封號這件事，比起達夫南，奈武普利溫更加了解其中含意，自然更是高興不已。而達夫南由於是使用奈武普利溫的劍，等於是代替奈武普利溫，爲他爭光，因此也感到自豪。兩人之間就算不說出來，也心意相通。

屋外靜靜地飄著雪。島上的冬天總是像今天一樣，雪花驟然狂飄，然後冬天就這樣開始。

「你看你，臉色這麼蒼白，大陸可眞不是適合人住的地方！」

「我到大陸去，不在月島的這段期間，我們的祭司大人有沒有按時用餐，誰來清掃、誰來洗衣，唉，我一直很擔心，早也擔心，晚也擔心，所以當然會變瘦了。」

「你不要老是吹噓，以爲所有事情都是你在做，你不在，我一個人一樣可以過得很好。」

「那你現在穿的衣服爲什麼縐巴巴的？冬天來臨前，床套、被套早就該清洗過放在太陽底下曬乾了，可是現在都已經開始下雪了，陽光根本不夠強，還有……」

這也許就是屬於他們兩人的對話模式吧。兩人短暫地互望一眼，不禁露出微笑。

「你平安回來啦。」

「您也平安無事。」

兩人面前放著的是一盤冬夜裡人們喜愛的烤榛果，還有島上最奢侈的點心之一——葡萄乾。看到這些東西，達夫南似乎想到什麼，站了起來，拉來他從大陸揹回來就丟著不管的背包。背包裝得相當飽滿，奈武普利溫開玩笑地說：

「你也到大陸去買了各種土產回來嗎？你曾經在大陸上生活過，這小子，怎麼和島上的鄉巴佬做出同樣的事來，這怎麼成啊？」

達夫南停止了打開背包的動作，轉過頭去嘻嘻笑著說：

「我可是挑選了曾在大陸生活過的人才會懷念的東西回來喔，什麼，要是不好的話，那我就留著自己用好了。」

「唉，眞是，有一個事事都不認輸的學生眞累，你這臭小子讓我的生活變得眞麻煩，快點拿出來看看是什麼。」

達夫南拿出來的是個很大的橡木桶，奈武普利溫馬上就想知道桶內裝的是什麼。這時放在桌上的橡木桶內，發出咕隆的碰撞聲音，達夫南露出得意的笑容，一面說著：

「嗯，這酒比荷貝布洛村的葡萄酒好喝多了，盡情地喝吧。」

在培諾爾城堡時，奈武普利溫曾把一瓶白蘭地藏在廚房裡偷喝，但他雖然這麼愛喝酒，回到月島後卻不曾再沾過一滴。這當然是因爲祭司必須以身作則、遵守月島的規定，而且從大陸輸入的酒，是用來祭祀的，非常珍稀，更無法再私藏偷喝了。外表上雖然看不出來，其實奈武普利溫一旦下了決心，就會用驚人的意志徹底執行，因此他不會去嚐試做那種事。

奈武普利溫接過了酒桶一看，表情好像一時忘記如何說話般高興。眞的已經好長一段時間沒聞到好酒的香味了，而且，光是知道少年的這番心意，即使沒有酒，也足以讓他陶醉了。下雪的夜晚，有久別的學生、好酒一桶、烤榛果，還有什麼好奢求的呢？

達夫南拿出兩只木杯，一面用頑皮的語氣說道：

「那時連一滴也不讓我沾，現在可以給我喝一杯了吧？」

這時達夫南記起了奈武普利溫要離開培諾爾宅邸的前一晚，他雖心裡掙扎著想要喝一口酒，卻還是選擇接過一杯水來喝。沒錯，那已經是很久以前的事了，當時就這樣和奈武普利溫分開，然後又再重逢，到現在兩人的關係再也無法分開，人生際遇只能說是很奇妙吧。

奈武普利溫親自打開橡木桶的塞子，斟了一杯後，回答剛才的問題：

「你只有身材長高了，其實根本還是個小孩子，照理是不能給你喝這麼烈的酒的……」

雖然嘴巴那樣說，但他還是一面斟了另外一杯酒。

「不過看在你帶回來的情分上，今天就特別給你一杯。」

舉起酒杯，兩人相互輕碰了一下，小心翼翼地不讓這珍貴的酒濺出半滴。

「敬銀色骸骨主人，『偉大的』霍拉坎。」

達夫南也笑嘻嘻地說：

「敬這『偉大的』人的老師，我們的祭司大人。」

結果，達夫南只喝了一口，就不得不趕緊呼一大口氣。看他那個樣子，奈武普利溫不禁吃吃笑個不停，這激得達夫南一時逞強，就一口氣將杯中的酒飲盡，整張臉馬上泛紅，但心情也跟著高興起來。奈武普利溫不再幫他倒酒，達夫南就討價還價地碎碎唸著：

「如果看在我帶回來的情分上可以喝一杯，那麼請爲了揹負沉重行李的辛勞，多給一杯吧；並看在把它原封不動奉送給您的善良心腸，再追加上一杯吧；而且這酒的味道香醇，你心情好，所以可不可以再多給一杯呢？」

「對於你冗長的問題，答案很簡單，不行。」

於是，之後奈武普利溫喝著酒，而達夫南則剝著榛果吃。一杯下肚後，達夫南不再覺得冷了，開始打開話匣子。首先想到的是兩人都認識的人物，蘿茲妮斯和培諾爾伯爵。喝了酒，說起事情來會比較誇張，達夫南用比他平時還要戲劇化的描述方式，說明了當時的情況。

奈武普利溫聽到蘿茲妮斯變了很多時，噗嗤地笑著說：

「那小小姐看來也總算對這世上的人情世故有點明白了，經過這麼久，再聽到她的消息，還眞的有點想見見她啊。」

「爲了讓你加倍遺憾，免費送給你一個消息。她現在變得更加漂亮了。」

奈武普利溫也立刻回說：

「你的影響眞是非同小可啊，那一次的抉擇就這樣影響到未來啊！早知道那時我幹嘛和你這黑黑的臭小子湊在一起，還什麼都要我來教。要是相反的話，說不定現在陪我喝酒的是個美少女呢。」

達夫南驚訝地吐舌頭說：

「啊，這樣說太過分了吧？」

達夫南接著說了培諾爾伯爵策畫的陰謀。奈武普利溫則嘀咕地說：「和他的女兒比起來，他一點進步也沒有。」接下來達夫南又說到芬迪奈公爵用意不明的好心，還有獲得銀色骸骨的過程。雖然獲得銀色骸骨已是事實，但是奈武普利溫知道一杯黃湯下肚的達夫南比平時更活潑，他喜歡看達夫南這副高談闊論的模樣，所以再聽一次也不錯。最後達夫南是這樣下結論的：

「經過這次事情之後，證明了我的老師借給我的劍，是多麼地神勇蓋世。」

這麼說已充分表達了對老師的敬意。即使沒說出「為您爭光」這幾個字，但奈武普利溫也能感受到這層含意。

過了一會兒，達夫南簡短說到在芬迪奈公爵的安排下，得以繞道行經安諾瑪瑞與雷米王國一部分地區的事。接下來就切入刺客與荷貝提凱的村落——即荷貝布洛村的事。達夫南想把長話短說，但不容易做到，而且自己殺死人的事，不告解也是不行的。

奈武普利溫聽了之後，額頭上雖然微微出現皺紋，卻也沒說些什麼別的。那是因為他相信達夫南已有能力思考以及決定。

「因為使用向您借來的劍闖禍，我鄭重地道歉，但有件事我一定要問您。」

「你說吧。」

「那把劍表面沾染血跡時，竟會出現奇怪的文字。」

奈武普利溫這時已經喝掉將近半桶的酒，達夫南說完，接著勸奈武普利溫別再喝了。

「沒錯，剩下的酒改天再喝也好。啊啊，但若是傳出劍之祭司家中偷藏酒的醜聞，那就不妙了，還是應該全部喝掉才對。」

「眞是好用的藉口。」

奈武普利溫將剩下的酒倒入酒杯中，然後說道：

「那劍是我的老師鑄造送給我的。我曾經和你說過嗎？啊，對，你曾經問過我，有關『底格里斯』劍術的事。我說的就是把這派劍術傳授給我的那位老師。」

「我記得。那位老師不僅會劍術……也會鑄劍啊？」

「純粹是興趣。他不是鐵匠，但那時他和一位掌管打鐵舖的人很要好，偶爾會借用鑄鐵的火爐，鑄造一、兩把劍。他們兩位是彼此缺一不可的朋友，換句話說，就是喝酒的酒伴。」

「你是說酒嗎？月島上不是沒有酒嗎？」

「我指的當然是私釀酒，寧願少吃一點飯餓肚子，硬把穀物儲存下來釀酒。月島上肯這樣做的人不多，他們兩人在這點上臭味相投。我剛不是說他們兩位是彼此缺一不可的朋友嗎？因爲，做那種事多個伴，總可以爲彼此壯膽。他們在這方面眞是臭味相投，有時會醉醺醺地肩搭著肩出現在島民面前，我是指那些不知酒爲何物、一輩子滴酒未沾的島民。想到當時島民皺眉頭的樣子……」

奈武普利溫在講自己老師的時候，達夫南怎麼感覺語氣像自己在和奈武普利溫開玩笑時一樣。但達夫南只是在一旁微笑。奈武普利溫也許是好久沒喝酒了，酒精發揮了作用，話也變得多了。

「沒錯，但也眞是妙……我這樣說有些不妥，但他的劍術確實不算出類拔萃，反而是在冶金術上有驚人的才華。所以，雖然他一生只鑄造出幾把劍，但每一把都是一流的劍，只是現在都不知去向了。聽老師說，全都不經意地送人了。說實在的，他一輩子沒什麼一定要留在自己身邊，也沒什麼不能給別人的東西。對了，你問到那文字的事，那個啊……」

那位名為歐伊農匹溫（奈武普利溫說那名字甚至具有「飲葡萄酒者」的含意，令達夫南吃了一驚）的已故老師，的確是對鑄劍比劍術更有獨到見解。在他一生中，大約只鑄造出十把劍，那些劍上都刻有特殊文字，只有在沾染到血的時候才會顯現出來。這種獨特的神祕鑄劍技術不僅是鐵匠，其他人也都無法模仿；不過，一切都已隨著他的去世而失傳了。

「讓那些文字出現的理由是什麼呢？」

「那是在警告，警告不要隨便讓劍沾上血。」

「……」

達夫南不禁打了個寒噤，然後便皺起眉頭思索。在這之前，他自認殺人之事純屬正當防衛，因為當時除此之外，真的別無對策了。

「總之，就是這麼一回事。對了，我借你的那把劍，你還可以再用一陣子。你還沒到可以使用冬霜劍的程度。而我還有『雷之符文』，所以不出月島時，用不著那把劍。看你在大陸行事的情況，那劍相當適合你。」

他倆在有雪、有酒的夜晚裡聊天，直到夜深。

□

獲頒榮耀的名字並沒有爲達夫南的生活帶來直接的變化，反倒是在大陸上聽到伊索蕾說的話，對他造成很大的影響。

某日，達夫南去找戴斯弗伊娜祭司，告訴她想放棄繼續向伊索蕾學習聖歌，如果因此而有畢業的問題，反正現在吉爾雷波老師也不在了，不如就回去學習棍棒護身術好了。

「雖然與校長商議的話，也不是不可能……」

戴斯弗伊娜祭司拉長語尾，瞅著達夫南的臉；但是從他那張比同齡少年更會隱藏情緒的臉上，什麼也察覺不出。

「我對你所堅持的理由很好奇啊。去大陸時，兩個人不是還處得不錯，聽說也合作處理事情，難道有什麼別的問題嗎？」

「沒有。只是和優秀的老師比起來，我這不材的學生，顯得一點進步也沒有；加上最近我正在變聲，唱起歌來很困難。像那種重要的傳統，如果讓比我資質更好的小孩來學習，對月島整體來說也會更好。」

「不過伊索蕾除了你之外，還會願意教別人嗎？」

關於這部分，達夫南下定了決心，用堅定的語氣回答道：

「我已經是劍之祭司的學生，也可說是擔負著繼承一項重要傳統的任務了，並因此還去了大陸一趟。我還只是一個見習巡禮者，這次獲頒的名字意義很崇高，因此處處受到島民們的注意，行動起來已經不容易了。爲了不讓島民的懷疑變成失望，比較重要的是專心投入一件事，然後收到預期的成果。棍棒護身術雖說要重新學習，但因它與劍術的要求相似，對我而言，相對比較簡單。」

達夫南的觀點從現實面來看完全正確；他既是奈武普利溫的學生，內定日後要成為劍之祭司，同樣地，又是唯一聖歌傳承者伊索蕾的學生，早就有人在背地裡議論，這樣是不是在他一人身上加諸了太多特權。達夫南帶回銀色骸骨、獲得霍拉坎的名字後，這種論調更是經常被提出來。

另外，變聲的理由也是事實；正在變聲的少年要停掉唱歌的課程，一點都不足為奇，然而，戴斯弗伊娜依據豐富的人生經驗，憑直覺很快便察覺到波里斯的心情。她嘆了一口氣後做出結論：

「沒必要故意去逃避，達夫南。你現在正當是全力抓住人生光彩的少年時期，愈是趁機努力充實自己，愈是不會後悔。」

這時，浮現另一個少年的模樣——彷彿已經對剩餘人生不再感興趣，帶著微笑，兩手空空的——與達夫南隱約重疊在一起。那少年與戴斯弗伊娜的親生孩子都不同，他故意選擇了驚險的航海，終於也厭倦漂泊的生活，現在則像是年老的水手般回到月島，只想躺在自己的小窩中。論年齡，他是經歷過比較多的大風大浪。

和那少年一般固執的達夫南，在戴斯弗伊娜面前同樣做出搖頭的動作。

「不，打從一開始我就不該去接觸，我一直很吃力。而且我還有很多事該去做，因此沒有什麼好遺憾的。」

兩個人雖然表面像是在說放棄學習聖歌的事，實際上談論的內容又有些不同。戴斯弗伊娜的眼神，就像奈武普利溫找她的那天一般，又再度轉為淒然。從眉宇到額頭延伸上去的皺紋，就像是古木的表皮，無法平坦舒展。對她來說，生命不可能重來，她已經老了。在幫達夫南取名字時，她所看到的幻影，比月島還要廣遠，似乎正暗示著達夫南必須橫越大海的未來，所以她才慢慢地開始安排適合達夫南的伴侶。她認定的對象是必須去開創嶄新生活的伊索蕾，因爲從很久以前，她就覺得，月島已經無法再帶給伊索蕾幸福。

如果達夫南註定要到月島外開拓命運，戴斯弗伊娜希望在遙遠的地方，他能和月島的神聖少女一起幸福地生活，當留在月島的人們過著宿命生活的同時，他們倆可以找到眞正的自由。本來戴斯弗伊娜是如此期待著。

「我本以爲你們兩人可以互相帶給對方幸福……你不這樣想嗎？」

達夫南用異樣的眼光看了戴斯弗伊娜一眼，眼神中透著不解；彷彿在說，她清楚所有的前因後果，怎麼還會說出這種話。不過戴斯弗伊娜接著說：

「別這樣，那不僅只是對你一個生命造成損害。不如你說說改變心意的理由吧？在大陸，你聽伊索蕾說過什麼嗎？」

結果，達夫南的回答相當冷漠：

「祭司您不是比誰都清楚嗎？」

「沒錯，我是最清楚的，不過，你是否也像我一樣了解眞相，那就不一定了。」

「……」

小小的房內漸漸暗下來。已經快到奈武普利溫回家的時間，達夫南應該也要回家了。戴斯弗伊娜站了起來，將火爐內的火苗移到燈盞這邊點火，並把燭芯捻高，一下子就發出了亮晃晃的光芒，映照在近日益形削瘦的達夫南臉龐上，形成紅暈。

「達夫南，這名字是我取的……就是啊，那時我將你當作是奈武普利溫的學生。幫他取名字的人是我父親，所以他就像是我的弟弟，我也下定決心要幫你取名字。你也知道，在月島上是沒有家姓的，經過了幾代後，血脈自然會混亂，因此藉著命名來區分種種血脈，或者期許成爲某方面的強人。命名者對被命名的小孩，會感到有一輩子的責任，那是要將小孩的人生導引入正途的義務。同樣地，對你，我也有這樣的義務。我對待奈武普利溫像親弟弟，也一直把你當成姪兒般看待。達夫南，你知道你名字的含意嗎？」

到現在爲止，達夫南雖然好幾次從戴斯弗伊娜祭司這裡得到特別待遇，卻從來沒想過這其中還有如此具體的理由。達夫南有點困惑地回答：

「月桂樹……聽說是這意思，但是具體的意義就不知道了。」

「取名者會看到那小孩的未來幻象。有關你的幻象……其中當然有月桂樹，那是……出現在古代文獻內的一種……起初我一直認不出那是什麼樹，後來才認出，那正是我們巡禮者離開的古王國裡，守衛在入口的不死之月桂樹。」

聽到「不死」這詞的瞬間，達夫南猛然想起奈武普利溫說過的話。本來最先想出來的名字叫阿塔那陀史，即爲「不滅，不死」不是嗎？

「在古老的土地上，月桂樹代表勝利者之木，有時候會種在城門的入口處，或者王國的入口；雖然一般都被認爲具有親善的意味，不過眞實的意義應該是這樣：『我是勝利者，你將要失敗，若你待我如勝利者般禮遇，我將會溫和地下達處分』。」

達夫南聽到那話時驀然一驚。奈武普利溫說過，城入口處的月桂樹，是用來歡迎訪問的客人；但事實上，警告進入這塊土地者要安守本分的意味反而較濃，不是嗎？

若不遵守和平的規範，必定失敗。

「因此月桂樹雖是代表光榮之樹，卻也是象徵戰鬥的樹木，就像是為了激發起人們的戰鬥力，而擺出高傲自負姿態的敵方將領，召來源源不絕的挑戰者。因此，在月島上，你的人生命運就是得和那些不認同你地位的島民們一再敵對。不僅賀托勒、艾基文、吉爾雷波如此，就連月島上的其他島民，也沒有人眞心地認同你的勝利。而且你看，賀托勒的名字是『抵敵者』，艾基文的名字是『巨蟒之子』，最後，吉爾雷波的名字則是『嫉妒』。」

「那麼您的意思是，以後還會是一樣的情形？如果我生活在這月島上，就不可避免要戰鬥，您是那個意思嗎？」

戴斯弗伊娜的頭微微右傾，看了一眼達夫南之後，說道：

「你的人生，不是只在這月島上啊，你的名字，不僅僅達夫南一個而已啊。」

戴斯弗伊娜所說的不是「霍拉坎」這個新名字。達夫南雖不曾親口告訴戴斯弗伊娜，但她還是知道達夫南以前的名字叫「波里斯」，也知道箇中含意。在達夫南答不上來的空檔，戴斯弗伊娜用堅定的聲音接著說道：

「因為那樣，你與奈武普利溫的人生，是兩條不重疊的線。雖然你們有一次交點，也因此來到這裡，但現在那線又會再次各自往不同方向伸展而去，你終將會永遠與奈武普利溫分離，你希望到時候身邊一個人也沒有嗎？」

達夫南再也忍不住衝口大聲叫出：

「什麼！您怎麼還……這樣說呢？祭司您清楚所有的來龍去脈，還要教我硬卡在他們之間，這話……您如何說得出來？我不想那樣啊，那是行不通的。既然我是個無法忘懷過去記憶的人，怎麼可能還會去破壞別人的回憶……不是只有我一個人喜歡上伊索蕾。現在即使周圍的每個人都變成我的敵人，我唯獨不能失去奈武普利溫，直到永遠……就算有一天會失去他……我絕不原諒自己去做讓他傷心的事。」

達夫南在下定這個決心之前，經歷了多少痛苦，明顯地可以透過他的聲音聽出來。戴斯弗伊娜突然伸出手來，放在達夫南手掌上方。

布滿皺紋的手握住自己的手，那一瞬間，達夫南感到前所未有的溫暖，卻又焦躁不安，為什麼自己在這股溫暖之中，還是無法放下煩心而平靜下來呢？

「仔細聽好我的話，雖然聽過了，再聽一次，想一想有什麼不一樣的，再聽一次看看。」

戴斯弗伊娜慢慢地開口述說。她說到過去的日子，曾經像兄妹般的奈武普利溫和伊索蕾，到訂婚事件的那天卻永遠地決裂了，固執的兩個男人對立，又緊接著伊利歐斯過世，讓他們的關係再也無法回到像從前那樣。她說的與伊索蕾告訴他的差不多，但卻蘊含著更複雜的情感，而當時還年幼的伊索蕾並無法了解這些。舉例來說，奈武普利溫和教導他的年邁老師歐伊農匹溫之間的關係就是如此。

他們是在偶然中結下緣分的，後來他們的關係卻遠超過老師與學生，成為如同爺爺和親孫子，不，是比父親和孩子更親密的關係。他們之間有一層深摯的親情。換句話說，之前誰也弄不懂的兩個人終於首次有人了解自己，也就是互相了解。一個是身為底格里斯劍術的傳人，但一直過著喝酒、吹牛度日的老人歐伊農匹溫；一個則是不讓任何人感受到他的感情，一直孤獨莽撞的孤兒少年奈武普利溫。

因此，有著彼此難以割捨的關係。

「就像現在的你沒辦法拋棄奈武普利溫，那時的奈武普利溫也一樣啊。」當時他們兩人相互依靠。和練劍的時間相較，他們較多時候是在談往事、人生的話題、喝酒的話題，恰似老朋友般互相了解。不過，戴斯弗伊娜當時認爲奈武普利溫沒有進步，只在白白浪費時間，爲此感到焦急難過，反倒認爲他們分開會比較好。而且當時的戴斯弗伊娜，不像現在這樣既有耐心又溫和；歲月確實是會改變一切事物。

「所以，這事我也有錯。雖說是伊利歐斯祭司先提議，但具體促成兩人訂婚的卻是我；後來，伊利歐斯祭司死去時，主張該讓奈武普利溫繼承劍之祭司的人也是我。因爲如此，伊索蕾認爲奈武普利溫以前不惜毀掉婚約以拒絕當她父親的學生，甚至還搶走了父親的位子，所以她無法原諒——不，應該說是不能原諒。對了，我問你，伊索蕾還是疑心奈武普利溫在上村的最後戰鬥時，有對伊利歐斯祭司做什麼事嗎？」

達夫南只是靜靜地搖頭。戴斯弗伊娜似乎像在嘆息般，抬頭望著天花板。

「原來如此，他們之間的最大誤會解除了，也難怪你會認爲自己像是個介入者。但在這世界上的眞相之中，往往藏有更多看不見的事，雖說你只願聽你聽得進去的話，但想想你的視線以外，還有時間這東西正不斷在流逝啊。」

□

還是沒有任何改變。下定決心想要放棄聖歌的達夫南，上山拜訪伊索蕾做最後的問候；可是到了以往常常碰面的地方，伊索蕾卻不在那裡，連總是跟在伊索蕾身旁的白鳥也全都不見蹤影。

雖然他四處找了兩趟，靜謐的岩群之間還是找不到她去過的跡象，他一個人獨自坐了約兩個小時，只好又下山離去。

02 三位巡禮者的祕密

冬天慢慢地離去了。

春天來臨之後，島上會爲那些即將從思可理畢業的十五歲孩子，舉行淨化儀式。達夫南因爲比較晚入學，今年春天還沒辦法畢業，不過年紀已到，所以也要參加淨化儀式。只要接受了淨化儀式，他就成爲正式的巡禮者，成爲眞正的月島島民了。那麼，像戴斯弗伊娜私下向他提起的回歸大陸之事，就變得愈來愈不可能了。

達夫南對於淨化儀式，心情十分平靜。對他而言，不管是大陸或者月島，都不是沒有煩惱的地方；如果說他在月島覺得苦悶，那他擱置在大陸上的苦痛豈不是更大？因此，他一點也不需要畏懼。

不過，成爲巡禮者以後，他到現在都還無法決定要怎麼安排未來的生活。眞的要跟隨奈武普利溫，成爲劍之祭司嗎？在達夫南的心裡深處，不時傳來否定的聲音。他總覺得那本是伊索蕾的位置，若坐上那個位置，往後必定會召致很多苦惱。

如果恰好奈武普利溫也忙，直到很晚還是他一個人在家，就更容易胡思亂想了。爲了抑制這煩惱，他時常會刻意地專心投入到其他的事上。那一天也是因爲如此，他拿了書來看；那是很久以前從藏書館的傑洛叔叔那裡拿到的書。

《卡納波里遷徙的歷史》

看到封面的瞬間，剛來到月島時發生的事又歷歷在目。那書是當時他和伊索蕾處不好，心裡正難受時拿來看的。讀了一陣子後，發現後半部被撕去，還因而拿到藏書館和傑洛叔叔換了新的書。不過，從那次拿回來之後，這書就這樣擺著，他有意無意地把它歸爲已經看完的書，所以雖然後來又借了幾本書，卻再沒看這本書了。

他已經好久沒到藏書館，和傑洛叔叔、歐伊吉司一邊喝茶，一邊聊東聊西了。距離最後一次借書來讀，已經飛快經過了一年。從大陸回到月島後，也過了幾個月；但苦惱佔據掉他全部的心思，因此要像以前一樣，輕鬆休息睡個好覺也變得很困難。

也許是因爲最近都沒在看書吧，當他看到塞在架上角落的這本書時，就忍不住把書從架上抽了出來。

前面大致瀏覽後直接就翻到了後半部，稍微讀了一下，達夫南發現到一件奇怪的事：他之前看過的部分和現在開始閱讀的後半部分，撰寫時間居然相差了數十年！感覺上像是已經寫好的書先存在了數十年，後世的人再補添個幾十頁，然後有人再用白話翻譯做註解似的。

內容大略看來，是講述卡納波里人已經結束了長途跋涉，找到定居之地，面對新的土地。以第一人稱敘事的方式描寫，不論是文體或用語，都和前半冊截然不同。

……當年爲了避難，我們不得不在今日這貧瘠的土地上定居，原因乃在於我們錯誤地沒有徹底遵從禿鷹之日所降下的神旨。此處四座島嶼，到處充斥著覆蓋萬年冰雪的峭壁，顯然不是神旨指示的寬闊大地。當年先祖的克拉帝烏斯（進軍者）船隊到了這塊土地就停止前進，因此留給我們這些後世子孫只能養活五百人口的小島，作爲最後避難處所。事實上，當時有眾多子孫爲躲避災難逃離大陸，最後卻只有一艘船隻得以安然避開狂風暴浪，抵達此島岸邊；當初眾人不爲其他，只爲成就奉行神所下之旨意。

達夫南慢慢地閱讀著，但是讀到某一段時，卻不由自主地心中一震，再也讀不下去了。

……爲了不要忘記先祖的過失，我們將四座島命名爲「光榮之記憶」、「神旨之沉默」、「大地之喪失」、「歸鄉之祈願」。

達夫南自問爲何暗自吃驚，於是再逐字推敲，就找出了其中的端倪。把書中四座島名的前面去掉，不就是現在他們所居住的四座島嗎……

「……」

達夫南的手指尖微微地顫抖了一下又停下來。若依據這本書的內容，不就意味著巡禮者的古代王國，正是在滅亡之地的卡納波里，而島民們即是卡納波里的後代嗎？

只有他自己還不知道這個眞相？

那是不可能的。古代王國……不管是從島上誰的口中，都只是聽他們這樣稱呼而已，從來沒有人說那就是所謂的卡納波里；甚至連奈武普利溫也說他不知道古代王國在哪裡。

古代王國，古代王國……

達夫南於是突然產生一個想法。奈武普利溫曾經說過，攝政閣下或「木塔的賢者」傑洛說不定知道古代王國的位置。在他被命名爲達夫南的那一天，兩人坐在山坡上聊天時，他確實這樣說過。

達夫南一躍而起，就像上次看完這本書的那天一般，又再次把此書夾在腋下，往藏書館跑去。

□

傑洛正好用過晚餐，一手捧著杯外還有手垢，但裝有熱騰騰羊奶的木杯出來迎接達夫南，那模樣令人覺得「木塔的賢者」這個稱號確實很適合他。

看到達夫南夾在腋下的書，傑洛露出一抹微笑。

「你總算讀了那本書了。」

達夫南嚇了一跳，因爲傑洛的語氣聽起來像是早料到達夫南看了書後，肯定會來找他一樣——雖然已經過了數次的季節交替。

達夫南好不容易才開口說道：

「您早……早就知道了嗎？」

「如果你是指那本書的內容，我當然早就看過了，這裡的書我幾乎都看過了。」

達夫南心裡又是一驚，而且這一次令他覺得不愉快。傑洛當初會送這本書給自己，莫非是打從一開始就計畫好的？

「爲什麼要把這書送給我呢？您是特意送給我的嗎？」

傑洛不回答，突然低聲笑了起來，然後像是要掩飾難爲情似地搔搔後腦勺。

「不好意思，你的反應比我原本想像得還快喔。沒錯，我坦白承認吧。關於月島的眞相——有些人刻意隱瞞，有些人無從得知的眞相，全被寫在這本書中。還有，即使只有很小的可能性，我的確是期待你讀到這本書後會跑來找我。」

「爲什麼呢？啊，爲什麼您知道了眞相卻不告訴島民們，反而讓我知道呢？不能給別人知道的理由是什麼，我一定要知道的原因又是什麼呢？」

此時傑洛收起了笑容，說出簡短的答話：

「不能說出來的理由很簡單，因爲不希望公開眞相的人就是攝政閣下。」

到目前爲止，達夫南對攝政閣下的認知，只是孤伶伶地坐在宅邸內、操縱月島事務的隱形人物；他的身體行動不便，也沒有特殊能力，卻仍然能夠掌握權位，而這全賴於古代王國留存下來的傳統。但是他爲何又要隱瞞賦予他權位的古代王國的實體呢？難道是因爲古代王國的樣貌與現在島民們所認知的有所不同，而這點如果被島民知道的話，可能會威脅到攝政閣下的自身權位嗎？

「古代王國如果眞的就是卡納波里……談論卡納波里的書籍，在大陸還可以找得到一些；換句話說，卡納波里的相關資料有某種程度被流傳下來……可是，那件事如果被島民發現的話，難道會對攝政閣下的地位有所影響嗎？」

傑洛環視四周後，指了指上二樓的階梯。兩個人依序踏著階梯上樓，如同上次一樣，來到了大量書籍危險地高高堆疊的圓形房間裡。房間中央只擺著一盞油燈，照不到幾尺，上方就黑漆漆的了。兩個人把油燈放在中間，面對面坐下來，黑暗中燈火映紅了對方的臉龐，若隱若現。

「就如你所說，那麼，你在大陸曾經讀過有關卡納波里的書嗎？」

眞是太久以前的印象了。培諾爾伯爵的書房裡，蘭吉艾最早推薦給他的書──《魔法王國的歷史》，那時讀到的內容雖然不是全部都記得，但還記得其中一部分。根據那本書的記載，卡納波里是一個連小孩子都會魔法的魔法至上主義國家，國家的支配者──即國王，也是魔法師，國家的所有秩序全靠魔法的權威來維持與運作……

這一瞬間，達夫南領悟到，卡納波里的故事與他所知道月島的古代王國，有很大的不同──其中，少了一項最重要的要素。

月女王，月女王在哪裡？

「在我讀到的書中……卡納波里是魔法師的王國……那地方最推崇的價值是……魔法。然而現在月島上，魔法幾乎都已消失……」

傑洛黑暗的臉孔浮出一抹微笑。

「沒錯，他們本來並不崇拜月女王。」

「那麼月女王的信仰到底從何而來……」

「不知道嗎？嗯，你應該已經猜到了吧？」

傑洛說這句話的模樣與平常的他完全不同，一副堅定而有權威的樣子。也就是說，這問題的答案像是傑洛花了大半輩子才追查到的。

「是歷代的攝政們所創造的人物嗎？」

月島的巡禮者要是聽到這句話，準會受到很大的衝擊並陷入憤怒之中。但達夫南實在難以置信，如此重要的事，傑洛居然到現在都還沒有告訴任何人。有關卡納波里的記載，不僅在大陸上有，像今天達夫南讀到的，不就也存在於月島上？只要看一本這樣的書就會明白，不過現在的島民誰也不想看書……喔！

「當大家都不讀書時，事情就有可能被操控成這樣；這麼說來……讓人們遠離書本，難道也是攝政們有意慢慢助長而成的結果嗎？」

達夫南憶起很久以前傑洛說過的話，他說島民忽視魔法的文學、音律，而只是一味地追求劍術，他斷言這就是所謂的「明顯退步」。當時傑洛的表情就和現在一樣，眞摯堅決。

「有很多事情你都還不知道。達夫南啊，我相信你，從現在起我說的話你都會保守祕密。本來的古代王國，也就是卡納波里，的確是有月女王的存在。」

雖然達夫南還沒發誓說會保守祕密，傑洛卻不介意地直接就開始說話。達夫南抱著大開眼界的心情去聽傑洛所說的事。

原來，在卡納波里王國，月女王不是信仰，而是一種原始的哲學，僅不過是眾多學派中的一支。這也是爲何現在的月女王信仰，內容較少神格化的成分，反而偏向倫理學或正義論。卡納波里王國不論是在魔法或學問上都發展蓬勃，有不少類似模式又觀點不同的哲學支派，他們經常會互相辯論，並且建立專屬各派的殿堂以聚集弟子。

就在那時候，災難之日來臨了。爲了收拾災殃，雖然大多數的偉大魔法師都還留在原來那塊土地上，但爲了保護後代與魔法、學問的傳承，還是選拔了一萬多位，外出找尋新天地以開拓殖民地。他們在王位繼承者的指揮下，登上騰空而飛的船，預定到大海另一端的土地。他們想要去的地方，比月島還遙遠，那是某塊未知的大陸，是神旨所預言的地方。

騰空而飛的船。達夫南一聽到這幾個字，就想到曾在《魔法王國的歷史》一書中讀過的內容，一時之間全身感到一陣寒冷。難道眞有那種騰空而飛的船存在嗎？

「但是在眾多船隻之中，只有一艘載有一百多人的飛船抵達了月島，其餘的大部分雖然也飛到了現在雷米王國北岸的白水晶群島，但在那一帶卻發生了不可知的問題，結果王位繼承者所乘坐的那艘最大的船，墜入海中沉沒了。那艘大船同時也是補給船，其他船隻的燃料——雖然不知是什麼燃料，但可以騰空而飛——大多裝在裡面，因此，那艘大船一沉沒，其他飛船也就無法再飛得更遠。只剩下一丁點燃料的飛船，一用完燃料，都不得不眞的落海航行，船隊就那樣四面八方散開了。」

「那麼又爲何只剩一艘？船上全是魔法師，爲何連航海都不會呢？」

「那就是其中最大的疑點。他們愈是往北方航行，就漸漸失去魔法的力量。在島的周圍，存在著某種不知名的磁場，將卡納波里的強力魔法慢慢地變弱，只有對特定的物品或對象，施出的魔法才勉強使得上力。出乎意想之外的是，有一部分人反而比獲得以前更強大的力量，而這些人正是月女王支派的人。」

這裡的四座島，原本如同達夫南在書中所看到的，只有各個島名而已，並沒有四座群島的整體名字——月島。不過，抵達這座島的人們馬上就知覺到，這地方的特殊月亮力量——也就是月女王的力量——特別地強大；也了解到因此那些一向追隨月女王理念的人，才得以安然靠岸。

他們因爲已經厭倦長久的航行，而且預料再繼續航行還會有意外，預備的糧食也消耗得差不多了，於是放棄了再去更遠大陸的想法。不！也有可能是因爲知悉月女王的力量在這島嶼上很強大，所以才故意在此定居。決定這件事的就是那艘船的船長，也就是現在代代世襲的攝政家族始祖。他們還能使用的魔法不多，只能依賴月的力量；又經過兩、三個世代的光陰，不知從何時起，他們就變成了月女王的子孫，而島也就變成了月島。

月女王的特別影響力遠及到退潮小島；到現在爲止，巡禮者還是保衛著受影響的海域。至於爲什麼這島的周邊，月的力量會特別變強，連卡納波里的後代也查不清楚。只知道過去卡納波里也有一個區域，特定星宿的影響特別強大；這是唯一的推測基礎。

「達夫南，你有仔細瞧過大禮堂上的雕塑嗎？」

「嗯？」

雖然每天都會看到大禮堂，他卻從不曾注意去看每一件雕塑。只記得其中有很多將月亮擬人化成女人的雕像。同時，他也想到另一個問題，大禮堂不只這一座，上回和賀托勒比武時，所去的荒廢上村裡也有已成廢墟的大禮堂；但那裡的雕塑卻與這裡截然不同，那裡清一色只有讚揚魔法師與魔法的內容。

「我記起來了，兩座大禮堂……給人完全不同的印象。」

「嗯，我知道你去過那座被遺棄的村落。是啊，那裡沒有月女王這類的雕像，對吧？還有，那裡的背景風景也不同，是吧？那裡所雕刻的景致就是卡納波里。相對地，經過幾代之後才建立的這座村莊，大禮堂的牆面卻不知從何時起，就只剩下月島的風光了！」

傑洛接著說明。他說攝政的祖先就是那艘船的船長，雖然擔負了將人民送到新地方的責任，但本身似乎不是什麼厲害的魔法師。即使不論官職的卑微，卡納波里的習慣性思考模式是重視個人的魔法能力，所以像這樣例外的人事安排，應該並非一開始的決定。也許是在旅行中途從飛行改為航行以後，魔法能力漸次變弱，具備其他能力的人才因而受到重視，甚至可能是當時他把原來的指揮者給殺了也說不定。

攝政如果是以那樣的方式取得地位，為了不被奪位，就會認為有必要在新的地方建立一套與卡納波里不同的全新風俗。於是，建立了這一套受月女王支配的巡禮者概念，原來由七名魔法師組成的會議，變為六位祭司的制度（大禮堂地板上雕刻的圓形仍有七個），甚至一度還殘忍地以活生生的犧牲品作為祭物，並形成一股崇尚劍術勝於學問與魔法的風氣。人們遠離書籍與文獻記錄，埋沒了聖歌這類魔法傳統，這一切全都因於政治的利害，進而利用一連串策略達到目的。執政者不想讓那些習慣於被偉大魔法師治理的人，看到差勁的魔法而不信服，於是推崇眞相不明的月女王作為新的崇拜對象，還特別捏造出不明確的旨意；將卡納波里的名字化為「古代王國」，魔法王國則變成神聖的王國。

由於這些原因，現在月島內使用的魔法，只有幾種能在大陸上發揮應有的力量。那些魔法之所以在大陸不會變弱，部分是因為有些月島島民有著卡納波里的遺傳，一出生就帶著神祕力量；另外，像伊索蕾的聖歌，從卡納波里流傳過來之後，因為有「歌曲」作為媒介，才不致讓魔法的傳統完全消失。

「您是什麼時候開始知道眞相的呢？為什麼不將眞相告知別人呢？如果叔叔您的話是眞的，那麼月島的人們不就要一代代被騙下去了嗎？這些事祭司大人們都不知道嗎？」

傑洛先生將骯髒的坐墊慢慢地拉過來，用低沉又結巴的聲音說道：

「祭司，對啊，祭司。最早發現這整件事情的不是我，而是祭司。他曾經是比任何人都能迅速讀完繁多的卷宗記錄，又天不怕地不怕的劍之祭司，如今已經過世不在的……」

達夫南立刻就猜出是誰了。

「伊利歐斯祭司……是嗎？」

「沒錯，伊利歐斯……我的朋友。雖說他是我小時候唯一的玩伴，最後卻和我反目成仇；沒想到最後都還沒和解，他就已經離開這世間了。那個王八蛋朋友，一開始就是他對我說出這件事。」

達夫南早從奈武普利溫那兒聽說，傑洛先生是伊利歐斯知心好友，但最後兩人反目不合的事，他倒是第一次聽到。其實，若說像傑洛先生這樣溫和的人會和誰吵架，達夫南實在無法輕易相信。不過如果是談論現在這個問題，倒是有可能會因為意見不合而吵架。

「而且……最後還為這件事而死去。」

「您說什麼？」

達夫南因為驚訝而不由自主地望向傑洛先生，他從傑洛的表情中讀到了事實，因而嚇了一大跳。到目前為止，他一直以為伊利歐斯是被那怪物，叫枸莫達的神祕生物給害死的。

「當然，殺死伊利歐斯的是那被詛咒的怪物，不過攝政之所以要求伊利歐斯為了解決怪物不惜犧牲性命，也是由於他憎惡伊利歐斯，同時又害怕伊利歐斯了解太多卡納波里以前的歷史。是的，伊利歐斯雖然很聰明，卻也是個聰明過了頭又傲慢的人。他從來就沒想過要隱瞞發現的眞相，他除了關心自身是否可以從錯誤的知識中跳脫之外，其他人的感受與反應對他一點價值也沒有。當時如果是以獲得人們的信賴為基礎，慢慢地傳播這發現，結果說不定就不一樣了。可是他沒有那樣做，反而每次在攝政面前表達意見時，總是冷嘲熱諷。」

「伊利歐斯之所以如此，以他當時身兼最強劍術與最博學者的身分，那種『有誰可以和我匹敵？』的目中無人態度雖然有錯；但也是因爲他多次識破攝政的膚淺計謀，簡直不齒到了極點。他如果不用那種嘲諷的方式，可能會完全無法忍受吧！即使伊利歐斯擁有洞燭機先的能力，又能如何呢？他的個性就是明知會傷到自己，卻一見到厭惡的事就按捺不住，導致事情演變到最後無法收場，甚至無能自保。他是絕頂聰明之人，但畢竟不是賢者。」

對伊利歐斯祭司的誤解，被一層一層剝掉，漸漸接觸到他眞實的一面之後，才發現他其實是非常多面的人。起初他給達夫南的印象單純只是一個既是天才又犧牲自我的人，然後則是個會和幼女一起去海邊散步，並且送女兒松球的浪漫父親；還有被奈武普利溫拒絕就生氣發火，一個自尊心超強的人；年紀輕輕就奪得銀色骸骨，以致於到現在爲止，連大陸人都還對他的驚人實力印象深刻。還有，現在聽到的……

一個不懂得隱藏自身情緒的人。結論是，他不是個賢者，而是個極爲自負、會冷嘲熱諷的人！雖然他是天才、大學者或強悍的劍士，卻對自身的性情莫可奈何；他的一生爲何如此令人嗟嘆，如此錯綜複雜啊！

如果他只是之前達夫南所知道的那種完美人物，反倒會像幀老舊的肖像畫般，不能給達夫南任何感動……

「爲什麼伊利歐斯祭司不拒絕呢？攝政閣下要他死，他也不一定就要死，不是嗎？怪物一定要解決，爲什麼攝政本人不出馬呢？要成爲王者，爲了不讓自己的百姓們遭受危險，應該要有自我犧牲的行動，我在大陸上讀過不少類似的故事。」

「這和那類故事有點不一樣，畢竟攝政不是王者啊，他只是攝政罷了，雖然統治一切，卻沒有爲王國犧牲的責任啊，呵呵，呵呵呵……」

過了一會兒，傑洛先生恢復了平靜，繼續回答達夫南的問題：

「可想而知，擅長施展低劣計謀的攝政，故意去撩撥伊利歐斯的自尊心！而伊利歐斯即使心知肚明，最後卻還是因爲他恃才傲物的心態，自薦求死。那時，他轉頭一面看著攝政，一面說：『很好，我願意奉上我的性命。』那傢伙冰冷的目光，我還歷歷在目。」

傑洛先生流露出百感交集的眼神，在黑暗中嘆了一口氣。

「太陽！太陽的時代在屬於月亮的土地上是無法持久的，說不定打從他出生命名的那一瞬間，就決定了他到死爲止都無法和月女王和解的命運。月亮吞噬了太陽！古王國卡納波里曾是黃金與太陽的土地，要是他在那兒出生，搞不好眞的可以如同太陽般存在……而像這麼小的島嶼，也根本不需要天才吧……」

達夫南默默地看著燈火。這地方所有的窗戶全被關上，火光全無搖晃，只是直直地朝著天花板燃燒。他想像著，只要他的手一揮動，燈火就會被熄滅，小小的火苗根本禁不住用手去搧。就如同月女王要是眞的存在，如果說她想把某人的性命毀滅，無論是多麼優秀的人，也頂多只能硬撐著搖晃一、兩下吧！

月女王到底存在嗎？月亮的確每晚高高地升起，影響了月島與周邊海域。她討厭優柔寡斷的人，她有時直截了當，有時以幽微隱諱的方式，來治理她的百姓。那麼，她是不是也像那些流傳在大陸上的其他宗教神祇一般，只是隱身起來不外顯自己的形貌而已呢？

「後來的事你應該也猜得到吧？伊利歐斯一死，攝政以保存資料爲藉口，從伊索蕾的手中強行奪走她父親的遺物，然後，一遍遍翻找對自己統治不利的部分。只要找到，就全部銷毀，剩下來的部分就大致收藏在這藏書館。最先我給你的那本書，後半部被撕掉，就表示那本書原先是放在伊利歐斯書房的；而後來再給你的這本……實際上是我和伊利歐斯決裂之前就已經抄寫下來的，因爲當時我覺得那的確是很重要的資料。」

達夫南目光轉移過來，看著傑洛。

「那麼說來，傑洛叔叔您現在正在做著伊利歐斯祭司大人無法完成的事，您在慢慢地向人們傳播眞相，一件件矯正錯誤的事，你和已經過世的那位『只要我知道就夠了』的人做法大不相同，是這樣嗎？啊，您現在也一直在進行嗎？您會讓我知道也是……」

「不，事情不是如你所說，我只告訴你一人而已。」

「到底爲什麼？怎麼是我？爲什麼只有我知道而已？」

「會告訴你是因爲我不是伊利歐斯；只告訴你，還是因爲我不是伊利歐斯。」

「什麼意思呢？」

傑洛在燈前合起雙掌，像是個正保護小小火苗的人。

「若是在島上土生土長的人，聽到這眞相，必定會受到巨大的衝擊，就如同世界就要裂成兩半那樣。伊利歐斯曾經放任還不滿十歲的伊索蕾想讀什麼就讀什麼，可是他不僅隱瞞了自己的發現，在把這幾卷書托付給我時，還特別交代我絕不可讓伊索蕾知道。剛開始，我面對交錯呈現的虛假和眞相，也都看不出眉目；但是出身大陸的你就不一樣了。就我所知，現在月島內就只有你一個人不是在這裡出生長大，所以也只有你是可以在接觸到眞相之後，仍然能以平常心看待！跟那些因爲心理防衛，而往往在了解眞相之前就先把耳朵摀住的巡禮者比起來，你是不一樣的。還有一點……」

達夫南從傑洛先生的口中，聽到了最近他最想逃避的話題。

「因爲你將來應該會成爲月島的祭司，劍之祭司。」

達夫南慢慢地搖頭。不過傑洛先生視若無睹地繼續說下去：

「雖說眞相顯而易見，不過對月島上的人而言，這樣的眞相，更像是詭辯或瞎說。他們已經太過習慣現在的一切了。由崇尚魔法而崇拜月女王，有什麼大不了？由崇尚學問而崇尚劍術又有什麼錯誤？他們應該會那樣回答吧。事實上，連我有時也會感到混淆。月島上的人們會覺得這沒什麼大錯，不管一開始怎樣，如今大家在月女王之下不也過得很好？當然啦，他們也不贊成所有人都只會揮劍而已。」

傑洛露出淡淡的笑容；但是達夫南完全了解傑洛要他做的事，那是件艱難的責任。

「可是如果是你……那些伊利歐斯無法做的……不！是不願做的事，你一定能完成……我是那樣想的。有些人不會聽我說話，但如果是祭司說的，而且還是劍之祭司說的，他們就會不自覺地點頭贊成，所以，當我看到你也像伊利歐斯一樣，成爲銀色精英賽的冠軍時，更是……」

「……」

各種紛亂思緒在達夫南的腦子裡糾纏雜沓，他想起以前伊索蕾曾說過有關伊利歐斯祭司與攝政的衝突，以及她與莉莉歐珮之間潛在的對立。伊索蕾離群遁世的理由，是因爲不想要再重演父親輩的紛爭。不怕與人戰鬥的她，本有可能成爲劍之祭司的，不過她卻選擇了迴避潛藏。然而，傑洛現在卻要達夫南去走伊索蕾不走的路！

驀地，達夫南想到，伊索蕾是否眞的對這問題全然不知情。若是知道，她有可能像現在這樣沒有行動嗎……不過，一想到她也遺傳了伊利歐斯祭司那種狂狷個性，也有可能會不採取行動吧。

只要理由充分，伊索蕾的個性是，就算傷害自己也毫不猶豫；而她居然會因爲想要避免和莉莉歐珮起爭執，就決定隱退，這確實沒有道理。但是，她如果成爲劍之祭司，正面站出來和莉莉歐珮對立，月島上又有誰會支持她？月島是個小而封閉的社會，若被島民排擠，就只剩下和父親一樣被強迫犧牲的命運而已。

所以即使伊索蕾知道了傑洛所說的眞相，也不會改變任何事。月島上的人們、偉大的卡納波里後裔，他們因爲認爲伊利歐斯是定居到月島以來最爲出類拔萃的天才，而愛屋及烏地愛伊索蕾，但同時也對她懷有戒心。她的非凡能力，雖然是帶給島民的祝福，但更像是一種極大的危險。

那麼達夫南呢？

達夫南雖然是繼伊利歐斯之後，第二個把銀色骸骨帶回月島的人，卻沒有人把他和伊利歐斯等同看待，他們不把他看成天才，而是當作具有不明能力的外來者，所以達夫南沒有像伊索蕾那樣的血統問題。但這樣的事實若是由外部的侵入者來揭露，是否又會產生另一種不安全感？現在的奈武普利溫儘管怠忽祭司職位很久了，還是有很多人喜愛他、信賴他，那是不是因爲他沒有牽扯到其他事，單純只是走著劍術的路？

達夫南看著傑洛的眼睛。

「不知道該說些什麼好，我是……是的，嚴格說來，我還是外來者。與其說我想變成這樣，不如說是自己感覺到的，應該說我還沒有被接納，也許是那樣吧，我對月島還沒有那麼大的責任感，到現在爲止，一切都還沒有確定。劍之祭司……那是否眞是預定給我的位子，這一直是個曖昧的問題，而且，我也還沒有準備好要肩負那樣的榮耀，這就是答案。」

「你覺得你無法承當那樣的重任嗎？」

傑洛的口吻不同於奈武普利溫，也和戴斯弗伊娜不同，有時就像是同齡的好友。但是那樣的語氣，偏偏在今天聽起來特別彆扭又不好受。逼得達夫南還是不得不把他心裡想的事說出來：

「我不得不坦白說出我心裡的話。我覺得您的這種想法，就是想把自己被捲入的程度盡可能地縮到最小，這是您給我的感覺。不是不可能做到，而是不願去做。對嗎？」

傑洛先是不發一語，因爲這是個尖銳的問題，達夫南也靜靜地等候著。

「是的，就像剛剛說過的一樣，我畢竟不是伊利歐斯。雖然我一直有這種想法，但這其實是給自己的懦弱一張免罪牌吧？我無法像伊利歐斯一樣乾脆漠不關心，但也沒有因此大膽到敢挺身而出，進而改變現狀。」

傑洛先生抬起頭來，視線望向放在黑暗中的書籍。

「我能力可及的事，充其量不過是分類書籍。事實上，這個藏書館也不是我一個人建立的，當初發現有關卡納波里藏書館的記載之後，就和伊利歐斯一起討論，兩人一起設計出這座藏書館。設計大多是伊利歐斯的點子，我主要是做書籍的分類和整理。但是這裡建到一半時，我和他的關係就決裂了，他冷酷地說他將不再插手管這裡的事，也就是說我別想再請求他幫忙了；他的固執又有誰能改變……這個朋友，他說話時我要是不嗯個一聲，他就會以爲我輕視他的意見，而更加火大。從那之後，我獨自承擔剩下的事，當然多花了好幾倍的時間，因爲藏書館完工後，又投入了很多心血，藏書增加爲當初的十倍。這麼辛苦打造出來的地方……我一定要盡量保衛、照顧，以後大概也要傳承；傳給誰……傳承給誰好呢？」

雖然達夫南馬上就想到由歐伊吉司來繼承，但傑洛先生沒有提到他，接著說道：

「我對自身的問題，已經考慮很久了，伊利歐斯活著的時候，我幫忙參與他的各項計畫，平靜又快樂，我常常希望再出現像伊利歐斯的人，而我也會像之前幫助伊利歐斯一樣，全心全力地幫助這個新出現的人。至於我所冀望的眞相傳播，對於奈武普利溫的坦率性情來說是很困難的，而因爲父親緣故而關閉心門的伊索蕾，則沒辦法逃避眾人的牽制，所以當我看到所謂外來者的你時，似乎見到了一線希望。眞的抱歉啊，抱歉；不過我希望至少幫你了解了眞相，你要是拒絕的話，我也不會勉強。我只問你一件事，達夫南，對你造成壓力的是劍之祭司這個位子，還是和我一起去揭發歷屆攝政的謊言呢？不管是前者還是後者，我都能夠理解，你說說看吧。」

「……」

達夫南並不是因爲感到混亂而痛苦，現在最令他感到痛苦的不是眞相，也不是責任，而是伊索蕾。他不斷努力試著想抹掉她的存在，而且每日都在努力說服自己這回的決定是對的。但他終究是個男人，他無法以惆悵悲傷，讓自己從苦痛中自拔出來。

「如果您能理解，我會非常感激，但如果無法理解，也是沒辦法的事，畢竟這種事只有我自己最清楚。因爲，我也無法完全理解叔叔您的想法。今天聽到的事情，對在大陸出生長大的我來說，並不算是太大的衝擊，但是又如您所言，身爲外來者的我，是否應該爲了眞相，奉獻出我的人生，這我還無法下判斷。我要辛苦面對的事……不管會以何種型態出現，都是對他人負責而非對我自己負責。可是，以現在來說，我連自己都站不穩了……眞的，如果我眞的打破那些虛假，我怕可能輪到我的主張被人們排擠。在我解決自己心裡的問題，並且決定什麼是對我自身最重要的事之前，我是無法做出任何決定的，這就是我要說的話。」

油燈漸漸熄滅，好像是燃料都燒完了。

「嗯，我知道。」

一段非常沉重的沉默之後，傑洛先生開口說：

「嗯……有件東西想給你看，明天思可理的課結束之後，你去一趟上村附近，就是伊索蕾家再過去一些，白扁柏樹林入口的岩石處。」

□

達夫南離開了藏書館，回到家之後，忐忑不安的心還是無法平靜下來。直到半夜，奈武普利溫回來時，兩個人也沒有交談，只是互看了對方一眼，就各自上床去了。

望著黑漆漆的天花板，達夫南沒有發出聲音，只是無聲地自言自語著：

月島島民們對自己的期待，

自己對自己的期待，

還有期待卻不可爲的事，
身在其中卻不能選擇任何事的自己。
不願意就逃跑的話，
這次又該逃到那兒啊！

03 魔法王國的陰影

「哎呀，達夫南，好久不見。」

在上山前往思可理學校的途中，聽到有人喊他，於是停下來轉過頭，想不到竟是拄著劍、獨自跨坐在近處石頭上的賀托勒。聽說他自願前往沉默之島上的守備台，不知何時又回來了。

「有什麼事？」

「嗯，沒有。只是高興就叫叫看而已。你要去思可理。」

他身上穿著鑲嵌土色鉚釘的皮革背心，厚實的腰帶上繫著短劍，戴著陳舊的手套，頭髮沒有好好梳理，只是草草地撥向後面。當兩人面對面的時候，有一種好奇怪的感覺，好像賀托勒與自己之間發生的事，全都是幾百年前發生的，已經全被遺忘了……這種感覺真的很微妙。

賀托勒是島上土生土長的少年，自然愈來愈像島上的老一輩，但是達夫南卻像是被風吹到遙遠地方的種籽一般，腦海裡充滿了永遠離鄉背井的想法。

在銀色精英賽中，兩個人沒有機會決鬥，往後也沒什麼可能決鬥了；兩人的路曾經一度交會過，如今是再也不會有交點的了。

……這種想法也許是達夫南天賦預知能力的一部分。

「那麼，再見。」

達夫南說完之後便轉過身，感覺到背後的賀托勒輕輕地笑了一下。這是預知能力極端敏銳的瞬間，即使沒有回頭也知道。

賀托勒爲什麼笑，難道說一切眞的都過去了，連個結果也沒有，還是說又會發生達夫南無法預知的事？

達夫南上山前往思可理學校。

□

達夫南不久前便已經察覺到，其他小孩對自己的態度變得奇怪了。在剛進思可理學校時，達夫南曾經是被蔑視和排擠的對象，經過一些事件以後，更完全被孤立；但是從大陸帶回銀色骸骨以後，他就又變成大家畏懼的對象。男孩們明顯地躲著達夫南，萬一要交談，也一定會非常謹愼小心。

倒是少女們的態度比較特別，之前思可理的女學生們和達夫南之間，就像牛和雞對看一樣，都故意對彼此視而不見，但現在，女學生們的態度卻明顯地變得溫和了。

如果單純說是對帶回銀色骸骨的少年的一種憧憬或好奇，也說得過去，不過事實並非如此。達夫南苦思了幾天之後，終於完全了解了她們的態度，那種態度就和培諾爾宅邸的僕人們所表現出來的一樣。

不過，達夫南並無法了解這其中的原因。在培諾爾宅邸的時候，自己是以伯爵養子的身分得到最高待遇的陌生少年，不管是僕人或侍女，不但不敢疏忽怠慢，甚至多多少少也有些阿腴諂媚。不過在這裡，達夫南和她們沒有區別，同樣只是學生而已。

那天，午餐時間過後，有一點遲到的達夫南，一進入教室內，就看到所有的學生都沒坐在位子上，而是像蜜蜂各自飛立般，團團圍站在桌子邊。

剛好傑納西老師也比較晚到，達夫南以不知所措的表情看著他們，覺得不想和他們一樣站著，就找個適當的位置坐了下來。就在達夫南坐下來的同時，其他學生們也開始默默地尋找與達夫南保持一定距離的位置坐了下來。

難道需要閃避到這種程度？當達夫南正因此感到不開心時，聽到有人拉開隔壁椅子的聲音。不是別人，正是莉莉歐珮。

「有一點遲到喔？」

雖然不是什麼了不起的話，但那一瞬間，達夫南才發現教室內無論是誰都不敢比莉莉歐珮更早說話，等她開口了，其他人才慢慢地開始各自聊了起來。

過了一會，傑納西老師進入教室，開始上課。

心情變得怪怪的達夫南，聽起課來有一點恍惚。這一天，傑納西老師說到從古代王國流傳下來的一首敘事詩，因為擔心學生們無法了解，所以用簡單的故事來解釋。

《紡織姑娘艾碧拉》是描寫一個年輕人愛上某個美麗小姐的故事。一個經年累月在各地旅行的年輕人，有一天來到偏遠鄉村的入口，從一間小房子的窗户望進去，被裡面坐著織布的小姐給迷住了。從此以後，他就再也無法離開那個村落，每天到了那個時間，他都會來到相同的地方眺望小姐，小姐也常在那個時刻坐在窗旁織布。

剛開始，年輕人只要看著她，就會心滿意足，但最後還是忍不住想要靠近她、和她說話。終於，年輕人鼓起勇氣，去敲她家的門，但是來應門的卻是個難看的男子。年輕人以爲那男子是小姐的丈夫，連一句話都沒說就溜走了，也離開了村落。但是，才過了三個月，他仍然壓抑不住內心的思念，再次回到村落，找到那戶人家。

年輕人做了好幾次深呼吸，鼓起勇氣敲門。萬一這次出來應門的是小姐，他打算向她告白自己的心意，之後就可以不再留戀，重新出發到遙遠的地方去。但是年輕人的希望再次落空，出來應門的還是那個難看的男子。

「太過分了……小姐眞的是那男子的妻子嗎？」

「不是，不是那樣的。」

「太好了！那麼是妹妹嗎？」

傑納西老師只用微笑回答這個少女的問題，然後繼續說故事：

這次，年輕人沒辦法就這樣轉身走掉，懷抱著即使死在那男子手中也要向小姐表白感情的決心，懇求說如果可以親耳聽到小姐說一句話，就再也不會出現在他們面前。不過，令人吃驚的是，那難看的男子既沒有打他，也沒有趕他走，只是露出了悵惘的笑容，並且帶他進入屋內。

達夫南腦海中感覺到某種印象漸漸地具體成形，現在心不在焉聽到的故事正好和他的記憶相互交疊。

年輕人在屋內看到還在織布的小姐，於是走到她面前；她近看比遠看還要來得漂亮，年輕人幾乎是到了無法呼吸的地步，於是跪在她的面前，吐露了自己的心情。

妳白皙纖手將朱紅的絲
外端與內端交織在一起的時候
連我的心也一起織了進去，妳知道嗎？

妳的紅酥手將銀色的針
縫進與縫出，忙著扎針的時候
連我的心也殘忍地一起縫了進去，妳知道嗎？

「哇啊……」

一位少女受到感動，兩手摀住了口，不過卻引來隔壁莉莉歐珮嘲弄似的冷笑聲。

不過小姐完全沒有回應，她連頭都沒有抬一下，只是繼續織布。最後年輕人淚流滿面，望著難看的男子，但那男子也只是吐了一口氣。莫非那小姐是聾子，還是啞巴嗎？難看的男子搖搖頭，向小姐說：「艾碧拉，到此爲止。」果然，小姐織布的手馬上停了下來。

那一瞬間，達夫南脫口說道：

「那小姐是人形娃娃啊，一輩子專門用來織布而設計出來的魔法娃娃……」

傑納西老師嚇一跳，看著達夫南說：

「你怎麼知道呢？在書中看過嗎？」

達夫南的確是在書中看過；在培諾爾伯爵的城堡時，曾經讀到卡納波里的魔法人形娃娃的故事，其中就有年輕人愛上織布人形娃娃的故事。魔法娃娃雖然外表和眞人一樣，卻在製作時就被魔法師施加了特定的任務，並且必須反覆執行任務，直到壞掉爲止。

達夫南差點說出曾在大陸上讀過那個故事，幸好及時忍住了。

對月島的人來說，古代王國不在大陸，而是存在於一個誰也不知道的地方，要說大陸上有記載古代王國的書，是絕對不可能的事。不過在他爲自己的態度猶豫時，達夫南還是按捺不住那股錯綜複雜的情緒。

「嗯，在藏書館……看到的。」

不久後就下課了，達夫南抬起頭一看，剛才上別的課程的歐伊吉司，不知何時已進來坐在旁邊。

「在想什麼？下課後和我一起去藏書館好嗎？」

達夫南看著歐伊吉司，覺得只有這個小孩不會像其他小孩一樣爲難自己。那時莉莉歐珮早已離開，達夫南察覺到她就像以前的賀托勒一樣，可以左右思可理學校的氣氛。

那是與賀托勒不同的權威；賀托勒是以跟隨他的少年們爲中心所組成的圈圈，而莉莉歐珮則好像女王般統領著少女們。賀托勒在學校時，孩子們會仔細觀察他的表情，看到他毆打像歐伊吉司這樣的孩子時，可以很快就抓到情勢，也跟著亂打一團。但現在其他小孩爲了因應莉莉歐珮捉摸不定的心緒，則一個個都變成了最乖巧的小孩。

他們會不會將莉莉歐珮和自己配成一對？當達夫南心裡產生這種疑慮時，臉頰不禁出現紅暈，並決定不再理會小孩們和莉莉歐珮。

陷入複雜情緒的達夫南，沒有馬上回答，於是歐伊吉司追著說：

「嗯呀，好久沒去了，叔叔看到達夫南也會很高興的，喔？一起去，我借的書也該還了。」

達夫南這才想起昨天和傑洛叔叔約好的事，於是一面點點頭，一面說：

「我也想去，不過思可理學校下課後，暫時有事要去處理一下，大概要一個小時，可以嗎？你先去那裡等我好了。」

「先去的話……嗯，也好，我先去那裡看書，你很快就會來了吧！在那裡看書即使等幾個小時也不會無聊，不要擔心我，儘管忙完了再來。」

達夫南來到月島已經匆匆過了兩年，在這期間，不管是已從小孩長大成人的賀托勒，或是已懂得利用攝政女兒身分的莉莉歐珮，歐伊吉司都和他們不同；縱使時間流逝，他仍像是一點都沒有長大的孩子。歐伊吉司說完了話，馬上綻放笑容，達夫南看到他的樣子，心中覺得一陣溫暖，不禁貿然地說：

「歐伊吉司，你總有一天會接手傑洛叔叔的工作吧？一想到屆時你就要幫我挑選書，就覺得有趣。」

不過歐伊吉司卻像是有點受寵若驚。

「唉呀……什麼，那可不是件容易的事……現在的我和傑洛叔叔比起來，讀的書還是太少了……只是……雖然喜歡讀書，只有那樣的話……」

「什麼話，月島上除了你之外，還有誰可以接替傑洛叔叔的工作，叔叔也最屬意你吧。」

老半天後，歐伊吉司才小小聲地回答說：

「如果那樣的話，當然是很好，但是……」

達夫南聽到這，不禁露出微笑，覺得歐伊吉司只是自信心不足而已，這可以隨著年齡的增長而慢慢地改善；自己要是有什麼地方可以幫助歐伊吉司，就會幫他……

雖然和歐伊吉司已經認識很久了，但是像今天這樣，眞誠地想要幫助他，倒還是第一次。喔，不是只有歐伊吉司，達夫南到現在爲止還沒有對誰有過這樣的心思，因爲他連自己都無法照料好了。對他而言，在拚命的打鬥中，應該是去愛那些先給他愛的人才對，不可能先去擁抱那些什麼都無法給他的人們。在他與愛他的人之間，他總是扮演弟弟的角色。

不過，像耶夫南或奈武普利溫對他的那種關懷情感，達夫南自己也具備，而且現在已經到了可以付出的年齡了。

那是從什麼時候開始的感情呢？應該是從下定決心忘掉伊索蕾，將熾熱的感情沉澱，加上目睹身旁倒下的同伴時的情感淬鍊，所產生出來的另一種變化吧。

□

達夫南與歐伊吉司分開後，慢慢地走上長滿白扁柏樹林的山坡。

清涼的香氣已經開始瀰漫。雪白扁柏樹林稀稀疏疏地從山脊的入口開始延伸，然後長滿北邊山谷。若順著山谷一直走下去，就可看到通往上村的隘口。不過今天不用走到那裡，因爲在完全看見山谷的輪廓之前，已經瞧見了傑洛的身影。

「你來了，到這裡來。」

通常只有在藏書館才見得到傑洛，像今天這樣和他在外面見面，總有些不習慣。達夫南跟隨著他走下谷底，他們不走通往上村的上坡路，而是走到由一塊塊岩石填滿的海岸邊。

岩石陰暗處還殘留著雪的痕跡，撥開雜草往更深的地方走去，經過散落著圓形、方形等各式各樣灰色石頭的院子後，進入到由花崗岩組成的峭壁下方，有處由扁平石頭堆疊起來的地方。那地方看來就像被平放的書般整整齊齊，旁邊門框似矗立著兩塊巨石，再往裡走有一面像是被特地磨得晶亮的石壁，石壁右邊有道幽暗狹窄、僅容飛鳥的小隙縫，看起來像是個祕密入口；再轉過兩個彎，還看得到繼續往內延伸……

□

歐伊吉司將準備歸還給傑洛的書夾在腋下，往藏書館的山坡地走去，一邊回味昨晚熬夜讀到的內容，自顧陶醉，雀躍不已，一邊還煩惱著這次要從傑洛叔叔上回推薦的書籍中挑選哪一本。他正以這種悠閒的心情踱步向前。

昨晚讀到的是有關古代王國的英雄故事，與今天傑納西老師說的《紡織姑娘艾碧拉》屬於同一種敘事詩，歐伊吉司特別鍾愛這類書籍，他會主動問傑洛叔叔是否還有與詩相關的書。他熱中到甚至會熬夜背誦特別喜愛的部分詩句。

雖然歐伊吉司也背地裡偷偷寫詩，但到目前爲止，還沒有寫出滿意到可以給別人看的作品。他從傑洛叔叔那裡聽說古代王國有所謂「吟遊詩人」，歐伊吉司想，如果能成爲吟遊詩人該有多好，那種想法常常在他腦中盤旋——而且他也不是完全沒有那樣的天賦。

枝葉扶疏樹蔭蓊鬱
水渠霞光景色心懸
磨損長靴漫步湧泉源
烏髮少女盤坐吹角笛

這是首歐伊吉司喜歡的詩，但卻忘了後半首的內容，於是他一邊走，一邊翻書。書很大又很重，他小心翼翼地用雙手捧住，翻了翻後，又看到喜愛的地方，不知不覺就從那地方開始讀起來了，一翻頁時，竟然就踉踉蹌蹌，雙腳打結。

碰！

四腳朝天的那一瞬間，手上掉落的書咕嚕咕嚕地滾到山坡下，驚慌失措的歐伊吉司連疼痛都忘記了，立刻一躍而起，追趕而去，但是跑沒幾步就呆站住了。

「在路上讀個小紙塊兒也會弄得四腳朝天，還眞是個好笑的傢伙哩。」

「喂，地鼠啊，你帶來栗子了嗎？」

歐伊吉司嚇得臉都發綠了，雖然沒看到艾基文，但卻看到大約有五名少年，像正等待著似地圍在自己掉落的書本旁。

賀托勒畢業以後，小孩們欺壓他的事少了很多；而且又因爲有達夫南在，優劣之勢日益顯著，歐伊吉司也因此可以比較無憂無慮地放心過日子。但今天卻突然像是誤陷狼窟。少年們也不笑，只是聳肩，其中有幾名伸出腳來踹著書角。

要是從前的話，歐伊吉司會馬上跪地求饒，但他自從和達夫南熟稔以後，自身也有了一些改變。他雖然心中猶豫，開口卻是斬釘截鐵：

「把我的書還來。」

「來拿啊。」

極簡的對話。他們之中包括曾經和艾基文混在一起的小孩，也有和賀托勒一起參加銀色精英賽的里寇斯，腳長但個性粗暴的皮庫斯，以及沒什麼力氣卻心術不正的卡雷。

「這個……」

「這不是你的書嗎？書這種東西我們是不會去碰的。」

歐伊吉司向他們又靠近一步，五名少年有的用腳尖在地上轉圈，有的兩手摩拳擦掌，正等待接近中的歐伊吉司。

再次邁開腳步時，歐伊吉司突然感到一股強烈的不安感拉住了腳後跟，不過他心意已決，即使狀況再怎麼糟糕，不過就是挨打罷了，這一次若還是怕得求饒或者逃跑，自己就再也無法找回自尊心。心中一面那樣想著，一面踏出了下一步。

歐伊吉司走到他們面前站住爲止，一直都沒事，他彎下腰要撿起書本，正在心疼著書皮在地上滾過又被這幾名少年用腳踢過而受損，想著該要盡最大可能去恢復乾淨的時候，他專注得暫時忘掉了剛才的不安感。

砰嗯！

肋下的痛楚都還沒來得及感覺，另一隻腳又往他的太陽穴用力踹下去，歐伊吉司神智暈眩的同時感到臉頰上有液體流下來。

砰！咚！砰！

沒有任何言語，無論是打人的少年，被打的少年，全都緊閉雙唇。五名少年的臉上沒有一絲嘲弄或玩笑，里寇斯忍住憤怒似地緊緊咬住嘴唇，卡雷的臉上也看不到平時挖苦似的笑容，他們雖然欺侮歐伊吉司已經很久了，卻不曾像這次那樣殘忍無情地痛毆他。

歐伊吉司本能地用兩臂護著書，在被蹂躪的草葉碎片與土塊之間挨揍，他腦海中閃過一道來歷不明的光，比起皮肉之痛，他更害怕那道光慢慢地消逝，那是什麼光？無法抵抗的身體，像電流般痛苦流竄的東西是什麼？

一切正如爆竹般炸開來……

接著，踢在身上的腳慢了下來，有一個聲音在頭上方說：

「代替朋友挨打的心情是很糟糕呢？還是非常甜蜜呢？」

所有的少年接著開始你一句我一句地辱罵歐伊吉司。

「銀色精英賽冠軍又有什麼好囂張的！那壞蛋只是從大陸來的垃圾而已！」

「外地的流浪漢根本沒什麼可信的……對於那種王八蛋，我們什麼也不給，絕對不能給。」

「沒有劍的話，那小子就打不過我們，你一定要轉告他這句話，知道嗎？」

「回去把你身上的傷仔細地給他看……怎麼被修理的，毫不保留地告訴他，我們什麼都不怕，他生氣的話，叫他馬上來報仇啦！」

他們的聲音聽起來沒有一點勝利的滋味，反倒像是將這段時間壓抑下來的情緒發洩似地粗暴大喊而已。歐伊吉司慢慢恢復神智，腦海中閃爍的光又再度明亮起來，像垂死前的疾呼那樣地豁然明亮。

「你們、你們全是些……不敢直接站出來的膽小鬼……」

歐伊吉司傾斜著身體，結結巴巴說話的時後，少年們啼笑皆非似地皺起眉頭。

「你說什麼？」

「現在這小子在說什麼？」

歐伊吉司好不容易站起身來。他雖然全身傷口累累，但胸膛前仍然懷抱著書不放。

「你們雖然可以打我……是、是啊，雖然可以盡情地打我……不過絕對，不能迫使我、讓我、屈服……」

歐伊吉司記不起什麼時候達夫南和他說過這樣的話。是了，在大陸曾經是達夫南的朋友，那個少年說過的話，現在歐伊吉司終於想起來了。那是他一直想要說的，特別是在這種情況下，一定會想要說的話。

「這是因爲……因爲我是個擁有自由意志的人！」

說話的同時，歐伊吉司彎下身體，正面朝皮庫斯的肚子用力猛衝過去，趁著皮庫斯倒下的那一瞬間，他集中剩下來的力量，一口氣逃跑了。

少年們一時之間好像吃驚地直眨眼睛，他們從未想過歐伊吉司會從他們手中逃脫，更別說像這樣攻擊某人後一躍而起趁機溜掉；歐伊吉司不再是只要被打一下就放棄抵抗、跪地求饒的小子了。

不過，少年們沒多久就回過神來。

「喂，去追吧！」

「去揍死他！」

他們長久以來就看不起歐伊吉司，即使歐伊吉司說的話再正確，都無法獲得他們認同。而且要抓住已經受傷到一跛一拐的他並不難，因此他們立刻衝上去。

而歐伊吉司則是猛跑。

歐伊吉司自己納悶，曾幾何時他這樣使盡全力奔跑，這樣往前直衝；以前因爲偷聽到達夫南和賀托勒上村決鬥的事，而被艾基文追的時候，他也只是很害怕而已，沒有產生像現在這樣堅定的意志。歐伊吉司不知道他的速度，他從未像現在這樣展現自信而不同的一面。

歐伊吉司第一次發揮最大的能力跑得飛快，如果追他的是艾基文，早已遠遠被他甩掉了；但現在追來的人是腳又長、體力又好的少年們，而且他們也正爲不能如預料中很快抓住歐伊吉司而懊惱。

歐伊吉司從來不知道，原來反抗逼迫自己的人會如此痛快。自己不但不是他們的玩具，甚至還是可以教他們難堪的少年。一時間甚至暫時感覺不到全身上下被毆打的傷痛；歐伊吉司跑了又跑，終於跑到了藏書館。

雖然他本來就是要來這裡，不過現在跑來也是因爲這裡有傑洛叔叔在。這時候傑洛叔叔應該不會離開藏書館，而只要有他在就足以趕跑這些少年。歐伊吉司心想，這樣自己就可以阻止他們的計畫了；往後，要是做得到的話，也可以一直這樣做。

連敲門也沒時間，歐伊吉司呼嚕地用力推門要進去，卻打不開門，再推一次，只是噹啷響，鎖住了嗎？

「叔叔！傑洛叔叔！」

沒有時間了，那幾名少年已經追到山腰下了，焦急的歐伊吉司雙手把門拍得砰砰大響。

「叔叔！是我！歐伊吉司啊！請幫我開門！快一點！」

沒有任何回應。

□

沿著岩石之間的小徑，經過一片破碎的砌石地，所到之處並不陰暗也不潮濕。突然間，一道強烈刺眼的光照射下來，如海市蜃樓般出現在眼前的，是一片被綠盈盈苔蘚以及長草所覆蓋的空地。

四面的峭壁像老木的樹幹般被一層乾燥的表皮覆蓋著，草綠色的地衣，密密麻麻地爲懸崖塗上一層顏色，朝天際向上伸展幾百公尺的峭壁，那表面的皺紋也一直延至最頂端。抬頭望上去，可見到像是中空的樹幹尖端那般不規則的龜裂，露出蔚藍的天空；正午的白色太陽閃閃發光地映在眼前。

在那裡，立有百餘來塊老朽的石碑，有的倒塌，有的變色，還有像是好多人合葬在一起、刻滿碑文的大石碑。

綠色的草盡情生長，正是長出小白花的季節……沒有人造訪的這段期間，這地方的時間依然不斷流逝。也就是說，隱藏的庭院、月島的祕密、那峭壁每個角落開出的熟悉花朵，上天給予它們的時間和給予我們的時間是一模一樣的。

一瞬間浮現的是戴斯弗伊娜祭司的話語。

在你的視線以外，還有時間這東西不斷在流逝。

那是在達夫南的世界以外流逝著的時光，是他一直無法得見的月島模樣，是被山群所掩蓋的過去。峭壁各個角落如同乾淨到發亮的碎石堆，這是古老土地遺留在這時代的一塊碎片。

過了一會，達夫南低聲問道：

的數字。

「是誰的……什麼人的墳墓呢？」

傑洛先穿梭在石碑群之間，走到一個地方停下腳步，比個手勢要達夫南過去，達夫南走近仔細端詳石碑上刻的文字，因爲碑上是用卡納波里文所刻寫，他看不懂，不過還是能看懂棍子形狀表示的數字。

「耶索德世【註】三十二年……十二月……」

達夫南心念一轉，這裡埋葬的是卡納波里抵達月島那唯一一艘船上的人們啊，他們上岸以後開始使用新的年號來記年。

但是不知從何時起，島民已忘記新年度是自己所創造的，也不再使用卡納波里時代承傳幾千年的紀年；所以紀年才會與大陸使用的相差無幾。

傑洛開口稍稍解釋了石碑上的文字：

「所有的花都埋葬在地底下的……冬日之影鏡……先行離開世上回到古代祖先那裡……只有內疚……」

傑洛轉身面向達夫南，說道：

「我很久以前就將碑文全讀過了，他們認爲死了以後可以和偉大的祖先一起生活而感到歡愉，反而擔心留在世上的人們，逝者果眞會和卡納波里的祖先靈魂一起幸福地生活嗎？」

達夫南低頭看著各種大大小小的石碑，面臨到解讀的困難，這時他想起恩迪米溫爲首的幽靈少

註：Exodus，移居。

年們，他還不知他們的來歷，這其中會不會有他們的墳墓呢？

「石碑上也有刻上亡者的名字嗎？」

「雖然有些已無法辨認，但大多有刻，這裡就刻著……拉布圖斯拉的名字，就是『拐杖』的意思。」

「您剛才說之前就全部讀過了對不對？或許……您有看到『恩迪米溫』這個名字嗎？」

「恩迪米溫嗎？」

他好像對這名字沒有印象。於是，兩個人一起在墳墓之間來回找尋，在可以辨識的石碑碑文之中，並沒有恩迪米溫的名字。

看完最後一塊石碑後，傑洛看著達夫南發問：

「爲什麼要找尋那個名字呢？」

達夫南搖著頭，這不是簡單幾句話就能說清楚的，而且他也不確定傑洛會不會相信他的話。

「比這問題來得重要的是……您爲什麼帶我來這裡呢？」

「這個嘛，先不說那個，你覺得到這裡看過之後，有什麼感想沒有？」

達夫南想了一下回答說：

「像是撞見了誰……所收藏的舊日記一般的心情。」

傑洛垂下頭來看著地面，發出笑聲；不知道是不是感染到這裡的氣氛，他的笑聲聽起來有些無奈。

「你說得對，那正是我要給你看的——死去的卡納波里已經石化掉的屍體啊！這裡埋葬的不只是人，而是文明；這裡的一切代表著現今我們已不再擁有的瑰麗文明。我第一次來這裡是和伊利歐斯一起來的，那時我們倆還是好朋友。他比我更早發現石碑，我們滿腔熱情地談論著月島的未來。現在朋友沒有了，留下來的只有墓地而已……達夫南，也許你不相信我的話，這地方有時會出現幽靈。」

達夫南胸口像有某個東西忽地掉落下來，反問道：

「您說幽靈嗎？」

「不相信就當我是說夢話也沒關係，不過我……你也知道，我白天通常守在藏書館，到了晚上有時會來這裡，看能不能多少感染一些死去文明的香氣。我會像瘋子一樣踱步走來，有些日子，整夜在這裡對著石碑，把心裡想講的話發洩出來，我抱著倒場的石碑，接連幾個小時沉浸在思索中。為什麼我會現在才出生，被桎梏在文明都已凋零掉的衰退土地上受苦；我出聲叫喚亡者，並且埋怨他們；我想要知道他們的靈魂有沒有和魔法王國偉大的靈魂在一起，果眞如此的話，就算我自我了斷殘生也沒有半點遺憾。我想要到他們的世界去。我常常胡思亂想到清晨……」

沒有人能光看表面就完全認識一個人。看起來像是對萬事都很灑脫、溫和且沉著的傑洛，居然是個被抓不住的虛幻希望所攫住的徬徨之人，懷抱著奉獻所有的瘋狂熱情。然而其他人何嘗不是如此難以看透？達夫南原以為是完美天才的伊利歐斯，私底下卻有著因為自尊心的刀刃而傷害自己的矛盾性格；看起來像是熱心照顧每個人的戴斯弗伊娜，在年輕時也曾有著為了自己疼愛的弟弟，而犧牲別人的自私心態。

還有，雖然達夫南到現在還不清楚，表面看來不被任何事物所束縛，像個怪人似的奈武普利溫，也和達夫南原本的印象不同，有一段無法割捨拋棄的過去。

「我那樣度過了數十個夜晚，我夜夜都無法自制地想要來這裡；就這樣，一直到某個晚上，我讀著碑文，在那邊，就在那最大的墳墓前睡著了……」

在一座偌大的墳墓前，一邊角落裡立著一塊快要傾塌的五角形狹長石碑。突然間，達夫南似乎看到傑洛手提油燈照著那上面刻有的數百個小字，一字一字細讀的模樣，如同幻影般忽地閃現在大白大的太陽底下。

「在我從淺睡中醒來時，雖沒睜開眼睛卻可以感覺到我周圍有數十個人。現在我因爲耽溺讀書，身體才變得這麼不靈活；不過年輕時，我也和其他的小孩一樣，被強迫學習棍棒護身術。因此當身體一被刺激到，我也不自知地就做出反射動作，我佯裝睡著，眼睛微開觀察周遭，果然，在那裡有衣著飄逸的男子與女子，像幽靈一般——喔不，應該說，他們是眞的幽靈——在那裡出沒才對；更令人驚訝的是……雖然到現在我無論如何還是很難相信……原本在我四周圍的倒塌石碑，居然全部豎直起來，在那裡還矗立著青翠綠石砌成的高聳建築物。」

傑洛正努力描述出夜晚的幻象，雖然現在周邊環境仍是在明亮的太陽下，但達夫南對傑洛所說的狀況，眞是再清楚不過了。回想起第一次碰到幽靈少年的時候，村落的模樣不也是變得不同，而且也出現刻有亡者名字的方尖碑！

另外，剛抵達月島時，也曾有一次親眼目睹月島的景色突然完全改觀的經驗。

「我動也不敢動，周圍的透明幽靈們一面在綠色石屋進進出出，一面談笑；他們的儀態與行徑看起來如此神聖，像我這樣的人居然偷窺他們，讓我感到眞是大不敬，我想光是偷窺他們這件事，就足以當作死罪了吧！被這個想法困擾著，我除了裝睡也別無其他選擇。」

「那麼他們……如何消失的呢？」

「嗯，說來好笑，我眞的又睡著了。或許是因爲當時雖然有些緊張，但同時也沉浸在一種不可知的安詳之中，而且我也企圖想要在睡夢裡實現與他們同化的心願。再次醒來時，已是日上三竿了，周圍有的只是跟平常沒什麼兩樣的傾倒石碑而已。之後就再也不曾看到他們了。那些高貴的靈魂們……他們是不是石碑的主人，不是的話……會不會是從魔法王國遷移到這裡的，也就是卡納波里的祖先……」

達夫南輕晃了幾下頭，又猶豫了一下，結果還是不得不說。他開口說：

「傑洛叔叔，您所看到的不是夢境也不是幻覺，而是實際的事；即使其他人都不相信，我也不會不信。他們是這塊土地上的另一族群，一直在看著我們，已經看幾百年了。他們甚至還記錄著發生在我們之中重要的事，那裡刻有月島上所有亡者的名字，那方尖碑……」

「你在說什麼啊，達夫南？」

傑洛驚訝地轉望達夫南，因爲他一下子就吐露出太多的事，聽起來反倒像是取笑或是謊言。

達夫南停頓一下，又再度斬釘截鐵地說：

「大叔，您所看到的幽靈們，我也曾經看過，我所看到的是小孩們，他們和我合得來也一起玩耍。就是上回我從峭壁掉下後昏迷不醒那段期間……你記得吧？那時我的靈魂正和他們在一起。」

「那是……眞的嗎？」

傑洛的聲音聽起來有一點顫抖，其實達夫南也同樣非常興奮，因爲這也是他第一次具體說出幽靈的事。

「那麼你……從他們那裡聽到了什麼？他們的來歷到底是什麼……你知道嗎？」

達夫南只能搖頭。

「不知道耶，他們沒告訴我，那時我忘掉自己是誰，只顧和他們一起玩。因爲和肉體分開，於是乎處於一種失去眞實感的狀態……也就是說，我當時也是只有靈魂的狀態，就是靈魂出竅到外面逛啦。」

事實上那不是他第一次和恩迪米溫他們見面；他第一次遇到幽靈，並因此消失那件事，只有奈武普利溫等幾個人知道。

突然，傑洛伸出手抓住達夫南的肩膀。

「全說出來，他們說的話……儘管不知道他們的來歷，但不管是什麼事情我都想知道。記錄我們的亡者又是怎麼一回事？他們對月島的事全都知道嗎？」

雖然傑洛自己也明確地說他看到的絕不是夢，但其實心裡還是有點疑慮，因此當達夫南確認了傑洛看到的事，那快樂已經到達感激的地步了。

不過達夫南可以說的事其實並不多。他斷斷續續地，才說到恩迪米溫曾說「自己是在好幾百年就已經死去」，再從刻有亡者名字的方尖碑，說到島內景致改變的記憶，還有睡在圓珠洞穴裡的事，最後才說到有關幽靈小孩口中所稱其他「大幽靈」的存在，達夫南踏入他們世界的事不可讓他們知道等等。

傑洛垂著頭沉思一陣以後說道：

「記得戴斯弗伊娜祭司曾經說過，你那把特別的劍，擁有穿越異世界或異空間的力量，那是她在你失蹤的時候，在大禮堂開會時說過的。那麼，你去的地方也許就是這世界上另一個異空間吧！幽靈們活在那個世界……而我也是暫時到了他們的世界。如果依照你的說法，也許是因爲我對他們世界的懇切盼望，剛好和他們之中某人的記憶相吻合。」

他們兩人肩並肩坐在一座巨大的墳墓前，傑洛又再想了一下說：

「如果只是幾百年前，很難確定他們是從卡納波里來的，還是在這地方很久以前死去的；不過那麼多的幽靈們，以他們擁有的強大力量看來，大概也……不像是在這個地方死去的人。來到這地方的人大都已失去魔法的力量，但他們爲什麼要離開卡納波里來這裡呢？難道說那地方已污染到連死人也無法忍受了嗎？」

一陣風吹來，把枯黃的樹葉碎片吹得飛起，兩個人各自陷入自己的沉思，不發一語。

「達夫南。」

兩人依舊各自望向不同的方向。

「爲什麼全部的事都發生在你身上。」

「我不知道……」

「那單純是因爲你那把特別的劍的力量嗎？在你的敘述之中，我感覺到你仍然隱瞞了很多事。」

「……」

「卡納波里的影子們傳達訊息給你，他們爲何拋開月島內眾多的子孫，爲何選擇異邦出身的你，他們到底想告訴你些什麼。爲什麼呢？是不是正因爲只有你與虛假的月島歷史無關，是不是因爲他們無法忍受編造的歷史！」

傑洛抬頭看著天空，峭壁頂端周圍的藍色天空裡，現在已經沒有太陽了。

「月女王與劍，我都討厭。」

傑洛所指的劍是象徵性質的劍，並不專指達夫南所擁有的冬霜劍。

「懂事以來，我雖然對卡納波里一直懷有憧憬，但在這個月島長大的事實卻是無法擺脫的束縛；而你就不同囉，他們看到的是你並非月女王的子孫，卡納波里的魔法是偏向太陽的力量，到了月女王的土地上，魔法力量就變弱，因此，比起不知不覺受到月女王影響長大的我們，他們反而更願意和你對話也說不定。月女王的佔有慾大到連賦有太陽氣質的天才伊利歐斯也不放過，我和他儘管因一時的誤會而分道揚鑣，但仍舊爲伊利歐斯痛惜，所以我無法原諒將他推向死亡的攝政，還有在一旁袖手旁觀的自己。」

傑洛站起來，望著始終不發一語的達夫南。

「走吧，達夫南，眞謝謝你告訴我那些事情。即使你不想要，即使你始終拒絕，但我還是無法完全抹去對你的期待。連祖先也不屬意我們——與偉大傳統背道而行、遭到遺棄的月島……我希望能再度建立起當時守護魔法王國卡納波里數千年的『太陽文明』。」

一個人只要活在世上，就會帶給他人期待，同時也帶給他人失望……常常在自己都還搞不清楚狀況時，別人已對你有所期待……而那樣的包袱也無法隨隨便便就拋棄……這種事似乎到哪裡都會發生。

從大陸逃來的時候，雖然達夫南不希望再和任何人產生新的聯繫，只爲尋求心裡的平靜而來，但卻還是影響了奈武普利溫、伊索蕾、戴斯弗伊娜、賀托勒、艾基文、歐伊吉司，還有傑洛。此時他並非不了解傑洛的心，所以心裡更加難過。傑洛會想在達夫南身上努力尋找伊利歐斯的影子，終究還是因爲傑洛曾受過創傷，所以才會情不自禁地抱著這種期待。

歡喜、愛情、希望與憤怒，這一切交織成他在月島的記憶，他甩得掉這些嗎？

04 第三隻眼看到的事

歐伊吉司雖然緊閉嘴巴，盡量忍耐，但還是連同岔到的氣一起把午餐所吃的東西全部吐到地上。神智已經不清的他，還在煩惱自己把藏書館的地板弄髒了；撇開對不住傑洛叔叔不說，他更是無法原諒自己。

但是現實的問題還在後頭，傑洛叔叔外出，雖然藏書館的門鎖住，不過，和傑洛原本就很熟的他，很清楚備用鑰匙藏在哪裡。若是在平時，他當然絕不會在其他人面前暴露出收藏鑰匙的地方，但是現在情勢實在太緊急了。

歐伊吉司在藏書館的四周繞了幾圈，最後在那些窮追不捨的少年目睹下，將藏書館入口可以轉動的杜石掀動，抓起鑰匙，並在少年們抓住他之前，成功地打開門，滑進館內。

出生以來就不曾快速衝刺，而且平日連簡單的跑跳都幾乎沒有的歐伊吉司，這回快速奔跑之後突然停下來，當然是全身虛脫；膝蓋一放鬆，就一屁股跌坐到地上了。雖然努力控制身體的抖動，喉嚨裡還是一直持續乾嘔，即使胃裡已經沒有東西可以吐了，但黏稠的唾液和胃液卻還是不斷地湧到嘴巴裡。

雖然確信現在已經比較安全了，但歐伊吉司還是不敢掉以輕心。

「出來！還不滾出來！」

「難道你以爲躲在裡面，就可以逃得出我們的手掌心？」

「不馬上出來的話，就把門砸碎啦！」

這一刹那，歐伊吉司用害怕的聲音，發出哀號似的叫聲。

「不……不行！」

藏書館是歐伊吉司最鍾愛的地方，即使門扉上有一點小瑕疵，他也不容許，但他有能力阻止門被破壞嗎？

「不行？那麼馬上從他媽的藏書館還是垃圾桶裡面滾出來！」

「你這個沒膽的傢伙，一被追打，就像松鼠那樣一溜煙躲進鼠洞！」

「數到三，你要是不出來的話，你就知道完蛋啦！」

皮庫斯恐嚇似地把門扉踢得吱吱嘎響。他們所熟知的歐伊吉司，是個到這種程度就會自動往最壞的方向去想，並且終究會屈服的小孩。而且他們正在發火，其中又以剛剛被歐伊吉司在肚子上揍了一拳的皮庫斯最爲憤怒。實際上，這時候皮庫斯才不管歐伊吉司是要屈服，還是要求他原諒，反正他非得踹歐伊吉司踹到心中的怒火平息爲止。

當他們暫時停止踹門，從門內傳出囁嚅的聲音說：

「這裡……不是垃圾桶，也不是鼠洞。」

「什……麼呀？」

因爲他們根本搞不清楚自己剛才在激動之下咒罵了些什麼話，所以一時之間並不了解歐伊吉司說的是什麼意思。

「你們要辱罵我沒關係，但是這個地方保存了月島的所有記憶啊，關於你們的父母，還有再上去的祖父母，全部在這裡，你們怎麼可以亂說這裡是什麼樣的地方呢？」

歐伊吉司的聲音剛開始還微微發抖，但慢慢變得沉著，反而使得憤怒的少年們有些不知所措。

「那不如打我吧，也不要說那種話。」

歐伊吉司站在通往閣樓的梯子上張望著，在這裡等待人們翻閱的書有數百、數千冊之多……但是像自己這樣不成材又愚蠢的小不點兒，連對抗那些小孩的力量也沒有的懦弱膽小鬼，即使把這些書全看完，又有什麼用呢。

乾嘔又再度來襲，但是歐伊吉司已經做好準備；即使會被那些少年打死，他也無法再躲在裡面聽任他們侮辱。只要自己還活著，就不能讓書塔的崇高地位被踐踏。

這一瞬間，歐伊吉司不再把書當成一般事物，而是像看待月女王般地將之神格化了，這也許是因爲歐伊吉司這孩子一直都沒有其他依戀的處所吧。

「我會出去的，等我。」

啪嘎啪嘎，門在移動，然後啪地一聲就打開了；歐伊吉司一點也不遲疑，走出來，關起門後再上鎖，並且想將鑰匙塞進較寬的門縫裡，表現出不再躲回去的決心。

但是那一瞬間，卡雷卻動起了邪惡的念頭，算計著如何戲弄毫無抵抗能力的歐伊吉司。除了毆打還有更好玩的事，於是他抓住歐伊吉司的手臂，反轉到身後，對著其他少年大叫：

「喂，不想進去嗎？」

一切都發生在轉眼之間。歐伊吉司想要揪住已放掉的鑰匙，但少年們已先一步打開門，直往藏書館裡面衝，並且打翻了放在桌上的燭台。已經熄火的蠟燭滾落到地上。當歐伊吉司被少年們推扯而與椅子相撞跌倒時，其他少年們則憤怒地踢著四周的雜物。

「爲什麼這麼暗？」

「這扇窗戶要怎麼開啊？」

他們從未到過藏書館，全然不知這地方的構造與設計。藏書館內有很多達夫南以前看到就讚嘆不已的自動設備，譬如說可以同時開關的窗戶——而這也可以證明藏書館的確是伊利歐斯祭司設計的；去年冬天，達夫南在伊索蕾家中看到的自動門裝置，也是利用相同的原理。

「既然叫作藏書館，那書在哪裡呀？」

「這裡就有一本。」

有一個少年捏起了攤開在桌上的書的一角，就像是抓住老鼠的尾巴一樣甩動；說時遲那時快，書本的一頁唰地被撕下了。

「住手！」

那是傑洛出門前所讀的書。歐伊吉司懷著必死的決心站起來阻止，馬上就被其他少年擋下了。皮庫斯以不屑的語氣拋出一句話：

「到這裡來，輪到我了。」

那以後發生的事，歐伊吉司就記不清楚了，在他被皮庫斯毆打的同時，其他少年則將原來就不怎麼整齊的藏書館弄得更是亂七八糟。他們一點都不擔心等一下傑洛回來會看到這場面，反正只要把全部過錯都推到歐伊吉司頭上就好了。雖然他們也知道，傑洛比誰都清楚歐伊吉司不會做出這種事，但只要好好威脅歐伊吉司，他隨時都會出來頂罪。他一直都很容易屈服，會照他們的指示去做。

到時候要怎麼說呢，就說歐伊吉司躲在藏書館裡戲弄他們，他們一氣之下進入藏書館打起架來好了……況且他們背後還有很強的靠山，因爲是艾基文要他們欺負歐伊吉司，來刺激達夫南的，而且也得到艾基文的父親斐爾勒仕修道士的默許。

更進一步說，就是他們所景仰的斐爾勒仕修道士打算利用這件事，打擊達夫南。他們執行這件任務，不僅可以消一消積壓的火氣，又有樂子可以消遣，眞可說是一箭雙鵰。

「喂，這裡有梯子，看來書大概都在樓上……」

聽到這話時，卡雷笑得很邪惡。

「地鼠小子要上天堂的梯子啊。」

一聽到卡雷的話，里寇斯看了虛弱的歐伊吉司一眼。歐伊吉司在皮庫斯的毆打下，已經陷入半昏迷狀態。看到他那軟弱的模樣，里寇斯就突然生起了想要抓幾本書往他臉上砸的慾望。

「上去看看吧。」

□

從被遺忘的墓地出來，走了二十多步之後，傑洛突然停下腳步，聳了聳肩膀，抬頭看著天空，自言自語地說了一句很怪的話：

「今天也未免太過晴朗了吧。」

「嗯？」

太陽已漸漸地下山了，與其說是晴朗倒更像是冷颼颼的天氣。達夫南與傑洛並肩仰望天空之後，當傑洛又再度邁開腳步時，達夫南也跟了上去。

雖然傑洛剛才說的那句話好像沒什麼特別含意，但奇怪的是，那句話卻像來歷不明的不安火苗般，老是銘記在心，而且熊熊地燃燒起來。達夫南爲此感到很是詫異，腳步也漸漸變快。他好幾次搶先走在傑洛前方，等到他停下來等對方時，傑洛又再次停下腳步，並且用兩手捧住臉頰。

「好奇怪的感覺呀。」

這時達夫南突然想起來，自己對於即將碰到的重大事件，總是會有預感。

「或許有什麼壞事要發生……您有感覺嗎？」

傑洛露出模稜兩可的表情，看著達夫南說：

「你也有感覺到什麼嗎？」

「沒有，我……只是以前要碰到什麼之前，就會產生奇怪的感覺，叔叔也有這種預感嗎？」

傑洛端詳了達夫南好一陣子，一動也不動，就像是背向陽光站立而映紅的石像一般。

不一會兒，傑洛在急促的呼吸聲伴隨下，發出僵硬的聲音說：

「最近這幾年來……對了，自從那次事件以後……這是我頭一次又再度感受到這種感覺。你說的那現象，在月島上叫『用第三隻眼看』，而這種能力特別強的人，當然就叫『第三隻眼的擁有者』。現今在月島上，只有一人擁有那樣的稱號，就是培特萊祭司，但她也不是能夠感知到所有的未來事物，而普通一般人也不是就完全都感知不到。如果是與自己的一生有緊要關係的不幸即將發生，據說不論是誰，即使是目光非常模糊的第三隻眼睛，也會豁然清楚。我本來在那方面還滿遲鈍的，就只有那次……但伊利歐斯死了以後，就再也不能感知到那種氣氛……然而現在，這次又會是什麼呢？」

傑洛再度邁開步伐，而且比達夫南還要快很多。他一面走著，一面低聲自言自語：

「第三隻眼看到的都是不幸事件……」

當他們快要走完北邊的山坡時，已經幾乎是用奔跑的了。

熟悉的景物咻咻地甩在身後。就在前面，有個人迎面跑了過來，然後停下來筆直站立，之後又有兩個人、三個人停下來，其中有一人焦急地朝著他們跑過來；當那個人接近時，氣喘吁吁的聲音也跟著傳來：

「您去哪裡了，現在才回來呀！快回藏書館去吧！」

傑洛也同樣高聲地問話，讓達夫南嚇了一大跳。

「什麼事啊！到底是出了什麼事！」

那人似乎連回答都覺得浪費，只是呼呼地快速搖頭，就跟著跑下山坡了。

傑洛與達夫南一口氣跑下了北邊的山坡，又飛奔上東邊的斜坡。當他們愈來愈靠近藏書館，兩個人幾乎是同時聞到了味道。

那是東西在燃燒的味道。

傑洛不能稱得上是敏捷輕巧，但此時卻用不可能的速度快步地急奔。眼前一陣黑煙從綠油油的樹幹之間，像無法挽回的罪惡般往上升；那黑煙不是愈變愈淡，而是變成更深的玄黑色。不一會兒，兩人眼前就出現十多個人，還有看到那冒著黑煙的……藏書館。

「啊啊……！」

這驚嘆聲聽來有些怪異，聽不出究竟是感慨還是嘆息，或者只是風嘯聲吧，還是一切都已結束的喊叫聲……在他們面前，藏書館正在燃燒，下面的牆壁已經燒黑，火紅的火舌正慢慢侵吞三樓窗戶邊。雖然藏書館當初因爲不得已而用木材建造，但卻是傑洛以一人之力，花了很長時間，苦心完成的書之塔。而這塔如今卻正在無力地崩解。

在那裡面存放有被遺忘的月島歷史，在大陸都找不到的稀有珍本，如今都無一倖免地全數化爲灰燼。從那被火燒穿的牆壁滾落下來的焦黑皮革書皮，封面下原有的書頁已化成灰燼，只留下無用的書殼……那藏書館裡，有多少書藉正被痛苦地燃燒著呢？

在傑洛眼裡，那些書就像正在哀嚎的小孩。達夫南立刻了解到事態嚴重，隨即抓住傑洛的手臂。目前人們只能用鐵桶裝水和沙子救火，而且沒有任何一位祭司大人趕到。然而，火勢已到了不是灑幾桶水就可以滅掉的程度，人們全都束手觀望，等待看哪一位祭司會先來到，這時如果傑洛想要跳進火場去搶救書籍，恐怕根本沒有人可以保障他的安全。

「……」

達夫南牢牢地抓住傑洛顫抖的手臂，轉身面向傑洛，正視著不斷用力搖頭的他。這時要是有伊索蕾在場也好！祭司們爲什麼都沒出現！

傑洛想要試著甩掉達夫南，但沒有成功，後來他索性拖著被抓住的手臂，朝藏書館走去。原本聚在藏書館前面的人群，紛紛退開幾步，讓他們過去。達夫南在大約距離藏書館十公尺處，就開始繼續竭盡全力地阻止傑洛，不過傑洛再走了幾步之後就停了下來。看來傑洛也同樣正用盡最大的努力克制自己。火舌繼續竄升，令人心疼又珍貴的書被火焰無情吞噬，傑洛想對人們陳述的那些月島之祕也一起跟著消失。

現在的達夫南以為只要阻止傑洛就好，於是勸阻說：

「傑洛叔叔，祭司們來了就可以滅火，所以拜託……」

但就在那一剎那，人群中的其中一人說出了相當具有衝擊性的話。

「那裡面好像有小孩子！不是有一個小孩跑到那裡去唸書了嗎？」

「！」

達夫南突然覺得腦袋裡全都空了，歐伊吉司！和他約好的事為什麼都忘了呢？

達夫南顧不得勸阻傑洛，自己不自覺地衝向藏書館。但這次輪到傑洛緊抓著達夫南的手臂，然後用無論如何都不能置之度外的語氣問道：

「達夫南，是眞的嗎？」

「……」

達夫南雖然不忍心開口回答，眼神卻已經完全吐露出實情。

「歐伊吉司在裡面嗎？」

「……」

「原來是眞的。」

傑洛突然放掉達夫南的手臂，大步向藏書館走去，用任誰也無法抗拒的命令口氣大聲說道：

「無論是誰，都別跟我進去，你們全聽到了嗎？無論是誰都別讓他跟我進去啊！」

不久，傑洛就從達夫南的視線中消失，只留下已燒得焦黑的廢墟。人們回過神來，緊緊抓住硬要跟進去的達夫南，使他除了對著藏書館放聲大叫之外，什麼也不能做。

「請回來啊！傑洛叔叔！拜託請回來啊！」

同時腦海裡還迴盪著另一種聲音：讓歐伊吉司獨自一個人，忘記約定是我的錯啊！我和他約好了，自己竟然忘得一乾二淨！

突然，淚水奔流而下，混合著黑色的煙塵，頓時變成兩道黑色淚痕；身體也不斷地顫抖，繼續無力地喊叫：回來啊，別再進去，請回來！

□

戴斯弗伊娜祭司、默勒費烏斯祭司，還有泰斯摩弗洛斯祭司急忙趕到時，藏書館周圍聚集的人群已增加近五倍。戴斯弗伊娜早已聽說情況嚴重，因此帶來了最強的咒語，其餘兩位祭司則在一旁輔助她。他們花了十多分鐘背誦咒語，召來了巨大水柱，很快就澆熄了藏書館的火。

火熄之後留下的木骨架相當怵目驚心，就連祭司們也只能無言地凝視著已變成焦黑廢墟的藏書館，根本沒有人敢自告奮勇去看看傑洛與歐伊吉司是生是死。

戴斯弗伊娜祭司走到達夫南身邊，站在迎風處的達夫南，臉上早已被焦黑的煙塵弄得亂七八糟，雖然已不再流淚，但曾經流過的淚痕卻依然清楚可見。

不待戴斯弗伊娜祭司開口，達夫南便先說道：

「請准許我進去裡面。」

戴斯弗伊娜祭司沒說話，只是搖頭，但被眾人放開的達夫南仍堅決地再次對戴斯弗伊娜祭司說：

「我要去彌補我的過錯，即使月女王不願保佑，我還是要進去，一定要進去才行。」

之後便快速地通過戴斯弗伊娜祭司身邊。這時，戴斯弗伊娜祭司和默勒費烏斯祭司互相交換了眼色，默勒費烏斯祭司便靠近達夫南，出乎眾人意料地將手上握著的「感知之權杖」交給達夫南。達夫南點頭表示道謝之後，就往藏書館被燻黑的入口走去。

藏書館的門扉已燒壞了一大半，顫巍巍地撐在牆壁上的空隙之間。達夫南拔出奈武普利溫借給他的劍，沒有揮幾下，門立刻就碎掉了；門倒下的同時，黑炭的灰塵再度撲滿達夫南全身。

達夫南往裡面走進去。

一樓房間的天花板有一半以上呈現崩塌下陷的狀態，抬頭往上看，原來堆放著書的圓柱形牆壁，有些部分被燒成了坑洞，而尖塔的天花板則完全被燒穿，可以望見陰霾天空的一角。

雖然裡面很黑暗，不過「感知之權杖」似乎知道該尋找何物般，發出明亮的光芒。這權杖本來就是用來幫忙尋找東西，但還是要花費一些時間，只是在這時刻，所有事情對達夫南來說都相當緊急。他的腳步移向權杖光芒指示的地方，不一會兒，就發現燒焦了的書堆，但是並沒有發現傑洛和歐伊吉司兩人的蹤影。

達夫南將權杖往空中高高舉起，光又再度變強。轉頭往旁邊看去，梯子雖部分被燻黑，看起來依然連接著二樓與一樓的房間，不過誰都不敢保證是否還夠穩固。

即使如此，達夫南仍必須要上樓。他走到梯子邊，用手摸摸梯子，似乎比想像的還要危險，踏上去一階，還會嘎吱嘎吱作響，踏上第二、三階時，灰塵竟簌簌傾瀉而下；不過，他終究還是踩著梯子爬上去了。

愈往上面，燒燬的毛毯和座墊所發出的嗆鼻味道就愈濃。剩下不到一半的二樓地板，一邊卻仍銜接著梯子上端。達夫南奇蹟似地抵達二樓之後，發現屋子的一角有堆得滿滿的毛毯，於是走過去，將被子抓起舉高，一舉高被子的一角便破碎掉落下來。然後他就用這種方式繼續移除毛毯堆，終於找到了傑洛和歐伊吉司。

剛開始以爲只有一個人，但後來確定是兩個人沒錯，原來是傑洛用還沒有燒到的毛毯蓋住自己，並將歐伊吉司緊緊抱在懷裡。達夫南伸手碰了一下傑洛的肩膀，令人驚訝的是，傑洛的身體動了一下。

「是誰……來了。」

當傑洛衝進來的時，由於四面牆壁有很多倒塌且破裂穿洞，因此才不致於窒息而死，但是傑洛懷中所抱的歐伊吉司，卻不僅只有燙傷，還有毆傷的痕跡，連臉蛋都像被什麼打到似的滿臉是傷。達夫南感到不解，爲何被圍在火場中的人會出現如此明顯的傷口，而且還流了那麼多血。

「您還活著……眞是太好了。」

「啊啊。達夫南。」

兩人一時無語，達夫南雖然想問歐伊吉司是不是還活著，卻不忍心說出口。這時傑洛低聲說道：

「我們兩個人都無法走動了，不知道要如何才能下去。」

達夫南回頭看看，自己剛剛爬過的那道不安全的梯子，對他們兩人是派不上用場的。就算歐伊吉司還活著，他也無法自己走下去吧；如果用揹的話，兩人的重量踩下去，梯子肯定馬上就會垮掉，更不可能要受傷的人自己跳下去——即使是健康的人，要從這裡跳下去也有點困難。

「我下去請他們把這片牆鑿穿。」

「那樣行不通，現在我們坐的地方，算是支撐藏書館整體牆壁的支點，那邊一鑿洞，僅存的牆壁可能會一次全部崩塌。這地方的構造有點……奇特吧，不過，既然是奇特的人設計的，又能要求它多正常。」

傑洛突然發出低低的笑聲，聲音中完全聽不出精疲力盡的樣子，而且因爲是笑聲，反而讓達夫南更加緊張。或者也許……有什麼不對的地方……

「所以你回去向戴斯弗伊娜祭司報告，請求她施展魔法，雖然四面有很多障礙物，比較辛苦一點……不過要是戴斯弗伊娜祭司的話，就可以讓我們先飄浮在空中，然後送我們下去。」

達夫南也曾從伊索蕾那裡聽過，知道空中飄浮的途中若碰撞到障礙物，就會有突然掉落地面的危險，這一點傑洛是不可能不知道的。但是戴斯弗伊娜祭司剛剛才施展了滅火的魔法，耗掉了很多體力，現在又要再次正確無誤地施展與剛才相當的魔法，並不容易。這一瞬間，達夫南想到了伊索蕾的聖歌，她的聖歌擁有很大的力量，曾經救過正從峭壁往下墜落的達夫南，或許可以去拜託她……

但達夫南隨即又打消了這念頭，畢竟這裡是不知何時就會倒塌、異常危險的地方，不能帶她到這裡，即使是攸關自己的責任與挽救兩個人的生命……也沒辦法不顧她的安全，所以他實在沒辦法這麼做，否則他不但是罪人，還是自私自利的人啊。

這時，達夫南想到自己也學過聖歌。

儘管還學得不夠……不過試試看應該無妨，眞心祈禱……就是聖歌最大的力量所在，伊索蕾不是常常這樣說嗎？

「請暫時……等待一下吧。」

在這種時刻，即使只有一線希望也要把握，如果聖歌使用適當，會產生連魔法也無法比擬的強大力量，而且也是爲了要贖自己的罪。

達夫南整理了一下心情，努力地把伊索蕾所傳授的全部再回想起來；一度曾經想乾脆忘掉的聖歌，就這樣被他喚醒了回來。

「要讓千萬遍祈禱才會產生的力量，全部都聚集在這裡，希望可以在這一瞬間全部實現，伊索蕾，妳若與我的心意相通……也請爲我祈禱。」

他不確信一切是否已經準備妥當，但現在已經別無選擇。

以吾之名呼喚之尊
禿鷹之魂湛藍眼眸
吾欲求前往停泊處
祈送至遙遠海岸邊

既已實現既已抵達
就有影子跟隨而去

前路盡頭另一端
臨海碧色綠山岬

長長海岸長波濤
小鳥展翅常徜徉

回首之時歸來之際
水映倒影彎曲佇立

伊人現身似欲迎接
卻如全然迷糊忘懷

湛藍眼眸茫然遠杳
如何知曉哭泣與否

前路盡頭另一端
臨海碧色綠山岬

長長海岸長波濤
小鳥展翅常徜徉

這瞬間唱出的聖歌，並非經由達夫南的意志所選擇，而是內心中不由自主的決定。由於達夫南內心對伊索蕾有所期待，所以從他口中唱頌出來的，也是伊索蕾很久以前所唱頌過的懷念聖歌。達夫南第一次聽到這首聖歌，是他們倆最美麗的共同回憶，在那北邊的海岸。

接下來，達夫南的聖歌初次在他生平發揮作用。他們三人的身體一起騰空飛起，乘著空氣像游泳般，不一會兒就降下，坐在預期抵達的海岸邊。

「……」

傑洛在騰空飛行的過程中，好像忘了如何說話一樣，只是看著達夫南。

達夫南一面結束反覆唱頌的副歌部分，一面透過傑洛所說的「第三隻眼」猛然看見自己的未來。他發覺讓他這樣展現聖歌力量的機會，絕對不會再輕易來臨。於是，他懷抱著空虛、悲傷，但又平靜的心情接受了這一切。

05 烈火吞噬之物

歐伊吉司命在旦夕。

即使移送到默勒費烏斯祭司家已經數日，還是一直陷於昏迷狀態，而且情況和之前伊索蕾或達夫南昏迷時不同，歐伊吉司像是隨時就要斷氣一般，斷斷續續地微弱呼吸著，連默勒費烏斯祭司也無法保證他是否能活下來。

最令人懷疑的是他受傷的原因，雖然很明顯看出他眞的是被火燄紋身、最後因窒息而昏倒，但卻無法說明那布滿他全身的眾多傷口是從何而來；彷彿在藏書館內和幽靈們打架一般，歐伊吉司全身到處都是黑青瘀血和撕裂傷口。

特別是臉蛋，任誰都可以判斷出那是被毆打所致的嚴重傷勢。奄奄一息的弱小少年，鼻骨塌陷，嘴唇被揍歪，眼皮撕裂傷到眼珠子裡面，簡直令人不忍睜眼直視。默勒費烏斯祭司憤慨地說，如果是活人做出這種壞事，依據月島律法，是足以處死的罪行。

幸好傑洛的情況並不嚴重，但達夫南卻仍然有種奇怪的不安感。自達夫南進入倒塌的藏書館、發現他們兩個人開始，傑洛的沉著態度已經到了令人起疑的程度，但又像是有哪兒不對勁似的。雖然想要歸咎於耗費一生心血百般照顧的藏書館被毀而造成的打擊，卻又很難壓抑那種莫名的感覺。

藏書館仍未開始收拾整頓，在漸漸變得翠綠的春暉樹林之中，成爲黑漆漆又荒涼的廢墟，建築物靠著內部僅存三分之一的牆壁支撐，膽顫心驚地豎立著，雖然裡頭還殘留了一部分書籍，但因爲擔心屋子隨時會倒塌也沒人去整理。有些人主張乾脆把這地方拆除掉，但是被祭司們拒絕了，達夫南也差一點就給說出這種話的人狠狠一拳。但一想到月島島民大多一輩子也不曾踏進藏書館的門檻，自然不會感到任何遺憾，就比較能夠釋懷了。

過了三天的午後，達夫南慢慢爬上發生過火災的山坡。想起那天與傑洛一起去祕密墓地後回來時的步伐，達夫南變得更加憂鬱。當他爬上可以看到藏書館全景的位置時，發現已有人先來了。

「你也來了。」

奈武普利溫說道。原來是奈武普利溫，他獨自坐在山腰下，抬頭看著焦黑的廢墟，達夫南則默默地坐在他身旁。

「你每天都來這裡嗎？」

達夫南只是點點頭。奈武普利溫伸出手，拍掉飛來沾在達夫南頭上的煙塵。兩個人像這樣一起坐在外面，已經是好久以前的事了。

不擅於以特別溫柔語氣講話的奈武普利溫，將草莖嚼一下吐出後，平和地說：

「總覺得你好像認爲自己應該對這件事負些責任，是不是有什麼事不能告訴我？」

達夫南這次搖著頭，並且望向近處草地上那一點一點被吹散的灰褐色灰燼；那其中必有一塊是燃燒過後的書籍一角。

「歐伊吉司會獨自一個人在藏書館裡，是因爲和我約在那裡見面，可是我竟然完全忘掉了。」

「爲什麼會忘掉？」

「我和傑洛叔叔……去了島上的墓地。」

關於墓地，達夫南只做了簡略說明，奈武普利溫似乎全然不知那個墓地的存在；至於有關幽靈的事，他就沒說了，因爲他現在並不想和奈武普利溫討論那種問題，只想告解似地抒發一下。

「結果回來一看，藏書館已陷入一片火海，是嗎？而歐伊吉司被關在裡面？」

「門是否有上鎖，我就不知道了……」

回想起傑洛那時進入藏書館的背影，達夫南又不自覺地難過起來，緊閉著嘴巴。奈武普利溫則像是在思索什麼似地，說道：

「嗯……這就奇怪了，怎麼會沒有鎖住呢？傑洛先生離開藏書館時，通常會上鎖，歐伊吉司要如何進去裡面呢？」

「因爲歐伊吉司知道藏放鑰匙的地方……之前就曾經聽他說過。」

「那就更奇怪了，自己親手開門進去，爲什麼不在失手引起火災時跑出來？又沒有任何人阻止他，而且剛起火時火勢不會那麼大吧？」

「如果是自己不小心引起的火災，他絕對不是會先溜走的那種小孩，因爲歐伊吉司把藏書館當成自己的身體一般愛惜。」

這樣說著的同時，達夫南突然想起歐伊吉司身上令人起疑的傷口，而奈武普利溫也正好說到這個話題。

「我想說的反而是，歐伊吉司當時會不會連逃出來的力量都沒有？那孩子在著火之前，就已經受了重傷，任何人看了都知道，那不是被火燒成的傷。」

達夫南陷入一陣沉思，然後才說：

「要是有誰毆打他的話，那會是……一起在思可理學校上學的小孩們。不過近來並沒有什麼理由需要那樣痛毆他……就算是那樣，難道是歐伊吉司受傷後獨自進去藏書館睡著了嗎？」

「那麼是誰放的火呢？」

當達夫南一時無法回答問題的時候，奈武普利溫撿起放在草叢邊的某個東西，遞給達夫南。達夫南一看，那是一個被燻得漆黑的鎖，上面插著備用鑰匙，一看就知道是在藏書館撿到的東西。

達夫南拿著那東西仔細瞧，皺起眉頭，露出驚訝的表情。奈武普利溫說：

「你懂了吧？」

「所以門是鎖上的？會是歐伊吉司再次鎖上的嗎？」

「嗯，那似乎不是正確的推測，因爲鎖是在門外，在裡面鎖門是用門閂。」

達夫南垂下頭，用哽咽的語氣，一字一句費力說著：

「那麼說來……是有人丟下他，從外面將門上鎖囉？」

奈武普利溫用平靜而冰冷的聲音接著說：

「而且那人也沒有到村子來通報失火了。」

達夫南突然站起來，按捺不住的憤怒讓他漲紅了臉。奈武普利溫並沒有抓住他，而是這樣說：

「不要急躁，這並非一時衝動所犯下的過錯，打從一開始，就有人有計畫地毆打那孩子，雖然不知道是否連同放火也計畫在內，但還是將罪行隱瞞，穩穩地逃脫了，並且正再次受到某人保護。還有，那肯定不是一人所爲，所以在找到確實的證據之前，不要輕舉妄動。」

達夫南低下頭來看著奈武普利溫。

「如何確認你說的這一切都是眞的呢?」

「因爲我看過那孩子的傷口。」

奈武普利溫驀然自嘲地笑了。

「小時候,我也曾經受到許多小孩們的排擠,但我不像歐伊吉司那樣只有挨打的分,反而經常痛打猛劈那些臭小子,因此對於那個年齡的少年們經常發生的毆打事件,我比誰都清楚。歐伊吉司的臉……是有組織又殘忍的人所造成的傷口,那不是小孩在氣頭上隨便打打所產生的傷口。而且,如果是年齡相近的人,是不可能光靠一個人的力量就打成那樣。如果是一個人的話,那應是成年人;而如果是小孩的話,一定有好幾個人。至於究竟是那些臭小子們自己跑到藏書館去,還是歐伊吉司跑一跑被趕進去的呢?如果照你剛才所說,一開始去開門的應該是歐伊吉司沒錯。不過不管怎樣,那些人搶了鑰匙並把他關在裡面,就這樣把他丟在火場裡。至於是不是故意縱火,這是我最想知道的疑點,如果失火不是歐伊吉司的過失,而是其他臭小子的錯……」

奈武普利溫站起身來低沉地說:

「那些臭小子絕對要處以死刑。」

和默勒費烏斯說的時候不同,這話由奈武普利溫說來,更是令人心驚;因爲,奈武普利溫就是直接執行那死刑的祭司。

□

如果歐伊吉司能醒過來，就可以直接證實一切，也不用什麼複雜的推理，但是歐伊吉司的情況卻有惡化的趨勢。

事情發生之後又過了三天，達夫南去探望歐伊吉司，並且從默勒費烏斯那裡聽到了令人驚訝的事——在藏書館燒燬之後，傑洛暫時住在島民遺棄的老房子裡，而且從未來探望歐伊吉司。

「眞的嗎？」

「不但沒來這裡，也謝絕訪客，不過有沒有外出過就不知道了。」

達夫南好幾次要去拜訪傑洛，也都因爲看到「謝絕訪問」的字條而只好轉頭就走。但當初不是他奮不顧身地衝進火海中營救歐伊吉司嗎？他這般愛惜的孩子，如今正一天天惡化，一步一步走向死亡邊緣，他竟完全沒來探視，實在令人無法相信。

於是，達夫南下了即使被拒絕，也一定要去拜訪傑洛的決心，並於那天午後就前往傑洛的住處。

那房子是幾年都沒人看顧的荒廢房屋，即使島民們有大略整修一下，還是一副寒酸到令人覺得難堪的模樣。門上依然掛著謝絕拜訪的字條，但這次，達夫南直接就去敲門，手中握著冒了生命危險從藏書館廢墟裡搶救出來的幾本書。

門內沒有反應，又再敲了一次。

「叔叔，我是達夫南啊！請您開一下門吧！」

過了好一會兒，才從裡面傳來既熟悉，又陌生的聲音。

「門沒關。」

達夫南打開門，走進去後躊躇了一下。因爲地板上散了一地的物品和垃圾，讓人不知要把腳往哪兒踩比較好。朝正面看過去，裡邊連帷幕也沒有，只放了張舊床，傑洛就坐在那兒。傑洛轉頭看向達夫南，面無表情地說：

「亂成一團是嗎？你先進來再說。」

達夫南關上門，閃過地上的物品，來到了床鋪前，但是這裡連可以坐的椅子都沒有，只好勉強把一個箱子拉過來坐下。達夫南感覺傑洛的臉色非常糟糕，於是就問說：

「您是不是身體不舒服呢？」

傑洛的頭髮和鬍鬚都沒有修整，而且連衣著也完全沒有好好打理。以前在藏書館時，雖說有很多雜物，看起來很亂，但那全是爲了主人方便，是個看起來很舒服的地方。不過這地方不一樣，好像暴風襲擊過一樣，爲數不多的物品全部隨性地雜在一起。

「我沒事。」

傑洛說話的語氣和以前相似，卻又有些平板，讓達夫南覺得更加不安，仔細打量著傑洛的臉。傑洛似乎在躲避達夫南關懷的目光，視線總是飄往其他方向。

「你專程前來，我卻沒有什麼東西可以給你，眞是不好意思。對了，你來找我有什麼事？」

聽到這樣的話，達夫南也感到意外。達夫南手中拿著才從廢墟搶救出來的三、四本書，但傑洛卻視若無睹，提都沒提。

「叔叔，這個……」

達夫南把書本放在傑洛的膝蓋上。傑洛一觸摸到書，才像是知道了怎麼一回事地說：

「啊……這是從哪裡帶來的？」

「藏書館裡殘留了比想像中還更多的書喔，大概可以救回四分之一左右。」

「啊啊，是嗎……」

傑洛停了好一會兒，然後說：

「已經到了這地步，還能怎樣……雖說很謝謝你，但已經沒必要這麼做了。」

達夫南根本沒有料想到傑洛會是這種反應。他實在接不上話，於是轉而提及歐伊吉司的事。

「歐伊吉司的病情似乎持續在惡化，默勒費烏斯祭司對病情也一直持悲觀的看法……」

他找不到機會直接質問傑洛爲何不去探望歐伊吉司，因此把話繞了一下；但是聽到的回答，卻讓他更加驚慌。

「生死問題哪裡是人所能決定的，全是那孩子命中註定的，即使去探病，也不能讓垂死的小孩起死回生吧。」

傑洛一向不是愛冷嘲熱諷的人，反倒如果是死去的伊利歐斯祭司用這種方式說話，就不會令人感到如此驚訝了。已經無法把話接下去的達夫南，難爲情地四處張望。此時有些奇怪的東西映入眼簾，竟有一些看起來像藥瓶的東西，大約四、五個，放在被當作桌面使用的窗框上，瓶蓋全都打開著！

達夫南確實感受到發生了什麼嚴重的事情，仔細地四處察看屋內。奇怪的地方並不只一、兩處，吃過東西的碗盤被隨手擱置著，好像是忘記了一般；衣服則是顚倒掛著，到處都有東西被隨隨便便堆疊著，亂成一團……

這一切都說明了一個事實。達夫南打量了一下傑洛，慢慢伸出指尖，在傑洛的後頸輕輕點了一下；結果正如所料，傑洛身子一震，轉向後方，卻好像完全看不到達夫南伸過去的手臂。

「喔，原來是你戳了我一下。」

達夫南再也忍不住了，開口說：

「您現在看得見我的臉嗎？叔叔，我現在是什麼表情，您看得見嗎？」

「……」

達夫南頓時感到非常喪氣，因爲這是他所有想得到的狀況中最糟糕的，那麼喜好書籍、一生都與書爲伍的傑洛，居然看不見了！

「怎麼……爲什麼那樣……」

不知該說些什麼才好，達夫南眞的覺得非常惋惜，好幾次打開嘴巴，又再閉上，不斷重複著這動作。然後，傑洛用平淡的語氣回答：

「我本來視力就一直不好，也許是因爲在暗處看太多書吧。伊利歐斯知道我懶得動，所以特別爲我製造了用一個開關就可以打開全部窗戶的裝置；而且我也不愛聽外面吵雜的聲音，所以……」

「不是因爲那樣……那樣的原因吧……是不是因爲這次事件？那把火……」

「多少會有影響吧，嗯……不過左眼還看得見一點點。」

傑洛似乎並不想說明自己在火場中失明的狀況。既然沒辦法再追問下去，達夫南再怎麼焦急也沒用。傑洛所說的每一字、每一句，都深深刺痛達夫南的心房。

「視力沒有了，而且讀的書也跟著一起沒有了，只能說是各種因緣際會都配合得恰到好處。」

「叔叔！」

達夫南緊緊握住傑洛的右手，很清楚自己什麼也幫不上，但是雜亂無章的房子、找不到瓶蓋的藥瓶、被遺忘的碗盤，就算想要整理都不可能了……這些圍繞著傑洛的種種事實，實在是太令他悲傷了。爲什麼，爲什麼會發生這樣事，到底是爲了什麼！

「無論對誰都別說……因爲我不想給任何人添麻煩。」

「您那是什麼話呀！讓叔叔繼續在這種狀況下生活，我無法坐視不管！」

「不，你不要管我。」

傑洛突然站了起來，並且伸出手把兩眼蒙住又放開，現在他眼中所見到的世界，是兩眼都看得見的達夫南所無法想像的。傑洛低聲地說：

「現在還是能看到一點東西，不過還在漸漸惡化，總有一天會完全看不見。但在那一天來臨之前，請讓我一個人找出解決的辦法吧。即使默勒費烏斯祭司也無法讓我看不到的眼睛復明。我之前眼睛就常常覺得視線模糊，他知道我的毛病，我也問過他如何解決視力的事。但我知道自己終究還是會成爲島民的負擔，在走到那個地步之前，該讓我有個心理準備才對。對於無法去探視歐伊吉司的事，我一直覺得很抱歉。不過我並不想在那種狀況下被發覺失明的事實，也不想看到島民因驚訝而大呼小叫的情況。請讓我再多一些準備，以後……」

不論是誰，要接納自己的缺陷，總是要花一些時間，當然也有人最後還是無法接受，而將那滿腔的憤怒朝不正確的方向發洩——就像攝政那樣。

「好，我知道……」

如今傑洛正努力不要再對書籍有任何留戀，自己卻愚蠢地把書帶來，爲什麼偏偏會發生這種令人無法想像的事呢。

看著傑洛的眼睛忽而可以聚焦，忽而又無法聚焦，達夫南突然對世上所有無法挽回的事情感到十分慨嘆。試想，若自己失去了雙手，再也無法握劍，應該是和傑洛現在的心情相似吧。達夫南說道：

「對不起……」

之後兩個人便久久不說一句話，只是面對面而坐。時間一分一秒流逝，要是一切都可以再回到原點，那該有多好啊。如果眞可以那樣，不管多久也會靜靜地等待。

達夫南站起來，不知該如何告別。原本只是點一點頭表示道別，後來才又想到傑洛看不見，於是開口對他說再見。至於要他好好過生活這類的道別語，達夫南就不忍心開口了。

傑洛只是點頭，直到達夫南要走出門口時，耳邊才傳來傑洛低沉的聲音：

「我的夢想被火所燒燬……全部……」

門關上後，達夫南倚靠著門站立。

達夫南想著，自己若不是奈武普利溫的學生，眞會說出願意一輩子待在傑洛身旁幫忙的話；那種決定也許只是一時的情緒，以後也許會後悔，但達夫南現在深切感到這是自己的責任。但任誰也無法輕易做出那種犧牲，恐怕只有僞君子，才有辦法把那種犧牲視爲不經意地說出口吧。

達夫南回想著火災之前在墓地，以及更早之前在藏書館裡述說有關月島過去與未來的傑洛。傑洛對自己很了解，並認爲達夫南可以超越自己的限制，於是將自己無法拋棄的夢想告訴達夫南。然而，對於傑洛所託付的事，達夫南卻無法有所承諾，即使是現在，也一樣沒辦法明確答覆。

還記得當他聽到歐伊吉司名字的意思是「苦痛」時，曾經一面想到他平時受到的欺凌，一面覺得他的名字實在是非常相符；但是沒想到，他名字所蘊藏的竟是更加殘酷的意義。在他短短的一生中，一直受到他人壓迫，卑微地生活著，連平時懷抱的夢想都還來不及實現，難道就要這樣消失了嗎？

好一個鬱悶的午後。來到月島以後，雖然歷經很多事件，但每次他都認爲自己既已離開大陸，就不要再回去，要在月島上堅守崗位——他一直用這樣的信念支持自己。然而，此時此刻的他，卻覺得大陸還好，想要遠離這塊土地的那份心情，深深地攫住且壓迫著達夫南。

但是，逃離此處，在全新的地方就能有幸福或有希望嗎？達夫南自己比誰都明白，那是不可能的。希望並不是拋開自己的原有便能重新擁有，而是在堅持到最後不放棄時歸諸於己，這一點達夫南非常清楚。

但是現在實在太疲憊了，即使明知道那是沒有用的舉動，他還是非常想要歇息，就像死人那樣長眠不起。

《符文之子　冬霜劍　卷三》完

附錄　符文之子的世界觀

大陸國家簡介

安諾瑪瑞（Anomarad）王國

是占有大陸西部大部分土地的強國。安諾瑪瑞南部有一座山勢平緩的帕諾薩山脈（Panossare Mts.）東西向橫貫，此處是大陸最宜居住的地方。曾經有過共和國的歷史，但現在已回歸爲國王當政。在東部邊境統治有三個殖民地〔翠比宙（Trebeezo）、嘉恩（Jhan）、堤亞（Tia）〕。

首都卡爾地卡（Keltica）。羅森柏格湖的支流蔚藍河（Bluette River）流經這個都市。

奧蘭尼（Orlanne）公國

位於安諾瑪瑞北邊的小國，屬於北方氣候。其國王自願臣屬於安諾瑪瑞王國，以公爵自居，禮敬安諾瑪瑞王國，不過內政卻是獨立的。

首都奧雷（Orlie），羅森柏格湖的支流河川也流經這裡。

雷米（Lemme）王國

由大陸東北方延伸出去的寧姆半島（Nym Peninsula）及其周圍的島嶼爲中心，所形成的一個海洋國家。典型的北方海洋性氣候，是唯一具有相當國力足以和安諾瑪瑞王國敵對的國家。在寧姆半島北部和埃爾貝島（Elbe Island）一帶，居住著以堪嘉喀族爲首的幾個古代野蠻民族，他們經歷過幾次內戰下來，現在與其說是雷米王國的外患，還不如說是與雷米人形成了一種特別的共生關係，扮演著守護海岸邊境的角色。

首都埃提波（Eltivo），位在羅森柏格湖的支流特寧河（Trene River）下游。

奇瓦契司（Travaches）共和國

占有大陸南方中央的貝殼（Seashell）半島大部分土地，但因東邊的卡圖那山脈（Katuna Mts. 屬於南德雷克斯山脈的一部分）包圍海岸，而無法發展海運業。由於山脈的影響，雖然地處南方，國土大部分卻都是乾草原地貌。自宣布實行共和政治以來，不再使用貴族名稱，而改用領主、議員、選侯、統領等新階級。國內因爲家族爭鬥這種特殊傳統以及派系爭戰造成政治紛亂的緣故，內政非常混亂複雜。

首都位在羅恩（Ron）。

珊斯魯里（Sansruria）王國

位在無人接近的大陸中央「滅亡之地」的另一頭的東方海岸。因地理因素和外國幾乎互不往來，因而發展出政教合一的特殊國王政治制度。王族全都是信奉珊斯魯神的神官或巫女，在傳統上，都是女王執政。雖然和雷米王國有一些交流，但具體面貌至今還是蒙著一層神秘的面紗。

首都珊斯魯（Sansru），與他們所信奉的神同名。

盧格杜蘭司聯邦（Rugdurnense Union）

分散在大陸東南方的金盞半島（Marigold Peninsula）、藍寶石灣（Sapphire Gulf）、水珊瑚群島（Aqua Coral Island）之間的一些都市國家的聯邦政體。最初是盧格芮和杜蘭沙兩個都市國家合併，因而取名爲盧格杜蘭司；不過，歷經長久變遷下來，現在是由五個國家組成聯邦。只是，當聯邦成立時僅是小都市的一些國家逐漸擴大爲領土型國家之後，聯邦的組織就已變得十分鬆散。

聯邦首都早在十幾年前的嚴重對立時，便因聯邦存立變得不明朗，而改由各個所屬國家的首都（也就是最初產生都市國家時的地方）每年輪流擔任。

——雷克迪柏（Lekordable）

占有金盞半島北部的大部分土地。是聯邦各國之中領土最廣的國家，但因爲北邊和「滅亡之地」相接壤，國土絕大半數都只是無用的荒蕪之地和沙漠。

長久以來，人民一直過著游牧民族的生活，因而發展出一種典型的傭兵職業，擁有全大陸最強的傭兵團體。這種傭兵團甚至有些勢力強大到可以左右政權。在雷克迪柏境內，有幾支淵源不明的少數民族仍保有他們的特有宗教與風俗，雖然散居各處，但大多是被打壓的對象。

——杜蘭沙（Durnensa）

依傍著位於金盞半島和貝殼半島之間的藍寶石灣，逐漸往西發展的商業國。杜蘭沙立國之初就是以商人的聯合團體爲基點而發展出來的，所以他們的商人至今仍然在整個大陸上各自開拓據點、並共有這些據點組織成的商業網，互相合作。可以說是聯邦內最富有的國家。

因爲南部靠近海盜的根據地貝殼半島，所以很早以前就和海盜合作建立彼此的共生關係。海盜們一般都是無國籍的自由民，經常在杜蘭沙庇護之下攻擊他國的船隻；遇到抗議時，就以海盜無國籍爲由，巧妙地迴避掉，因此杜蘭沙素有不負責任的海盜國家之惡名。

——帕爾蘇（Palshu）

位於藍寶石灣東邊的一個小國。爲杜蘭沙的旁系王族所建立的國家，至今仍然尊奉杜蘭沙爲主國。每年向杜蘭沙獻貢，並受杜蘭沙的海盜們庇護。

——盧格芮（Rugran）

位在金盞半島半腰位置的小國。是聯邦各國中最先成立的國家，擁有悠久的歷史和藝術傳統，扮演著聯邦的文化宗主國角色，首創十五歲到十九歲的所有大陸年輕人都會參加的全大陸劍術大賽「銀色精英賽（Silver Skull）」。盧格芮國王現在仍主持多項聯邦活動，然而國力已漸衰退，如果再不謀求突破，恐怕就要被杜蘭沙或海肯等國排擠成二流國家。

——海肯（Haiacan）

擁有金盞半島南部和整個水珊瑚群島領域。雖然可以耕作的平原不多，但因處處是美麗的山地、湖泊、島嶼和海岸，所以吸引不少旅客；特別是這裡林立了各國貴族的別墅，使海肯變得相當繁榮。雖是最晚加入聯邦，但現在富有程度已經可以和杜蘭沙相提並論了。海肯也是聯邦諸國中討論是否廢存聯邦最爲激烈的國家。

大陸地理

滅亡之地（Mortal Land）

是大陸中央一塊巨大的荒蕪之地。雷米、珊斯魯里、雷克迪柏等國的國境都和這塊土地相接壤。雖然領域廣大，但沒有任何國家敢侵犯到這塊土地。傳說這裡曾建立過一個古代的魔法王國「卡納波里（Ganapoly）」，但因爲不明原因的魔法戰爭而滅亡之後，就變成了不容生者存在的地方，也就是變成了「滅亡之地」。

變成不死生物（Undead）和闇影怪（Shadow）的古代人類以及一些眞相不明的怪物，至今還是在這塊土地上到處游走，覬覦魔法王國的寶物而進到這塊土地的人，都會被他們毫不留情地殺害。這塊土地藏有的祕密至今仍然不爲人知。

而且不知爲何原因，這塊土地每年都會擴大一些面積。

德雷克斯山脈（Drakens Mts.）

縱貫大陸中央的巨大山脈，廣義通稱爲德雷克斯山脈。山脈的範圍很大，地形也很多樣，甚至廣大到連那些延伸到各地方的山脈，都被當地人換以其他的山名來稱呼。

以寧姆半島一帶的萬年雪地區爲中心，越往北方越險峻（最高海拔八千公尺），往南延伸的山勢則比較低緩（平均一千公尺）。這座山脈的存在分隔了乾燥的「滅亡之地」與肥沃的「安諾瑪瑞」，具有像是防波堤的功能。

羅森柏格湖（Rosenberg Lake）

位於安諾瑪瑞北邊，是大陸最大的湖泊，也是蔚藍河和特寧河等河流的發源地。湖內的銀葉島（Silver Leaf）和殞星島（Fallen Star）等幾個大島乃是水運要地。湖泊附近的羅森柏格關口連接了安諾瑪瑞、奧蘭尼、雷米三國的中心地。穿越德雷克斯山脈的山路而造出的羅森柏格關口，是連接安諾瑪瑞和雷米的最大關口。

月島（Moon Island）

必須長時間航行才能到達的島嶼，位於大陸的東北方海域。大陸上甚至很少人知道這座島嶼的存在，在雷米的行船船員之間，這是傳說之島。當地住民的根源與文化，也同樣籠罩在神祕之中。

退潮小島（Ebb Isle）

位在行經月島航路上的一座小島。到達月島的長途旅行一定要經過這座島嶼，否則沒有任何船隻可以承受得了。在大陸上，這裡同樣也是一座幾乎無人知道的島嶼。

其他

魔法劍術學院：尼雅弗（Nenyaffle）

位在安諾瑪瑞南部的帕諾薩山脈西邊，專門傳授魔法與劍術的學院。原本名稱是尼雅－亞弗洛利（Nenya-Yaffleria），但大部分的人都稱之爲尼雅弗。

具有悠久的歷史與傳統，以高水準教育聞名，每任校長都由大陸最強的魔法師擔任。此學院傳授魔法、煉金術、古文學、數學、音律、劍術等，共有九位大師，全都是在各個領域裡赫赫有名的優秀老師。

傳統上招收學生時，不分平民和貴族，但入學考試非常煩瑣，而每個學期無法通過升級考試的學生立刻被勒令退學；也因爲這嚴格的學制受到不少批評。

Children of the Rune

符文之子

冬霜劍〔愛藏版〕卷四

從建築物之間精巧延伸而出的放射狀道路，一直延伸到地平線的盡頭。
外圍的青石城牆規模浩大，城垛上道路兩邊的猛獸雕像不僅是巨型藝術品。
偶爾還會移動身體、互相對話，甚或無聊地打個哈欠……

爲了營救在死亡邊緣的朋友，達夫南重返幽靈之地。
在這裡，他見識了古代魔法王國的規模與傳承，
接觸到更多冬霜劍的祕密，以及哥哥耶夫南的現狀。
所有的解答，都指向了一個地方……
走過了無數道路、行經各種土地，少年懷抱經驗過的所有感情，
這次，他將再次面對選擇──
漫長寒冬是否終有盡頭？

國家圖書館出版品預行編目資料

符文之子 : 冬霜劍 / 全民熙作 ; 邱敏文, 陳麗如譯
. -- 初版. -- 臺北市 : 蓋亞文化, 2016.04
冊 ; 公分
ISBN 978-986-319-129-2 (卷3 : 平裝). --

862.57 103026750

符文之子 冬霜劍〔愛藏版〕卷三

作者／全民熙
譯者／邱敏文、陳麗如
插畫／中川悠京
封面設計／克里斯
出版／蓋亞文化有限公司
地址◎台北市103赤峰街41巷7號1樓
電話◎（02）25585438 傳真◎（02）25585439
網址◎http://gaeabooks.pixnet.net/blog
電子信箱◎gaea@gaeabooks.com.tw
投稿信箱◎editor@gaeabooks.com.tw
郵撥帳號◎19769541 戶名：蓋亞文化有限公司
法律顧問／宇達經貿法律事務所
總經銷／聯合發行股份有限公司
地址◎新北市新店區寶橋路二三五巷六弄六號二樓
電話◎（02）29178022 傳真◎（02）29156275
港澳地區／一代匯集
電話◎（852）27838102 傳真◎（852）23960050
地址◎九龍旺角塘尾道64號龍駒企業大廈10樓B&D室
初版一刷／2016年04月
定價／新台幣 380 元
Printed in Taiwan

ISBN／ 978-986-319-129-2